EMMA BELLMORE

BLOOMSBURY CAMPUS

TOUGH DECISIONS

Roman

PENGUIN VERLAG

MIX
Papier | Fördert gute Waldnutzung
FSC® C014496

Penguin Random House Verlagsgruppe FSC® N001967

1. Auflage

in der Penguin Random House Verlagsgruppe GmbH,
Neumarkter Straße 28, 81673 München
Redaktion: Steffi Korda
Umschlaggestaltung: bürosüd
Umschlagabbildungen: Shutterstock (Marina Yesina, BLAGORODEZ)
Satz: Buch-Werkstatt GmbH, Bad Aibling
Druck und Bindung: GGP Media GmbH, Pößneck
Printed in Germany 2024
ISBN 978-3-328-11219-8
www.penguin-verlag.de

Für alle, die ihren eigenen Weg finden wollen:
Er ist da. Gebt nicht auf.

Playlist:

Dancing on My Own – Robyn
Dirty Thoughts – Chloe Adams
Too Sweet – Hozier
Paparazzi – Lady Gaga
Together – Sia
Look What You Made Me Do – Taylor Swift
We Could Be The Same (Brussels) – maNga
Middle of the Night – Elley Duhé
Joke's On You – Charlotte Lawrence
Like You Mean It – Steven Rodriguez
Get Ready – Night Panda, Beginners
Little Girl Gone – Chinchilla
Serious – Madilyn Bailey
Monster – Chandler Leighton
Confident – Demi Lovato
Comin' Around – L. A. Edwards
I Lived – One Republic

Triggerwarnung

Liebe Leser*innen, dieses Buch enthält verschiedenste Themen, die unter Umständen triggern können. Deshalb findet ihr auf S. 412 eine Triggerwarnung. Diese enthält Spoiler für das gesamte Buch. Wir wünschen euch das bestmögliche Leseerlebnis.

1

Elsa

Ypsilon ist gleich a eins hoch Alpha mal … nein, r mal a eins hoch Alpha … oder war es Beta?

»O Goooooott!« Ich decke das Vorlesungsmanuskript auf und starre auf die Buchstaben.

Um keinen Preis der Welt kriege ich diese dämlichen Formeln in mein Hirn.

Frustriert werfe ich den Kugelschreiber auf den Block und atme tief aus.

Macht nichts, wenn du durchfällst. Das ist überhaupt kein Problem. Es ist nur eine Probeklausur, und bis zu den echten Klausuren hast du noch gut sechs Wochen. Bis dahin …

»Und? Wie läuft's?« Frida bleibt neben mir stehen, erhascht einen Blick auf meine Unterlagen und verzieht das Gesicht.

»Passt schon!«

Stimmt mit keiner Silbe. Es passt gar nicht. Nicht mal im Ansatz. Die Prüfung heute wird ein absolutes Desaster. Ich tippe zweimal auf mein Handydisplay. Noch zehn Minuten, dann muss ich los.

In meinen Untergang.

Als ich bemerke, dass meine Finger zittern, verstecke ich sie schnell im Schoß. Frida kriegt es trotzdem mit und tätschelt mir mitfühlend den Arm. »Das wird schon, Süße«, sagt sie und zieht sich hinter den Tresen zurück, weil ein neuer Gast gekommen ist.

Frida gehört das *Black Cat* im Zentrum von Marchlyn Falls. Das Café befindet sich in einem dieser schnuckeligen zweistöckigen Stadthäuschen und ist wunderschön eingerichtet mit wild zusammengewürfelten Vintage-Tischen und -Stühlen. Eine Innenwand besteht aus rauem Naturstein, was total stimmungsvoll aussieht. Überall hängen und stehen Grünpflanzen, und die Bänke und das große Sitzfenster schmücken jede Menge bunter Kissen. Außerdem lebt hier Robert the Bruce. Der Kater ist der heimliche Herrscher über das Café. Nur ausgesuchte Menschen dürfen durch sein Flauschefell kraulen und bei ganz besonders ausgesuchten (hängt auch ein bisschen von Roberts Laune ab) springt er sogar auf den Schoß, rollt sich zusammen und beglückt sie schnurrend mit seiner weißen Haarflut.

Frida lebt ein absolutes Traumleben. Sie wohnt in ihrem kleinen Cottage am Stadtrand mit Blick auf die Berge von Snowdonia, steht jeden Tag für ihre Gäste hinter dem Tresen, bäckt, serviert Kaffee und Tee und macht damit viele Menschen glücklich.

Ich zumindest kann mir nichts vorstellen, was näher an so etwas wie ein Traumleben herankommt.

Ich seufze.

Mein Leben wird wohl nie so aussehen.

Gerade quäle ich mich durch einen Master in Business Administration, um mal einen *guten Job* zu bekommen, wie meine Eltern zu sagen pflegen. Zum Beispiel in einer Bank, so wie mein Dad, oder einem großen Wirtschaftsunternehmen. Sie möchten das so und haben sogar einen Teil ihres

Rentenfonds drangegeben, damit ich hier an der privaten Bloomsbury University den Master machen kann. An einer staatlichen Uni hätte mich mit meinem katastrophalen Bachelor-Abschluss niemand auch nur in die Nähe eines Masterstudiums gelassen.

Im Januar sind nicht besonders viele Touristen in Marchlyn Falls, und im Café ist es angenehm ruhig. Draußen ist der Himmel sturmumwölkt, deshalb sind sogar um neun Uhr morgens noch alle Lampen an und tauchen den Gastraum in ein heimeliges Licht. Ich sitze an einem der Bistrotische. Man sieht die Marmorplatte schon gar nicht mehr, weil sie voll liegt mit Ausdrucken, gekritzelten Mitschriften und abgebrochenen Versuchen, die Formeln auf Papier zu reproduzieren.

Aus dem Augenwinkel registriere ich einen Mann mit fellbesetzter Cabriohaube, der vor dem Tresen steht und leicht nach hinten gebeugt die Auswahl in der Glasvitrine inspiziert.

Mr. Fellmütze bestellt irgendetwas, und als Frida ihm eine meiner frischen Cinnamon Rolls einpackt, durchzuckt mich ein Glücksgefühl. Seit einer halben Stunde sind sie fertig, und der leichte Duft von Zimt und Gebackenem liegt noch in der Luft. Sie sind richtig gut geworden. Innen fluffig und weich, außen ein bisschen knusprig, und ich habe genau die passende Menge Füllung erwischt, um sie saftig zu machen.

Der Gast bezahlt, tritt mit der Papiertüte in den Händen nach draußen und mein Blick folgt ihm durch die große Fensterscheibe. Auf dem Gehsteig bleibt er stehen, holt die Schnecke hervor und beißt hinein. Und ich muss grinsen, weil es nichts Schöneres gibt, als mitzubekommen, wenn Menschen mein Essen mögen und es genießen.

Seit ein paar Wochen (genauer gesagt seit dem desaströsen Weihnachtsfest bei meinen Eltern) unterstütze ich Frida.

Hauptsächlich bin ich für die selbst gemachten Kuchen und das Gebäck verantwortlich, nur ganz selten mache ich Kaffee. Nachdem ich mir einmal an dem heißen Dampf die Finger so sehr verbrannt habe, dass mein Schrei wahrscheinlich bis ans andere Ende der Bucht zu hören war, werden diese monströse Siebträgermaschine und ich garantiert keine Freunde mehr. Frida besteht darauf, mir dafür etwas zu zahlen, dass ich jeden Tag zwei bis drei Stunden in ihrer Küche stehe. Dabei macht mir das total viel Spaß und hilft mir, bei dem ganzen Lernstoff und den anstehenden Klausuren nicht komplett durchzudrehen. Und backen würde ich ja sowieso, weil ich mehrmals die Woche ein neues TikTok darüber auf meinem Kanal poste.

Wenn ich koche und backe, geht es mir gut. Meine Hände sind beschäftigt, ich weiß, was ich tue, und meine Gedanken schweifen nicht ständig ab. Es beruhigt mich. Deswegen war ich auch heute früh schon um sieben Uhr im *Black Cat*.

Ich reibe mir über die Stirn und drehe mich zurück zu meinem Ordner, in den ich die Ausdrucke einer ganzen Vorlesung geheftet habe. (Lily meinte, von Papier zu lernen sei einfacher als am Screen. Da hat sie sich aber getäuscht, weil irgendwelche Formeln ins Hirn zu pressen in keiner Form *einfach* ist.)

Es geht um das Fach Economics I. Die Formel, die vor mir liegt, ist so lang, dass sie beinahe nicht mehr auf die Seite passt, und mein Mund wird bei dem Anblick trocken. »Das ist doch Folter«, murmle ich und beginne planlos, die nächste Formel aus dem Skript (Grenzrate der technischen Substitution – was zur Hölle soll das sein?) abzuschreiben. Wenn ich sie ganz oft wiederhole, bleibt sie vielleicht hängen, obwohl ich sie nicht verstehe. Das wäre doch möglich, oder?

Während ich die völlig nebulöse Folge von Buchstaben und Zahlen auf ein Blatt Papier kritzle, knibble ich mit Daumen und Zeigefinger meiner rechten Hand am Nagellack herum. Zu spät merke ich, was ich da mache. Die Ecken sind bereits abgeblättert. Mir entfährt ein unwilliger Laut. Für die TikToks ist es wichtig, dass die Hände sauber und hübsch aussehen, sonst kriegt man richtig fiese Kommentare. Hab einmal nicht darauf geachtet, weil ich unbedingt noch die Strawberry Cookies aufnehmen und posten wollte – mache ich nie wieder.

Schon mal was von Maniküre gehört?
Schaut euch die Nagelhäutchen an, mir wird übel.
Ekelhaft #wouldnevereatthat #disgusting

Etwas anderes als meine Hände zeige ich in den Clips sowieso nicht. Ich bin nicht gerade eine Size Zero und möchte mir gar nicht vorstellen, was kommentiert werden würde, sollte ich mal mehr von mir aufnehmen.

Mein Handydisplay leuchtet auf.

Mum: *Viel Erfolg bei der Klausur heute.*

Ich blinzle. Woher weiß sie, dass heute eine Klausur stattfindet? Ganz absichtlich habe ich meinen Eltern nichts von den Probeklausuren im Januar erzählt. Die hätten mich sonst wochenlang genervt, dass ich mich anstrengen soll und dass viel davon abhängt, und dass sie doch so eine große Summe dafür zahlen …

Bei dem Gedanken bekomme ich ein dumpfes Gefühl im Magen. Ich wische Mums Nachricht vom Display. Damit befasse ich mich später. Oder morgen. Ja, morgen ist ein guter Tag, ihr zu antworten, wir sprechen ja ohnehin kaum in letzter Zeit.

Ich klappe meinen Ordner zu.

Whatever. Diese bescheuerte Formel zur Grenzrate checke ich sowieso nicht mehr, also kann ich es auch gleich lassen. Ich gehe da jetzt hin, schreibe die Klausur und hake sie ab. Und ab morgen lerne ich wirklich. So richtig in der Bibliothek, wie Lily es oft macht. Ich arbeite das ganze Buch von Economics durch. Mit allen Formeln, von Anfang an.

Ich ziehe meinen Rucksack vom Stuhl neben mir, stopfe den Ordner hinein und wende mich in Richtung Tresen. »Machst du mir die voll?«, frage ich Frida und reiche ihr meine Trinkflasche.

»Aber klar doch, Schätzchen. Und dir geht's wirklich gut?«

»Natürlich geht's mir gut! Wusstest du, dass es die Konzentrationsfähigkeit fördern kann, wenn man genug trinkt?«, versuche ich abzulenken und stütze mich mit beiden Unterarmen auf dem Tresen ab. »Die Klausur geht zwar nur eine Stunde, aber es kann nie schaden, wenn man vorbereitet ist.« Zum Beispiel für den Fall, dass man nicht weiterweiß und sich denkt: *Jetzt trink erst mal einen Schluck, dann verstehst du die Fragestellung anschließend vielleicht* (Spoiler: klappt normalerweise nicht, aber ich möchte nichts unversucht lassen).

Bei dem Gedanken daran, dass ich in einer guten Stunde vor dem Prüfungsbogen sitzen werde, läuft mir ein kalter Schauer über den Rücken.

»Ach ja?« Fridas kritischer Blick trifft mich, während sie die Flasche auffüllt. Ihre Nägel sind immer perfekt lackiert, meist in irgendeinem Pink-Ton. Ich habe Frida noch nie ungeschminkt gesehen. Sie ist stets hübsch gekleidet und trägt häufig Schmuck. Heimlich träume ich davon, mit Frida zusammen einen YouTube-Kanal zu eröffnen und eine Backshow auf die Beine zu stellen. *Cosy Café Secrets* oder so was. Das *Black Cat* wäre die perfekte Kulisse, und …

»Isso«, antworte ich rasch, und weil Frida mich immer noch so komisch ansieht, gebe ich schließlich auf und verrate ihr die Wahrheit. Okay, einen Teil der Wahrheit. »Ich mag Klausuren nicht so gern, weißt du? Klausuren, Präsentationen, Seminararbeiten – kompletter Horror. Kann mir doch niemand erzählen, dass er so was gerne macht. Ich meine, sein Hirn zu zermartern und unter Zeitdruck Zahlen auf ein Papier zu schreiben, das ist maximal uncool. Das ist das Uncoolste, was ich mir überhaupt vorstellen kann, oder nicht?«

Frida guckt einfach nur und wartet ab, ob mein Redeschwall weitergeht.

»Okay, bin schon still, sorry. Muss eh los, wir müssen uns vorher mit unserem Studentenausweis registrieren und … Ja. Interessiert dich vermutlich nicht, entschuldige! Morgen früh komme ich zum Sconesmachen, okay?«

»Schätzchen, du kannst auch einfach mal morgens in die Bibliothek und …«

»Ach, das kann ich ab dem späten Vormittag. Kein Problem. Wir sehen uns morgen, Ciao!«

Ich nehme die Wasserflasche entgegen, schiebe sie neben die Ordner in den Rucksack und trete vor die Tür in die kalte Morgenluft. Ich schlinge meinen Maxischal um den Hals und knöpfe meinen hellblauen Steppmantel zu. Mum findet, der trägt viel zu sehr auf und jemand mit meiner Figur sollte doch etwas anziehen, das schlanker und seriöser wirkt. Aber ich mag die Jacke, weil sie so gut zu meinen naturroten Haaren passt und weil sie superwarm und bequem ist.

Ich ziehe mir meine Wollmütze über den Kopf und stiefle in Richtung Unihügel. Dabei muss ich an einigen Pubs und Geschäften vorbei, die langsam öffnen, und passiere das *Cube*. Es ist der einzige Club in Marchlyn Falls.

Davor steht ein Typ mit dem Rücken zu mir und müht sich mit seinem Reißverschluss ab. In meinem Nacken wird es schlagartig warm, und diese Empfindung pflanzt sich über den gesamten Rücken fort. Ich weiß nichts damit anzufangen, also laufe ich weiter, aber das seltsame Gefühl bleibt.

Dann erst erkenne ich ihn.

Und wie jedes Mal, wenn sich dieser Mann in meiner Nähe befindet, ist es, als würden irgendwelche Antennen in mir ausschlagen und mein Herz zum Stolpern bringen.

Jedes. Verdammte. Mal.

Da vorn, gegen die Hauswand gelehnt, steht Hunter Corr. Der Mann, in den ich heimlich verliebt bin, seit ich ihn das erste Mal bei unserer gemeinsamen Lehrveranstaltung gesehen habe. Der Mann, den ich niemals bekommen werde, weil er der stinkreiche, perfekt aussehende Hunter ist und ich eben Elsa bin. Ich rücke meine Mütze zurecht und wappne mich, damit ich an ihm vorbeilaufen und so tun kann, als würde ich ihn nicht sehen, wie ich es fast immer tue, und er …

Ist er betrunken?!

Eine halbe Stunde vor unserer Klausur?

2

Hunter

Alter, bin ich fertig.

Ich lehne mit der Schulter an der Hauswand und versuche, den Reißverschluss meiner Jacke zu schließen, weil ein verdammt kalter Wind weht. Nur kriege ich das Scheißding nicht zu.

Ich kriege nicht mal meine eigene Jacke zu, haha. Wie dumm kann man sein.

Ich muss echt nach Hause und eine Runde schlafen.

Meine Hand fährt zu meiner Innentasche. Ich spüre den kleinen Plastikbeutel darin, ein beruhigendes Gefühl.

Vielleicht sollte ich mir auf dem Heimweg bei einem der drei schlechten Takeaways, die es im Ort gibt, was zu essen bestellen. Eigentlich wäre doch jetzt Zeit für Frühstück, oder? Fuck, wie spät ist es überhaupt?

Ich weiß noch, dass der Abend damit anfing, dass ich mit einigen Kommilitonen im *Cube* war. Um Mitternacht haben die sich aber in die Hose gemacht wegen der Probeklausur. Und dann waren da diese Mädels, wir haben getrunken und gedanced, war geil. Könnte sein, dass sie einige Stories davon gepostet und mich darauf getaggt haben. Insgeheim hoffe ich fast schon, dass die Schnüffler meiner Eltern das mitbekommen und ich ihnen damit so richtig schön den Stinkefinger zeigen kann.

Vielleicht kriegen sie es auch nicht mit.

Und ganz ehrlich: ist mir egal.

Mir ist alles egal.

An die darauffolgenden Stunden kann ich mich nicht mehr so genau erinnern, nur, dass ich mit dieser Blondine nach Hause gegangen bin (Mia? Martha? Mara?) und mit ihr bis sechs Uhr morgens Wodka getrunken habe (walisische Frauen sind erstaunlich trinkfest). Irgendwann ist sie auf dem Sofa weggepennt, ohne dass wir uns irgendwie nähergekommen wären. Ich bin wohl auch eingeschlafen, denn als ich aufgewacht bin, lag sie halb auf mir, das Gesicht unter ihren zerzausten Haaren an meiner Brust vergraben. Sie hat einen Sabberfleck auf meinem Shirt hinterlassen. Ich bin, so vorsichtig ich konnte, aufgestanden, habe in der kleinen Zweizimmerwohnung eine Decke gesucht, das Mädchen zugedeckt und mich auf den Weg nach draußen gemacht.

Und jetzt hätte ich gerne eine Kippe, und vielleicht sollte ich doch …

Erneut fährt meine Hand zu dem kleinen Beutel, und ich taste mit den Fingerkuppen über die Pillen. Es sind drei Stück. Wäre eigentlich ganz nice, scheiß auf Schlafen, oder? Nur vorher möchte ich diesen verschissenen Reißverschluss zubekommen, weil mir echt eiskalt …

»Hunter?«, höre ich eine Stimme von links. Nein, von vorn oder …

»Was?«, frage ich, hebe den Kopf und sehe mich suchend um. Ah, war also doch links.

Da steht Elsa. Elsa Jones, meine Kommilitonin. Unter ihrer Wollmütze lugen einige lange gewellte Haarsträhnen hervor. Ich bleibe einen Moment daran hängen und denke mir: *Schön. Schöne rote Haare*, ehe mein Blick weiter nach oben wandert.

Ihre Wangen sind gerötet, kein Wunder, es ist scheißkalt hier draußen. Ihre Sommersprossen sind fast weg, das ist mir letzte Woche schon aufgefallen, in der Vorlesung zu Economics. Im Oktober bei Studienbeginn hatte sie noch viel mehr auf Nase und Wangenknochen. Sogar welche auf ihren Schlüsselbeinen. Keine Ahnung, warum ich mir das gemerkt habe.

Ich muss grinsen.

»Bist du betrunken?« Sie klingt ziemlich entsetzt, was mein Grinsen breiter werden lässt.

»Schon möglich?«

»Wir schreiben in einer halben Stunde Klausur!«

Who cares?

»Ja und?«

»Du kannst doch so nicht ...«

»Ich geh nicht hin«, unterbreche ich sie.

»Wie, du gehst nicht hin?« Sie hakt ihre Hände, die in wollenen Fäustlingen stecken, unter die Riemen ihres Rucksacks und funkelt mich an, und irgendwie ... sieht sie dabei süß aus.

»Keinen Bock. Ich geh jetzt heim.« Ich drehe mich um, die Hände noch am Reißverschluss, und ein eisiger Windstoß faucht mir entgegen. Sofort drehe ich mich wieder zurück.

»Hunter, du kannst die nicht einfach ausfallen lassen, da ist Anwesenheitspflicht.«

»Watch me!«

»Spinnst du?«

Ah, endlich kann ich meine Jacke schließen. Die hat eineinhalbtausend Pfund gekostet, trägt dieses lächerliche Fendi-Muster, aber der Reißverschluss klemmt. Ich sollte sie verkaufen. Kleinanzeigen oder so. Schon wieder muss ich grinsen, weil ich dran denke, wie die Anwälte oder Assistenten meiner Eltern meinen digitalen Fußabdruck kontrollieren (ich habe keinen Zweifel, dass sie das tun) und sehen, dass ich meine Klamotten vertické.

Ein dumpfes Geräusch erklingt neben mir. Elsa ist zu mir auf den Gehsteig gekommen und hat ihren Rucksack abgestellt. Jetzt kramt sie darin herum und zieht eine Alu-Wasserflasche hervor. »Da, trink das.« Sie hält mir das Ding vor die Nase.

Ich runzle die Stirn. »Bin nicht durstig.«

»Ist mir egal, du trinkst das jetzt. Alles.«

»What the fuck, Elsa?«

»Ich meine es ernst. Natürlich nimmst du an dieser Klausur teil.« Sie stemmt eine Faust in die Seite und baut sich vor mir auf. Dann verzieht sie das Gesicht. »Alter, ich rieche deine Fahne bis hierher!«

Ich muss lachen, doch sie hält mir weiterhin stur die Flasche hin. »Trink«, beharrt sie und schaut mir fest in die Augen. Sie sind gletscherblau. Das ist mir bereits aufgefallen, als ich Elsa das erste Mal richtig angesehen habe, damals, bei der Führung durchs Unigebäude.

Und jetzt steht sie einen halben Meter vor mir und fixiert mich. Sie strahlt absolute Entschlossenheit aus, aber ich schaffe es nicht mehr, mein Hirn zu irgendeiner Reaktion zu bewegen.

Stumm stehen wir voreinander und schauen uns an. Eigentlich sollte ich sagen: *Ja, whatever. Bye, Elsa.* Aber irgendwie … schaffe ich das nicht. Weil etwas Seltsames mit mir passiert. Eine warme Welle läuft mein Rückgrat hinab und lässt meinen Widerstand schmelzen. Als würde man kochendes Wasser über einen Eisblock kippen.

Ich entscheide gar nicht mehr bewusst, ich tue es einfach. Ich greife nach der Flasche, schraube den Deckel ab und trinke.

Erst nehme ich mehrere große Schlucke, dann denke ich mir *Fuck it* und leere die gesamte Flasche. Meine Laune verschlechtert sich schlagartig. Gehe ich ernsthaft zu der Klausur? In diesem Zustand? Nur weil Elsa Jones das will?

»So, und jetzt besorgen wir dir Energydrinks. Und etwas zu essen.«

»Boah, echt jetzt?« Ich klinge wie ein bockiger Teenager. Diesen Tonfall habe ich mir in Marchlyn Falls angewöhnt. Jedes Mal, wenn meine Eltern einen Kontrollanruf machen oder wenn Reese mir bei unseren Treffen alle paar Wochen irgendwelche schlauen Ratschläge gibt, reagiere ich so.

Dabei mag ich mich selbst nicht, wenn ich so bin.

Na ja. Eigentlich mag ich mich seit Monaten nicht mehr. Genauer gesagt seit der einen Nacht, in der mein gesamtes Leben auseinandergefallen ist.

»Wieso bist du überhaupt allein unterwegs? Wo sind deine Freunde?«, fragt Elsa, während ich neben ihr die Straße entlangstiefle.

Welche Freunde?

»In Cambridge?«, antworte ich widerwillig.

Reiß dich zusammen, Hunter, es ist nicht ihr Fehler.

Sie nickt, als verstünde sie. Mir entkommt ein leises Schnauben. Sie hat ja keine Ahnung.

»Und die Leute, mit denen du hier abhängst?«

Ich zucke mit den Schultern. »Um Mitternacht nach Hause gegangen. Die sind auch solche Streber wie du.«

Elsa bleibt stehen und späht durch die Glasscheibe in das Innere eines dieser kleinen Tesco Express Stores. »Ich wünschte, ich wäre eine Streberin, das würde gerade viele meiner Probleme lösen. Kommst du?«, fragt sie und betritt den Mini-Supermarkt.

Ich bleibe draußen, mein Blick fällt auf den Abfalleimer direkt neben der Eingangstür, und irgendwie kann ich nicht weitergehen.

Ich ziehe den durchsichtigen Klarsichtbeutel hervor und lasse die Pillen mit den Smiley-Aufdrucken zwischen meinen Fingern hin und her rollen. Das Plastik knistert leise.

Wenn ich eine nehme und sie mich erwischen, und das würden sie spätestens in ein paar Wochen bei meinem nächsten Test, wäre ich komplett am Arsch. So richtig.

Schmeiß die Dinger weg.

Letzte Woche habe ich sie von einer Bekannten bekommen. Sie hat mir wissend zugezwinkert, als ich ihr das Geld zugesteckt habe, seitdem trage ich die Dinger mit mir herum. Mein *secret escape*, mein kleiner Ausweg aus diesem beschissenen Leben – wenn auch nur für ein paar Stunden. Ein paar Stunden frei sein, unbeschwert, glücklich. Ein paar Stunden einfach feiern und leben, ohne nachzudenken.

Ich fahre mir mit der Zunge über die Lippen. Eine dieser Pillen würde mich durch die Klausur tragen. Die Sache ist: Wenn ich eine nehme, breche ich ein Versprechen und tue etwas, von dem ich weiß, dass es mein Leben früher oder später crashen wird.

Bisher hatte ich nicht das Bedürfnis, aber es war gut zu wissen, dass ich könnte, wenn ich wollte. Ich war okay. Nur heute Morgen war ich dann plötzlich nicht mehr okay.

Heute Morgen habe ich mich so leer gefühlt, dass ich schon mehrmals kurz davor war, eine zu schlucken.

Ich starre auf den Beutel.

Als ein älterer Herr mit Rollator an mir vorbeischlurft, verstecke ich die Pillen hastig in meiner Jackentasche.

Dann atme ich tief ein und aus und zimmere mir mit aller Gewalt ein Lächeln ins Gesicht.

»Du bist keine Streberin?«, rufe ich Elsa hinterher, ehe ich durch das warme Gebläse der Eingangstür trete. »Was bist du dann?«

3

Elsa

Eine Loserin. Das bin ich.

Ich meine, was tue ich hier gerade?

»Uhm … vegetarisch oder mit Schinken?«, weiche ich seiner Frage aus, als Hunter endlich zu mir aufgeschlossen hat und wir beide vor dem Kühlregal stehen. Der Laden ist winzig, es gibt hauptsächlich Chips, Softdrinks, einige Fertiggerichte und ein kleines Warenregal mit schrumpeligem Gemüse. Ich habe dieses Geschäft noch nie von innen gesehen.

»Vegetarisch.«

Ich schnappe mir eine der eckigen Sandwichpackungen und nehme wahllos zwei schwarze Dosen aus dem Regal, während ich zurück zur Kasse laufe. Hunter folgt mir kommentarlos, er scheint sich seinem Schicksal ergeben zu haben. Als ich der Kassiererin das Geld hinlege – so schnell, dass Hunter überhaupt keine Chance hat, eine seiner schwarzen Amex-Kreditkarten zu zücken –, kann ich nicht glauben, dass ich das wirklich gekauft habe: zwei Monster-Drinks und ein labbriges Tesco-Sandwich. Ich fühle mich, als würde ich meine tiefsten innersten Überzeugungen verraten. Erstens: Energy-Drinks und Tesco-Sandwiches sind eine Beleidigung für jeden Menschen, der riechen und schmecken kann. Also wahrscheinlich für 99 Prozent der Menschheit. Zweitens: Ich habe *Hunter* aufgegabelt. Obwohl ich mir bereits vor Monaten geschworen habe, seine Gegenwart zu meiden. Er ist unfassbar attraktiv, er ist reich, er ist ein Playboy. Damit gehört er zur Kategorie Mann, der die Warnung BLOSS NICHT IN MEINE NÄHE KOMMEN quasi auf die Stirn tätowiert steht.

Wenn ich in seiner Gegenwart bin, bekomme ich Herzrasen. Dafür muss er mich nicht mal beachten oder mit mir reden. Er muss einfach nur da sein.

Jedenfalls habe ich mir schon zu Semesterbeginn dieses Herzklopfen verboten. Weil es ein ungeschriebenes Gesetz ist, dass ich an Typen wie ihn sowieso nie rankommen werde.

Das Wechselgeld stopfe ich in die Hosentasche, schnappe mir die Dosen und das Sandwich vom Kassenband und gehe wieder nach draußen. Noch bevor ich mich zu Hunter umgedreht habe, öffne ich eine Dose. Es zischt, und sofort steigt der süßliche Geruch des Energydrinks auf.

Als ich ihm das Teil hinhalte, wird Hunter plötzlich ganz still und sieht mich einfach nur an.

Anders als bisher. Fragend und interessiert. Als würde er verstehen wollen, was ich da gerade mache.

Einige Sekunden vergehen und ich versuche das feine Kribbeln unter meiner Kopfhaut zu ignorieren.

Garantiert überlegt er, nach Hause zu gehen. Ich bin überrascht, dass er überhaupt mitgekommen ist. Wahrscheinlich hat er schlicht nichts Besseres zu tun und amüsiert sich über meine Anwandlungen als gute Samariterin.

Das würde ziemlich gut dazu passen, wie sich Typen mir gegenüber normalerweise geben.

Erst haben sie ein bisschen Spaß, aber nehmen mich nicht

ernst. Und irgendwann wird ihnen langweilig, ich werde ihnen lästig und sie ziehen weiter. Nach ein paar Minuten Unterhaltung. Nach ein paar Wochen Spaß. Nach mehreren Jahren Beziehung.

Als mich die Erkenntnis durchzuckt, beginnt meine Hand mit der Dose zu zittern. Gerade als ich sie zurückziehen möchte, weil mir klar wird, dass Hunter die Dose nicht nehmen wird, und ich mich komplett zum Affen gemacht habe, schließt sich seine große, warme Hand um meine. Er nimmt den Energydrink und hebt ihn an die Lippen, ohne den Blick abzuwenden. Dann trinkt er, und zwar die ganze Dose.

Während er das tut, wandern meine Augen über sein perfektes Gesicht mit dem kantigen Kinn, über dem ein dunkelblonder Bartschatten liegt, die vollen Lippen, die gerade Nase, die dunklen Augenbrauen, die kurzen blonden Haare, die er meist mit einem Seitenscheitel trägt und die immer irgendwie chaotisch, aber trotzdem gut aussehen.

Sein Adamsapfel hüpft bei jedem seiner Schlucke. Ich bleibe daran hängen, und mir wird so warm, dass ich meinen Schal lockern muss.

In dem Moment setzt Hunter ab und wischt sich mit dem Handrücken über die Lippen. Er unterdrückt einen Rülpser und dann heben sich seine Mundwinkel. »Du beobachtest mich.«

Jap, und jetzt passiert es tatsächlich. Meine Wangen beginnen zu brennen. Etwas, das mir in Hunters Gegenwart die ersten Wochen über ständig passiert ist. Ich dachte eigentlich, dass ich das hinter mir gelassen hätte. War wohl nichts.

»Ich stelle nur sicher, dass du das Zeug auch trinkst.«

»Kein Grund, rot anzulaufen.« Er grinst und ich atme frustriert aus.

»Du bist echt so ein Idiot.« Ich wende mich ab und laufe die Promenade entlang in Richtung University Street.

»Hey, Elsa«, ertönt es hinter mir, aber ich ignoriere ihn.

Aus dem Augenwinkel erkenne ich, wie Hunter zu mir aufschließt. Abrupt bleibe ich stehen und drücke ihm die zweite Dose und das Sandwich in die Hände. »Hier. Mach damit, was du willst. Komm mit zur Klausur, oder eben nicht. Whatever.« Ich bin ihm nahe genug, um einen Hauch seines Parfüms wahrzunehmen. Wie kann man nach einer durchzechten Nacht so gut riechen?

Hunters Reaktionen sind etwas verlangsamt und er lässt das Sandwich beinahe fallen. Ich kümmere mich nicht darum und gehe weiter.

»Ich mach doch nur Spaß«, sagt er und läuft neben mir her.

Ich reagiere nicht. Auch nicht, als er die Sandwichpackung aufreißt und zu essen beginnt. Erst als wir auf die University Street abbiegen, die den steilen Berg zur Uni hinaufführt, und er immer noch neben mir ist, werfe ich einen Blick auf mein Handy. »Wir müssen in zehn Minuten im Vorlesungssaal sein«, stelle ich nüchtern fest und schätze mit zusammengekniffenen Augen die Strecke ab, die vor uns liegt.

»Kein Problem«, antwortet er mit vollem Mund.

Trotzdem kommt Hunter bei der Steigung des Unihügels ganz schön ins Schnaufen (und ich ebenfalls, was daran liegen könnte, dass ich extra schnell gehe, um Hunter ein bisschen mehr zu quälen). Eigentlich ist dieser Typ doch superfit. Er muss echt fertig sein, und ich möchte lieber nicht wissen, wie viele Promille gerade noch durch sein Blut zirkulieren.

Vermutlich ist es gar keine so gute Idee, ihn mit zur Klausur zu schleifen. Er wird nicht mal die Fragestellung lesen können und sang- und klanglos durchfallen.

So wie du, obwohl du nüchtern und ausgeschlafen bist und sogar gelernt hast.

Also, zumindest gestern Abend. Eine Stunde. Okay, eine Viertelstunde. Und heute früh ebenfalls ...

»Also, was bist du?«, fragt mich Hunter unvermittelt, als wir den Hügel hinter uns gelassen haben und durch das gusseiserne Eingangstor auf das Gelände der Bloomsbury University laufen.

Ich öffne den Reißverschluss meiner Jacke, weil mir der Pulli am Rücken klebt. »Wie bitte?«

»Na, wenn du angeblich keine Streberin bist, aber gerade Himmel und Hölle in Bewegung setzt, damit ich auch an dieser Klausur teilnehme – was bist du dann?« Er schiebt sich den letzten Rest Sandwich in den Mund, zerknüllt die Packung und wirft sie in einen der vielen Mülleimer auf dem Unigelände. Als er den zweiten Energydrink öffnet, zischt es erneut.

»Solltest du nicht vielleicht noch ein paar Minuten warten, bis du den zweiten ...«

»Du lenkst ab«, unterbricht er mich und beugt den Kopf ein wenig in meine Richtung. Ein Funkeln tritt in seine Augen. »Du redest wohl nicht gern über dich?«

»Das tun nur Narzissten und Selbstdarsteller.« Ich werfe ihm einen giftigen Blick zu. »Oder was meinst du, Hunter?«

Er muss lachen. Es klingt sympathisch und offen. Es ist das Lachen, das ich an Hunter heimlich so oft bewundere und das jedes Mal ein leises Glimmen in meinem Brustkorb hinterlässt. So wie jetzt.

»Ich wünschte, ich wäre eins davon, dann würde ich mir sehr viel weniger Gedanken machen.«

»Worüber?«, will ich wissen.

Er zuckt mit den Schultern. »Dies und das.«

»Du redest wohl nicht gern über dich«, zitiere ich ihn schmunzelnd.

Inzwischen sind wir vor dem Haupteingang angekommen. Hunter stößt einen leisen Lacher aus, während er zwei Stufen auf einmal nimmt und mir eine der beiden Schwingtüren aufhält. Zuerst bin ich skeptisch und zögere, weil ich damit rechne, dass er mich auf irgendeine Weise verarschen oder einen fiesen Witz machen möchte.

»Na komm schon«, sagt er und deutet nach drinnen. In seinen Augen blitzt es. »Oder sollen wir vielleicht doch einfach abhauen?« Er grinst.

»Nein«, sage ich sofort, obwohl ich eigentlich meine: *Doch. Nichts lieber als das.*

Trotzdem fühlt es sich gut an, von Hunter Corr die Tür aufgehalten zu bekommen.

Unsere Schritte hallen über den Marmorboden des Eingangsbereichs. Am Ende des hohen Flurs ist eine Menschentraube zu sehen, dort ist unser Prüfungsraum.

Vorher müssen wir uns aber für die Klausur registrieren und die Handys und ich meinen Rucksack abgeben. Während wir unsere Mäntel ausziehen, fallen mir Hunters dunkle Ringe unter den Augen auf und die feinen Fältchen auf der Stirn und in den Augenwinkeln. Er sieht wirklich verdammt müde aus.

Aber er hat sich nicht beschwert. Kein einziges Mal hat er gejammert, seit er mir die Wasserflasche aus der Hand genommen und sich offenbar entschieden hat, an der Klausur teilzunehmen.

»Alles okay?«, will ich wissen. Wir reihen uns in die Schlange ein.

Hunter wirkt, als würde er gleich im Stehen einschlafen. »Findest du diese Frage gerade angebracht?«

»Nein«, erwidere ich lachend. »Ich will's trotzdem wissen.«

»Der erste Energydrink kickt zwar, aber ich fühle mich trotzdem beschissen.«

Ich schaue nach vorn, es sind bestimmt zehn Leute vor uns in der Schlange. »Noch kannst du …« Ich drehe mich zu Hunter um und hätte mir beinahe die Stirn an seinem Kinn angeschlagen, weil er sich ganz nahe zu mir gebeugt hat und in meine Richtung schnuppert.

»Du riechst nach Kuchen«, stellt er fest.

Ich schiebe das seltsame Verhalten auf den Alkoholpegel, fühle mich aber trotzdem genötigt, ihn mit der flachen Hand vor der Brust ein Stückchen von mir wegzudrücken. Als ich Hunters Brustmuskeln unter der Handfläche spüre, schießt mein Puls nach oben.

»Ich war gerade noch im *Black Cat* und habe Cinnamon Rolls gebacken.«

»Das machst du öfter«, merkt er an. »Ich meine, das mit dem Backen im *Black Cat.*«

»Jeden Tag.«

Hunter nickt, nimmt einen Schluck Energydrink. »Du machst das gerne.«

»Sehr gerne«, bestätige ich und frage mich, worauf er hinauswill.

»Wenn du lieber im *Black Cat* abhängst, wieso machst du dann eigentlich einen Master?«, fragt er rundheraus.

»Richtig erkannt, Einstein. Stell die Frage doch mal meinen Eltern, hm?«

Er schmunzelt, die Lider nur halb geöffnet, und lehnt sich

gegen die Wand zu unserer Linken. »Ich mag deinen Humor«, sagt er leise, wie zu sich selbst, und ich drehe mich ganz schnell nach vorne, damit er mein Gesicht nicht sehen kann, weil ich das Gefühl habe, dass mein Herz eben einen Schlag ausgesetzt hat. War das etwa ein Kompliment? Hat Hunter mir gerade ernsthaft ein *Kompliment* gemacht?

Ich werfe einen vorsichtigen Blick über meine Schulter, aber er scheint gar nicht weiter darüber nachzudenken, sondern widmet sich seinen völlig verschmutzten Wildlederboots.

»Wo warst du eigentlich die letzten Stunden? Das *Cube* hat doch seit sechs Uhr geschlossen?«, frage ich, einfach nur damit ich irgendetwas sage und sein Kompliment nicht so zwischen uns hängt (und, okay, damit Hunter nicht einschläft).

Vor uns entbrennt eine Diskussion, welche privaten Gegenstände man mit zur Prüfung nehmen darf und welche nicht.

Er zuckt mit den Schultern, und ein süffisantes Lächeln legt sich um seine Lippen, was dafür sorgt, dass sich etwas in meiner Brust zusammenzieht.

Wie bescheuert. Wie bescheuert, das auch noch zu fragen! Natürlich war er bei einer Frau! Er ist Hunter fking Corr, schon vergessen? Der Partyboy aus London, vermutlich schleppt er jeden Abend irgendeine ab.

Mir ist das alles ziemlich unangenehm, und ich drücke ihm meinen Mantel in die Arme und verabschiede mich rasch auf die Toilette, ehe wir in der Schlange vorn angekommen sind.

Hunter verschwindet anschließend ebenfalls kurz, und als er zurückkehrt und ich ihm seine Jacke und die halb volle Dose gebe, höre ich neben uns einen Pfiff. Inzwischen ist mehr los in der Eingangshalle. Die ersten Vorlesungen sind gerade zu Ende.

»Uuuh, hat Corr sich ein neues Püppchen geschnappt, oder wie?«, höre ich im Gedränge neben uns, überlege einen Moment, aber drehe mich dann doch um.

Vor mir steht ein junger Kerl, sicher ein Erstsemester, daneben offenbar sein Kumpel. Sind die überhaupt schon achtzehn?

»Halt die Klappe«, höre ich mich sagen und bin selbst überrascht von meiner Schlagfertigkeit.

»Mr Superrich steht jetzt wohl auf die Rothaarige aus dem Café, oder wie?«, feixt der Kumpel.

»Nee, sicher nicht. Die hechelt ihm nur hinterher ... Alter, sieht der fertig aus.« Der Typ rechts zückt sein Handy und hält es auf uns, und jetzt sehe ich, dass andere schon längst Videos von uns machen. Ich bin so überfordert, dass ich einfach nur nach Luft schnappe und mich hilflos zu Hunter umdrehe.

Der hält den Kopf gesenkt, aber ich sehe, wie seine Wangenmuskeln hervortreten, weil er die Zähne so fest zusammenbeißt.

Er macht einen Schritt zwischen mich und die Typen und schiebt seinen linken Arm schützend vor mich. »Handy weg«, sagt er knapp. Seine Stimme ist rau. Ich glaube, er ist wütend. Jetzt schaut er auf und fixiert die Schwachköpfe vor uns. »Ich wiederhole mich nicht«, sagt er so scharf, dass die anderen einen Schritt zurückweichen. Der Idiot mit dem Handy hat es längst sinken gelassen.

Ich höre ein »Meine Fresse«, irgendjemand murmelt: »Chill, okay?«

»Studierendenausweise und Handys, bitte«, sagt eine Stimme hinter uns. Ellen, die Institutssekretärin, schaut über ihre Brille hinweg den Schwachmaten hinterher, die sich im

Gedränge verdrückt haben, und streckt mir ihre Hand hin. Ich bin mir nicht sicher, ob sie mitbekommen hat, was gerade passiert ist, oder ob sie denkt, wir halten hier nur die Schlange auf.

Ich zeige meinen Ausweis, schalte mein Handy aus und lege es in eine der Plastikwannen, in der die Handys der Prüflinge unter Aufsicht lagern.

»Kanntest du die?«, fragt Hunter, der nun ebenfalls sein Handy abgibt und Ellen um einen der Ersatztaschenrechner bittet, die für die Klausuren vorn auf dem Tisch liegen.

»Nein, du?«

Er schüttelt den Kopf. »Kann sein, dass trotzdem ein Video von uns auftaucht. Wenn sie dich taggen, melde sie«, sagt er, während er zu einem der großen Papierkörbe läuft, den Rest seines Energydrinks ext und die Dose wegwirft.

»Ich, äh …«, stammle ich, weil ich den Gedanken, dass irgendwo Videos von mir auftauchen könnten, ziemlich verstörend finde.

»Wollen wir?« Einladend deutet Hunter zur Eingangstür, nachdem ich meinen Mantel an der Garderobe aufgehängt habe. Etwas perplex folge ich ihm.

In dem grauen Prüfungsraum sind lauter Einzelpulte aufgebaut. Viele unserer Mitstudierenden sitzen bereits, und ich blinzle panisch.

Einige Augenblicke lang hatte ich echt vergessen, warum ich heute hier bin. Und die Erkenntnis fühlt sich an, als hätte jemand einen Eimer kaltes Wasser über mir ausgekippt. Ich hasse das hier. Ich hasse es so sehr! Ich will hier nicht sein.

»Das wird jetzt richtig scheiße«, murmelt Hunter neben mir und reckt den Kopf auf der Suche nach einem freien Platz. »Ich hätte nach Hause gehen sollen.« Er scheint gar nicht mitzubekommen, dass ich stocksteif in der Mitte des Raumes stehen geblieben bin.

»Ich auch«, gebe ich mit bebender Stimme zurück, schlucke verkrampft und setze mich wahllos an das leere Pult links neben mir. Mechanisch und mit zitternden Fingern lege ich die beiden Kugelschreiber auf den Tisch, die ich mitgebracht habe. Dann starre ich auf den geschlossenen Prüfungsbogen.

Ich glaube, mir wird schlecht.

4

Hunter

Elsa scheint plötzlich wie weggetreten.

Ihre Hände liegen zu Fäusten geballt in ihrem Schoß und sie starrt auf den Prüfungsbogen vor sich. Er ist in kariertes Papier eingeschlagen. Ihre Schultern heben und senken sich von schnellen Atemzügen. Wenn ich nicht wüsste, dass das hier nur eine Probeklausur ist, würde ich sagen, sie hat Panik. Das kann nicht sein, oder?

Ich meine, das Wort sagt es doch schon: Pro-be-klau-sur. Das Ding zählt noch nicht einmal für unsere Abschlussnote.

Ich lasse das mit der Platzsuche und gehe stattdessen zu Elsa. »Alles okay?«, frage ich und lege ihr eine Hand auf die Schulter.

Sie braucht ein paar Sekunden, ehe sie reagiert. Als ihr Blick zu meiner Hand wandert, ziehe ich sie sofort zurück. »Sorry, ich wollte nicht …«

»Nein, nein, kein Problem. Ich, uhm … ich mag Klausuren nicht sonderlich gern und werde so ultranervös, und dann kommt der *brain freeze* und …«

»Es ist völlig egal, was bei dieser Klausur rauskommt«, unterbreche ich ihren Redeschwall leise und hoffe, dass es die Leute um uns herum nicht hören.

Sie antwortet nicht, sondern schaut wieder verbissen auf ihren Prüfungsbogen.

Offenbar sieht sie das anders.

Und während ich mich umschaue, wird mir klar: Meine Kommilitoninnen und Kommilitonen ebenfalls. Die Gesichter sind mir alle nicht fremd, aber ich entdecke keinen von der Handvoll Leuten, die ich namentlich kenne und mit denen ich immer mal wieder abhänge.

Über dem Raum liegt eine konzentrierte und nervöse Anspannung. Hier und da höre ich leises Gemurmel, sonst ist es still.

Die sind ja auch an dieser verflucht teuren Privatuni, um ihren Abschluss zu machen, und nicht, weil sie irgendwohin verbannt wurden, wo sie so wenig Schaden wie möglich anrichten können.

»Hunter, hast du deinen müden Hintern echt zur Klausur geschleift?«, höre ich hinter mir, aber mein Hirn braucht etwas, um diese Bemerkung zu verarbeiten. Ich drehe mich um.

»Digger, siehst du scheiße aus. Und deine Fahne riecht man schon an der Tür.« Finn, einer der Lappen, die mich um Mitternacht im *Cube* allein gelassen haben, drischt mir auf die Schulter.

»Bin nicht freiwillig hier.«

»Hast du heute im Morgengrauen doch noch die Stimme der Vernunft erhört, oder wie?«

»Nein, aber ihre. Sie hat mich auf dem Heimweg abgefangen und genötigt herzukommen«, sage ich und deute mit dem Daumen auf Elsa, die mit dem Rücken zu uns sitzt und unsere Unterhaltung entweder nicht hört oder zumindest so tut als ob.

Ist vermutlich besser so.

»Wer ist die denn?«, fragt Finn überrascht.

Okay, es ist *definitiv* besser, wenn sie uns nicht hört.

Finn runzelt die Stirn. Ich kann das nur so halb erkennen, weil sie hinter einer Matte aus dunkelbraunen welligen Haaren versteckt ist. Aber selbst in meinem nicht mehr ganz so taufrischen Zustand ist mir der abschätzige Unterton nicht entgangen.

»Das ist Elsa. Mitstudentin von uns.« Und wenn der Trottel jetzt ein falsches Wort sagt, ziehe ich ihm seinen Tanga von der Arschritze bis über die Schultern (er trägt das wirklich manchmal. Sein Freund steht auf so was, hat er mir mal im Suff erzählt).

»Ich könnte schwören, ich hab sie noch nie gesehen.«

»Sitzt immer in der letzten Reihe und war seit einigen Wochen nicht mehr bei den Vorlesungen«, antworte ich und frage mich, warum ich das eigentlich so genau weiß.

Dem Blick nach zu urteilen, den Finn mir zuwirft, fragt er sich genau das Gleiche.

»Right, ich sichere mir mal ein Plätzchen.« Suchend schaut er sich um und verzieht sich in die erste Reihe direkt vor das Pult der Aufsicht (warum zur Hölle tut man das?).

Jemand drückt sich seitlich an mir vorbei, weil ich noch immer wie ein Lemming im Mittelgang stehe. Mein Blick fällt auf den Typen, der an dem Tisch neben mir sitzt und zu mir heraufstarrt.

Ich ziehe die Nase hoch und starre zurück. »Und? Was gibt's zu glotzen?«, blaffe ich ihn an. Offenbar habe ich aggressiv genug geklungen, denn statt einer Antwort verzieht er nur das Gesicht und schaut wieder nach unten.

Ich kenne das inzwischen. Also, das mit dem Glotzen. Seit drei Jahren geht das so. Weil ich Hunter Corr bin, Sohn von

Anthony Corr, dem Gründer der berühmten Geschenkartikel-Dynastie. Und Bruder von Mary Corr, die mit einem fucking *Royal* verlobt ist. Also keinem aus der ersten Reihe mit Thronanspruch, eher aus der siebenundzwanzigsten oder was weiß ich.

Aber Nathan wird trotzdem mal den Titel eines Dukes erben. Und Mary wird Duchess. Sie heiraten nächstes Jahr und planen die Hochzeit bereits mit einer Armada aus Wedding-Planern und Angestellten. Wird ein Riesenevent.

Ich werde der jüngere Bruder einer Duchess sein. Gefühlt bin ich das jetzt schon. Als die beiden vor drei Jahren ein Paar geworden sind und die Presse das spitzgekriegt hat, war es, als hätte jemand einen Bühnenvorhang hochgezogen.

Anfangs habe ich das gar nicht gemerkt und einfach mein Leben weitergelebt, mein Studium in Cambridge absolviert und überhaupt nicht gecheckt, dass ich plötzlich auf einem Silbertablett sitze und jeder meiner Schritte beobachtet wird. Bis ich das erste Mal Fotos von mir auf irgendwelchen dubiosen Yellow-Press-Newsblogs gefunden habe. Beziehungsweise die Anwälte meiner Eltern.

Aber egal.

Die Presse stürzt sich wie Aasgeier auf jede Person, die auch nur im Entferntesten mit einem Royal verwandt sein könnte, und berichtet über jeden Pups. Ja sicher, es war ein Komplettabsturz an dem Abend, bei dem ich in die Einfahrt meines Wohnheims gekotzt habe. Irgendein Wichser hat das jedenfalls aufgenommen und das Video verkauft. Und ich habe auf die harte Tour gelernt, dass die Menschen um mich herum vielleicht nicht unbedingt mein Bestes wollen.

Ich setze mich schräg hinter Elsa, damit ich sie im Auge

behalten kann. Warum genau ich das tue, kann ich nicht sagen. Ich mache es eben.

Der Glotzer beobachtet mich verstohlen über die Schulter und ich erwidere seinen Blick mit einer genervten Geste.

Zumindest kann er keine Fotos davon machen, dass ich komplett fertig zu einer Klausur erscheine, die Handys liegen ja hinter uns in den Plastikwannen.

Ist mir klar, dass ich unter diesen ganzen Strebern hier negativ auffalle und sich das herumsprechen wird. Und dass ich mit meinem Verhalten Gerede oder einen Tipp an die Presse geradezu herausfordere.

Dabei kenne ich nicht mal den Namen von diesem Typen, der jetzt schon wieder herschaut.

Ich kenne kaum Namen von den Leuten, mit denen ich studiere. Weil ich keinen Bock auf Marchlyn Falls oder das Studium an der Bloomsbury habe.

Keinen Bock auf irgendwelche Leute, die vorgeben, meine Freunde zu sein.

Keinen Bock auf irgendetwas.

Sobald ich mich auf dem Stuhl niedergelassen habe, bin ich versucht, meinen Kopf in die Arme zu betten, weil ich so müde bin. Ich würde auf der Stelle einschlafen und Elsa hätte mich ganz umsonst hierhergeschleppt.

Also reibe ich mir mit beiden Händen über das Gesicht, atme tief ein und aus, und …

Bringt nichts. Ich fühle mich noch genauso scheiße wie vorher.

Außerdem möchte ich duschen. Ich möchte wirklich dringend duschen und meine Klamotten wechseln. So unauffällig ich kann, rieche ich an meinem Longsleeve, das ich beim Tanzen im Club ziemlich vollgeschwitzt habe.

Ich weiß nicht mal, wie lange diese Klausur hier geht. Sechzig Minuten? Neunzig?

Fuck, echt. Ich sollte nicht hier sein. Ich sollte zu Hause in meinem Bett liegen und pennen.

Aber du Vollhonk hast dich ja von dieser Frau belabern lassen.

Sobald Elsa vorhin neben mir aufgetaucht ist, war es, als hätte ich schlagartig meinen eigenen Willen verloren. Wie sie da so vor mir stand, mit ihrer Mütze und ihren Fäustlingen und dem Funkeln in ihren blauen Augen – es war, als wäre neue Energie durch meinen Körper geflutet. Das hat sich ernsthaft so angefühlt, als hätte ich eine Line gezogen.

Bescheuert, oder?

Es war nett, was sie gemacht hat. Mir ihr Wasser zu geben. Mir Energydrinks und ein Sandwich zu kaufen (und ich weiß, sie steht auf gutes Essen. Ich habe ihr angesehen, dass ein kleiner Teil ihrer Seele dabei gestorben ist). Das war ... richtig nett von ihr. Uneigennützig.

Mehr als das. Es war ...

Mein Herzschlag beschleunigt sich, was ein untrügliches Zeichen dafür ist, dass auch das Koffein des zweiten Energydrinks von meinem Körper absorbiert wurde.

Glaube ich.

Jedenfalls wollte ich Elsa dann nicht mehr zeigen, wie fertig ich bin, und habe mich zusammengerissen.

Mich zusammenzureißen und nicht zu zeigen, was wirklich in mir vorgeht, ist wie ein Automatismus. Ich habe ihn von klein auf eingebläut bekommen.

Du zeigst nicht, wie es dir geht. Du zeigst nicht, was du denkst.

Wie sehr ich es hasse.

Eigentlich wäre jetzt der perfekte Zeitpunkt, hinzuschmeißen und meinen Eltern zu zeigen, dass ich endgültig aufgehört habe, nach ihrer Pfeife zu tanzen. Was wollen sie schon machen? Mich wieder in ihre Villa beordern und mir einen Job in ihrer Firma geben, damit sie mich ständig unter ihrer Fuchtel haben?

Wahrscheinlich ist ihnen das zu anstrengend. Die letzten Monate über sprechen sie ohnehin hauptsächlich über ihre Anwälte mit mir – persönlich tun sie das fast nie (und seien wir mal ehrlich: Ich bin sogar froh darum). Selbst an meinem Geburtstagen schicken sie mir irgendwelche superteuren Geschenkkörbe und rufen mich an, statt selbst aufzukreuzen.

Vor mir rutscht Elsa auf ihrem Stuhl hin und her, greift nach ihren Stiften, legt sie wieder ab.

»Guten Morgen allerseits.« Ein Mitarbeiter vom Institut läuft zwischen den Tischreihen nach vorn.

Es wird stiller im Raum, und ich schaue auf Elsas lange rote Haare, die leicht gewellt sind, und betrachte ihr Profil. Ihre gerade Nase, die vollen Lippen, die etwas zittern. Sie reibt sich mit dem Zeigefinger über die Stirn und umfasst einen der Stifte, als müsse sie sich daran festhalten.

Dann fällt mir auf, dass ich selbst keinen habe. »Hey, psst!«, mache ich. Der Glotzer dreht sich um, ich deute auf Elsa, und er tippt sie für mich an.

»Stift?«, frage ich, und sie reicht mir den nach hinten, den sie in der Hand hatte. Als ich danach greife, ist er noch warm.

»Wie Sie wissen, ist dies keine Multiple-Choice-Klausur, Sie müssen schreiben und rechnen, die Bögen dafür finden Sie auf Ihrem Platz, und Sie dürfen einen Taschenrechner benutzen. Toilettengänge nur nach vorheriger Abgabe der Klausurbögen, ich notiere die Zeiten darauf. Noch Fragen?«, rattert der Typ gelangweilt herunter.

Er scheint genauso gern hier zu sein wie Elsa oder ich.

Es bleibt still.

»Sie haben sechzig Minuten Zeit. Ab … jetzt.«

Papierrascheln, als alle die Prüfungsbögen öffnen. Hier und da klickt ein Kugelschreiber.

Elsa tut nichts. Worauf wartet sie denn?

Ich gebe einen Ton von mir, der beängstigende Ähnlichkeit mit einem Grunzen hat, blättere den Bogen auf, lese die ersten Wörter, denke *Fuck*, weil ich den Anfang des Satzes bereits vergessen habe, bevor ich ihn zu Ende gelesen habe, und beginne erneut.

Was für eine Scheiße.

Ich atme aus, lese die Fragestellung ein drittes Mal und verstehe jetzt doch irgendwie, was ich zu tun habe. Also fange ich an zu schreiben, obwohl mein Hirn, so verkatert, wie es ist, sowieso nur Müll produzieren wird.

Nach etwa der Hälfte der Fragen, bei denen ich erstaunlich viel zu Papier gebracht habe, schaue ich das erste Mal auf und bleibe sofort an Elsa hängen. Sie schreibt nicht.

Stattdessen blättert sie in ihrem Klausurbogen herum, hin und her, liest vorn etwas, dann hinten, nimmt ihren Stift in die Hand, legt ihn wieder ab.

Mir wird warm, als ich sie so komplett überfordert sehe, und ich schiebe es auf die beiden Energydrinks, die, gepaart mit dem Restalkohol, sicher gerade meine inneren Organe zerfressen.

Nach einer gefühlten Ewigkeit setzt Elsa den Stift doch wieder aufs Papier, und ich widme mich der nächsten Frage.

Als wir abgeben, bin ich überrascht, dass ich mehrere Seiten vollgeschrieben habe.

Der Typ, der die Aufsicht gemacht hat, läuft durch die Reihen, um die Klausurbögen einzusammeln, rümpft die Nase, als er bei mir vorbeikommt (ist mir klar, dass ich nach Alkohol stinke, Dude). Ich achte etwas genauer auf Elsas Seiten, als sie ihm die Blätter reicht.

Sie sind so gut wie leer.

5

Elsa

»Nein, der ist umsonst«, beharrt Theo und reicht Lily und mir die beiden Becher mit Glühwein. Theo ist klein und drahtig und trägt immer ein schwarzes, etwas dünnes Oberlippenbärtchen, das nicht so recht wachsen möchte (ich glaube, damit hat er bereits das Maximum an Bartwuchs herausgeholt, zu dem sein Körper fähig ist). Trotz des grauen Winters hat seine Haut einen bronzenen Ton, und nur seine Nasenspitze läuft an kalten Tagen rot an – so wie heute. Kein Wunder, der Mann steht jeden Tag acht Stunden lang in seinem Foodtruck und verkauft Kaffee- und Teespezialitäten hier unten am Hafen (die besten in der Stadt, behauptet er, was ich Frida niemals erzählen werde). Im Winter gibt es auch Glühwein. Zwar ist die Glühweinzeit im Januar eigentlich schon vorbei, aber in Marchlyn Falls nehmen sie es nicht so genau mit den Jahreszeiten.

»Theo, das geht nicht.« Ich stelle beide Becher ab, krame in meiner Manteltasche und halte ihm einen Zehnpfundschein hin. »Jetzt nimm das Geld schon!«

»Vergiss es. Nachdem du letzte Woche dein TikTok über den Winterkaffee gedreht und meinen kleinen Foodtruck in der Abblende gezeigt hast, haben sie mir die Bude eingerannt.

Ich musste Jake zu Sainsburys schicken, um Milch nachzukaufen. Einige wollten außerdem wissen, wer du bist.« Er lacht und ich fixiere ihn.

»Du hast ihnen doch nichts gesagt?«

»Bist du wahnsinnig, natürlich nicht! Du bleibst die unbekannte Baking-Queen!« Nachdrücklich schiebt er die Becher zu Lily und mir. Ich gebe mich geschlagen, wir schnappen sie uns und steuern ein Plätzchen an einem der Holztische an, die im Freien stehen. Heute ist es windstill genug, um hier ein Weilchen zu sitzen und den Ausblick auf den Pier zu genießen.

Nach dem Streit mit meinen Eltern an Weihnachten war ich so frustriert, dass ich früher als die meisten anderen nach Marchlyn Falls zurückgekehrt bin. Und an einem ziemlich kalten und stürmischen Januartag bin ich mit Theo ins Gespräch gekommen. Er hatte gerade seinen Foodtruck für den Abend zugesperrt, stand vor der Kaimauer, hat hinaus auf das Meer geschaut und in Ruhe eine geraucht. Das ist sein Abendritual, weiß ich inzwischen. »Ja, ich sauge meine Lunge voller Gift und starre blicklos auf die Schwärze der See, das ist eben meine Art zu entspannen«, hat er mich begrüßt, als ich den zweiten Abend hintereinander neben ihm stand. Und dann habe ich ihn eben gefragt, wie es so wäre. Das Leben mit einem eigenen kleinen Business.

Ich habe es für meinen Seelenfrieden getan, weil das Gespräch mit meinen Eltern zwei Tage zuvor noch so präsent war.

»Ich weiß nicht, ob ich meinen Master schaffe«, habe ich meinem Dad gestanden, nachdem ich am Weihnachtstag stundenlang mit mir gerungen hatte, ob ich mich ihm wirklich anvertrauen kann.

»Natürlich schaffst du ihn! Streng dich an und zeig mal ein bisschen Disziplin«, hat er barsch erwidert. So wie er es immer macht.

»Das versuche ich doch, aber ... ich tue mich so schwer mit dem Stoff.« Das meinem Dad gegenüber zuzugeben, war deprimierend gewesen. Ich habe mich so klein und verletzlich gefühlt – und so sehr gehofft, dass er zumindest ein winziges bisschen Verständnis zeigen würde.

»Deine Cousins und Cousinen schaffen es auch! Alle haben inzwischen ihren Master. Du wirst nicht als Einzige nach dem Bachelor aufhören! Sophie ist nur ein Jahr älter als du und fängt sogar schon ihren PhD in Oxford an!«

»Ja und? Sophie ist total eingebildet.«

»Das kann sie sich auch leisten, im Gegensatz zu dir«, hat er mich angefahren. »Was willst du denn? Mit Kochen und Backen dein Geld verdienen, oder wie?«

»Warum denn nicht?«

Ja, das habe ich Dad gefragt. Denn: Ich möchte etwas mit meinen Händen machen. Etwas Echtes, das nicht hinter einem Screen stattfindet. Und ja, am liebsten hätte ich wirklich einen Job, bei dem ich kochen oder backen kann. Und wenn ich genug gespart habe, kann ich vielleicht irgendwann mal ein eigenes Bed & Breakfast eröffnen ...

Hirnrissig hat mein Dad diese Idee genannt.

»Mein Leben lang habe ich so hart gearbeitet! Ich bin nach acht Stunden Arbeit im Betrieb zur Abendschule gegangen, um zumindest einen höheren Schulabschluss machen zu können!«

Die gleichen, die immer gleichen Geschichten, die ich mir seit Jahren anhören muss. Inzwischen hasse ich sie.

Aber Dad war noch nicht fertig. »Und du? Bekommst alles auf dem Silbertablett serviert! Wir opfern unsere Ersparnisse, damit du einen Hochschulabschluss bekommst. Also streng dich in Gottes Namen ein bisschen an!«

»Habe ich doch! Ich habe meinen Bachelor gemacht. Ein Master ist überhaupt nicht …«

»Der reicht nicht!«, unterbrach er mich schroff. »Jeder hat heutzutage einen Bachelor. Damit hast du noch nicht mal eine Jobgarantie.«

Aber du hast doch auch einen guten Job. Du arbeitest bei einer Bank. Und du hast nicht studiert, wollte ich ihm entgegnen. Aber ich habe es nicht getan.

Weil *genau das* das Problem ist.

Dad hätte sich gewünscht, zu studieren. Aber seine Eltern hatten nur Geld, um seinen älteren Bruder auf die Uni gehen zu lassen. Dad musste sich als Jugendlicher einen Job suchen, dann hat er Mum kennengelernt, sie haben geheiratet, und er hatte eine kleine Familie zu versorgen.

Ich hatte nie den Luxus, den du hast.

Mach was draus, Mädchen.

Enttäusch uns nicht.

Du wirst dir mal aussuchen können, was du arbeitest.

Wie oft ich das schon gehört habe. Und vielleicht hat er ja recht. Er ist schließlich mein Dad. Er hat so viel mehr Lebenserfahrung als ich. Er weiß, was gut für mich ist, oder?

»Weißt du was, Elsa? Mach, was du willst!«, hat er schroff gesagt. »Wenn du Bäckerin werden willst, dann mach es eben. Aber dann kannst du gleich in die Council Flats drüben in die Hochhaussiedlung ziehen! Und hier blicken lassen brauchst du dich auch nicht mehr!«

Ich weiß nicht, ob ich die Sätze je vergessen werde. Genauso wenig wie das schreckliche Gefühl der Unzulänglichkeit, als mein Dad mich angesehen hat. So entrüstet über den absurden Vorschlag. Wütend eigentlich, dass ich überhaupt auf so eine Idee gekommen bin.

Und das hat so wehgetan. Es hat sich angefühlt, als wäre in mir etwas aufgerissen, eine tiefe, schmerzhafte Wunde. Und sie hört einfach nicht mehr auf zu bluten.

Für meine Eltern sind meine Träume Hirngespinste, die mein Leben zerstören werden. Ich soll das Privileg nutzen, das mein Dad mir mit seiner harten Arbeit ermöglicht hat. Und ich will ja auch, dass er zufrieden mit mir ist. Dass er glücklich ist. Doch ich glaube, ich kann es nicht. Ich schaffe es einfach nicht, ihm diesen Wunsch zu erfüllen.

Am nächsten Morgen bin ich abgereist und habe seitdem mit Dad kein Wort gesprochen. Knapp einen Monat ist das jetzt her. Meine Mum hat mir ein paar Whatsapps geschickt – und so getan, als wäre nie etwas vorgefallen. Letzte Woche nach der Probeklausur habe ich ihr ein einsilbiges *Danke* geantwortet, mehr nicht.

»Der Winterkaffee hat fast eine Millionen Views. Wow«, stellt Lily fest, den Blick auf ihr Handy geheftet, als wir uns an einen der Tische zurückziehen. Sie sind zwischen den drei Foodtrucks aufgestellt. Über uns hängen Lichterketten mit großen Glühbirnen, und jetzt zur Abenddämmerung sieht es hier ein bisschen aus wie in einem Disneyfilm, finde ich.

Gedankenverloren nippt Lily an ihrem Glühwein, stellt den Becher dann hastig ab und wedelt mit der flachen Hand vor ihrem offenen Mund, als könnte das etwas an ihrer verbrannten Zunge ändern. »Das ist jetzt schon das zweite Video, das viral gegangen ist«, sagt sie schließlich.

Nur so zum Spaß habe ich vor einigen Wochen einen eigenen TikTok-Kanal aufgesetzt. Ich habe kleine Videos gedreht und die Clips ein paar Mal pro Woche veröffentlicht. Ich drehe alle TikToks bei Frida in der Küche des *Black Cat*. Bisher ist niemand drauf gekommen, wo und vor allem wer ich bin.

Das Problem ist: Je mehr ich aus der Umgebung poste, desto mehr Leute werden checken, dass es jemand von hier sein muss. Und eigentlich möchte ich das nicht. Weil es bei meinen BakeToks nicht um mich geht und ich mich auch den fiesen Kommentaren und der Kritik, die online herrscht, nicht aussetzen möchte. Es geht ausschließlich um das, was ich tue, meine Leidenschaft fürs Kochen und Backen. Es fühlt sich gut an, die Videos zu drehen. Obwohl viele Leute sie ansehen, ist das mein Safespace, der mich von meiner ziemlich ätzenden Realität ablenkt.

»Gerade würde ich die Views gerne gegen gute Noten tauschen.« Ich puste auf den Glühwein, nehme einen Schluck und genieße den Geschmack der Gewürze und das leichte Brennen des Weins in meinem Rachen.

»Läuft nicht so gut?«

Ich lache. »Na ja. Es geht schon.«

Lily verengt die Augen. »Elsa?«

»Hm?«

»Es läuft beschissen mit dem Lernen, oder?«

Anfang des Semesters hat Lily mich bei einem gemeinsamen Kurs quasi durch unsere Präsentation getragen. Sie hat die ganze Arbeit gemacht, und ich musste nur ein paar Produkte vorstellen, um ihre Thesen zu untermauern. Außerdem hat sie noch eine Seminararbeit mit mir geschrieben. In einer Nacht. Sie hat mir den Arsch gerettet. Seitdem habe ich ihr nicht mehr erlaubt, mir zu helfen. Sie hat zwar inzwischen ein Stipendium für ihr Studium an der Bloomsbury, macht aber trotzdem weiterhin ihren Job am Institut für Psychologie und hat außerdem noch ihren Freund Ellis, mit dem sie Zeit verbringen möchte. Heimlich habe ich den Verdacht – nein, eigentlich weiß ich, dass sie sowieso zu wenig schläft. Wenn sie mich also fragt, wie es bei mir läuft, sage ich natürlich *Voll okay*, was rein gar nichts mit der Realität zu tun hat. Aber zumindest kommt sie dann nicht auf die Idee, mir wieder helfen zu wollen.

»Es läuft echt okay mit Lernen. Besser, als ich dachte.«

Lügnerin.

»Und wie war die Probeklausur?«

»Weiß nicht, hab noch nicht nachgeschaut.« Mit dem Finger fahre ich den Rand meiner Tasse nach, bleibe daran kleben und lasse die Hand sinken.

»Dann machen wir das jetzt gemeinsam.«

Ich zögere und betrachte weiterhin meine Tasse. »Brauchen wir nicht. Bin sowieso durchgefallen.«

»Das kannst du doch gar nicht wissen.«

»Doch, ich weiß es. Ich brauche also gar nicht erst …«

»Elsa.«

Ich sehe sie an.

»Wir schauen das jetzt zusammen nach. Verdrängen bringt nichts.«

Ich atme tief aus, ziehe mein Handy hervor und rufe die App der Bloomsbury auf, in der wir uns zu Prüfungen anmelden und Ergebnisse abrufen können. Geduldig sieht Lily mir dabei zu, wie ich mich einlogge, die Lehrveranstaltung anwähle und … statt einer Note stehen da nur zwei Wörter. Und obwohl ich es wusste und das jetzt wirklich keine Überraschung ist, fühlt es sich so an, als würde die Schwerkraft plötzlich mit der dreifachen Stärke an mir ziehen.

»Sag ich doch. Durchgefallen!«, gebe ich laut von mir, muss dann aber schlucken, weil mir ein Kloß in der Kehle sitzt.

»Quatsch, du bist nicht durchgefallen, das ist …« Lily nimmt mir das Handy aus der Hand, schaut darauf, prüft meine Matrikelnummer mit den Zahlen auf der Seite und verstummt.

»Nicht bestanden«, liest sie leise. »Bist du dir sicher, dass da nicht irgendein Fehler …«

»Lily! Ich konnte so gut wie nichts aufs Papier bringen, ich *kann* überhaupt nicht bestanden haben.«

»Hast du nicht gesagt, du hast gelernt?«

»Ja, schon, also … nicht genug? Außerdem kann ich so viel lernen, wie ich möchte, ich *verstehe* die Sachen einfach nicht. Und, ganz ehrlich? Ich will sie auch gar nicht verstehen! Diese Formeln? Hast du dir die mal angesehen? Hast du? Die sind doch vollkommen irre.«

»Elsa. Entspann dich. Es war nur eine Probeklausur.«

»Ja, das hat Hunter auch gesagt.«

Ihre Brauen wandern nach oben. »Ihr habt euch unterhalten?«

»Ja, vor der Klausur, ich habe ihn …« Ich zögere und Lilys Augen werden groß.

»Wir sind zusammen zur Klausur gelaufen?«, biete ich an.

»Irgendetwas sagt mir, dass das nur die halbe Wahrheit ist.«

Die Vibration meines Telefons rettet mich. Ich erhasche einen Blick auf das Display, wo das Foto meiner Mum aufleuchtet. Fragend sieht Lily zwischen dem klingelnden Handy und mir hin und her. »Irgendwann musst du hingehen«, stellt sie fest.

»Hm«, mache ich. »Um mich mit ihr zu unterhalten und so zu tun, als wäre nichts gewesen? Wie die vielen anderen

Male auch, nachdem wir gestritten hatten? Über das immer gleiche Thema?«

»Aber es ewig zu verdrängen, ist doch auch nicht …«

»Wenn ich mit ihr rede, verdränge ich das Problem genauso.«

»Vielleicht spricht sie es an.«

Ich lache und merke im gleichen Moment, wie bitter es klingt. Lily antwortet nicht mehr, sondern wirft mir einen langen Blick zu, hebt ihren Glühwein, wartet, bis ich mit ihr anstoße, dann nehmen wir beide einen großen Schluck.

Und schweigen ein bisschen gemeinsam.

Irgendwann kneift Lily die Augen zusammen und starrt angestrengt in Richtung Pier. »Was macht der denn da?«

Ich folge Lilys Blick und mein Puls schlägt aus. Dort steht Hunter, die Hände tief in den Hosentaschen vergraben, und unterhält sich mit einer Frau. Sie trägt einen dunklen Mantel und eine rosa-weiße, ziemlich große Wollmütze.

»Seine Freundin?«, mutmaßt Lily.

»Ist sie dafür nicht ein bisschen zu alt?«, frage ich. Schwer zu sagen aus dieser Distanz und jetzt in der Dämmerung, aber ich schätze sie auf Anfang dreißig.

»Wer weiß, worauf er steht.«

Laut Internet auf schlank, blond und sportlich, ehrlicherweise. Aber ich würde natürlich niemals zugeben, dass ich diesen Mann gestalkt, mir die paar wenigen Newsbeiträge in irgendwelchen Klatschblogs über ihn durchgelesen und schon etwa eine Zillion Mal sein Instagramprofil aufgerufen habe. Das alles ist außerdem Monate her, also völlig unerheblich.

Okay, vielleicht habe ich nach unserer Prüfung auch noch ein kleines winziges bisschen in seinem Feed gescrollt und mir seine Stories angesehen, einfach nur weil ich … wissen wollte, was er in der Nacht vor der Klausur so getrieben hat.

»So, wie die sich verhalten, sind sie garantiert nicht zusammen«, höre ich mich sagen. Zumindest hoffe ich das insgeheim.

Wieso in Gottes Namen hoffe ich das überhaupt?

»Beziehungskrise?«, schlägt Lily vor, und ich muss lachen. Es klingt etwas zu gekünstelt und hoch.

Hunter gestikuliert aufgebracht, die Frau scheint aber recht ruhig zu antworten, und …

Streiten die beiden etwa?

»Wieso habt ihr vor der Klausur miteinander gesprochen? Ich dachte, ihr hättet gar keinen … uhm, Kontakt? Also, außer einem Hallo im Vorlesungssaal vielleicht? Ich kann mich nur erinnern, dass er damals im Herbst mit auf diesem Pubcrawl war. Und an dem Abend im *Bellevue* war er mit seinen Eltern ja auch zufällig dort. Aber seitdem hattet ihr doch nichts mehr miteinander zu tun. Oder hab ich was verpasst?«

Ich habe befürchtet, dass Lily nicht lockerlassen würde.

»Am Morgen vor der Klausur habe ich ihn sturzbetrunken vor dem *Cube* aufgegabelt.«

»Oh.«

»Und dann habe ich ihn möglicherweise gezwungen, trotzdem an der Klausur teilzunehmen.«

»Und er ist ernsthaft mitgegangen?«, wundert sich Lily.

»Ja.«

Lily starrt mich verblüfft an und hört gar nicht mehr auf damit.

Nach einer gefühlten Minute starrt sie noch immer. »Und seitdem?«

Seitdem versuche ich, nicht jedes Mal Herzrasen und

Schweißausbrüche zu bekommen, wenn Hunter in meiner Nähe ist. In den sechs Tagen nach der Klausur haben wir uns zweimal in Vorlesungen gesehen und uns gegrüßt. Geredet haben wir nicht. Ich habe aber mitbekommen, dass er sich mehrmals zu mir umgedreht und mich angesehen hat. Also … länger angesehen. Und ich habe jedes Mal so getan, als würde ich es nicht merken, weil mich das komplett überfordert hat.

»Seit der Klausur haben wir nicht mehr gesprochen«, antworte ich schließlich. »Ist wahrscheinlich auch besser so«, füge ich leiser hinzu.

Auf Lilys Lippen legt sich ein kleines, wissendes Lächeln. »Meinst du?«

6

Elsa

»Fertig geworden?«, fragt Frida, als ich die Tür zur Küche öffne und in den Gastraum trete.

»Ja, ich bringe ihn gleich nach vorn. Baskischer Käsekuchen. Ich muss noch das letzte Take mit den aufgeschnittenen Stücken machen. Aber dann …«, ich ziehe einen dicken Ordner unter dem Tresen hervor und lasse ihn demonstrativ auf die Arbeitsfläche fallen, »… fange ich mit meiner Masterarbeit an.«

Frida sieht auf den Hefter, aus dem kreuz und quer Seiten herausquellen. »Hast du dir inzwischen ein Thema ausgesucht?«

»Ja, also … nein. Morgen müssen wir offiziell einreichen. Ich habe am Nachmittag einen Termin mit dem Dozenten. Ich dachte, ich schreibe sie in Internationalem Marketing, weil …«

… weil das der einzige Kurs ist, in dem ich nicht durchzufallen drohe, nachdem Lily mir die Hausarbeit quasi im Alleingang geschrieben hat? Und ich finde, von allen Fächern, die ich in meinem Master machen muss, klingt Marketing am wenigsten schlimm.

»… weil ich Marketing ganz interessant finde.« Zumindest

Frida gegenüber könnte ich ehrlich sein und ihr das wahre Ausmaß meiner akademischen Bruchlandung anvertrauen. Doch nicht mal das schaffe ich.

»Schreib halt über deinen TikTok-Kanal als Marketing-Tool.«

»Könnte ich.« Aber dann müsste ich allen davon erzählen. Bisher ist der Kanal mein Baby, und nur Frida, Lily und Theo wissen Bescheid.

»Wann müsst ihr die Arbeit eigentlich abgeben?«

Gute Frage. »Im Sommer.« Glaube ich zumindest, ich habe mich noch nicht so ausführlich damit befasst.

Fridas und mein Blick bleiben an dem Ordner hängen. Ich habe mich noch mit gar nichts genauer befasst, was meine Abschlussarbeit betrifft. Ich glaube, sie muss länger sein als meine Bachelorarbeit und irgendwie … tiefer gehen? Was auch immer das heißt.

Wir sehen einander an.

»Hast du Lily schon gefragt, ob sie dir eventuell helfen könnte?«

Frida kennt mich eben doch besser, als ich immer annehme.

»Sie hat selbst so viel zu tun und ist in dieses Forschungsprojekt eingebunden, ich kann sie unmöglich fragen.«

Frida kommt näher und reibt ermutigend über meinen Unterarm. »Du kannst das auch allein, Schätzchen.«

Sie läuft nach hinten in den Gastraum, um das Körbchen von Robert the Bruce von weißen Katzenhaaren zu befreien.

»Aber was, wenn ich nicht will?«, murmle ich vor mich hin.

Aus der Ecke tönt unwilliges Maunzen, weil der Kater von seinem Schlafplatz vertrieben wurde, gefolgt von dem Lacher eines Gastes, der direkt danebensitzt und das Schauspiel beobachtet. Regelmäßig unterhält Robert mit seinen Showeinlagen die Besucher (meist übernimmt er dabei die Rolle des beleidigten Katers und tut so, als wäre alles, was in diesem Café passiert, eine Zumutung).

Doch als Frida an mir vorbeiläuft, ein Katzenbettchen über dem Arm und den sich beschwerenden Robert im Schlepptau, sagt sie: »Dann machst du es eben nicht.«

Ich starre ihr hinterher. Sie öffnet die Tür, als wäre nichts gewesen, scheucht Robert zurück in den Gastraum und schüttelt das Bettchen aus.

Hat sie das gerade wirklich gesagt? Oder habe ich mir das nur eingebildet? Wunschdenken, der Druck, die Prüfungen, die in ein paar Wochen beginnen – vielleicht werde ich eben doch verrückt?

Aber in meinem Kopf hat sich der Gedanke bereits festgesetzt.

Was, wenn ich es nicht mache?

Was, wenn ich Masterarbeit und Studium einfach abbreche?

Wie schön wäre dann mein Leben? Ich würde mich so unbeschwert fühlen, und glücklich! Ich glaube, ich wäre dann echt glücklich.

Aber es geht nicht. Never.

Ich bin es meinen Eltern schuldig. Sie würden mir nie verzeihen, wenn ich hinschmeiße, Dad hat es mir ja sogar gesagt. Er hat so viel geopfert dafür, dass ich studieren kann, und es ist sein innigster Wunsch, dass ich meinen Master schaffe. Ich kann ihr angespartes Geld nicht einfach so versenken – das fühlt sich wie Verrat an.

»Elsa?« Frida ist vor mir stehen geblieben. »Ist alles okay bei dir?« Neben ihr auf dem Boden sitzt Robert und schaut neugierig zu mir hoch.

»Ja, klar, wieso?«, antworte ich schnell.

»Du siehst aus, als hättest du ein Gespenst gesehen.«

Habe ich vielleicht auch.

»Nein, nein, alles gut.«

Das Glöckchen der Eingangstür klingelt, ein kühler Luftzug fegt herein und wir schauen beide automatisch hin.

Ich atme laut ein, etwas zu laut, denn Frida wirft mir einen komischen Seitenblick zu.

Hunter betritt das Café.

Seine Winterjacke steht offen, er trägt einen weinroten Kapuzenpulli über der Tapered-Fit-Jeans, die ihm locker auf den Hüften sitzt, und hat eine Hand in der Hosentasche vergraben. Ich muss schlucken, ehe ich mich schnell abwende und so tue, als müsste ich die Cookies in der Vitrine neu ordnen. Muss ich nicht, es ist komplett blödsinnig, was ich da gerade mache, und das merkt auch Frida, weil sie, eine Augenbraue hochgezogen, zu Roberts Kratzbaum geht, an dessen Fuß das Bettchen steht. Immerhin ist sie gnädig genug, mich nicht darauf hinzuweisen, dass ich ohne Sinn und Zweck Kekse von einer Seite auf die andere schichte.

Hunter kommt direkt auf mich zu und lässt mir damit keine andere Wahl, als aufzusehen.

Sofort rollt eine heiße Welle durch meinen Körper, weil er lächelt, dieses Tausend-Watt-Lächeln, bei dem sein ganzes Gesicht strahlt und man den Blick gar nicht mehr abwenden kann. Und dabei sieht er so unfassbar attraktiv aus, dass ich einen Moment lang einfach in der Bewegung verharre und ihn anstarre.

Komplett peinlich.

»Hey«, sagt er, nachdem er am Tresen angekommen ist.

»Hey«, erwidere ich. Als er schweigt und mir in die Augen

sieht, habe ich das Gefühl, nicht genügend Sauerstoff zu bekommen. Mein ganzer Körper fühlt sich plötzlich so leicht an, als würde er aus Watte bestehen und ein paar Zentimeter über dem Boden schweben.

Sein Blick wandert nach unten zu meinem Handy, auf dem ich noch das Videoschnittprogramm geöffnet habe. »Machst du Videos?«

Schnell drehe ich das Display nach unten. »Was? Nein, natürlich nicht!«

Hältst du ihn für dumm, oder was?

»Ah, du lernst hier«, übergeht er meine völlig bescheuerte Reaktion und deutet mit dem Kopf auf den vollen Ordner. Und ich werde jetzt so richtig nervös, weil Hunter mich schon zwei Sachen gefragt hat und total freundlich und interessiert scheint.

»Hunter!« Frida stellt sich neben ihn an den Tresen, mustert ihn demonstrativ, und ich habe das Gefühl, dass sie dabei noch ein oder zwei Zentimeter wächst. »Na, was habt ihr zwei denn Schönes zu besprechen?«, fragt sie und klingt irgendwie ... Ist sie sauer auf ihn oder so?

»Wir reden über die Klausurenvorbereitung«, erklärt er.

Joa, stimmt zumindest in etwa.

Fridas Züge werden weicher, sie spitzt die Lippen und schaut zwischen ihm und mir hin und her. »Okay. Willst du was trinken?«, fragt sie dann ein bisschen widerwillig und gleichzeitig freundlich. Als versuche sie, böse auf ihn zu sein, schaffe es aber doch nicht so ganz. Ich finde es erstaunlich, wie man so widersprüchliche Signale senden kann, und nehme mir fest vor, Frida bei nächster Gelegenheit danach zu fragen. Außerdem: Verhalte ich mich nicht auch immer komisch in seiner Gegenwart? Liegt es vielleicht an Hunter?

»Also, ich muss dann mal.« Ich schnappe mir den Ordner und die Kaffeetasse mit dem schalen Kaffeerest von vor einer Stunde und ziehe mich an einen der Gasttische zurück.

Hunter bleibt am Tresen und wartet auf seinen Kaffee.

Ich schlage meinen Ordner auf, kann mich aber nicht zusammenreißen und beobachte die beiden aus dem Augenwinkel. Sobald Hunter sein Glas in den Händen hält, steuert er zielgerichtet auf meinen Tisch zu. Ich tue natürlich so, als würde ich konzentriert in meinen Unterlagen lesen. *Who are you trying to kid*, aber gut.

Nicht mal, als er vor dem Tisch steht, den Stuhl darunter hervorzieht und sich zu mir setzt, hebe ich den Kopf. »Hi«, sagt er noch mal, und mein Puls überschlägt sich, weil seine Stimme so warm geklungen hat. Warm und tief und ...

»Hi«, erwidere ich, ohne aufzusehen.

Stille, die nur von dem leisen Klirren durchbrochen wird, als Hunter sein Latte-macchiato-Glas in die kleine Mulde des Untertellers schiebt.

»Machst du das immer so?«, frage ich dann, weil ich das Schweigen nicht mehr aushalte.

»Was denn?«, will er sofort wissen, und es klingt so, als würde er sich gegen Kritik oder einem Angriff wappnen.

»Dich einfach ungefragt zu Leuten an Tische setzen«, erläutere ich und hebe den Kopf.

»Ungefragt heißt ja nicht unerwünscht, oder?«

»Nein.« *Doch. Ich weiß nicht.*

Ich nehme das Blitzen in seinen blauen Augen wahr. Keine Ahnung, wie er das macht, aber gerade schenkt er mir seine volle Aufmerksamkeit und das fühlt sich so an, als wäre ich für ihn in diesem Moment der einzige Mensch auf der Welt. Und das führt dazu, dass sich hinter meinem Brustbein ein kleiner Feuerball bildet, der in meinen ganzen Körper ausstrahlt.

Nicht gut, gar nicht gut.

»Für welches Fach lernst du?« Er deutet auf den Ordner.

Sofort beginne ich zu reden, einfach nur um diese Spannung zwischen uns zu vertreiben. Die ja garantiert nur ich wahrgenommen habe, aber egal. »Eigentlich bereite ich gerade die Masterarbeit vor. Ich glaube, ich schreibe bei Kresky in Internationalem Marketing. Also, ich habe heute einen Termin bei ihm, ich muss mir aber noch Gedanken über das Thema machen …« Das war jetzt viel zu viel und viel zu schnell, merke ich und atme betont langsam wieder ein. Das hilft mir manchmal, wenn ich einen Redeflash habe.

»In welche Richtung willst du denn?«

»Uhm …« Prima. So können Redeflashs auch vorübergehen – jemand muss einfach nur die falsche Frage stellen. Wie kann ich fast zwei Trimester in dieser Vorlesung gesessen und keinen Schimmer haben, worum es eigentlich geht?

»Ja, verstehe.« Hunter zögert. »Wie lief eigentlich die Probeklausur?«

»Passt schon. Bei dir?«, versuche ich rasch abzulenken.

»Auch. Hab bestanden.«

Hab bestanden. Der Typ ist quasi volltrunken gewesen und hat diese bescheuerte Klausur bestanden?! Garantiert hat der nicht dafür gelernt. Und ich schaffe das nicht mal nüchtern.

Bei der Erkenntnis zieht sich mein Magen zusammen und ich lege eine Hand auf den Bauch.

»Cool, Glückwunsch«, murmle ich, fühle mich wie die letzte Loserin und beginne, planlos in meinem Ordner zu blättern. Hunter sieht mir schweigend dabei zu. Und wie jedes Mal, wenn er mir Aufmerksamkeit schenkt, ist nach wenigen Atemzügen dieses leise Kribbeln wieder da. Und es lässt den Feuerball hinter meinen Rippen erneut aufflammen.

Er beugt sich zu mir vor. »Tut mir echt leid«, sagt er völlig zusammenhangslos.

Weiß er, dass ich durchgefallen bin?, schießt es mir durch den Kopf, aber das ist unmöglich.

»Was meinst du?«

Er fixiert mich und zögert. Und die Wärme in meinem Brustkorb verfliegt schlagartig. »Das Video«, sagt er dann.

»Welches Video?«

»Du hast es noch nicht gesehen?«

7

Hunter

Ich atme tief aus und bin echt erleichtert. »Puh. Sehr gut. Dann schau erst gar nicht. Spätestens in ein paar Stunden ist es wieder offline.«

»Bitte was?«, fragt Elsa und ihr bleibt kurz der Mund offen stehen. Sie hat wirklich keine Ahnung.

»Vergiss, dass ich es erwähnt habe. Ich habe mich darum gekümmert.«

Alarmiert sieht sie mich an. »Wovon bitte sprichst du?«

Du musst es ihr sagen. Sie kriegt es sowieso raus.

Ich spüre ein Stechen im Nacken und reibe darüber. »Also. Die Videos, die diese Typen von uns vor der Klausur gemacht haben, erinnerst du dich?«

»Was ist damit?«

»Irgendwie, uhm … wurde das gestern in einer Compilation auf TikTok gepostet. Offenbar hat jemand auch mal ein Video von dir gemacht, auf dem du … joggen gehst? Scheint im Herbst gewesen zu sein. Das haben sie zusammengeschnitten und …«

In dem Clip joggt Elsa die Promenade entlang und sieht nicht so aus, als hätte sie Spaß dabei. Ich glaube, das ist nicht ihre Sportart, weil sie einen hochroten Kopf hat. Und dann kommt ein Schnitt zu dem Video vor der Klausur, da schaut sie mich länger an und lächelt ein bisschen verträumt und …

Als ich mir vorhin das TikTok zum ersten Mal angesehen habe, weil irgendein Wichser mich in den Kommentaren erwähnt hat, war ich … Überrascht? Schockiert? Und mein Herz ist ganz kurz gestolpert.

Aber nur eine Sekunde lang. Dann kam die Wut.

Wie englische Frauen den Society-Boys hinterherhecheln heißt der Titel. Es ist auf lustig gemacht, doch das ist es überhaupt nicht. Ich habe ungelogen noch nie so einen Haufen Scheiße gesehen. Beim Joggingvideo fragt eine dieser monotonen KI-Stimmen: »*Trägt diese Frau Windeln beim Laufen?*« Nur weil ihre Sportpants nicht supereng sitzen und ein paar Falten geworfen haben. Bei dem Ausschnitt vor der Klausur ist ihr Gesicht so nah herangezoomt, dass es unscharf ist. »*Muss schön sein in Dreamland.*«

Ich frage mich, ob irgendjemand was gegen Elsa hat. Denn dieses TikTok zielte nicht mal auf mich, sondern eindeutig auf sie ab. Das postet doch niemand ohne irgendwelche Hintergedanken. Ich meine, ich war betrunken und sah komplett fertig aus, und das wurde nicht erwähnt. In den Kommentaren dann, okay. So einen Scheiß bin ich gewohnt und beachte ihn gar nicht mehr. Aber Elsa so bloßzustellen, ist beleidigend und unfair und im Grunde Mobbing. Ganz klar wollte sich die Person über Elsas Körper lustig machen. Sie ist eben nicht superdünn, sondern hat Kurven. Ziemlich heiße Kurven, finde ich, und ich habe mich, seit wir uns kennengelernt haben, schon mehrmals dabei ertappt, wie ich Elsa beobachtet habe. Ohne dass sie es mitkriegt, versteht sich.

Aber so ist das online. Jeder, der nicht der Norm entspricht, wird verspottet. Und alle, die der Norm entsprechen, ebenso.

Einfach nur, weil man kann. Weil alles anonym ist und man seinem Gegenüber nie etwas direkt ins Gesicht sagen muss.

Panisch zieht Elsa ihr Handy unter dem Ordner hervor und öffnet TikTok. »Wonach muss ich suchen?«

Ich denke nicht weiter nach, lege meine Hand über ihr Display und ihre Hände und wundere mich, wie groß meine im Gegensatz zu ihren sind. Ihre kalten Finger beben leicht, und einen Sekundenbruchteil lang überfällt mich der Impuls, ihre Hände zu umschließen und sie festzuhalten, bis sie wärmer sind und sie sich beruhigt hat.

»Hey«, sage ich und ihr Blick irrt zu mir. »Schau es dir nicht an. Ich habe bereits mit meinen Anwälten gesprochen, es ist bald offline.«

»Deinen Anwälten?« Sie wirkt immer entsetzter.

Ich ziehe meine Hand zurück und stoße die Luft aus. »Meinen Familienanwälten. Tut jetzt nichts zur Sache. Das war eine Verletzung der Persönlichkeitsrechte und wir haben es TikTok gemeldet. Ziemlich sicher wird der Account gelöscht, und das Video sowieso. Es hatte auch noch nicht so viele Aufrufe, und …«

»Was … wie viele Aufrufe?«

Ich schweige.

»Hunter?«

»Ein paar Tausend vielleicht, ich weiß nicht …« Ich gerate ins Stocken, weil ich förmlich dabei zusehen kann, wie Elsa das Blut aus dem Gesicht weicht.

Leider hatte der Account mehrere unserer Kommilitonen vertaggt. Das Video wurde von einigen angeschaut, was mit Sicherheit den Algorithmus gepusht hat, und die anderen haben es geteilt, weil sie Elsa zumindest vom Sehen kannten und es witzig fanden, auf ihre Kosten drei Sekunden lang zu lachen und über die Sensation zu staunen, dass da eine Mitstudentin vorgeführt wird. Dann wird nach oben gewischt, nächstes Video, nächster Spaß, gib mir mehr, gib mir mehr.

Ich merke, wie sich mein Kiefer verkrampft, und versuche mich zu entspannen. Ist nämlich nicht so, dass mir so was nicht auch schon passiert ist.

Elsas Lippen bewegen sich, als wolle sie etwas sagen, doch dann senkt sie den Blick und sinkt in sich zusammen. Sie scheint sich vor Schock völlig in sich zurückzuziehen. Wie ein Einsiedlerkrebs in sein Muschelhaus.

Als ich den Arm nach ihr ausstrecken und sie berühren will, weil ich mir ernsthaft Sorgen um sie mache, passiert etwas Komisches. Sie legt ihr Handy ab, richtet sich kerzengerade auf und zaubert ein Lächeln auf ihre Lippen. »Ach, egal. Sollen sie doch posten, was sie wollen, mich interessiert das gar nicht.«

Ich weiß nicht genau, wie Elsa so tickt, aber die Show hier nehme ich ihr kein bisschen ab. »Bist du sicher?«

»Na klar, morgen amüsieren sie sich doch schon wieder über etwas ganz anderes.« Damit könnte sie zwar recht haben, aber es ändert nichts an der Verletzung, die dieses Video bei ihr anrichten würde, sobald sie es zu Gesicht bekäme. Ich hoffe, die Anwälte sind schnell.

Elsa zieht ihre Crop-Fleecejacke aus, hängt sie halb über ihren Stuhl, nimmt einen Schluck Kaffee und tut so, als würde sie sich wieder in ihren Ordner vertiefen. Ich kann deswegen so genau sagen, dass sie *nur so tut*, weil sie auf eine leere Seite stiert.

»Elsa?«

»Hm?« Sie sieht auf.

Ich tippe auf das Papier. »Da steht nichts.«

»Ach so, ja.« Sie lacht, ihre Wangen färben sich, sie fährt sich mit der Hand in den Nacken, und ich kann mich nicht davon abhalten, ihrer Bewegung zu folgen. Heute hat sie ihre roten Haare nach oben zu einem unordentlichen Knoten gebunden. Ein paar einzelne Strähnen haben sich daraus hervorgestohlen und schmiegen sich an ihren Nacken. Sie trägt ein eng anliegendes langärmeliges Oberteil in Altrosa, das mich an die Ballett-Outfits meiner Schwester erinnert, und eine Highwaist-Jeans. Der Gürtel in ihrer Taille betont ihre Kurven wahnsinnig gut. Außerdem ist ihr Top ziemlich weit ausgeschnitten.

»Was ist eigentlich dein Thema?«, fragt sie.

Mein Blick bleibt auf der milchweißen Haut an ihrem Hals hängen, wandert weiter zu ihren Schlüsselbeinen, die sanft hervorstehen und einen Weg nach unten weisen, wo die Ansätze ihrer Brüste sichtbar sind. Ich spüre ein Glühen, das sich von meinem Nacken über den gesamten Rücken ausbreitet.

Mit aller Macht dirigiere ich meinen Blick zur Seite und versuche, mich auf die Musterung der Natursteinwand zu konzentrieren. Aus dem Augenwinkel sehe ich trotzdem, wie sich ihr Dekolleté bei jedem Atemzug hebt und senkt. Schneller, als es das normalerweise tun sollte.

»Ähm … ich denke, ich werde über Wirtschaftskriminalität schreiben.«

»Wow, interessiert dich das?« Vielleicht. Und vielleicht fänden meine Eltern das auch richtig scheiße und ich tue es deshalb? Nicht, dass ihr Geschenkartikel-Imperium in kriminelle Machenschaften verstrickt ist. Das traue nicht mal ich ihnen zu. Doch einige ihrer Billigzulieferer sind das garantiert, und meine Eltern profitieren davon. Und ich werde sicherstellen, dass meine Masterarbeit und mein Name frei zugänglich überall im Internet zu finden sein werden.

Dann wäre ich wieder der Nestbeschmutzer, der das Ansehen der Familie in den Dreck zieht. Ich muss grinsen. »Hab mal 'ne Doku dazu gesehen«, antworte ich vage.

Mein Handy vibriert in der Tasche, ich ziehe es hervor, sehe den Namen aufleuchten und schiebe es wieder zurück.

»Willst du nicht rangehen?«

»Hmm, keine Lust gerade.«

Das Vibrieren hört auf und keine zehn Sekunden später geht es erneut los. Wieder ist es meine Mum.

»Ich glaube, du solltest rangehen«, rät mir Elsa und ich stöhne leise, aber tue es tatsächlich. Während ich den grünen Knopf slide, stehe ich auf und entferne mich ein paar Schritte, damit Elsa das Gespräch nicht mit anhören muss. Ganz sicher wird es nicht gut laufen. Das tun die Gespräche mit meiner Mutter nie.

»Hallo, Mama«, begrüße ich sie.

»Hunter, zu gnädig, dass du mal abnimmst.«

Und sofort will ich wieder auflegen.

»Was gibt's?«, übergehe ich ihren Vorwurf.

»Dein Vater und ich werden dich besuchen kommen.«

O Gott, bloß nicht.

»Das ist echt nicht nötig.« Eine weiße Katze kommt zu mir und streicht mir um die Beine.

»Wir kommen in zwei Wochen.«

Ich antworte nicht sofort, sondern atme tief aus. Natürlich ist ihnen egal, was ich möchte. Das war es schon immer, wenn es sich nicht zufällig mit ihren eigenen Interessen deckt.

»Ich würde mich gerade lieber auf meine Klausuren konzentrieren.«

Als ob. Aber einen Versuch ist es wert.

»Wir erwarten dich zum Abendessen im *Bellevue*. Scheint das einzig vertretbare Hotel in diesem Nest zu sein.«

»Dann hättet ihr mich vielleicht woandershin abschieben sollen, hm?«

»Sei nicht albern, Hunter. Du weißt, es ist zu deinem Besten.« Der Satz. *Dieser* Satz. Jedes Mal, wenn ich ihn höre, bekomme ich Brechreiz.

»Melissa kommt auch mit«, fährt sie dann fort und mein ganzer Körper verkrampft sich bei dem Namen.

»Mama, ihr könnt Melissa nicht mit einladen.«

»Natürlich können wir das. Und haben wir schon. Es wird Zeit, dass ihr eure alberne Trennung mal hinter euch lasst und …«

»Es geht nicht.«

»Und verrätst du mir auch, weshalb?«, tönt ihre Stimme aus dem Hörer. Ich fahre mir mit der Hand über das Gesicht, drücke Daumen und Zeigefinger auf meine geschlossenen Lider, und als ich wieder etwas anderes als Sternchen sehe, sage ich: »Sie ist meine Ex-Freundin und dabei wird es auch bleiben.«

»Hab dich nicht so, sie ist ein wirklich nettes Mädchen, erst neulich habe ich mich im Rotary-Club mit ihrer Mutter unterhalten und …«

»Mama!«, unterbreche ich sie scharf. »Nein!«

»Aber wir haben es doch schon ausgemacht, das wird sicher ein netter …«

»Melissa kann nicht mitkommen, weil ich eine neue Freundin habe«, sage ich schnell.

In der Leitung herrscht Stille.

»Ach ja? Seit wann?«, fragt Mum spitz. Sie klingt beleidigt.

»Seit ein paar …« Mein Blick schweift durch den Raum und bleibt an Elsa hängen, die mich beobachtet. »Seit ein paar Wochen.«

»Und wer ist die Glückliche, wenn ich fragen darf?«

Ich fixiere Elsa. Sie sieht mich neugierig an, und ich glaube, ich stehe nicht weit genug entfernt. Sie hört, was ich sage.

»Sie ist eine Kommilitonin«, antworte ich, weil mir auf die Schnelle nichts Besseres einfällt. Wieder Stille. Es ist so leise, dass ich meinen eigenen Herzschlag in den Ohren höre. Und der rast, weil sich gerade Worte in meinem Kopf formen, die ich selbst nicht glauben kann.

»Ihr Name ist Elsa«, höre ich mich sagen, ohne den Blick von Elsa zu nehmen.

Und zum zweiten Mal heute kann ich ihr dabei zusehen, wie ihr die Gesichtszüge entgleisen.

8

Elsa

Er sieht mich an, er fixiert mich geradezu, während er weiterspricht: »Ja, sie wird ebenfalls zum Dinner kommen. Ja. Ja, ich stelle sie euch vor, keine Sorge … In einer Woche. Okay … Ja. Bye, Mama.«

Ich glaube, ich kann nicht mehr atmen. In meiner Lunge beginnt es zu brennen, und von Sekunde zu Sekunde wird das Brennen stärker. Als ich es wieder schaffe, Luft zu holen, klingt es, als hätte jemand meinen Kopf unter Wasser gehalten.

Inzwischen hat Hunter aufgelegt und betrachtet mit eigentümlicher Faszination das schwarze Display seines Handys.

Ich konzentriere mich erst mal nur auf den nächsten Atemzug, weil …

Er kann das nicht gesagt haben.

Also, dass ich seine Freundin bin.

Ein kurzer, irrer Lacher löst sich aus meiner Kehle.

Robert the Bruce sitzt vorwurfsvoll maunzend zu Hunters Füßen. Sein Schwanz zuckt hin und her, und seine unergründlichen eisblauen Augen folgen Hunter, als dieser an meinen Tisch zurückkehrt, den Stuhl hervorzieht und sich erneut mir gegenüber hinsetzt. Und schweigt. Er sieht mich nicht einmal mehr an.

»Hunter? Was … äh … was war das?«

Keine Antwort.

»Du hast deiner Mutter nicht gerade ernsthaft gesagt, dass ich deine Freundin bin, oder?«

Jetzt hebt er den Kopf. »Uhm … doch. Habe ich.«

Mein Herz macht einen komischen Satz gegen die Rippen, und mit jedem Schlag wird das Flattern in meinem Magen stärker. Und das setzt etwas in mir in Gang. Einen Strudel, einen ganzen Mahlstrom an Gedanken und Gefühlen.

Er kann so was doch nicht einfach behaupten, wir kennen uns quasi nicht, das ist …

Ist das ein Traum? Träume ich?

Ich beiße mir auf die Innenseite meiner Wange. Nein, es tut weh, ich träume das nicht.

Heißt das, Hunter und ich sind zusammen?

WAS PASSIERT DENN HIER GERADE?

Und wieso sieht er mich jetzt so an? Unter seinem durchdringenden Blick wummert mein Herz.

»Natürlich sind wir nicht zusammen«, sagt er jetzt, das gewohnte, leicht überhebliche Lächeln in den Mundwinkeln, und es fühlt sich an, als würde jemand einen Kübel Eis über meinem Kopf entleeren.

Natürlich sind wir nicht zusammen.

Gerade fühlt es sich so an, als wäre ich wieder sechs und bei meinen ersten Fahrradfahrversuchen gegen eine Wand geprallt. Weil ein winzig kleiner, völlig realitätsferner Teil in mir wirklich geglaubt hat, ich wäre jetzt mit dem Mann zusammen, von dem ich manchmal nachts träume. Ab und an. Ja, in Ordnung, ziemlich häufig. Ich habe eben einen Crush auf ihn. Ich bin mir sehr sicher, das haben viele.

»Ja, Gott sei Dank sind wir das nicht!«, antworte ich

nachdrücklich und bemühe mich, so entrüstet wie möglich zu klingen, damit Hunter ja nicht merkt, dass mein Herz mit dieser verwunderlichen Enttäuschung angefüllt ist. »Du kannst das trotzdem nicht einfach behaupten.«

»Entspann dich, ich werde meinen Eltern einfach kurzfristig sagen, dass wir uns wieder getrennt haben. Oder dass du die Grippe hast oder so.«

»Okay, gut. Das wäre ja auch wirklich absurd. Du und ich – never!« Ich lache etwas zu hoch und angestrengt und Hunter legt den Kopf schräg und betrachtet mich.

»Es sei denn ...« Er scheint ins Grübeln zu kommen und mir bricht der Schweiß aus. »Wir könnten tatsächlich so tun, als wären wir zusammen. Also, nur für eine Weile. Solange meine Eltern eben da sind.«

»Wie bitte?«

»Na ja. Es würde mir helfen.« Er pausiert. »Und dir auch.«

Nein, würde es nicht. Es würde mich zerstören.

»Wovon sprichst du, Hunter?«

»Pass auf.« Er lehnt sich mit beiden Unterarmen auf den Tisch und beugt sich näher zu mir. Der Hauch seines Parfüms weht zu mir, und wie jedes Mal, jedes verdammte Mal, muss ich mich zusammenreißen, um nicht die Augen zu schließen und tief einzuatmen. »Ich schlage dir einen Deal vor. Du rettest mir den Arsch bei meinen Eltern und ich rette dir den Arsch bei deinem Masterabschluss.« Ich muss ihn wohl verständnislos ansehen, denn er fährt fort: »Einen Abend lang, wenn meine Eltern da sind, tust du einfach so, als wärst du meine Freundin. Du kommst mit zum Dinner, plauderst höflich, wir halten Händchen, und das war's auch schon. Dafür helfe ich dir, dass du deinen Abschluss schaffst.«

»Sag mal, was glaubst du denn?« Ich plustere mich auf.

»Ich brauche niemanden, der mir bei meinem Studium hilft! Wie kommst du überhaupt darauf, auf gar keinen Fall werde ich so tun, als wäre ich mit dir zusammen, damit deine Eltern …«

»Elsa«, unterbricht er mich. »Wir sitzen in den gleichen Kursen, schreiben die gleichen Klausuren, da bekommt man das ein oder andere mit. Wir machen eine Lerngruppe und lernen gemeinsam für die Prüfungen, okay? Wir schreiben doch sowieso exakt die gleichen. Und ich helfe dir bei deiner Masterarbeit.« Als ich ihn nur ansehe, mit rasendem Puls und trockenem Mund, fährt er fort: »Erzähl mir nicht, dass du keine Hilfe brauchst. Du hast dir vor der Präsentation in Marktpsychologie Anfang des Semesters mit Lily in die Hose gemacht. Du hast die Probeklausur letzte Woche so gut wie leer abgegeben. Egal, was du behauptest, du *kannst* diese Klausur nicht bestanden haben. Überhaupt kommst du maximal in jede zweite Vorlesung, und ich mag mich täuschen, aber du hast noch keinen Schimmer, mit welchem Thema du heute Nachmittag bei Prof. Kresky aufschlagen wirst. Habe ich recht?«

Stille.

»Spionierst du mir hinterher, oder was?«, fahre ich ihn an und versuche, ihn mit einem aufgebrachten Blick zu bedenken. Dabei fühle ich mich hauptsächlich ertappt.

»Nein, tue ich nicht, aber es ist ziemlich offensichtlich. Tut mir leid, Elsa.« Erwartungsvoll und gleichzeitig ein wenig mitleidig sieht er mich an. Weil er keine Ahnung hat, was er da eigentlich von mir verlangt. Und jetzt wird der Schimmer in seinen Augen entschlossener. »Außerdem lasse ich nicht zu, dass noch mal jemand so ein Video über dich postet.«

»Was hat das denn mit meinen Klausuren zu tun?«, frage

ich leise, hauptsächlich weil mich seine Bemerkung komplett überfordert.

»Nichts. Aber wenn es ein Weilchen so aussieht, als wären wir zusammen, also wenn es nicht nur meine Eltern, sondern auch die Leute hier mitbekommen, wird sich keiner mehr trauen, solche TikToks zu veröffentlichen.«

Ich muss schlucken, weil ich einige Momente, einige ewig erscheinende Momente nicht weiß, was ich antworten soll. Seine Worte bringen etwas in mir zum Schwingen. Mein Herz zieht sich zusammen, weil er ... Hat er gerade gesagt, dass er mich vor diesen Leuten schützen will?

»Das wird nicht noch einmal passieren, Elsa. Versprochen«, fährt er fort, und ich bringe nicht mehr zustande, als zu nicken.

»Du kannst das doch gar nicht kontrollieren«, gebe ich schließlich mit belegter Stimme zurück.

»Nicht wirklich. Aber sie werden wissen, dass wir denoder diejenige bis zum Ende ihrer Tage mit Klagen überhäufen werden, wenn noch mal so ein Post kommt. Das tun wir immer. Das ist 'ne Win-win-Situation«, fährt er fort. »Wer auch immer es auf dich abgesehen hat, lässt es in Zukunft, und mir hilfst du echt aus der Klemme. Auf gar keinen Fall gehe ich auf ein Dinner mit meinen Eltern und Melissa!«

Darum geht es ihm also. Er will seine Ex nicht treffen. Und zieht jetzt mich da mit rein.

»Was ist so schlimm an Melissa?«, höre ich mich fragen und wundere mich darüber, dass ich scheinbar in einem Paralleluniversum gelandet bin und Hunter Corr über seine Beziehungsprobleme ausfrage. Denn in der Welt, in der ich die letzten zweiundzwanzig Jahre gelebt habe, würde das niemals passieren.

»Sie ist meine Ex und … Sagen wir so: Wir sind nicht im Guten auseinandergegangen. Mehr musst du nicht wissen.«

»Deswegen können wir doch trotzdem nicht …«

»Elsa, wir tun einfach nur so, verstehst du? Es wird natürlich nie etwas zwischen uns laufen. Aber das … Wenn du bei mir bist, bist du safe.«

Nein, bin ich nicht. Wenn ich in deiner Nähe bin, öffnen sich die sieben Pforten der Hölle für mich. Zumindest der Gefühlshölle.

Hastig beginne ich, die Zettel in den Ordner zu schieben und meine Sachen zu packen. »Ich muss jetzt los«, behaupte ich und kann meine Unterlagen gar nicht schnell genug in den Rucksack stopfen.

»Okay.« Hunter scheint überrascht. »Aber du meldest dich bei mir, oder?«

»Hm, ja. Ciao. Ciao, Frida«, rufe ich, ein wenig nach vorn gebeugt, weil ich erst mit einem Arm in meine dicke Winterjacke geschlüpft bin. Der halb geöffnete Rucksack baumelt an seinem Riemen in meiner Hand. Mit dem Ellenbogen öffne ich die Eingangstür, trete nach draußen und laufe noch bis zum Ende der Straße, ehe ich Mantel und Rucksack einfach auf den Boden sinken lasse, obwohl mir verdammt kalt ist.

O. Mein. Gott.

Ich muss Lily schreiben. Sofort.

9

Elsa

»Was zum Teufel tun wir hier?«, fragt Lily. Sie starrt aufs Meer und klammert sich an ihrem Bademantel fest, als hinge ihr Leben davon ab. Auf dem kleinen Stückchen Haut, das an ihren Waden zwischen den Winterboots und dem Bademantel hervorlugt, kann ich eine Gänsehaut erkennen.

»Ich weiß es nicht. Ich glaube, es ist ein Fehler.« Als wolle das Universum meine Aussage bestätigen, bläst uns eine eiskalte Windböe vom Meer entgegen und wir krümmen uns beide ein Stückchen zusammen.

»Weniger als eine Minute. Sechzig Sekunden. Oder sagen wir, fünfzig. Fünfzig Sekunden, die wir im Wasser sind. Was machen fünfzig Sekunden schon, wenn man sie auf unsere gesamte Lebenszeit zählt? Das ist gar nichts. Null. Ein Wimpernschlag«, redet Lily vor sich hin. Ich glaube, sie hat *wirklich* Angst. Und ich meine, ihre Zähne klappern zu hören.

»Wir tun es für einen guten Zweck. Das musst du immer vor Augen haben.« Ich prüfe noch einmal, ob mein Dutt unter der Mütze versteckt ist, damit meine Haare nicht nass werden, und ziehe mir die kratzige Wolle tief über die Ohren.

Heute ist der erste Samstag im Februar, was hier in diesem Örtchen bedeutet: Es ist der Tag des *Marchlyn Falls Winter*

Swim. Alle, die den Mut haben, sich bei ungefähr neun Grad Wassertemperatur ins Meer zu stürzen, finden sich am Strand ein. Außerdem kommen jede Menge Schaulustige und die Lokalpresse. Einige Gastronomen bauen an der Promenade ihre kleinen, süßen Buden auf. Viele Studierende der Bloomsbury machen eine Mutprobe daraus und irgendein Industrieller aus der Gegend spendet pro Teilnehmer einhundert Pfund für einen guten Zweck. Dieses Jahr kommt der Erlös Obdachlosen in ganz Wales zugute.

Mein Blick schweift über den Strand. Verschiedene Grüppchen haben sich gebildet, und ich schätze, es sind ungefähr zweihundert Menschen, die in Handtücher und Bademäntel gehüllt auf das Signal warten, bis es gemeinsam in die Fluten geht. Ich schaue wieder nach vorn zu der aufgewühlten See und ein Schauder schüttelt meine Schultern.

Ich glaube, das wird ziemlich schrecklich.

»Also noch mal zum Verständnis.« Ellis taucht neben uns auf, schiebt mit seinem nackten Fuß unsere Taschen im Sand beiseite und stellt sich vor uns. Er trägt keinen Bademantel, sondern lediglich ein Handtuch um seine Lenden geschwungen, und ihm scheinen die knapp sieben Grad Lufttemperatur und der absolut arktische Wind überhaupt nichts auszumachen. Woraus sind diese Waliser gemacht, aus Stahl?

Ellis' Muskeln zeichnen sich auf Oberkörper, Armen und selbst auf seinem Bauch leicht ab, während er redet und sich bewegt. Ganz in Gedanken schiebt er sich immer wieder eine dunkle widerspenstige Haarsträhne unter die Mütze. Ich kann verstehen, warum Lily verrückt nach ihm ist, denn unabhängig davon, dass dieser Mann ein wirklich netter Kerl ist, sieht er rein objektiv betrachtet auch noch aus wie ein verdammtes Postermodel.

»Dieser Corr bietet dir an, eine Lerngruppe mit ihm zu gründen, und er hilft dir sogar bei deiner Masterarbeit. Ihr solltet übrigens klären, in welchem Umfang«, führt Ellis weiter aus und wedelt mit den Händen in der Luft, als müsse er uns irgendeine komplizierte wissenschaftliche Theorie erklären. »Und du musst dafür lediglich einen Abend lang so tun, als wärst du seine Freundin?«

»Ja«, sage ich trocken.

»Ist dieser Typ ein Schlepper? Ein Con-Artist, der dich deines Geldes berauben möchte?«

»Nein.« Ich zögere. »Also, glaube ich.«

»Okay. Dann mach es!«

»Moment, Moment, Moment«, schaltet sich Lily ein, während sie bibbernd von einem Bein aufs andere hüpft. »Das Problem ist doch nicht, dass Hunter potenziell kriminell ist. Das Problem ist, dass ihm sein Studium komplett am Arsch vorbeigeht und er bei der Hälfte der Vorlesungen nicht mal anwesend war. Oder, Elsa?«

»Richtig.« Zufälligerweise weiß ich das zumindest bis Weihnachten ganz genau, weil ich in der Zeit selbst noch alle Veranstaltungen besucht habe und aus der letzten Reihe einen guten Überblick hatte, wer da war und wer nicht. Und Hunter hat eher mit Abwesenheit geglänzt.

»Glaubst du ernsthaft, eine Lerngruppe mit zwei Leuten, die absolut keinen Bock auf das haben, was sie tun sollen, ist sinnvoll? Elsa verschwendet nur ihre Zeit und …«

Kurz habe ich Angst, Lily verplappert sich und sagt so was wie *würde sich noch mehr in ihn verlieben und wäre dann völlig besessen von ihm*. Tut sie aber nicht. Weil Lily eben Lily ist. Der loyalste, verschwiegenste Mensch, den ich kenne.

»Wenn Corr in Cambridge studiert und dort seinen Bachelor-Abschluss gemacht hat, kann er nicht so schlecht sein«, entgegnet Ellis.

»Vielleicht hat ihm Papi ja seinen Studienabschluss erkauft?«, stichelt Lily und wirft ihrem Freund dabei einen herausfordernden Blick zu.

»Für wie korrupt hältst du unser akademisches System eigentlich?« Ellis dreht sich Lily zu, und obwohl die Frage eine Spur konfrontativ war, sind seine Augen ganz weich und warm. Sie leuchten richtiggehend, als er sie betrachtet.

»Möchtest du darauf eine ernst gemeinte Antwort?«, erwidert Lily, und statt etwas zu sagen, brummt Ellis nur, zieht sie zu sich heran, drückt ihren Kopf gegen seine Brust und gibt ihr einen Kuss auf die blauen Haare. Sie hat sie erst letzte Woche färben lassen, und ich finde, sie sieht fantastisch damit aus.

Er reibt ihr über den Rücken. »Wo ist eigentlich deine Mütze?«

»Vergessen«, nuschelt sie an seiner Brust.

Ellis zieht sich seine Wollmütze vom Kopf und stülpt sie ihr unbeholfen über.

»Du musst nicht …«

»Keine Diskussion«, sagt er leise, aber bestimmt, und gleichzeitig so liebevoll, dass mich der Unterton direkt ins Herz trifft. Die zwei hatten vielleicht einen etwas holprigen Start, doch ich kann sehen, wie sehr sie sich mögen.

»Ladys und Gentlemen«, ertönt es am Ende des Strandes durch ein Megafon. Der Bürgermeister hält eine Fahne mit dem Stadtwappen in die Luft. »Begeben Sie sich auf Ihre Startpositionen.«

»O Gott, es wird so schlimm«, entfährt es mir, als ich mich

aus dem Bademantel schäle und ihn hinter mir auf meinem Kleiderstapel deponiere, den ich mir auf unserer Decke bereits strategisch zurechtgelegt habe. Anders als Lily, die einen Bikini in Neon-Regenbogenfarben mit Strasssteinchen trägt, habe ich meinen hellblauen Badeanzug an. Trotzdem fühlt es sich nicht gut an, so viel nackte Haut zu zeigen.

Nach dem Vorfall mit TikTok wollte ich eigentlich gar nicht mehr teilnehmen. Lily und Ellis haben mich überredet. *Versteck dich nicht. Lass diese Idioten nicht dein Leben diktieren. Wir gehen gemeinsam.* Und: *LASS MICH BEI DIESER SCHEISSE BLOSS NICHT ALLEINE* (O-Ton Lily).

Und sie haben ja recht. Dennoch fühle ich mich noch unwohler als sonst, wenn ich einen Badeanzug trage, obwohl das mein Lieblingsteil ist, mir wie angegossen passt und ich das Hellblau echt gerne mag. Ständig habe ich das irrationale Gefühl, dass mich jemand beobachtet. Ich werfe einen Blick über beide Schultern, kann aber niemanden erkennen, der mir auf irgendeine Weise Aufmerksamkeit schenkt. Also drehe ich mich wieder nach vorn, wo uns die Brandung entgegenrollt.

O. Mein. Gott.

»Ich hätte ein Testament machen sollen«, bestätigt Lily meine unausgesprochenen Gedanken. »Na ja. Eigentlich besser, dass ich keins gemacht habe, ich habe ja sowieso nur Schulden.«

Ich muss unkontrolliert kichern.

»Macht euch mal locker, das wird total geil!«, dröhnt Ellis. »Ihr werdet euch nachher wie neugeboren fühlen. Ihr müsst schreien, okay? Das hilft«, rät er uns. »Und macht mehr Spaß«, ergänzt er mit einem breiten Grinsen.

»Auf die Plätze …«, ertönt es aus dem Megafon.

Ich atme tief ein und aus und schaue mich ein letztes Mal um. Eine lockere Menschenkette hat sich zu beiden Seiten von uns gebildet, die sich fast über den gesamten Strand der Bucht von Marchlyn Falls zieht. Alle tragen Badekleidung und Mützen, manche sogar Handschuhe.

»... fertig ...«

Irgendetwas zu meiner Linken zieht meine Aufmerksamkeit auf sich, aber ich habe keine Zeit mehr, erneut hinzusehen, denn das »Los!« ertönt, und gleichzeitig beginnen alle zu laufen.

Und ich schreie tatsächlich, Lily ebenfalls, die von Ellis an der Hand mitgezogen wird. Wir laufen gegen den Wind an, überwinden etwa zwanzig Meter Strand, und als meine ohnehin schon rot gefrorenen Füße mit dem eisigen Meerwasser in Berührung kommen, merke ich, dass das Wasser nicht einfach nur kalt ist. Es tut verdammt noch mal weh, so eisig ist es.

»Weiterlaufen!«, befiehlt Ellis zu meiner Linken, und ich tue es, weil mich der Kälteschock offenbar in einen Roboter verwandelt hat.

Was wir hier tun, ist komplett irre. Geistesgestört.

Der Schmerz wandert weiter nach oben bis zu meinen Knien, dann zu meinen Oberschenkeln, und meine Füße tun so verdammt weh.

»Nicht stehen bleiben!«, höre ich Ellis erneut. Ich habe gar nicht gemerkt, dass ich mich nicht weiterbewegt habe. Lily und er sind inzwischen zwei Schritte vor mir.

Ich kann das nicht. Es ist absolut unmöglich. Ich werde umkehren und das Geld aus eigener Tasche spenden, weil ich nur als echte Teilnehmerin gelte, wenn ich bis zu den Schultern im Wasser war.

Neben mir quiekt eine ältere Frau mit Badekappe, mehrere junge Leute tauchen rechts vor mir schreiend unter, und ich beginne, langsam rückwärtszulaufen.

Okay gut. Kein Problem, ich habe versucht, an dieser lebensmüden Tradition teilzunehmen, aber hey, c'est la vie, man kann nicht alles haben ...

Plötzlich greift eine eiskalte Hand nach meiner und zieht mich mit aller Kraft weiter in die Brandung. Ich schreie vor Schreck auf, schaue nach links, und da ist Hunter. In Badeshorts und ebenfalls mit Mütze. »Nicht stehen bleiben, Prinzessin«, sagt er leise, lächelt unbekümmert, und ich glaube, mein Herz bleibt kurz stehen. Ich weiß nicht, ob von der Kälte oder von Hunters Anwesenheit oder von der Tatsache, dass er gerade mein Handgelenk berührt oder dass er mir jetzt hilft oder ...

SCHEISSE, IST DAS KALT!

Die trüben Wellen schwappen mir bis zum Bauch, und ich schnappe nach Luft. Ich habe Lily und Ellis aus den Augen verloren, ich weiß nicht, ob sie nur hinter mir oder inzwischen ganz woanders sind, aber ich bin so sehr damit beschäftigt, stoßweise ein- und auszuatmen und Hunter anzustarren, dass ich zu nichts anderem mehr in der Lage bin. Ich bleibe an seiner ziemlich durchtrainierten Brust hängen, auf der nicht nur eines, sondern gleich mehrere Tattoos sind. Es sind grafische Muster und Figuren – oder Tiere? Und ein Schriftzug ist dabei, aber mein Hirn ist viel zu sehr im Survival-Modus, um zu verarbeiten, was es da sieht.

Ich denke mir nur: *Verdammt, sieht der gut aus!*

Vielleicht hat er gemerkt, dass ich ihn anstarre, oder sagen wir, seinen Körper anstarre. Jedenfalls kommt er ein Stückchen näher zu mir. Inzwischen kann ich kleine Lachfältchen in seinen Augenwinkeln erkennen und eine feine Narbe an seiner Wange. »Bist du so weit?«, fragt er und meint zweifellos, dass wir jetzt bis zu den Schultern untertauchen müssen.

»Nein«, gebe ich von mir.

»Macht nichts. Wir machen das trotzdem.«

»Kann nicht.«

»Doch«, sagt er. »Natürlich kannst du. Schau mich an.«

Haha. Mach ich ja schon.

Meine Füße sind mittlerweile taub, ich spüre sie nicht mehr, meine Beine auch, und überall ist dieser fürchterliche Kälteschmerz.

»Eins … zwei …«, beginnt er zu zählen.

»Ich kann wirklich nicht«, sage ich hastig.

»Oh, du hast ja keine Ahnung, was du alles kannst. Mach einfach mit mir mit«, sagt er, und ich bilde mir ein, dass seine Stimme irgendwie gepresst klingt. Ziemlich sicher ist ihm selbst eiskalt, aber er versucht, es zu überspielen. »Und los.« Hunter zieht mich nach unten. Nicht ruckartig, aber doch unerbittlich und so zügig, dass unsere Schultern nach wenigen Sekunden unter der Wasseroberfläche sind.

Ich reiße die Augen auf, mein Körper ist jetzt vollends im Überlebensmodus, und wie eine Besessene versuche ich zu atmen. Ich habe Angst, dass ich einfach umkippe, weil es so scheiße, scheiße kalt ist, aber Hunter hält mich fest. Auch er ringt nach Luft, und nur eine Sekunde später zieht er mich wieder mit nach oben und schlägt mit mir im Schlepptau den Weg zurück zum Strand ein.

Als uns das Wasser nur noch bis knapp über die Knöchel reicht, erfasst uns eine Windböe, und ich merke, dass es hier an der Luft viel kälter ist als im Wasser. Ich wimmere.

Hunter raunt »Gut gemacht, Prinzessin«, lässt mein Handgelenk los und verschwindet irgendwo im Getümmel.

Theo, der ganz kurz seinen Kaffeewagen verlassen hat, um uns beim Umziehen zu helfen, taucht vor mir mit meinem Handtuch auf und schaut in die Richtung, in die Hunter gelaufen ist. »Was zur Hölle war das?«

Ich reiße ihm das Handtuch aus den Händen und beginne mich bibbernd abzurubbeln, während wir zügig zu unserer Decke zurücklaufen.

»Sag mir, dass ich mir das nicht eingebildet habe. Der war doch gerade wirklich da, oder?«, frage ich.

»Hell, yeah, der war da!«, bestätigt Theo und wirft dabei theatralisch die Hände in die Luft. Ich liebe es, wie wenig Theo seine Queerness versteckt, und könnte ihm stundenlang zuhören, wenn er ausdrucksvoll zu erzählen anfängt oder sich über irgendetwas aufregt.

Ellis und Lily stehen bereits bei ihrer Decke, Lily in ihren Bademantel gehüllt. Ellis scheint schon wieder abgetrocknet zu sein und hält Lily das Badetuch, damit sie sich umziehen kann.

Überall wird gecheert, gelacht, gejubelt, aus einer Box tönt jetzt fröhliche Partymusik, und plötzlich merke ich wieder, wie laut es hier ist.

Ich reibe mit meinem Handtuch hektisch über meine knallrote Haut, und Theo hält mir das Ersatzhandtuch so, dass ich mich, geschützt vor Blicken, meines Badeanzugs entledigen und die Unterwäsche anziehen kann. In absolutem Rekordtempo streife ich meine Jogginghose über (Jeans wären ein fataler Fehler, weil man in die mit feuchten, sandigen Füßen kaum hineinkommt), dann ein Longsleeve und einen Fleecepulli. Als ich Theo mit einem dankbaren Nicken entlassen habe und meine Füße in Socken und Winterboots stecken, spüre ich allmählich meinen Körper wieder, und eine angenehme Wärme prickelt über meine Haut und zurück in meine Gliedmaßen.

Ellis hatte recht. Gerade fühle ich mich fantastisch. Wach, voller Energie und – glücklich.

Die Frage ist nur, ob das am Eisbad liegt oder …

»Okay, wow, also«, Lily taucht neben mir auf. »Das war ja krass!«

»Das Eisbad?«

»HUNTER!«, schreit sie mich euphorisch an und strahlt dabei über das ganze Gesicht.

Ich sehe Ellis mit hochgezogenen Augenbrauen an und deute auf Lily. »So was ist normal nach dem Eisbaden, oder?«

10

Elsa

»Jap«, gibt Ellis lachend zurück. »Aber wir holen uns jetzt erst mal ein warmes Getränk. Das gehört zur Marchlyn-Falls-Winterbaden-Erfahrung dazu.«

Theo steht schon wieder in seinem kleinen Kaffeewagen und schenkt umsonst Heißgetränke aus. Jeder von uns bekommt einen dieser Mehrweg-Plastikbecher mit einem Getränk, auf dem ein kleines Sahnehäubchen sitzt. »Irish Coffee«, erklärt Theo, als Ellis es zweifelnd betrachtet. Dann wedelt Theo uns weiter, damit sich hinter uns keine Schlange bildet und alle schnell etwas Warmes bekommen können. Wir stellen uns an einen der vielen Stehtische, über denen ein Heizpilz angebracht ist, und saugen die Wärme in uns auf, die von oben auf uns herabstrahlt.

Ich nehme einen Schluck von dem Irish Coffee, genieße das Kaffeearoma und das leichte Brennen des Whiskeys (Theo war wohl sehr großzügig mit dem Schuss) und lecke mir die süße Sahne von der Oberlippe.

»Total nett, dass Hunter dir geholfen hat«, greift Lily das Thema erneut auf.

Ich muss erst schlucken, ehe ich antworten kann: »Tja, *ihr* wart ja auf einmal weg, nicht wahr?«

Mein Vorwurf ist natürlich nur ein Ablenkungsmanöver, und das weiß auch Lily, weil sie mir statt einer Antwort nur einen vielsagenden Blick zuwirft.

Seit ich aus dem Wasser gekommen bin, habe ich es nämlich nicht geschafft, dieses dämliche Grinsen aus meinen Mundwinkeln zu verbannen.

Er hat mich Prinzessin genannt. Obwohl ich im Panikmodus war, habe ich das wahrgenommen, und wenn ich mich jetzt daran zurückerinnere, schießt mein Puls in die Höhe.

Und ich bin verwirrt.

Theo taucht neben uns auf. Er hat gerade einen seiner freiwilligen Helfer instruiert und kann seinen Kart für ein paar Minuten allein lassen.

Ellis schnuppert vorsichtig an seinem Becher mit Sahne. Bisher hat er noch nicht davon getrunken.

»Tu nicht so, als würde ich dich vergiften wollen«, moniert Theo prompt.

»Ich trinke normalerweise nur …«

»Schwarzen Kaffee, ist mir schon klar. Und deine hetero-normative Maskulinität springt dir aus jeder Pore, mein Freund.«

Lily, die gerade einen Schluck aus ihrem Becher nimmt, spuckt beinahe kichernd ihren Kaffee wieder aus.

»Wo ist Hunter eigentlich jetzt?«, will Theo wissen.

»Wahrscheinlich bei seinen Freunden«, mutmaßt Lily und beugt sich nach hinten, um sich einen zweiten Becher vom Irish Coffee zu stibitzen, ohne dabei den warmen Kreis des Heizpilzes verlassen zu müssen. Sie ist erstaunlich gelenkig. Oder fest entschlossen, keinen Zentimeter ihres Körpers der Kälte auszusetzen.

»Mir hat er letzte Woche im Suff erzählt, er habe hier keine Freunde«, antworte ich.

Ellis kann Lilys Verrenkungen wohl nicht mehr mit ansehen und reicht ihr einen zweiten Becher.

»Und die aus Cambridge besuchen ihn auch nie«, kommentiert Theo.

»Warum eigentlich nicht?«, will Lily wissen.

»Keine Ahnung. Jedenfalls hat er, seit er hier ist, noch nie Besuch bekommen. Es gibt wohl einen Grund, warum er Cambridge verlassen und jetzt mit niemandem aus seinem alten Leben mehr Kontakt hat«, berichtet Theo. »Vielleicht ist er doch kriminell?«

»Woher willst du überhaupt wissen, dass Hunter noch nie Besuch hatte?«, frage ich ihn.

»Von Frida«, antwortet Theo ganz selbstverständlich. »Und die hat es von Lilien, die doch eines ihrer Luxus-Cottages an ihn vermietet und quasi seine Nachbarin ist. Lilien sieht alles und Frida hört alles. Wir können also davon ausgehen, dass es sich um gesicherte Informationen handelt.«

»Er wohnt in einem dieser supermodernen Luxuscottages oben auf dem Hügel? Die Miete kostet doch ein Vermögen!«, stelle ich fest.

Theo schnalzt mit der Zunge. »Tja, Schätzchen. Das Beste ist gerade gut genug für unseren Society-Boy.« Er spitzt die Lippen und gibt mir einen dieser anzüglichen *dirty*-Looks, die er geradezu meisterhaft beherrscht. »Sicher, dass du auf sein Angebot nicht eingehen möchtest?«

»Theo! Ernsthaft! Genau das ist doch das Problem!«, platzt es aus Lily heraus. Okay. Manchmal ist Lily doch nicht so verschwiegen, wie ich dachte.

»Was ist das Problem?« Ellis wirkt verwirrt.

»Also, dass …«, druckst Lily herum. Aber jetzt ist es auch schon egal.

»Ich mag ihn«, gebe ich zu, und die anderen werden still.

Lily sieht mich fragend an. *Bist du dir sicher, dass du den Elefanten, der seit Monaten dein putziges kleines Haustierchen geworden ist, jetzt ansprechen möchtest?* Nicht mal wir beide haben die Sache mit Hunter jemals wirklich thematisiert. Aber ich weiß, dass Lily es weiß oder zumindest ahnt, also …

»Oh«, machen Ellis und Theo wie aus einem Munde.

»Und er weiß es nicht?«, fragt Theo und sieht prüfend in die Runde, ob ihm als Einzigem womöglich ein wichtiges Puzzleteil fehlt.

»Natürlich nicht, er nimmt mich für gewöhnlich nicht mal wahr.« Zumindest rede ich mir das ein. Wobei wir die letzten Tage ja schon etwas mehr Kontakt hatten …

»Und jetzt plötzlich schlägt er dir diesen Deal vor?«, wundert sich Ellis.

»Ich glaube, er hat einfach nicht weiter darüber nachgedacht. Mein Name war der erste, der ihm eingefallen ist, weil ich ja direkt neben ihm saß. Außerdem hat er sich schlecht gefühlt wegen dieses TikToks.« Das keiner meiner Freunde gesehen hat, und ich auch nur ein einziges Mal, weil Hunters Anwälte wohl wirklich dafür gesorgt haben, dass es gelöscht wird.

Mitsamt *MaKingyouLAUGHxx*. Über den Account war nur dieses eine Video gepostet worden, das dennoch jede Menge Views erreicht hatte. 5376, um genau zu sein, als ich es gestern Vormittag ebenfalls angesehen habe. Absurderweise wurde es mir sogar vorgeschlagen. (Danke für nichts, Geo-Tagging). Wahrscheinlich hat dieses scheiß Video jeder, der in Marchlyn Falls lebt und TikTok nutzt, gesehen.

»Noch ein Grund mehr, es nicht zu tun«, steigt Lily sofort

darauf ein. »Das waren doch sicher irgendwelche Leute, die ihm schaden wollen. Wer sagt, dass sie das nicht wieder tun werden, wenn ihr zwei miteinander abhängt?«

»Und deswegen wurde ich in dem Video verarscht und er als der heiße Typ dargestellt, den ich anhimmle? Der Clip ging nicht gegen Hunter. Er ging gegen mich.«

»Wie dem auch sei, du gibst dich nicht mit diesem seltsamen Typen ab, sondern wir organisieren dir eine andere Lerngruppe. Da gibt es doch bestimmt welche, oder?« Sie wendet sich Ellis zu, der sich gerade tatsächlich ein Herz gefasst hat und einen Schluck von seinem Irish Coffee nimmt. Als er merkt, dass ihn alle ansehen, stellt er ertappt das Getränk ab.

Theo grinst breit, und ich bin mir sehr sicher, dass Ellis absichtlich nicht in seine Richtung schaut, als er sagt: »Ich frage mal meinen Kollegen am Institut.«

»Brauchst du nicht, ich kann das allein«, unterbreche ich die Überlegungen meiner Freunde, weil ich bei dem Gedanken, mit anderen lernen und mich ständig vor ihnen bloßstellen zu müssen, Schweißausbrüche bekomme. »Morgen früh arbeite ich an meinem Konzept für die Masterarbeit und fange an zu lernen. In der Bib. Ab acht Uhr. Ihr könntet mich kontrollieren.«

Das muss ich auch, weil der Termin mit Prof. Kresky ein Desaster war.

Ms Jones, überlegen Sie sich noch einmal genauer die Ausrichtung Ihrer Masterarbeit und kommen Sie dann nächste Woche wieder.

Tja, haha. Als ob ich nächste Woche wüsste, was ich tun soll.

»Also, ich würd's machen, Schätzchen«, sagt Theo. »Wie

schlimm kann dieser Corr schon sein? Ist vielleicht ganz gut, wenn du ihn näher kennenlernst, dann wirst du merken, dass er voll und ganz gewöhnlich und langweilig ist und überhaupt nicht dein Typ.« Er zwinkert.

Überhaupt nicht mein Typ.

Das habe ich ja eben gesehen.

Ich spüre ein Flattern im Magen, und Lily scheint in meinem Gesicht zu lesen, denn sie wirft Theo einen vernichtenden Blick zu.

Sollte ich mich wirklich auf diesen Deal einlassen und mehr Zeit mit Hunter verbringen, werde ich mich vollends in ihn verlieben, mir irgendwelche Sachen einbilden und schlicht an gebrochenem Herzen sterben. Oder so. Denn jedes Mal, wenn ich bisher Zeit mit ihm verbracht habe, hat Hunter sich als überraschend umgänglicher Kerl entpuppt.

Das Aufleuchten meines Handydisplays zieht meine Aufmerksamkeit auf sich.

Erinnerung in zwei Tagen: Abgabe benotete Übungsaufgaben Investitionstheorie.

Ich schließe die Augen. Auch das noch. Außer Statistik gibt es meiner Meinung nach kein schlimmeres Fach als Investitionstheorie. Reinste Mathematik, ich verstehe absolut gar nichts.

Mein Studium ist wirklich kurz davor, mir um die Ohren zu fliegen. Wenn nicht heute, dann höchstwahrscheinlich übermorgen, wenn ich die Übungsaufgaben nicht abgebe. Oder spätestens nächste Woche, wenn ich es nicht geschafft habe, einen sinnvollen Themenvorschlag für meine Masterarbeit abzusprechen.

Willst du das?

Seit Wochen habe ich kaum Kontakt zu meinen Eltern,

sie treiben mich in den Wahnsinn. Aber bin ich wirklich bereit, ihren größten Wunsch aufzugeben? Das, was sie sich so für mich erhofft und erträumt haben, einfach wegzuwerfen? Einen Teil ihrer Altersvorsorge zu verbrennen, weil ich es nicht hinkriege, mich ein wenig zusammenzureißen?

Im Grunde hatte ich mein Masterstudium schon kampflos aufgegeben, noch ehe ich überhaupt damit angefangen hatte.

Mit dem Zeigefinger fahre ich meine Unterlippe auf und ab. Das darf nicht sein. Ich muss zumindest versuchen, dieses Studium zu schaffen. Es ernsthaft versuchen. Alles andere würde ich mir nie verzeihen.

Und so absurd das auch sein mag, die besten Chancen, das Ruder herumzureißen, habe ich mit Hunter.

Du hast ja keine Ahnung, was du alles kannst, hallt seine Stimme durch meinen Kopf.

Vielleicht hat er recht. Ich mag mit meinen Klausuren und der Masterarbeit straucheln. Aber worüber ich nicht mehr straucheln werde, sind meine Gefühle, beschließe ich in diesem Moment. Ich werde sie kontrollieren. Ich werde mich in seiner Gegenwart wieder im Griff haben. Kein Herzklopfen mehr, keine schweißnassen Hände, keine weichen Knie.

Die Elsa von Anfang Oktober gibt es nicht mehr. Es gibt jetzt eine neue Elsa. Ich werde mich gegen meine Gefühle stählen und stark sein, und ich werde endlich aufhören, mich wie ein verliebter Teenie zu benehmen. Ich bin erwachsen, verdammt noch mal, und ich werde die nächsten drei Monate mein Leben und mein Studium auf die Reihe bekommen.

Hallo, Cyborg-Elsa!

Hunter wird einfach nur ein Freund sein, der mir bei meinem Studienabschluss helfen wird, und im Gegenzug gebe ich eben einen Abend lang seine Fake-Freundin.

Was ist schon dabei?

»Elsa? Alles okay?«, fragt Lily.

»Ja klar.« Ich zücke mein Handy und öffne eine neue Message.

Elsa: *Okay, gut. Deal. Wann ist die erste Lernsession?*

Es dauert keine drei Sekunden, bis er antwortet.

Hunter: *Heute Abend*

11

Elsa

Ich drücke auf den bronzenen Knopf und sogar das sanfte *Dingdong* der Türklingel wirkt edel. Außer der spärlichen Straßenbeleuchtung, die mir den Weg hinauf zu den Klippen gewiesen hat, sehe ich nichts als Dunkelheit um mich herum. Beinahe auf der gleichen Höhe wie der Unihügel, aber eben ganz nah am Meer, stehen hier abseits des Ortskerns drei moderne Cottages. Sie haben begrünte Flachdächer, bestehen hauptsächlich aus Holz, Glas und Granit und werden zumeist wochenendweise von irgendwelchen schwerreichen Londonern angemietet, die ein paar Tage Ruhe und Abgeschiedenheit genießen wollen. Zumindest hat Frida mir das so erzählt.

Der Wind trägt den Geruch von Salz und Algen herauf, ich höre das Kreischen einiger Möwen und sonst … nichts. Zehn Minuten habe ich auf der schmalen Straße von Marchlyn Falls hierher gebraucht und bin die letzten hundert Meter absichtlich langsam gegangen, damit ich nicht verschwitzt und völlig außer Atem ankomme. Hier oben auf den Klippen hat man sicherlich einen fantastischen Blick auf das Meer und den Strand. Zumindest stelle ich mir das so vor, denn der Himmel ist wolkenverhangen, und nicht mal der Mond spendet heute sein milchiges Licht.

Auf einem Kiesparkplatz neben dem Haus lädt ein schwarzer Tesla. Bestimmt gehört der Hunter, denn bei den anderen baugleichen Cottages sind die Rollos heruntergelassen, sie wirken gerade nicht vermietet.

Unter die Geräusche des Windes und der Brandung, die leise die Klippen heraufrauscht, mischen sich Schritte, und hinter der Milchglasscheibe geht Licht an. Schwungvoll öffnet Hunter die Tür, und ich bilde mir ein, dass ein leichtes Lächeln in seinen Augenwinkeln sitzt.

Und dann schauen wir uns einfach nur an.

»Na, wieder aufgetaut?«, fragt Hunter leise.

Ich weiß nicht, woran es liegt, aber ich habe das Gefühl, dass irgendetwas zwischen uns anders ist. Weil ich mich bereit erklärt habe, ihn auf dieses komische Dinner mit seinen Eltern zu begleiten? Oder weil wir heute im eiskalten Wasser waren? Oder weil ich jetzt hier bei ihm zu Hause bin und wir den Abend gemeinsam verbringen werden?

Zum Lernen, Elsa, okay? Nur. Zum. Lernen.

Ich muss schlucken, und Hunter unterbricht den seltsam aufgeladenen Moment, indem er einen Schritt zur Seite macht, damit ich eintreten kann. Er trägt eine schwarze Jogginghose, die ihm locker auf den Hüften sitzt, und ein weißes T-Shirt, das sich relativ eng an seinen Körper schmiegt. Ich scanne ihn unauffällig von Kopf bis Fuß und bin überzeugt, dass ich das nur einen Sekundenbruchteil lang mache. Er merkt es trotzdem, denn sein Lächeln wächst sich in ein regelrechtes Grinsen aus.

»Wo bist du auf einmal hinverschwunden heute?«, frage ich und meine Stimme klingt viel zu hoch und bemüht. Ich nehme mir vor, mich nicht mehr so peinlich zu benehmen. Und zwar ab, äh … ab sofort.

Hunter schließt hinter mir die Tür und mein Blick schweift durch den kurzen holzvertäfelten Flur.

»Mir war dann ein bisschen kalt.« Er lacht dieses leise, angenehme Lachen, das durch meinen gesamten Körper schwingt und komische Dinge mit meinem Herzen macht, und ich weiß schon jetzt, nach geschätzten fünfundvierzig Sekunden in Hunters Gegenwart, dass es eine fatal dämliche Idee war, in den Deal einzuwilligen und hierherzukommen.

Von wegen, ich stähle mich innerlich und habe meine Gefühle im Griff.

Fuck.

»Ich habe mich schnell abgetrocknet, bin nach Hause gefahren und habe ein sehr lange heiße Dusche genommen.«

Ich nicke. »Der Tesla da draußen ist deiner?«

»Jup«, sagt er und läuft voraus durch den Flur in Richtung Wohnzimmer.

Rasch streife ich meine Winterstiefel von den Füßen, stelle sie neben seine sauber aufgereihten Schuhe auf eine dafür vorgesehene Ablage und folge ihm. Und zwinge mich dazu, ihm dabei weder auf seine muskulösen Schultern noch auf den Hintern zu schauen, denn beides sieht in den Klamotten, die er gerade trägt, verboten gut aus.

Als sich das große Wohnzimmer vor mir eröffnet, entfährt mir ein: »Wow!«

Der Raum ist riesig und erstreckt sich quasi über die gesamte Breite des Hauses. Eine dunkelgrüne Sofalandschaft steht auf einem flauschigen Teppich, einige ziemlich abgespact aussehende Stehlampen spenden sanftes Licht und zu unserer Rechten knistert ein echtes Feuer in einem Kamin. Die Flammen spiegeln sich in der Glasfront, die bei Tageslicht sicher grandiose Blicke auf das offene Meer erlaubt. Es ist angenehm warm hier drinnen und riecht nach Holz und neuen Möbeln. Hinter uns befinden sich eine Kücheninsel und ein dunkler Esstisch auf vier metallenen Beinen und dazu passenden Stühlen.

Ich komme mir vor, als wäre ich im Showroom eines Luxusmöbelherstellers gelandet.

Außerdem ist es hier drinnen richtig sauber. Kein Staub, keine herumliegenden Klamotten, keine halb vollen Bierflaschen oder leeren Takeaway-Kartons, wie ich es sonst aus Bachelorbuden gewohnt bin.

Wobei. Dieses Haus als Bude zu bezeichnen, wäre absolut unzutreffend. Mit dem Grasdach schmiegt es sich vielleicht perfekt in die Landschaft, aber eigentlich ist es eine echte Villa.

Wahrscheinlich kommt hier täglich eine Putzfrau, die Ordnung hält und Hunter bekocht. Eine Art Haushälterin. So ist das doch bei reichen Leuten, oder?

Etwas verloren stehe ich in der Mitte des Raumes und klammere mich an meine Notebooktasche, während Hunter zur Küchentheke läuft und dort mit irgendetwas herumhantiert. »Hast du Hunger? Meine Haushälterin hat heute irgendwie für zwei gekocht.«

Bingo.

»Nein danke, habe schon gegessen. Wollen wir uns an den Tisch setzen zum Lernen?« Ich hebe meine Notebooktasche und winke damit in der Luft hin und her.

Habe ich mir nicht eben vorgenommen, nicht mehr so peinlich zu sein? Klappt ja super!

»Ich glaube, auf dem Sofa ist es bequemer.«

Ich blase die Luft aus den Backen. Auf dem Sofa neben Hunter fläzend kann ich mich bestimmt *sehr viel besser* konzentrieren als am Tisch. Nicht.

»Was willst du trinken? Wein?«

»Wenn wir lernen wollen, ist das keine so gute Idee.«

»Ja, du hast recht«, erwidert Hunter und ich denke mir nur: *Was glaubst du denn, was wir hier machen?!*

Inzwischen habe ich mich aber so weit im Griff, dass ich ihn nicht voller Entsetzen anstarre, sondern mich kommentarlos auf das Sofa setze. Sofort sinke ich ein kleines Stückchen in die Kissen ein und bin fasziniert davon, wie bequem die Couch ist. Ich unterdrücke den Drang, meine Beine auf der Récamiere auszustrecken, ziehe aber zumindest meinen Wintermantel aus und lege ihn neben mir ab.

Hunter kommt zu mir und greift danach. »Ich hänge ihn eben auf.«

Als er zurückkehrt, stellt er einen Glaskrug mit zwei Gläsern (ja, wahrscheinlich sind es Kristallgläser – zumindest sehen sie so aus) auf dem niedrigen Couchtisch vor uns ab. Ich betrachte die etwas trübe Flüssigkeit darin.

»Selbst gemachte Zitronenlimonade.«

»Hast *du* die etwa ...«

»Caroline. Meine Haushälterin.«

Ich nicke nur. Er gießt die Limonade in die Gläser ein und stellt sie akkurat auf die beiden dafür vorgesehenen schwarzen Filzuntersetzer. Dabei rinnen ein oder zwei Tropfen an der Außenseite des Krugs auf die Tischplatte. Sofort steht Hunter auf und wischt den Fleck mit einem Geschirrtuch weg, das er von der Kücheninsel holt.

»Du bist ordentlich«, stelle ich überrascht fest.

Er blickt auf das Küchentuch in seiner Hand. »Kann sein?« Ich muss grinsen, und als er sich wieder zu mir setzt, droht er: »Wehe, du verarschst mich damit.«

Aha. Habe ich da einen Schwachpunkt entdeckt?

Hunter lehnt seinen Ellenbogen lässig auf die Sofalehne, wendet sich mir mit dem Oberkörper zu, betrachtet mich eindringlich und ich gebe arglos zurück: »Könnte passieren.«

»Ich werde mich rächen.«

»Ach ja?«

Er beugt sich zu mir und schmunzelt verschlagen. »Ich werde dich zwingen, ein Supermarktsandwich zu essen.«

Aus mir platzt ein Lacher hervor.

»Ich mag betrunken gewesen sein, aber mir ist nicht entgangen, wie du dieses Sandwich angesehen hast, als du es mir gekauft hast. Du bist innerlich gestorben.«

»Ziemlich«, gebe ich zu.

Wieder lacht er, in seinen Augen liegt dabei ein Funkeln, und ich muss ganz schnell wegsehen, damit ich nicht Gefahr laufe, ihn anzuhimmeln. Weil ich das nicht mehr tue. Die neue Elsa himmelt Hunter nicht mehr an. Das ist vorbei.

»Right, womit starten wir?«, fragt Hunter schnell, als wolle er mir einen Ausweg bieten. War er schon immer so aufmerksam?

»Die Hausarbeit in Investitionstheorie«, sage ich trocken.

»Ah. Genau. Da war ja was.«

»Hast du schon damit angefangen?«

»Nope.«

»Also … ich glaube, das wäre dringender als meine Masterarbeit oder das Lernen für die Klausuren. Wir müssen sie übermorgen abgeben.«

Hunter nickt. »Kein Problem, ich mache es morgen und du schreibst dann einfach von mir ab.«

Im Grunde halte ich das für einen hervorragenden Vorschlag, denn das würde bedeuten, dass ich mich mit der ganzen Materie überhaupt nicht auseinandersetzen müsste. Aber das ist ja nicht der Sinn der Sache. Er wollte mit mir gemeinsam lernen. Weil ich mein Studium in den Griff kriegen muss. Außerdem …

»Und woher weiß ich, dass du die Aufgaben morgen auch wirklich machst?«

Hunter mustert mich mit schräg gelegtem Kopf. »Warum vertraust du mir eigentlich nicht?«

»Warum sollte ich?«

Er rückt nahe an mich heran. »Weil ich vielleicht ein besserer Mensch bin, als du denkst?«

»Dann beweise es mir.« Ich drücke ihm meine Notebooktasche vor die Brust und schiebe ihn damit ein Stückchen von mir weg. »Indem du mit mir jetzt die Aufgaben löst.«

»Entspann dich doch mal.« Er nimmt die Tasche und will sie auf den Tisch legen.

»Nein, dafür bin ich nicht da. Und nachdem du gerade wissen wolltest, wieso ich dir nicht vertraue: genau deshalb. Weil du nichts ernst nimmst. Und weil dir alles am Arsch vorbeigeht.« Einen Moment lang bin ich selbst überrascht, dass ich das wirklich gerade gesagt habe.

Und ich hätte nicht gedacht, dass ich das jemals erleben würde. Aber da passiert etwas in Hunters Gesicht. Sein Lächeln verrutscht und seine sonst so undurchdringliche Fassade bricht auf. Meine Worte haben ihn getroffen.

Das war nicht meine Absicht, aber irgendwie habe ich das Gefühl, er nimmt das hier alles viel zu locker, und das kann ich mir schlicht nicht mehr leisten. Vor mir liegt ein unüberwindbarer Berg an Arbeit und ich bin auf Hunter angewiesen.

»Ich hätte mich niemals auf diesen Deal einlassen sollen«, schiebe ich hinterher.

Er blinzelt. »Doch, das hättest du. Weil, seien wir mal ehrlich, du hast gerade keine andere Wahl«, stellt er ruhig fest und klingt verdammt herablassend dabei.

Erneut rutsche ich ein Stück von ihm weg. »Und du auch nicht. Oder wer hilft dir nächste Woche bei dem Dinner mit deinen Eltern?« Ich weiß, dass mein Verhalten kindisch ist. Seine fiesen Kommentare sollten einfach an mir abprallen.

Tun sie aber nicht. Und vor allem nicht das überhebliche Lächeln, das jetzt Hunters Lippen kräuselt. »Glaub mir, es gäbe genügend, die deinen Platz einnehmen könnten.«

Da ist sie wieder, diese oberflächliche Egozentrik, die ich von Typen wie Hunter erwarte. Sie vermittelt mir das Gefühl, dass ich überhaupt nicht wichtig bin. Völlig belanglos. Austauschbar.

»Wie wär's, wenn du dann einfach jemand anderen fragst, und wir lassen unseren Deal?«

Ich bin schon dabei, an die Kante des Sofas zu rutschen, damit ich aufstehen kann, als Hunter mich am Arm festhält. »Hey, Elsa. Was ist los?«

Mein Blick wandert zu seinen warmen Fingern, die meinen Unterarm umschließen, und sofort lässt er mich wieder frei. Trotzdem fühlt es sich so an, als würde meine Haut an der Stelle brennen.

»Sorry, tut mir echt leid. Es war eine absolute Schnapsidee.« Ich erhebe mich etwas mühsam von dem niedrigen Sofa und laufe in Richtung Flur, aber Hunter ist schneller und stellt sich vor mich. Er versperrt mir ernsthaft den Weg.

»Elsa? Sprich mit mir.«

Ich starre auf seine Brust, beiße die Kiefer aufeinander.

Ich komme mir klein und unzulänglich vor und habe das

Gefühl, dass hier ein komplettes Ungleichgewicht herrscht, bei dem ich einfach nur verlieren kann.

»Manchmal merkst du gar nicht, wie arrogant du rüberkommst.«

Hunter schließt die Augen eine Sekunde lang und stößt die Luft durch die Nase. »Ich komme nicht nur arrogant rüber. Ich *bin* arrogant«, sagt er mit rauer Stimme.

Sein Eingeständnis überrascht mich, aber ich laufe trotzdem an ihm vorbei. Erneut ist er schneller und versperrt mir dieses Mal mit seinem ausgestreckten Arm, den er gegen die Wand presst, den Weg. Die Muskeln seines Oberarmes spannen sich an, und ich versuche so sehr, nicht dorthin zu schauen.

»Und es tut mir leid.«

Ich halte inne. Wow. Hat sich Hunter Corr gerade bei mir entschuldigt?

»Das hier funktioniert trotzdem nicht.«

»Doch, das wird es. Wir fangen jetzt mit der Hausarbeit für Investitionstheorie an. Gemeinsam. Okay?«

Ich schaffe es, ihm endlich ins Gesicht zu blicken. In seinen Augen erkenne ich Wärme und eine Bitte. Er möchte wirklich nicht, dass ich gehe.

Ich wende den Kopf ab und starre auf die Maserung der lasierten Holzwand.

»Los, gib mir dein Notebook. Wir arbeiten auf deinem.« Aus dem Augenwinkel erkenne ich, dass er mir die Hand entgegenstreckt, doch ich zögere.

»Elsa, mach das jetzt nicht«, sagt er mit tiefer, leiser Stimme, und sein Tonfall lässt mich zu ihm schauen. »Verdräng es nicht wieder. Weder das mit der Uni noch das mit uns.«

12

Hunter

Es wirkt. Ein überraschter, nein, eigentlich ein erschrockener Ausdruck tritt auf Elsas Gesicht. Prüfend huschen ihre Augen zu mir. Als ihr klar wird, dass der Satz mein voller Ernst war, senkt sie den Blick auf ihre Tennissocken, verharrt einige Sekunden und läuft dann tatsächlich zurück in Richtung Sofa.

Still setzt sie sich und platziert ihre Notebooktasche auf den Knien. »Wie hast du das gerade gemeint?«, fragt sie, als ich ebenfalls ins Wohnzimmer trete.

Ja, Hunter, wie hast du das gemeint, du Trottel?

Ich kann nicht mehr genau sagen, wann ich es gemerkt habe – vielleicht war es das TikTok. Die Tatsache, dass da schwarz auf weiß stand, dass Elsa auf mich steht.

Ich kenne das schon. Besonders, seit die Verlobung meiner Schwester publik geworden ist, sind da immer wieder Mädels, die es eben versuchen. Meine Nähe suchen, mich in Clubs antanzen, die einfach da sind. Eigentlich ist das cool, und ich müsste lügen, wenn ich behaupten würde, dass ich das nicht genieße.

Bei Elsa ist das anders. Sie meidet mich, wirft mir aus der Distanz Blicke zu, doch sie macht es nicht mal im Ansatz offensiv. Und es ist echt strange, aber ihr zurückhaltendes Interesse war genau der Grund, warum sie mir aufgefallen ist. Schon an unserem ersten Unitag. Und seitdem achte ich auf sie, schaue, ob sie da ist, registriere, wenn sie fehlt.

Ich glaube, sie merkt das nicht mal.

Bisher hat mich das nicht sonderlich beschäftigt. Ich hatte keine Hintergedanken, keine Absichten, habe nie erwogen, sie darauf anzusprechen oder sie irgendwie näher kennenzulernen.

Doch dann war sie an diesem einen Morgen plötzlich da, als ich drauf und dran war, mein Leben erneut zu eskalieren, und hat mich zu dieser Klausur gezwungen. Sie hat mich davon abgehalten, mir etwas einzuwerfen und damit den einen Schritt zu gehen, den ich keinesfalls mehr gehen darf.

Elsa hat keine Ahnung, dass sie in einen wirklich dunklen Moment geplatzt ist und wie wenig nur noch gefehlt hat, dass ich wieder Scheiße gebaut hätte.

»Wir haben einen Deal! Wir haben gesagt, wir helfen einander, also helfen wir einander auch. Nötig haben wir es nämlich beide, obwohl es keiner von uns zugeben würde«, laviere ich mich aus der Situation, weil ich gerade selbst nicht weiß, warum ich gesagt habe, *das mit uns*. Ich wollte unbedingt, dass sie bleibt. Weil da dieser Drang in mir ist, ihr zu helfen.

Und der ist ziemlich stark.

Die Wörter sind einfach aus mir herausgepurzelt, und in dem Moment haben sie sich auch richtig angefühlt.

Ist ja nicht das erste Mal, dass dir das in ihrer Gegenwart passiert, hm?

Ich betrachte sie, als sie angespannt auf dem Sofa sitzt. Unter meinen Füßen spüre ich den weichen Teppich, in meinen Schläfen rast mein Puls, keine Ahnung, warum er jetzt rast.

Elsa schweigt weiter.

»Wir sind doch befreundet«, versuche ich es. *Was bist du, ein Kleinkind? Was laberst du da für Zeug?*

Aber gerade fällt es mir schwer, die richtigen Worte zu finden. Weil ich selbst nicht sagen kann, was mit mir los ist. »Vorgestern im *Black Cat* habe ich deinen Namen gesagt, weil ich … du hast mir echt geholfen am Tag der Klausur. Und ich glaube, du bist dir dessen überhaupt nicht bewusst«, beginne ich.

»Na ja …«

»Ich erzähle dir die ganze Geschichte ein anderes Mal. Du kennst nur die Hälfte«, unterbreche ich sie. »Und die Folge deiner Hilfe war, dass dieses verschissene TikTok veröffentlicht wurde. Das tut mir echt leid, und …«

Erzählst du ihr jetzt ernsthaft, dass du ihr aus Mitleid hilfst? Ganz großartig, Hunter!

Fuck, wieso ist das hier so schwer?

»Und ich weiß, du vertraust mir nicht, das musst du auch gar nicht, aber ich vertraue dir, Elsa. Deswegen wollte ich dich und niemand anderen, der mir bei dem Treffen mit meinen Eltern hilft. Verstehst du?«

»Wie soll ich dir vertrauen, wenn du sagst, *es gibt so viele andere Frauen, die ich anrufen könnte*«, sie ahmt eine tiefe Männerstimme nach. »Das fühlt sich scheiße an. Als wärst du jemand Besseres und ich nur irgendeine austauschbare Person, die du gerade zur Unterstützung heranziehst. Das ist das Gegenteil von Vertrauen, Hunter! Und das Gegenteil von Freundschaft.«

Versteckt, an meiner Seite, balle ich eine Hand zur Faust. Weil sie, ohne es zu wissen, ins Schwarze getroffen und den Grund genannt hat, warum ich jetzt allein in Marchyln Falls sitze.

»Weißt du, was die Voraussetzung für eine Freundschaft ist?«, fährt sie fort.

Langsam gehe ich in Richtung Sofa, kämpfe gegen das bittere Gefühl an, das in meiner Magengrube aufsteigt, und lasse mich in sicherem Abstand zu ihr nieder. »Sag's mir«, fordere ich.

»Ehrlichkeit. Ich möchte, dass du ehrlich zu mir bist.«

Ich stoße die Luft aus. Sie hat keine Ahnung, was sie da verlangt. Es ist unmöglich. Ich kann nicht ehrlich zu ihr sein.

»Inwiefern?«, versuche ich mich herauszuwinden.

»Sind wir befreundet?«

»Ja.«

»Okay, aber das können wir nur unter bestimmten Voraussetzungen sein.« Ich hebe erwartungsvoll die Brauen und sie spricht weiter: »Du sagst, wenn dich etwas stört. Und ich sage auch, wenn mich etwas stört. Sonst kriegen wir das hier nie zusammen hin. Weil, wie du gesagt hast: Wir sitzen im gleichen Boot.«

Phew, das war alles?

»Okay, kein Problem«, sage ich sofort.

»Du hörst auf, irgendwelche zweideutigen Sachen zu sagen und mit mir zu flirten. Wir sind befreundet und mehr nicht.«

In ihren Augen liegt ein seltsamer Glanz, als sie das sagt und mich dabei fixiert. Ich habe mein Gesicht im Griff, bleibe ganz entspannt und neige bestätigend den Kopf. Dennoch spüre ich einen Anflug von Enttäuschung in meiner Brust. Was komplett lächerlich ist, weil ich doch vor zwei Minuten noch exakt das Gleiche behauptet habe.

»Und du hörst auf, so ein arroganter Arsch zu sein«, fährt sie fort.

»Fließt mir im Blut, seit Generationen. Sorry, ich glaube, das wird schwer«, antworte ich sofort.

»Hunter«, sagt sie nur trocken.

»Ja, okay. Ich versuch's.«

Zwischen uns entsteht eine erwartungsvolle Stille, und Elsa betrachtet mich, ich betrachte sie.

Sie hat heute wieder ein eng anliegendes Oberteil mit rundem Ausschnitt an, der den Ansatz ihrer Brüste erahnen lässt, und darüber eine Oversize-Strickjacke mit langen Ärmeln, in denen ihre Hände fast verschwinden. Außerdem trägt sie riesige goldene Kreol-Ohrringe, die das Licht des Kaminfeuers einfangen. Sie funkeln sanft auf ihrer hellen Haut. Ich bleibe an der Linie ihres Kiefers hängen, stelle mir vor, mit der Hand dort langzufahren, sie in ihrem Nacken abzulegen, sie zu mir zu ziehen und meine Nase in ihren üppigen, leicht gewellten roten Haaren zu vergraben. Ob sie sich an meiner Wange wohl weich anfühlen würden oder etwas drahtig, wie das oft bei roten Haaren ist? Wie wäre es, Elsa so nah bei mir zu haben, dass sich ihre Rundungen gegen meinen Körper pressen und ich ihren Duft tief in mir aufsaugen …

»Ich habe das Gefühl, du musst aufhören, irgendeine Rolle zu spielen«, reißt mich Elsas Stimme aus meinen Tagträumen und lässt die Welle der Erregung, die sich gerade völlig meiner bewussten Kontrolle entzogen hat, wieder verebben.

Ich blinzle.

»Hörst du mir überhaupt zu?«, fragt sie argwöhnisch.

»Natürlich«, lüge ich und reibe mir über die Stirn, damit ich mich besser konzentrieren kann.

»Ich habe das Gefühl, du gibst dich so scheiße und arrogant, weil du … weil das jeder von dir erwartet. Oder weil du alles hier irgendwie scheiße finden *willst*? Aber ich glaube, so bist du eigentlich gar nicht.«

Gebannt schaue ich sie an, und jetzt habe ich auch keine Probleme mehr, ihr zu folgen. Ihre Worte hämmern mir in

Kopf und Brust, sie sind wie kleine Schläge, die auf mich einprasseln und mir wehtun.

Weil sie so verdammt zutreffend sind.

Wieder versuche ich, meine Verblüffung zu überspielen, bin mir aber nicht sicher, ob ich es dieses Mal hinbekomme.

Wer ist Hunter Corr?

Bis vor einem halben Jahr hätte ich sofort gewusst, was ich antworten muss.

Aber jetzt? Keine Ahnung.

»Okay, genug Deep Talk, können wir endlich mal aufhören, mich hier zu kreuzigen, und einfach mit der Übungsaufgabe starten?«, lenke ich ab.

»Mission accomplished, endlich machen wir was!« Elsa reckt die Faust.

Ich muss lachen, hole mein eigenes Notebook vom Küchentresen, und gemeinsam lesen wir die Aufgabenstellung für die Hausarbeit. Es geht um Investitionsplanung und Kapitalmarktbedingungen. Ich finde es gar nicht so schwer und versuche, ihr die Grundzüge der Fragestellung zu erklären, und wenn Elsa ihre Komplettabwehr, sobald mathematische Formeln ins Spiel kommen, einmal ablegen würde, glaube ich, könnte sie verstehen, worum es hier geht.

Vorerst beginne ich aber allein mit der Rechnung, die ich erst mal mit einem Kuli auf einen Block kritzle.

Ich habe eine halbe Seite geschafft, als ich den Stift sinken lasse und Elsas Hände fixiere. »Kannst du aufhören damit?«, frage ich.

»Womit?«

»Du spielst die ganze Zeit mit dem Reißverschluss deiner Notebooktasche herum.«

Eigentlich sitzt Elsa mit zwei Metern Abstand auf dem Sofa

und tut nichts. Hin und wieder schnippt sie gegen den Reißverschluss und lässt ihn auspendeln, ansonsten ist sie ruhig.

Ich kann mich trotzdem nicht konzentrieren. Vermutlich, weil Elsa vorhin Sachen gesagt hat, die diesen kleinen schmerzhaften Klumpen in meiner Brust haben entstehen lassen, der noch immer da ist und im Rhythmus meines Herzschlages wie ein aggressiver Flummi hin und her hüpft. Zumindest fühlt es sich so an.

Ich drehe ihr den Rücken zu. Wenn ich Elsa nicht im Augenwinkel habe, bin ich vielleicht auch nicht mehr versucht, ständig zu ihr zu schauen, und schaffe es endlich, diese Rechenaufgabe zu lösen.

»Wieso drehst du dich weg?«, fragt sie prompt von der gegenüberliegenden Seite des Sofas.

»Weil ich mich konzentrieren muss«, gebe ich murmelnd zurück.

»Hm«, macht sie. Eine Pause entsteht, in der ich es noch schaffe, einen Tangentialpunkt auf das Papier zu malen, als sie auch schon fortfährt: »Kann ich dich was fragen?«

»Was willst du wissen?«, sage ich, ohne aufzusehen, weil ich glaube, dass meine Graphen irgendwie nicht ganz stimmen. »Was wäre so schlimm daran, einen Abend am gleichen Tisch mit deiner Ex-Freundin zu sitzen?«

Ich lasse meinen Stift sinken und drehe mich zu ihr zurück. »Es gibt tausend Gründe, es nicht zu tun.« Elsa macht eine auffordernde Geste, also rede ich weiter: »Meine Eltern würden es nicht einfach bei diesem Dinner belassen. Melissa und ich kennen uns aus London, unsere Familien sind eng befreundet. Sie würden versuchen, uns wieder zu verkuppeln.«

»Es ist also echt wie in den Filmen und Serien? Dieses *man bleibt unter sich und verkuppelt seine Kinder miteinander*?«

»Ein bisschen schon, ja. Und viele, wie soll ich sagen … machen das ja auch freiwillig. Sie bleiben gerne in ihrer Bubble.«

»Und was sagt Melissa dazu?«

»Keine Ahnung, ich habe seit einem halben Jahr nicht mehr mit ihr gesprochen. Außerdem tue ich schon aus Prinzip nicht das, was meine Eltern von mir verlangen.«

»Bist du fünfzehn, oder wie?«, will Elsa wissen.

»Zumindest mischen sich meine Eltern manchmal so sehr in mein Leben ein, dass man meinen könnte, das wäre ich. Aber nein. Ich bin vierundzwanzig.«

»Hm«, macht sie. »Zwei Jahre älter als ich. Und ich dachte, ich sei langsam mit meinem Studium.«

Ja, du bist auch nicht kurz vor Ende deines Masterjahres von der Uni geflogen …

»Hey, gib mir dein Notebook, ich lege schon mal unsere Dokumente an«, übergeht Elsa mein Schweigen, holt ihren Rechner aus der Hülle und klappt ihn auf.

»Wieso brauchst du dafür zwei Notebooks?«

»Weil einmal du und einmal ich als Verfasser in den Metadaten stehen müssen?«

»Machst du so was öfter?«, frage ich argwöhnisch.

Sie zuckt mit den Schultern. »Kann sein. Du nicht?«

»Nein, ist mein erstes Mal.« Ich habe tatsächlich noch nie für irgendjemanden eine Hausarbeit geschrieben. Und die Male, die ich in Cambridge mit jemandem zusammen gelernt habe, kann ich an einer Hand abzählen. Während meines Bachelorstudiums, als ich mein Leben noch im Griff hatte, habe ich allein gelernt. Zumindest alle Fächer, in denen ich nicht zu viel auswendig habe lernen müssen. Alles andere hat auch ohne großen Lernaufwand gut geklappt.

Elsa grinst. »Dann vergiss nicht, in meiner Version ein paar Fehler einzubauen, sonst wird es unglaubwürdig.«

Jetzt erwidere ich ihr Grinsen. »Das machst du schön selbst.« Sie runzelt die Stirn und ich strecke einladend die Hand nach ihr aus. »Komm her, ich erkläre dir meinen Lösungsansatz für die erste Aufgabe. Und dann machen wir das gemeinsam, verstanden?«

Auf ihrem Hals entstehen hektische rote Flecken, und irgendwie genieße ich ihre Verlegenheit, während sie auf meine Seite des Sofas rutscht.

Nur Freundschaft, hm?

13

Elsa

I don't like your little games, don't like your tilted stage, the role you made me play, dudelt Taylor Swift leise aus den Lautsprechern über mir, als ich langsam das Regal mit den Backzutaten entlangschlendere.

Eigentlich brauche ich nur noch drei Sachen für das TikTok, das ich heute drehen will. Deshalb habe ich mein Fahrrad genommen (ein dunkelgrünes klappriges Ding mit Flugrost und knarzender Kette, das ich einem der Mitbewohner auf meinem Stockwerk abgekauft habe) und bin zu dem riesigen Supermarkt an den Stadtrand geradelt. Hier gibt es nämlich *alles.*

Besonders die Backzutaten-Abteilung ist grandios, und meistens kann ich nicht widerstehen und kaufe nicht nur die Dinge, die ich unbedingt brauche, sondern lasse mich von den verpackten Köstlichkeiten inspirieren und überlege mir damit neue Rezepte. In meinem Plastik-Einkaufskörbchen liegen bereits ein XXL-Glas Nutella (für das nächste TikTok), einige Päckchen Zuckerverzierungen in Herzform (ich sollte ein Valentinstag-Special mit rosa Zuckerkeksen machen) und ein ganzer Kilosack Mehl (ist nie verkehrt).

But I got smarter, I got harder in the nick of time trällert Taylor im Hintergrund und ich summe die Melodie leise mit.

So fühle ich mich tatsächlich gerade.

Mir war klar, dass der Deal mit Hunter eine ziemliche Kamikaze-Aktion werden würde. Sowohl, was das Lernpensum angeht, als auch die Tatsache, dass Hunter sich ab jetzt ständig in meiner unmittelbaren Nähe aufhalten wird. Wir haben ausgemacht, dass wir uns alle zwei Tage treffen – an den Tagen dazwischen einigen wir uns auf Aufgaben oder Lernabschnitte, die ich ohne ihn absolviere, dann sprechen wir sie gemeinsam durch.

Bisher klappt das erstaunlich gut.

Weil ich dank der neuen und gestählten Cyborg-Elsa die Anziehung, die zwischen uns besteht, verdrängen kann. Besser gesagt die Anziehung von meiner Seite. Bei ihm ist da ja nichts, obwohl er immer mal wieder mit mir flirtet – ich glaube, das gehört einfach zu ihm, genauso wie die grünen Sprenkel in seinen graublauen Augen, das Muttermal auf seinem Kiefer und die kleine Narbe an seiner rechten Wange.

Jedenfalls fühle ich mich inzwischen nicht mehr wie die kleine, unzulängliche Elsa, die sich glücklich schätzen kann, wenn Hunter mal ein Wort mit ihr wechselt.

Vielleicht liegt es daran, dass ich ihm bei unserer ersten Lernsession letzte Woche meine Meinung gesagt habe. Das hat sich gut angefühlt. Außerdem habe ich Schwachstellen an ihm entdeckt und einige Momente lang gesehen, wer hinter seiner herablassenden *Mir-ist-alles-scheißegal*-Fassade steckt.

Das macht ihn echter und menschlicher.

Und irgendwie auch interessanter, leider. Aber hey, Cyborg-Elsa hat das im Griff!

Heute, nach gut zehn Tagen, wäre eigentlich Zeit für unsere fünfte Lernsession, doch zum ersten Mal klappt sie nicht.

Hunter: *Können wir auf morgen schieben? Mir ist was dazwischengekommen. Kleiner Notfall.*
Elsa: *Alles okay bei dir?*
Hunter: *Klar doch.*

Statt in einer Stunde bei Hunter aufzuschlagen, bin ich jetzt also shoppen, weil ich die frei gewordene Zeit nutzen und später in der Küche vom *Black Cat* backen möchte. Diesmal: die besten Schokobrötchen der Welt. Das Rezept ist supereinfach. Ich kann als Abschluss-Take eines der Brötchen aufreißen und den flüssigen Nutella-Schokokern zeigen, und ich weiß jetzt schon, dass die Leute das lieben werden.

Mein Blick fällt auf eine Tüte mit roséfarbenen Zuckerperlen. Ich ziehe sie aus dem Regal und versuche, das Kleingedruckte auf der Rückseite zu lesen, als mich jemand von hinten anrempelt. Die Packung rutscht mir aus den Fingern, fällt auf die Keramikfliesen und zerplatzt. Mit einem leisen Rasseln verteilen sich die Perlen über den Boden, rollen einige Meter weit und mir entkommt ein: »O Shit.«

Reflexartig greife ich nach unten zu der halb leeren Tüte, und der Inhalt entleert sich vollends auf den Boden.

»O Gott, das tut mir leid«, kommt es von der jungen Frau hinter mir. »Das war mein Fehler.« Sie beginnt, mit den Füßen die Perlen zusammenzukehren, und mir fällt auf, dass sie allen Ernstes Sneakers von Dior trägt. Ich richte mich auf.

Als Erstes fällt mir ihre gleichmäßige Bräune auf. Garantiert kann sie die nicht im grauen englischen Winter bekommen haben, sondern eher von einem Luxusurlaub in der Südsee. Sie trägt weiße Jeans und eine dieser teuren silbernen Canada-Goose-Daunenjacken. Ich schätze sie auf ungefähr mein Alter. Sie ist leicht geschminkt. Eigentlich müsste sie das mit ihrem perfekten Teint und ihren langen Wimpern überhaupt nicht, finde ich, und bewundere gleichzeitig die Balayage-Färbung in ihren locker fallenden Beachwaves.

Sie sieht aus wie eine Influencerin oder so. Wie diese seltsamen KI-Models, die einfach zu perfekt sind, um echt zu sein. Diese Frau ist so unglaublich attraktiv, dass ich einen oder zwei Augenblicke lang gar nicht anders kann, als sie anzustarren.

Blinzelnd wende ich mich wieder den Zuckerperlen zu. »Nein, das muss dir überhaupt nicht leidtun, ich habe die Tüte doch fallen gelassen«, sage ich, weil mich das makellose Aussehen meines Gegenübers einschüchtert. »Ich hätte auch einfach aufpassen können.«

Das ist Unsinn, weil sie mich ziemlich heftig mit ihrem Ellenbogen erwischt hat. Doch ganz automatisch nehme ich die Schuld auf mich. Wie immer.

Ich gehe in die Hocke und versuche, die Perlenflut notdürftig mit den Händen einzudämmen.

Dabei wird mir fürchterlich bewusst, dass ich eine löchrige Jeans mit Fettflecken trage, ungeschminkt und mit zerzausten Unter-der-Mütze-Haaren unterwegs bin, und vielleicht laufe ich jetzt sogar ein bisschen rot an. Vorsichtshalber lasse ich den Kopf gesenkt.

Der Duft von teurem Parfüm steigt mir in die Nase, als die Fremde neben mir anfängt, die Perlen vom Boden aufzusammeln.

»Ich glaube, ich sage einem der Angestellten hier Bescheid«, murmle ich.

»Auf keinen Fall, das mache ich«, antwortet sie und legt mir dabei vertraulich die Hand auf den Arm, als wären wir Freunde. Schon ist sie weg und kehrt innerhalb von wenigen

Augenblicken mit Allan, dem Supermarktmanager, zurück, der sich mit einem Besen bewaffnet hat. Er ist Mitte vierzig, hat eine Halbglatze, seine Hose hängt trotz Gürtel immer ein Stückchen zu tief und meistens ragt sein Unterhemd halb aus dem Hosenbund. »Na, Elsa«, begrüßt er mich. »Das ist ja kein gutes Omen für deinen Valentinstagskuchen, hm?« Er zwinkert mir zu. Allan ist ein netter Kerl, aber ich glaube, er hält sich für ziemlich witzig. Was er nicht ist.

»Das wäre sowieso keiner geworden«, brumme ich.

»Ich ersetze Ihnen die Tüte«, bietet Ms Dior nun Allen an.

»Kein Problem, so was passiert.« Er zuckt mit den Schultern und starrt sie unverhohlen an. »Das gehört zum *Business*.« Er betont das letzte Wort besonders, ich glaube, er versucht, irgendwie cool zu sein, und ich schäme mich ein bisschen fremd.

»Danke fürs Zusammenfegen, Allan«, sage ich und drehe mich auf dem Absatz um. »Ich ... äh, ich geh dann mal.«

»Sorry, ich habe dich von deinen Einkäufen abgehalten«, sagt die Frau sofort, und unterstreicht das, indem sie den Gang entlang deutet, während Allen jetzt kehrt.

Ich setze mich in Bewegung und sie läuft in die gleiche Richtung mit. Dabei wirft sie einen Blick in meinen Korb. »Sieht so aus, als hättest du vor zu backen, wenn du mir die Bemerkung erlaubst.«

»Ja, ich backe ziemlich oft.«

»Beneidenswert, ich wünschte, ich könnte das Gleiche von mir behaupten.« Sich diese Frau in einer Küche vorzustellen, ist in der Tat komplett absurd. Jetzt streckt sie mir ihre perfekt manikürte Rechte hin. »Ich bin übrigens Mel.«

»Elsa«, erwidere ich und schüttle ihr etwas perplex die Hand. Wieso ist sie so freundlich?

»Ich backe zwar nicht selbst, aber liebe es, mir Videos dazu anzuschauen. Mich beruhigt das. Seltsam, ich weiß.« Sie lacht. »BakeTok ist mein Lieblingshashtag. Gab es nicht sogar kürzlich mal ein BakeTok-Video hier aus dem Ort?«

Wow, ich glaube, sie meint …

»Da ging es um Winterkaffee«, fährt sie fort. »Ich war vorhin sogar an dem Coffee-Cart, wo es gedreht wurde. Der Typ dort war echt eisern und wollte mir nicht verraten, wer das Video gemacht hat.«

Gut so. Wenn Theo geplaudert hätte, wäre er so was von tot.

»Ja, ist einiges los in dem kleinen Örtchen.« Ich zögere, weil ich das Gefühl bekomme, dass sie noch etwas sagen möchte. »Du bist nicht von hier, oder?«, frage ich deshalb.

»Nein, ich besuche einen Freund. Aber ich überlege ernsthaft, hier mal Urlaub zu machen«, erzählt sie. Ich bin mir nicht sicher, ob Marchlyn Falls der richtige Ort für jemanden wie sie …

»Du studierst hier, *Elsa*?« Bisschen seltsam, wie sie meinen Namen betont. Überhaupt kommt mir das ganze Gespräch etwas seltsam vor.

»Ja, ich versuch's.« Ich lache.

»Bist du auf Insta oder TikTok?« Sie zückt ihr Handy, es sieht nigelnagelneu und verdammt teuer aus.

Ich halte inne. Wieso fragt sie das jetzt? Wir haben doch gerade über das Studieren gesprochen?

Mels Gegenwart ist mir irgendwie zu viel und mir bricht der Schweiß aus. »Leider nein, das mit dem ganzen Social-Zeug ist nicht so mein Ding«, lüge ich. »Aber vielleicht sehen wir uns ja mal.« Ich winke ihr zu und mache Anstalten, in Richtung der Self-Check-outs zu laufen.

»Klar, sorry, dass ich dich aufgehalten habe«, sagt sie sofort. »Und entschuldige noch mal, dass ich vorhin so ungeschickt war.« Sie scheint das ernst zu meinen, und eigentlich ist sie total nett und sympathisch.

Mit einem leisen Seufzer stelle ich meinen Einkaufskorb neben dem Scanner ab. Wer weiß, was ihre Geschichte ist. Vielleicht hat sie Gründe, so offensiv Kontakt zu suchen.

Egal. Ich mache jetzt Schokobrötchen und die werden bestimmt superlecker. Allein bei dem Gedanken daran spüre ich ein vorfreudiges Kribbeln in den Fingerspitzen.

Drei Stunden später schließe ich die Tür vom *Black Cat* mit dem Ellenbogen, während ich mir den letzten Rest Schokobrötchen in den Mund schiebe. Der Hefeteig ist schön locker geworden, die Zartbitterschokostückchen kommen perfekt, und ich bin froh, dass ich das ins Rezept geschrieben habe, falls jemand meine Brötchen nachbacken möchte. Vorher probieren Frida und ich das, was ich da gebacken habe, natürlich, und wir diskutieren, ob sich etwas verbessern lässt. Normalerweise verkauft Frida meine TikTok-Kreationen im Café und hat auf diese Weise ihr Sortiment um ein *Joker-Goodie*, wie sie es nennt, erweitert. Eigentlich sollte ich das zu einem festen Teil des Videos machen. Das Probieren und genießen, vielleicht sogar unsere Diskussionen darüber. Ich glaube, meine Follower würden das gerne sehen.

Nach dem Probieren habe ich das Video direkt geschnitten und gepostet, und innerhalb weniger Minuten kamen Dutzende Likes und begeisterte Kommentare.

Ob diese Mel von heute Nachmittag aus dem Supermarkt auch eine davon ist?

Es dämmert bereits, als ich die Promenade entlanglaufe

und mir das restliche Nutella von den Fingern lecke, damit ich mein Handy zücken kann, weil ich (bescheuert eigentlich) nachsehen möchte, ob sie unter den Likes ist.

Aber noch ehe ich es aus meiner Gesäßtasche hervorgezogen habe, fällt mein Blick auf den großen Parkplatz am Eingang zum Jachthafen.

Erst bin ich mir nicht sicher, ob er es ist, weil die Straßenbeleuchtung in Marchlyn Falls ihren Namen nicht verdient. Aber dann erkenne ich ihn an der Körperhaltung und der Art und Weise, wie er sich mit der Hand durchs Haar fährt.

Da steht Hunter, mit dem Hintern an sein Auto gelehnt. Er vergräbt die Hände in den Hosentaschen und unterhält sich mit jemandem. Ich will schon den Arm heben und ihm zurufen, doch das Hallo erstirbt auf meinen Lippen. Denn dann beobachte ich, wie Hunter eine Frau umarmt und ihr einen Kuss auf die Wange gibt. Sie streicht ihm über den Arm, und es ist offensichtlich, dass die beiden sich gut kennen. Sehr gut sogar. In dem Moment dreht die Frau sich so, dass ich ihr Profil erkennen kann.

Es ist Mel.

Ich mache auf dem Absatz kehrt und laufe los.

14

Elsa

»Hey«, sagt Hunter und lässt sich im *Black Cat* auf den Stuhl mir gegenüber fallen. Sofort weht eine Welle seines Parfüms zu mir, und ich spüre einen kleinen Stich im Herzen. Ich beiße die Zähne zusammen, um dieses lächerliche Flattern aus meiner Brust zu vertreiben. Die Sache ist nämlich, dass der Duft, den er trägt, irgendetwas mit Bergamotte beinhaltet. Ich liebe Bergamotte, vor allem wenn es ...

Geräuschvoll atme ich aus.

Das ist kein Problem. Das ist alles kein Problem.

Er kann ja machen, was er will. Er kann das Parfüm tragen, das er möchte, er kann treffen, wen er möchte. Ich meine – wir sind nicht zusammen. Wir werden einen Abend lang *so tun*, als wären wir es. Da ist ein himmelweiter Unterschied. Ich habe keinerlei Ansprüche an diesen Mann, außer dass er mir beim Lernen helfen sollte.

»Elsa? Was ist los?«

Ja wunderbar. Ganz großartig, ich bin wirklich große Klasse darin, meine Gefühle zu verbergen. Wo zur Hölle ist Cyborg-Elsa, wenn man sie braucht?

Er lehnt beide Ellenbogen auf den Tisch und beugt sich zu mir, um mir besser ins Gesicht sehen zu können. »Und sag jetzt nicht irgendeinen Mist«, ergänzt er, noch bevor ich mir eine faule Ausrede einfallen lassen kann.

Er will Ehrlichkeit? Bitte, kann er haben.

»Was war eigentlich dein Notfall gestern?«

Sein Kopf bewegt sich etwas nach hinten, er scheint mit einer ganz anderen Frage gerechnet zu haben. »Uhm …«

Noch während er überlegt, platze ich heraus: »Ich dachte, unser Deal wäre mehr wert! Du sagst unsere Session ab für ein Date? Hättet ihr euch nicht abends treffen können? War ja klar, dass dir unsere Abmachung nach kürzester Zeit am Arsch vorbeigeht und ich mich nicht auf dich verlassen kann.«

Mein Herz pocht mir wild in der Brust, und gerade bin ich selbst etwas perplex, wie vehement die Worte aus mir hervorgebrochen sind.

Hunter lacht überrascht auf und schüttelt den Kopf. »Wow, wo kommt das denn jetzt her?«

»Ach, vergiss es einfach.« Ich greife nach dem Block, der vor mir auf dem kleinen Bistrotisch liegt. Am liebsten würde ich aufstehen und gehen, mich in meine Wohnheimküche verziehen und kochen. Mich auf etwas Sinnvolles und Schönes konzentrieren und diesen bescheuerten Schmerz, der seit gestern Abend in meiner Brust wütet, verdrängen. Dabei weiß ich ja sowieso, dass ich das alles nicht fühlen sollte.

Cyborg-Elsa! Du bist Cyborg-Elsa!

»Ich hatte kein Date«, sagt Hunter und klingt eine Spur trotzig.

»Ach nein?« Forschend schaue ich ihm in die Augen, in dieses wunderschöne Blaugrau, in das sich allmählich Ärger schleicht.

Er runzelt die Stirn. »Moment mal, wovon sprichst du?«

»Ich spreche von *Mel*.«

Hunter entgleiten die Gesichtszüge. »Woher kennst du Mel?«

Ich halte mir den Ringbuchblock mit einem Arm vor die Brust wie einen Schutzschild.

»Wenigstens streitest du es nicht ab. Das wäre auch zwecklos, weil ich euch beide gestern gesehen habe. Aber hey, immerhin hast du mir vorher abgesagt und mich nicht einfach versetzt. Ich sollte mich glücklich schätzen.« Ich weiß nicht, wohin mit meinen Händen, lege das Ringbuch wieder ab und beginne ziellos darin herumzublättern.

»Woher kennst du Mel?«, wiederholt Hunter stoisch, und gleichzeitig ist da etwas Scharfes in seiner Stimme, das mich stutzig macht.

Ich höre auf zu blättern. »Wir sind im Supermarkt zufällig zusammengestoßen und halt ins Gespräch gekommen.«

Hunter fixiert mich und sein Blick wird immer bohrender. »Ihr seid *zufällig zusammengestoßen*?«

»Mel hat mich mit ihrem Ellenbogen erwischt. Spielt keine Rolle.«

Hunter kommt mir auf einmal sehr ernst vor. Fast schon besorgt. »Worüber habt ihr geredet?«

»Das geht dich nichts an.« Er hat mir schließlich auch nicht erzählt, worum es sich bei seinem ominösen Notfall gehandelt hat.

»Elsa«, warnt er. »Ich will wissen, worüber ihr geredet habt.« Er ist richtig sauer. Schön! Das bin ich auch. Ich verschränke die Arme vor der Brust. »Du hast hier gar nichts zu verlangen, was glaubst …«

»Mel ist die Abkürzung für Melissa. Meine Ex-Freundin«, fällt er mir ins Wort und ich erstarre. Alles steht still und die Luft entweicht aus meiner Lunge.

»Die Ex-Freundin, mit der du auf keinen Fall auf ein gemeinsames Dinner willst?«, vergewissere ich mich. Er nickt, und ich muss schlucken, ehe ich weitersprechen kann. »Dafür habt ihr euch gestern aber erstaunlich gut verstanden.«

»Hast du uns beobachtet?«

»Ich bin zufällig am Parkplatz unten am Jachthafen vorbeigekommen. Das bisschen, was ich gesehen habe, hat gereicht. Und du erzählst mir vor ein paar Tagen noch, ihr wärt nicht im Guten auseinandergegangen.« Ich lache, es klingt verbittert, und ich nehme mir im gleichen Augenblick vor, dass ich damit aufhören muss. Es ist egal, mit wem Hunter sich trifft. Er kann machen, was er will, rufe ich mir ins Gedächtnis.

»Du verstehst das nicht.«

»Das ist die lameste Erklärung in der Geschichte der Erklärungen.« Der Stuhl quietscht über den Boden, als ich aufstehe.

Hunters Hand schnellt zur Seite, als ich an ihm vorbeilaufe, und hält mich fest. Und obwohl mein Blick darauf hängen bleibt, lässt er diesmal nicht los.

Es ist komplett idiotisch, aber ich genieße seine Berührung. Und das Interesse, das er an mir hat, die Vehemenz, mit der er nachfragt und möchte, dass ich bleibe.

Wie traurig bist du eigentlich, Elsa?

Beschwörend sieht er zu mir auf. »Was wollte Melissa von dir?«

»Nichts.« Ich drehe mich weg, ziehe etwas an meinem Arm und Hunter lässt mich frei. Gerade als ich in Richtung Tresen gehen möchte, halte ich mein *Ich-bin-so-geheimnisvoll*-Spielchen nicht mehr durch. »Wir haben ein bisschen über Marchlyn Falls geplaudert, und dann hat sie meinen

TikTok-Account erwähnt, also, meinen Back-Account, und ich habe mich gefragt, was für ein krasser Zufall es ist, dass sie das ausgerechnet mir gegenüber erwähnt. Ich habe natürlich behauptet, ich wüsste nichts von einem Account hier aus Marchlyn Falls, weil ich grundsätzlich nichts für Social Media übrighätte, und ...«

»Du hast einen Back-Account auf TikTok?«, unterbricht Hunter mich.

»Ja, ich poste immer mal wieder Backvideos.«

»Okay«, sagt er zögerlich.

»Sie war total nett und freundlich zu mir und hat sämtliche Lebensmittelfachverkäufer mit ihrem perfekten Aussehen geblendet. Sie war ein bisschen sehr darauf aus, ein Gespräch mit mir zu beginnen, hatte ich den Eindruck.«

Hunter presst die Lippen aufeinander. Er scheint nachzudenken, reibt sich dann mit der Hand über die Stirn und gibt ein fast lautloses »Fuck« von sich.

»Was?«

»Nichts. Nicht so wichtig. Sie ist wieder abgereist, es ist also alles okay.« Er lächelt, und ich nehme es ihm so was von nicht ab.

Langsam bewege ich mich zurück zu meinem Stuhl und lasse mich daraufsinken. Block und Tasche halte ich trotzdem noch in der Hand. Hunter soll ruhig wissen, dass ich eigentlich schon so gut wie weg bin.

»Es tut mir leid, dass ich unsere Lernsession gestern abgesagt habe. Ehrlich gesagt war ich komplett überfordert, dass Melissa sich so kurzfristig angekündigt hat, und ich dachte mir, es wäre besser, sie zu treffen. Die ersten Wochen nach unserer Trennung ... na ja. Sie waren nicht einfach. Weder für mich noch für sie.«

»Verstehe«, sage ich und spüre, wie mein innerer Widerstand schmilzt. Er hat die Entschuldigung gerade ernst gemeint, das habe ich ihm angesehen. »Und seit eurer Trennung hattet ihr noch kein Gespräch oder so was?«

»Nur ein paar ganz kurze, wenn wir uns in London zufällig über den Weg gelaufen sind. Aber da war das alles noch zu frisch, es war also ziemlich sinnlos.« Gerade würde ich, glaube ich, meine rechte Hand opfern, um zu erfahren, was sich hinter dem *das alles* versteckt. Hat sie ihn betrogen? Oder er sie? Was ist zwischen ihnen vorgefallen, dass sie nicht einmal mehr miteinander reden konnten?

»Aber das spielt jetzt keine Rolle«, fährt Hunter fort. »Sie ist wieder weg, das ist alles Vergangenheit und wir haben eine ziemlich fette Lernsession über Portfolio Selection und das CAPM vor uns, okay?«

Einen winzigen Moment lang ringe ich noch mit mir, aber dann lasse ich die Tasche zu Boden sinken, lege den Block wieder auf den Tisch und befreie mich aus meiner dicken Winterjacke.

Hunter hat recht. Seine Ex kommt nach Marchlyn Falls und schnüffelt hier herum – macht mir doch nichts, oder? Das, was für mich zählt, sind unsere Lernsessions und dass ich es in den letzten Tagen tatsächlich geschafft habe, ein Minimum an Stoff in mein Hirn zu pressen. Trotzdem …

»Was wollte sie denn von dir?« Ich halte die Luft an, weil mir völlig klar ist, dass ich mich auf dünnem Eis bewege.

Hunter fährt sich mit dem Zeigefinger die Stirn entlang. Zu meinem Erstaunen antwortet er tatsächlich. »Sie hat natürlich mitbekommen, dass ich keine Lust auf ein Dinner mit ihr habe, und … irgendwoher wusste sie wohl auch deinen Namen, ich denke, von meiner Mutter, und …«

»Sie hat mich ausgecheckt«, stelle ich überrascht fest und spüre, wie sich einige Nerven in meinem Magen zusammenziehen.

»Kann sein. Ich weiß es nicht. Jedenfalls wollte sie sich mit mir aussprechen.«

»Scheint ja geklappt zu haben.« Arglos zucke ich mit den Schultern und versuche sehr, das bange Gefühl, das sich in meiner Brust festsetzt, nicht durchklingen zu lassen. Weil das völlig vermessen und lächerlich ist. Natürlich kann er sich mit seiner Ex-Freundin aussprechen. Ist doch schön für ihn.

»Mehr oder weniger.«

»Okaaaay.« Ich atme tief ein. »Willst du nicht vielleicht lieber mit ihr auf das Dinner mit deinen Eltern …«

»Elsa! Nein! Will ich nicht! Und können wir das Thema jetzt bitte stecken lassen und endlich mit dem Lernen anfangen?«

»In Ordnung.« Ich ziehe den dicken Ordner aus der Tasche und wuchte ihn auf den Tisch. Hunter klappt ihn auf und findet sofort die Stelle, an der wir vor drei Tagen aufgehört haben, den Stoff durchzukauen.

»Okay, ich fange an.« Ich lege meine Hand auf das Blatt, damit Hunter nicht spicken kann. »Naive Diversifikation?«, frage ich.

»Alle Aktien eines Anlageuniversums gehen mit dem gleichen Anteil in ein Portfolio ein«, erklärt Hunter sofort.

Ich lupfe die Hand, um nachzulesen, ob es stimmt. Tut es.

»Ich kenne die Begriffe alle schon«, gibt er zu.

»Weil so was bei deinen Eltern allabendliche Themen beim Dinner sind, oder wie?«

Hunter lacht. »Nein, ich – erzähl ich dir ein andermal.«

»Come oooon! Mister *Ich-habe-so-viele-Geheimnisse*. Das

ist doch deine Masche, oder? Dich rätselhaft zu machen, damit die Mädels dich plötzlich spannend finden.«

»Funktioniert es denn?«

»Bei mir auf jeden Fall nicht!«

Gott, was bin ich für eine erbärmliche Lügnerin.

Einen Moment wird es still zwischen uns. Dann fragt Hunter leise: »Ach ja?«

Forschend sieht er mir in die Augen, und ich schaffe es nur kurz, seinem Blick standzuhalten, ehe ich wegschauen muss. Einige völlig verrückte Sekunden lang bilde ich mir ein, dass Hunter wirklich gerne wissen würde, ob ich mich für ihn interessiere. Ob ich mehr von ihm will.

»Wollen wir nicht ...« Ich tippe auf die Unterlagen.

»Den Risikowert von Aktienrenditen berechnen. Genau das wollen wir«, sagt Hunter schnell, und der Moment, diese Spannung zwischen uns, ist vorüber.

Ich verziehe das Gesicht und Hunter lacht erneut.

»Das ist easy.«

»Dinge, bei denen Formeln involviert sind, können nicht easy sein.«

»Wart mal ab. Also. R ist die Rendite und K der Aktienkurs zum Zeitpunkt t, und ... sag mal, wäre es okay, wenn ich mich neben dich setze?«, fragt Hunter. »Über Kopf rechnen ist ein bisschen anstrengend.«

»Uhm, klar.« Ich deute nach rechts und Hunter zieht seinen Stuhl um den Tisch herum.

Als er wieder sitzt, schiebe ich den Ordner in seine Richtung und habe das Gefühl, dass er mich beobachtet. Also wende ich mich ihm zu und schenke ihm ein kleines auffforderndes Lächeln, damit er weiterspricht. Er erwidert es sofort und dabei tritt ein Leuchten in seine Augen, und ...

NEIN, Elsa. Da ist kein Leuchten, da ist gar nichts! Und du hörst jetzt auf, ständig diesen Typen anzuschmachten.

Außerdem ist es nicht das erste Mal, dass wir so nahe nebeneinandersitzen. Wir haben das die letzten zehn Tage schon mehrmals gemacht.

Trotzdem fühlt es sich heute anders an. Ich räuspere mich und verfluche zum ungefähr hundertsten Mal innerhalb der letzten zwanzig Minuten meinen rasenden Herzschlag.

»Wollen wir?«, fragt Hunter leise und sanft, und ich glaube, ich starre einen Moment lang auf seine Lippen, denn Hunter sagt mit plötzlich ganz rauer Stimme: »Elsa.«

Ich wende mich abrupt ab. »Uhm, sorry. War grad in Gedanken.«

»Was für Gedanken?«

Wieso um Himmels willen fragt er das denn jetzt?

»Na, Diversifikations... Portfolio.«

»Glaube nicht, dass es das war.«

»Okay, erwischt. Das war es nicht.« Ich atme aus.

»Sondern?«

»Erzähl ich dir ein andermal«, sage ich und lächle Hunter verschmitzt an.

Er lacht laut los. »Touché! Aber jetzt mal ernsthaft, wir müssen das mit dem Erwartungswert der Aktienrendite heute durchbekommen.«

Theatralisch stöhne ich auf, brumme dann zustimmend und Hunter beginnt zu erklären. Nach ungefähr einer halben Minute (die sich anfühlt wie eine halbe Stunde) hören sich Hunters Worte nur noch nach Blablabla an. Aber wie soll ich mich auch konzentrieren, wenn er nur zwanzig Zentimeter von mir entfernt sitzt, mich in den Duft seines Parfüms einhüllt und ich sogar die Wärme spüren kann, die von ihm ausgeht? Hin und wieder streift sein Atem meine Hand, in der ich einen Kugelschreiber halte und versuche, irgendetwas mitzuschreiben, und mein ganzer Körper ist erfüllt von einem leisen Beben. Ich schaue auf Hunters große Hände und seine schlanken Finger, als er die Formel auf ein Blatt Papier schreibt, und muss schlucken, weil ich mich daran erinnere, wie er mich beim Eisbaden festgehalten hat. Seine Finger auf meiner nackten Haut …

Das Beben breitet sich in meinem ganzen Körper aus. Und ich merke, dass ich mich so sehr zu diesem Mann hingezogen fühle, dass es gerade sogar ein kleines bisschen wehtut.

Meine Handflächen werden feucht, und ganz entfernt, in irgendeinem Winkel meines Hirns, realisiere ich, dass Hunter mich irgendetwas gefragt hat. Überrascht sehe ich zu ihm auf.

»Sorry, ich war gerade …«

»Kein Problem. An welcher Stelle bist du ausgestiegen?«

»Ziemlich früh, leider.«

»Macht nichts, wir sprechen die Formel einfach noch mal durch. Also, es ging hier um den Sonderfall, dass alle Umweltzustände gleich wahrscheinlich sind …«

Das Problem ist, ich finde das sexy. Obwohl er um Welten schneller ist bei eigentlich *allem*, was wir hier lernen, behandelt er mich nicht, als wäre ich langsam oder unintelligent. Er ist souverän und unendlich geduldig und verhält sich in keiner Weise herablassend, wie ich es anfangs befürchtet hatte.

Ich schüttle den Kopf, versuche endlich, mich auf die Zahlen zu konzentrieren, und dieses Mal gelingt es mir wirklich.

Am Ende unserer Session habe ich es geschafft, eine Kovarianz von Aktienrenditen selbstständig auszurechnen, und ich glaube, Hunter ist davon ebenso beeindruckt wie ich selbst.

»Geil! Nice, Elsa, richtig nice!« Er hält die ausgestreckte

Hand in die Luft und wir klatschen uns ab. »Gut. Morgen machen wir weiter. Diesmal wieder bei mir?«

Oh no. Keine gute Idee.

»Können wir uns auch an der Uni treffen? Ich wollte vorher noch mal in die Bib.«

»Klar, kein Problem. Vierzehn Uhr?«

»Vierzehn Uhr«, bestätige ich.

Bei dir zu Hause lernen wir nämlich garantiert nicht mehr, Hunter.

15

Hunter

»Mist«, sagt Elsa und kramt in ihrem Rucksack.

»Was ist?«

»Ladegerät vergessen.« Sie deutet auf das kleine rote Batteriesymbol auf ihrem Display.

»Dann holen wir das?«, schlage ich vor und klappe mein Notebook wieder zu.

»Liegt im Wohnheim.«

»Na dann …« Ich stehe auf, lasse den Laptop in meinen Rucksack gleiten, aber Elsa bleibt sitzen. Es ist kurz nach zwei und in dem hohen Saal der Cafeteria direkt neben dem historischen Hauptgebäude der Bloomsbury ist einiges los. Viele Studierende essen zu Mittag, trinken Kaffee oder hängen einfach ab und warten auf die nächste Vorlesung. Eigentlich ist es mir hier zu laut, um zu lernen, aber Elsa hatte darauf bestanden, hierherzukommen.

Ich hebe beide Arme. »Ich kann auch einfach vor dem Wohnheim auf dich warten, wenn es dir unangenehm ist, dass ich mitkomme. Oder hierbleiben?«

Erst zögert sie, doch dann sagt sie: »Nein, ist okay. Komm mit.« Sie schnappt sich ihren Rucksack, Schal und Jacke und nach wenigen Schritten sind wir draußen. Ich atme tief die frische, kühle Luft ein. Heute regnet es zur Abwechslung mal nicht, aber es ist verdammt kalt, als wir den schmalen Fußweg in Richtung der Wohnheime laufen.

»Wir können in der Stockwerksküche lernen, da ist es ziemlich sicher ruhiger als in der Cafeteria«, erklärt sie mit einem verständnisvollen Augenzwinkern in meine Richtung. Ich habe mein Missfallen hinsichtlich unseres Arbeitsplatzes wohl weniger gut versteckt als gedacht.

»Klar, wenn da Platz ist, why not. Sonst weichen wir halt in dein Zimmer aus«, schlage ich vor.

»Ja, äh … nein.«

»Du hast also doch nicht aufgeräumt«, witzle ich und stoße sie freundschaftlich mit der Schulter an.

»Ich hab zwar keine Haushälterin, so wie *andere* Menschen, mein Zimmer ist trotzdem einigermaßen ordentlich. Die Wohnheimküche eignet sich einfach besser, solange niemand dabei ist, ein Fünf-Gänge-Menü zu kochen.«

»Was findest du an meiner Wohnung eigentlich so schlimm, dass du nicht mehr bei mir lernen möchtest? Ich meine … ich habe einen ganzen Bungalow zur Verfügung. Mehrere Tische, Stühle, ein Sofa. Highspeed-Internet.«

Wir waren nur für unsere allererste Session bei mir. Seitdem haben wir entweder im *Black Cat* oder in der Cafeteria an der Uni gelernt, weil Elsa jedes Mal darauf bestanden hat.

»Keine Lust, immer den Hügel hochzulaufen«, behauptet sie und spielt dabei an dem Reißverschluss ihres Mantels herum. Viel offensichtlicher kann man, glaube ich, eine Ausrede gar nicht von sich geben.

»Verstehe schon«, sage ich und einen Sekundenbruchteil lang schaut sie zu mir, dann wieder auf den Kiesweg.

Sobald wir das Wohnheim betreten, schlägt uns der durchdringende Geruch des uralten roten PVC-Bodenbelags entgegen. Die Gänge sind komplett leer und nur von Neon-Deckenlampen beleuchtet, von denen die Hälfte einen Wackelkontakt hat und flackert. Ich bin überrascht, wie sehr dieses Haus das Flair eines Knasts hat.

Im ersten Stock öffnet Elsa eine der Türen. Ich lehne mich gegen den Türrahmen und sehe neugierig in den schmalen Vorraum, der ihr und Lilys Zimmer und das kleine Badezimmer miteinander verbindet.

»Jetzt komm schon rein, das ist ja nicht auszuhalten«, stöhnt sie, und als ich eintrete, schließt sie die Tür zum Flur mit der Fußspitze. »Hier, mein Zimmer. Das wolltest du doch sehen, oder?«

»Vielleicht?«

Ich werfe einen Blick hinein. Sie hat nicht zu viel versprochen, es ist echt sauber dort. Und es ist genauso eingerichtet, wie ich mir ein Wohnheimzimmer immer vorgestellt habe (offen gestanden war ich noch nie in einem Wohnheim, was ich Elsa garantiert nicht verraten werde, weil sie mich dann wieder für den größten Snob auf diesem Planeten hält). Es gibt ein Einzelbett, einen Kleiderschrank und einen Schreibtisch mit Stuhl. An der Wand über ihrem Bett hängen eine Lichterkette und eine Art Girlande mit Fotos ihrer Familie und Freunde, denke ich, und das Bett bedeckt eine Patchworkdecke. Sieht selbst gestrickt aus. Oder gehäkelt, ich habe keinen Schimmer, jedenfalls ist sie aus Wolle. Einige Bücher sind in dem Regal gegenüber, Unikram und jede Menge Koch- und Backbücher. Auf dem Schreibtisch steht eine schnörkelige Lampe mit buntem Glasschirm, die garantiert nicht zur Standardausstattung dieses Zimmers gehört und heimeliges Licht spendet. Überhaupt komme ich mir gerade vor wie in einer Filmkulisse von *Gilmore Girls*.

Ich setze mich auf ihr Bett und streiche mit der Hand über die Decke.

»Die hat meine Grandma gehäkelt«, erklärt Elsa, als sie sich auf den quietschenden Bürostuhl setzt.

»Sie hat die ganze Decke selbst gemacht?«

»Klar. Die zwei bestickten Kissen hinter dir auch«, sagt Elsa. »Wenn du es dir jetzt schon bequem gemacht hast, können wir auch hierbleiben zum Lernen. Glaube, in der Küche kocht tatsächlich jemand.« Sie zieht das Notebook aus ihrer Tasche hervor, steckt das Ladegerät in die Steckdose neben dem Bett und setzt sich dann zurück auf den Bürostuhl. Das Kabel reicht gerade so.

»Willst du dich nicht lieber zu mir setzen? Ist vielleicht auch einfacher, wenn wir die nächsten Kapitel durcharbeiten?«, frage ich sie, weil es mir komisch vorkommt, dass sie so auf Abstand bedacht ist.

»Nö, ist okay hier.« Sie tut so, als würde sie nicht merken, dass ich sie weiterhin auffordernd ansehe, tippt ihr Passwort ein und klickt irgendetwas herum.

»Du willst nicht Zeit allein in einem Raum mit mir verbringen«, stelle ich fest, und Elsa verharrt in der Bewegung, starrt auf ihren Screen und selbst ich halte kurz den Atem an.

Und sie muss schon gar nichts mehr sagen, ihre Reaktion ist Antwort genug. »Hmmmm«, macht sie nur und sieht sich suchend um. »Hier, willst du?« Sie öffnet eine Metalldose, die sie hinter sich vom Schreibtisch geangelt hat, und hält sie mir hin, ohne ihren Stuhl zu verlassen.

Ist das ihr Ernst? Tut sie jetzt einfach so, als hätte ich das gerade nicht gesagt?

Missbilligend ziehe ich die Brauen zusammen, auch das ignoriert Elsa geflissentlich und hält mir auffordernd die Dose hin.

Eine Freundin hat mir mal gesagt, ich wäre der Meister der Verdrängung. Wenn ich der Meister bin, dann ist Elsa die fucking Goddess der Verdrängung.

»Probieren! Du sollst probieren, Hunter!«, fordert sie ungeduldig, und es raschelt leise in der Schachtel, als sie sie hin und her bewegt.

Ich beschließe, es ihr durchgehen zu lassen, werfe einen Blick in die Dose, erkenne mehrere Macarons in bunten Farben und nehme mir einen.

»Hab ich selbst gemacht«, berichtet sie ein klein wenig stolz.

Vorsichtig beiße ich hinein, kaue einmal, dann noch einmal und … wow.

»Hmm, Elsa!«, rufe ich mit vollem Mund.

»Was?«

»Das schmeckt verdammt, *verdammt* gut!«

Sie verengt die Augen. »Wirklich?«

»Wieso glaubst du mir nicht?«, will ich wissen. »Gib mir noch einen.«

»Also«, sagt sie, legt ihr Notebook jetzt beiseite und reicht mir die Dose erneut. »Du hast wahrscheinlich schon als Vierjähriger in Sternerestaurants gegessen, irgendwie bezweifle ich, dass du …«

»Umso mehr solltest du mir glauben! Und jetzt hör mal auf, dich ständig runterzuspielen. Das war ein ernst gemeintes Kompliment!« Ich suche mir ein weiteres Macaron aus, und als Elsa die Hand nach der Dose ausstreckt, ziehe ich sie im letzten Moment zurück.

»Hey, futter nicht alle weg, Lily wollte auch noch probieren!« Sie erhebt sich von ihrem Stuhl und macht einen Schritt in meine Richtung.

»Dann hol dir die Dose doch.«

»Kindisch«, murmelt sie, fixiert die Keksdose aber, während sie vor mir steht, als spiele sie tatsächlich mit dem Gedanken, sie sich gewaltsam zurückzuholen.

Stattdessen bewegt sie sich jedoch rückwärts in Richtung ihres Bürostuhls, setzt sich darauf, erwischt mit ihrem Hintern nur die Hälfte der Sitzfläche, der Stuhl rollt weg und sie plumpst mit einem erschrockenen Laut zu Boden.

Ich kann einen Lacher nicht unterdrücken, springe aber sofort auf und strecke ihr meine Hand hin, um ihr aufzuhelfen.

Jetzt beginnt Elsa ebenfalls zu lachen, läuft dabei ziemlich rot an und greift nach meiner Hand. Ich ziehe sie nach oben, habe etwas zu viel Schwung, und als Elsa wieder auf den Beinen steht, ist sie mir nahe. Sehr nahe.

Keiner von uns beiden bewegt sich. Vielleicht eine Sekunde oder möglicherweise zwei verharren wir, ihre Hand liegt in meiner, und mein Unterarm drückt sich gegen ihren Oberkörper. Geradezu überdeutlich spüre ich ihre Brüste an meinem Arm, fühle ihren Atem an meinem Hals, nehme ihren inzwischen so vertrauten Geruch von Jasmin und Vanille wahr. Und ich merke, dass ihre Nähe wie ein Sog ist. Dass ich jetzt, da sie nur noch wenige Zentimeter von mir entfernt ist, auch den letzten Abstand zwischen uns überwinden möchte. Ich möchte wissen, wie sich ihre Lippen auf meinen anfühlen, möchte wissen, wie es wäre, meine Hand in ihren wunderschönen roten Haaren zu vergraben …

Elsas Atemzüge werden schneller, mein Blick irrt von ihren Lippen zurück zu ihren Augen, in denen jetzt ein ernster, fast ängstlicher Ausdruck liegt, und das zu sehen fühlt sich an, als hätte sie mir einen Faustschlag versetzt.

Sofort lasse ich sie los und sie zieht sich auf ihren Stuhl zurück, setzt sich hastig und senkt den Blick. »Du wolltest wissen, warum ich nicht in einem Raum mit dir sein möchte«, flüstert sie. »Das ist der Grund, Hunter.«

Und ich verstehe erst gar nicht, wie sie das meint.

»Also … ich weiß ja nicht, was du über mich gehört hast, aber ich werfe mich nicht sofort an jemanden ran, sobald ich in einem Raum …«

»Darum geht es nicht«, versetzt sie fast tonlos und mich beschleicht ein noch viel schlimmerer Gedanke.

»Bist du … also, hast du …« Fuuuuck, kann ich jetzt keinen geraden Satz mehr bilden, oder was? »Wenn du …« Ich fluche leise und versuche es erneut. »Also. Wenn du nicht gerne Zeit in der Nähe von Männern verbringst oder in meiner Nähe, weil du dich nicht wohlfühlst, dann …«

»Nein, ich verbringe gerne Zeit mit Männern. Und mit dir«, unterbricht sie mein hilfloses Gestammel und blinzelt. Hat sie Tränen in den Augen? »Eigentlich sogar zu gerne.« Sie hat es nur leise gesagt, ich habe trotzdem jedes einzelne Wort verstanden und mein Herzschlag holpert durch meine Brust.

Sie hält ihren Kopf gesenkt, kann mich nicht mehr ansehen, denn die Worte stehen jetzt zwischen uns, breiten sich aus, werden größer, und ich glaube, am liebsten würde Elsa sie zurücknehmen.

Ich muss schlucken. »Okay, also …«, beginne ich, bin komplett überfordert, weil: Was hat sie mir da gerade gesagt? Dass sie auf mich steht?

Das wusstest du doch schon längst, du Trottel! Bisher war dir das egal. Oder fandest du es vielleicht sogar gut?

Ich räuspere mich, will ihr anbieten, dass wir den Deal irgendwie … lassen oder so?

Aber eigentlich möchte ich das nicht.

Da ist dieser Druck in meinem Brustkorb. Es fühlt sich an wie ein Ballon, der bei dem Gedanken, dass wir unser Projekt vielleicht wieder abblasen, mit Lichtgeschwindigkeit größer wird und gegen meine Rippen drängt.

Ich möchte weiter mit Elsa Zeit verbringen und in ihrer Nähe sein.

Nur will sie das anscheinend nicht. Also, sie will es schon, aber gleichzeitig fürchtet sie sich davor. Weil sie Angst hat, dass ich ihre Gefühle ausnutze und sie verletzte. Und ganz ehrlich? Ich kann es ihr nicht verdenken.

Ich sehe, wie Elsa tief ein- und ausatmet, kurz auflacht und sagt: »Was tun wir hier eigentlich? Wir sollten lernen, oder nicht? Außerdem wollten wir an meinem Exposé für die Masterarbeit feilen.«

»Möchtest du das denn?«, frage ich vorsichtig, und mir ist klar, dass sie jetzt wieder ihr Verdrängungs-Dings macht. Gerade finde ich das aber gar nicht mal so schlimm.

»*Möchte* ich lernen? Ganz sicher nicht. Aber ich glaube, ich habe keine Wahl. Und auch wenn ich dein pädagogisches Konzept meistens ziemlich fragwürdig finde, scheint es zu funktionieren, weil ich tatsächlich zum ersten Mal in meinem Leben bei einigen Fächern einen Hauch von Ahnung entwickle.«

»Was passt dir an meinem pädagogischen Konzept nicht?« Ich runzle gespielt irritiert die Stirn und bin froh, dass das Gespräch wieder etwas mehr Leichtigkeit bekommt. »Das ist legendär.«

»Ich glaube, bei dir sind eher andere Sachen legendär.«

»Und? Willst du herausfinden, welche?« Ich wackle vielsagend mit den Augenbrauen.

»NEIN! Will ich nicht! Und du musst aufhören, mit mir zu flirten, okay?«, fordert sie und wirft lachend einen Stift nach mir. Ich verstecke mich hinter meinem Ellenbogen und lache jetzt ebenfalls, aber sie wird sofort wieder ernst. »Sonst funktioniert das hier nicht, Hunter. Okay? Und ... ich brauche echt Hilfe bei den Uni-Sachen.«

»Ja. Du hast recht. Entschuldige.« Ich reibe mir mit der flachen Hand über den Nacken, weil mir das alles hier viel zu viel Spaß macht, ziehe mein Notebook hervor und entsperre es.

»Kannst du nicht einfach wieder bisschen ätzend sein, so wie Anfang des Semesters?«

»Ätzend? Kannst du haben. Wir machen jetzt erst mal mit Investitionstheorie weiter, was meinst du? *Bestimmen Sie das Investitionsprogramm grafisch* stand in der Übungsaufgabe.«

»Okay, aber vielleicht nicht gleich *so* ätzend«, brummt Elsa, dreht sich mit einem schweren Seufzen um und beginnt tatsächlich, die Aufgabe weiterzurechnen.

Keine Ahnung, wie sie es schafft, sich zu konzentrieren. Ich sitze schräg hinter ihr, beobachte, wie sie in Gedanken die Unterlippe zwischen die Zähne zieht und wieder loslässt, was dazu führt, dass ich die ganze Zeit zu ihr schauen muss. Das Licht ihrer Schreibtischlampe fängt sich in den vielen Ringen, die sie heute wieder an den Fingern hat. An den meisten Tagen trägt sie Ringe in verschiedenen Größen und Ausführungen. Fast immer sind sie silbern. Ich höre das leise Kratzen von Elsas Bleistift auf dem Papier, als sie eine Grafik zeichnet, und habe selbst noch nicht mal angefangen zu rechnen.

»Bei deinen Tiktoks hast du keine Ringe um«, kommentiere ich in die Stille hinein und Elsa verharrt in der Bewegung.

»Natürlich nicht. Das ist nicht hygienisch.« Eine kurze Pause entsteht, als sie prüfend zu mir schaut. »Du hast sie dir angesehen?«

»Ein paar.« Alle. Ich habe alle angesehen. Mehrmals. Wie ein Abhängiger hab ich heute bis zwei Uhr nachts vor meinem Handydisplay gehangen. Ich hatte total die Zeit vergessen. »Die waren cool. Und verdammt erfolgreich. Wieso erzählst du nie was davon?«

»Wieso sollte ich?«

»Weil das offenbar ein ziemlich wichtiger Teil deines Lebens ist?«

»Vielleicht will ich nicht darüber reden.«

»Weil …?«

»Weil eben! Wo sind wir hier, bei einem Kreuzverhör, oder was?«, wehrt sie ab. »Apropos: Muss ich eigentlich etwas beachten bei dem Dinner mit deinen Eltern morgen? Gibt es Themen, die ich ansprechen, oder Themen, die ich meiden sollte?«

Ziemlich billiger Ablenkungsversuch, finde ich. Leider hat er aber seine Berechtigung. Bisher habe ich das Abendessen mit Elsa und meinen Eltern einfach ausgeblendet. Was eigentlich ein No-Go ist, weil ich Elsa wirklich darauf vorbereiten und ihr einige Warnungen mitgeben sollte.

»Das wird entspannt«, behaupte ich. Stimmt nicht. Aller Wahrscheinlichkeit nach wird der Abend ein komplettes Volldesaster, und ich sollte mich vorher schon mal umhören, welche Therapeuten es in Marchlyn Falls gibt, damit Elsa die geschätzten drei Stunden, die sie in der Gegenwart meiner Eltern verbringen wird, *irgendwie* verarbeiten kann.

Sie werden sie grillen. Und sollten sie irgendeinen Schwachpunkt an ihr entdecken, werden sie zielsicher nachbohren, ihr spitze Kommentare hinwerfen, die auf den ersten Blick nett wirken, wenn man aber mal etwas darüber nachdenkt, im Grunde eine Unverschämtheit sind. Sie werden Elsa in ihrer Gegenwart mit meinen Ex-Freundinnen vergleichen, sie anschließend nach *ihren* Leistungen befragen und ihr das Gefühl geben, dass sie auf ganzer Linie eine Versagerin ist.

Weil sie immer so sind.

Vor meinem inneren Auge entfaltet sich das Horrorszenario in seinem ganzen Ausmaß. Elsa, wie sie in dem Restaurant sitzt, zusehends blasser und kleiner wird, wie ihre Miene versteinert und sie mit den Tränen kämpft. Ich sollte wirklich anfangen, Schadensbegrenzung zu betreiben.

»Also, Themen, bei denen du dich vielleicht bedeckt halten solltest: deine Uni-Leistungen. Und das, was du später mal beruflich machen möchtest, falls es kein knallharter Karriereweg ist.«

»Okay. Kein Problem.« Mit ihrem Stift tippt Elsa sich gegen die Unterlippe. »Worüber kann ich dann reden?«

»Hast du die letzten Jahre irgendwelche coolen Urlaube gemacht? Das wäre ein unverfängliches Thema«, versuche ich es.

»Uhm … Der Lake District? Blackpool Beach? Und nach meinen A-Levels war ich mit meinen Eltern ein paar Tage auf Mallorca«, schlägt Elsa halbherzig vor, liest in meinem Gesicht und ergänzt: »Yeah. Nicht gut genug. Verstehe schon.«

»M-hm«, bestätige ich.

Eine längere Pause entsteht. »Sie wünschen sich, dass du wieder mit Melissa zusammenkommst, richtig?«

»Ja«, gebe ich ohne Umschweife zu.

»Kann ich verstehen. Sie ist ja wirklich perfekt. Die perfekte Freundin für den Sohn.«

»Nein, ist sie nicht«, sage ich sofort. »Sie ist so weit entfernt von perfekt, das glaubst du gar nicht.«

Melissa ist nicht einfach nur *nicht perfekt.* Ich halte sie für gefährlich.

Nach unserer Lernsession gestern im *Black Cat* war ich kurz davor, ihr zu schreiben. Im Leben war es kein Zufall, dass Elsa und sie sich im Supermarkt über den Weg gelaufen sind. Allein wenn ich jetzt daran denke, bildet sich ein unangenehmes Gefühl in meiner Magengegend. Und irgendwie befürchte ich, dass sie hinter dem TikTok steht, das Elsa so verleumdet hat. Zutrauen würde ich es ihr auf jeden Fall, obwohl ich natürlich nichts beweisen kann.

Melissa mag freundlich gewesen sein, als wir uns getroffen haben, sie mag so getan haben, als wolle sie einfach nur mit mir befreundet sein und die Vergangenheit hinter sich lassen – aber ganz ehrlich? Ich nehme ihr das nicht ab.

Doch ich habe mich dagegen entschieden, ihr zu schreiben und sie zur Rede zu stellen. Weil es das ist, was sie will. Kontakt zu mir, egal über welchen Weg. Und dazu bin ich nicht bereit. Noch nicht und vielleicht auch nie wieder.

»Eine andere Sache: Ich weiß, ist jetzt eine ziemlich vermessene Frage, und es ist mir echt unangenehm, aber …«

Elsa sieht mich nur erwartungsvoll an und macht es damit *kein Stück* einfacher für mich.

»Also, weißt du schon, was du morgen anziehen wirst?«

Sie reagiert nicht, und gerade habe ich keine Ahnung, was in ihr vorgeht. »Ich frage das, weil meine Eltern total Wert legen auf das Erscheinungsbild und bla, und wenn du mit Jeans aufkreuzen würdest, würden sie ständig irgendwelche verletzenden Kommentare ablassen, und das würde den Abend dann noch so unendlich viel ätzender machen, als er ohnehin werden wird, und …«

Elsa erlöst mich von meinem peinlichen Gestammel. »Ich habe ein Kleid, das ich anziehen kann, Hunter. Keine Sorge. Ich habe ein Kleid.«

16

Elsa

Nein, ich habe *kein* Kleid. Ich habe wirklich *gar kein Kleid.* Kein einziges. Nichts.

Verzweifelt stehe ich vor den geöffneten Türen, halte das lindgrüne Trägerkleid, das ich zu meiner Bachelor-Abschlussfeier in Brighton getragen habe, in meiner linken Hand und irgendeinen Tüllrock in meiner rechten. Überall im Zimmer liegen Kleidungsstücke verstreut: Röcke, Blusen, ein Tanktop mit Pailletten, mehrere Strumpfhosen (wieso haben die eigentlich alle Laufmaschen? Wieso habe ich keine einzige Strumpfhose ohne Laufmasche? Und wieso habe ich nur Strumpfhosen und keine trägerlosen Strümpfe, wie es Frauen haben, die irgendwie erwachsen und sexy sind und …)?

Halt.

Elsa, du sollst nicht sexy sein, du willst nicht sexy sein, du willst attraktiv und seriös und zuverlässig und …

Nein, eigentlich will ich schon sexy aussehen. Aber ich und sexy, haha, der war gut.

Fuck.

Ich hänge das Trägerkleid achtlos an die Tür und beuge mich wieder in den Schrank hinein, weil ich in seinen Tiefen eben eine weitere Klamottenkiste entdeckt habe, in die ich noch nicht hineingeschaut habe. Es riecht ein bisschen staubig, und meine Hoffnung, etwas zu finden, das ich tatsächlich heute Abend anziehen kann, sinkt.

Gerade habe ich den Deckel abgenommen und die Kiste etwas ins Licht gezogen, als quietschend meine Zimmertür aufschwingt. »Hi, Elsa, hab dir eine Cornish Pasty …«, höre ich hinter mir und drehe mich um. »O-KAY.« Lily zieht die Brauen so hoch, dass sie unter ihrem neuen, selbst geschnittenen Fransenpony verschwinden. Ihre Augen wandern durch den Raum. »Was passiert hier?« Sie klingt alarmiert.

»Lily!«, ich mache mir nicht die Mühe, meine Verzweiflung zu verstecken. »Ich sitze so was von in der Scheiße!«

Zur Hölle mit Cyborg-Elsa, zur Hölle mit der *Ich-fühle-nichts-und-hab-alles-im-Griff*-Elsa.

»Was ist los?«

»Ich habe nichts anzuziehen. Das Dinner! Heute Abend ist das Dinner mit Hunters Eltern, auf dem ich glaubwürdig als seine Freundin rüberkommen muss, und er hat mich schon vorgewarnt, dass sie total Wert auf ein adrettes Erscheinungsbild legen und …«

»Hunter hat *adrett* gesagt?«

»Was? Nein, vielleicht, keine Ahnung, der Wortlaut spielt keine Rolle, jedenfalls hat er mir klargemacht, dass ich ein Kleid tragen sollte, und ich meine, sie sind doch diese ganzen Barbie-Ex-Freundinnen gewohnt, und ich habe einfach gar nichts, ich sehe in allem aus wie eine Plumpskuh, und das wird der Abend der Hölle, ich will nicht scheiße aussehen und mich lächerlich machen, bevor ich überhaupt den Mund aufgemacht habe, ich meine, ich kann ja nicht mal behaupten: *Aber ich habe fantastische Noten und werde meinen Doktor in Physik nächstes Jahr abschließen* oder irgendwie so was und …«

»ELSA!«, unterbricht Lily lautstark meinen Redeflash. Sie hat die Augen aufgerissen und starrt mich an, und da wird mir klar, dass ich sie vermutlich gerade ganz genauso anstarre. »Was ist dein Problem, da sind doch Kleider?«

»Ja! Da sind welche! Aber die sind scheiße! Die sind alle scheiße! Ich sehe komplett hässlich darin aus, das wird so …«

Lily packt mich an beiden Oberarmen und schaut mir in die Augen. »Elsa. Wie viele Stunden haben wir?«

Mein Blick irrt zu der kleinen Uhr, die am Schreibtisch tickt. »Vier.«

»Easy«, sagt Lily nur und zieht ihr Handy aus der Hosentasche. Ich höre ein leises Tuten, als sie jemanden anruft. »Hi!«, sagt sie freundlich, als die angerufene Person abhebt. »Sag mal, Baby, kann ich mir dein Auto leihen? Ist ein Notfall.«

»Und die musst du auch noch probieren.« Lilys Hand taucht in dem Spalt zwischen Vorhang und Umkleidewand auf und sie hält zwei weitere Kleider in die Kabine. Wir sind bis nach Chester gefahren, weil es dort einige ziemlich bekannte Einkaufsstraßen mit Geschäften gibt, die laut Lily *fancy Kleider* haben.

Haben sie wirklich. Wir sind wahllos in den ersten Laden gelaufen, der so aussah, als gäbe es dort Abendgarderobe, und ich habe einen ganzen Berg davon mit in die Kabine genommen. Zwar beäugt uns die Verkäuferin etwas irritiert, aber es ist wochentags, das Geschäft fast leer, und deshalb finde ich es auch nicht schlimm, ihre gesamte Kollektion anzuprobieren.

Und obwohl ich es nicht erwartet habe, weil mein Puls vor lauter Aufregung permanent in einer garantiert ungesunden Frequenz pocht und mir der Schweiß unter den Achseln klebt, macht das hier Spaß. Ich war ewig nicht mehr Klamotten kaufen und schon gar nicht mit einer Freundin. Lily ist so entspannt und völlig überzeugt davon, dass wir das perfekte Kleid für heute Abend finden werden, dass sich das langsam auf mich überträgt.

Sieben Stück hängen an den Haken in der Kabine, zwei habe ich bereits probiert. Sie sahen okay aus, aber ich habe mich nicht wohlgefühlt.

Lily sitzt auf einer niedrigen Bank vor den Umkleiden und wartet mit einer Engelsgeduld, dass ich wieder herauskomme.

Ich höre ein Räuspern vor dem Vorhang, dann ein ominöses »Sag mal, Elsa« und wappne mich für ein unangenehmes Thema.

»Wie geht's dir?«, will Lily wissen und ich antworte erst mal gar nichts. »Ich meine, mit der ganzen Situation. Immerhin ist heute Valentinstag und du gehst auf ein Fake-Date mit dem Typen, auf den du eigentlich …«

Sie unterbricht, weil ich in dem nächsten Kleid aus der Umkleidekabine hervortrete.

»… stehst«, beende ich den Satz für sie. Ich sehe sie mit vorwurfsvoll verzogenen Mundwinkeln an und wende mich dann dem Spiegel zu. »Ganz ehrlich?« Ich drehe mich hin und her. »Das ist nicht meine Farbe«, sage ich und streiche mit den Händen meine Hüften entlang. Ich trage ein eng anliegendes Kleid in Lila mit etwas Glitzer darauf.

Lily lacht. »Ja, mich überzeugt es auch nicht. Aber du weichst meiner Frage aus.«

Ich verschwinde wieder hinter dem Vorhang, schäle mich aus dem Kleid und betrachte die beiden, die jetzt rechts und links von mir hängen. Ein schwarzes und ein Ferrari-rotes, das mir Lily herausgesucht hat – ich hätte mich an diese

Farbe niemals selbst getraut. Es besteht aus Chiffon, hat einen tiefen V-Ausschnitt, eine relativ enge Taille, um die ein goldener Gürtel liegt, und fließt dann locker und bodenlang um Beine und Hüften. Es gibt einen ziemlichen hohen Schlitz, der aber in den Stofffalten versteckt ist.

Ich lege den Kopf schräg, kann mir trotzdem nicht vorstellen, wie ich darin aussehe, und beschließe, es als Nächstes anzuziehen.

»Ehrlicherweise …« Ich habe das lilafarbene Kleid wieder auf den Bügel gehängt, betrachte mich in Unterwäsche im Spiegel, ziehe probehalber den Bauch ein, merke, dass das nur funktioniert, wenn ich die Luft anhalte, und lasse es. »Keine Ahnung. Ich rede mir ein, dass ich gerade andere Probleme habe als meine Gefühle, und verdränge das alles einfach.«

»Und klappt das? Ihr seht euch doch und arbeitet zusammen und …«

»Klappt nicht so gut«, gebe ich zu. »Weil er ständig flirtet. Ich glaube, er kann gar nicht anders, der ist einfach so.«

»Hunter kann sehr wohl anders«, antwortet Lily trocken.

»Außerdem hat er gemerkt, dass ich auf ihn stehe, weil … na ja. Ich hab's ihm quasi direkt gesagt.«

»Oh, wow! Elsa! Das ist voll gut!«

»Ja, ne. War's nicht. Er hat sich für sein Verhalten entschuldigt, hat gesagt, wir können unseren Deal auch lassen und so … Viel offensichtlicher hätte er gar nicht sagen können: Aber ich stehe so was von gar nicht auf dich, Schätzchen, und hoffentlich belästigst du mich jetzt nicht und wirst zu anhänglich.«

»Come on, das hat er garantiert nicht gemeint. Wahrscheinlich wollte er dich schützen.«

Ich trete hinter dem Vorhang hervor und Lily kriegt ganz große Augen.

»Ja wunderbar. Er hat Mitleid mit mir. Das fühlt sich ungefähr genauso scheiße an, als wenn er sich vor irgendwelchen Annäherungsversuchen von mir schützen möchte, weil es ihm unangenehm wäre.«

Lily antwortet nicht. Zuerst glaube ich, dass sie schweigt, weil ich eben recht habe und es da nichts mehr drauf zu sagen gibt. Aber dann bemerke ich, dass sie mich einfach nur anstarrt.

»Wow, Elsa. Wow, das ist ... das ... äh«, stammelt sie, und ich trete vor den deckenhohen Spiegel, der vor den Umkleiden angebracht ist.

Ich brauche zwei Sekunden, um den Anblick von mir in dem Kleid aufzunehmen – und dann muss ich lächeln. »Das sieht gut aus«, sage ich leise.

»Das sieht *fantastisch* aus! O mein Gott, Elsa, du siehst fantastisch aus!«

Die Verkäuferin tritt von hinten an uns heran. »Das steht Ihnen wirklich hervorragend«, sagt sie.

Was Hunter wohl sagen wird?, schießt es mir durch den Kopf, und sofort schüttle ich den Gedanken wieder ab. Es ist egal, was Hunter denken wird, heute Abend kommt es einzig darauf an, was seine Eltern von mir denken. Und dass sie uns abnehmen, dass wir zusammen sind. Dann habe ich meinen Teil unserer Abmachung erfüllt.

Ich lasse das Kleid hin- und herschwingen, fahre mit der Hand an meinem Oberschenkel auf und ab, es fühlt sich angenehm an. Leicht und trotzdem edel. Ich fühle mich wohl darin und attraktiv, und auch wenn ich es mir vor drei Stunden noch überhaupt nicht habe vorstellen können, freue ich mich jetzt tatsächlich auf den Abend. Zumindest ein kleines bisschen. Zumindest der winzige Teil in mir, der nicht schon den halben Tag vor Aufregung stirbt.

»Ich glaube, das nehme ich«, wende ich mich an die Verkäuferin, die schmunzelnd nickt.

»Wirklich, es steht Ihnen ganz großartig«, bestätigt sie erneut und geht zurück in den Verkaufsraum.

Lily wackelt mit den Augenbrauen. »Hunter wird sabbern, wenn er dich so sieht.«

»Von wegen. So sieht der mich doch gar nicht. Ich bin für den die Bekannte, mit der er seine Eltern auf Abstand hält. Das hat er gestern mehr als deutlich gemacht.«

Lily schnaubt. »Von wegen Abstand. Egal. Weißt du, was wir jetzt tun?«

»Was denn?« Ich werfe Lily einen kritischen Blick zu und verschwinde wieder hinter dem Vorhang.

»Wir kaufen dir High Heels!«

17

Elsa

Ich darf mir nicht vor Augen führen, was ich hier gerade mache. Wirklich, ich sollte einfach nicht darüber nachdenken.

Natürlich tue ich es trotzdem.

Heute ist der vierzehnte Februar. Valentinstag. Ich bin Single und gehe auf ein Fake-Date mit dem Typen, auf den ich stehe, der meine Gefühle aber nicht erwidert. Lilys komische Andeutungen, mit denen sie mich den gesamten Nachmittag behelligt hat, nehme ich keinesfalls ernst, weil ich es erstens besser weiß und mir zweitens keinerlei Hoffnung machen darf. Wenn ich mir den Gedanken erlaube, dass Hunter vielleicht doch etwas von mir will, und ich dann herausfinde, dass ich mir das alles nur eingebildet habe – es würde mein Herz zerstören. Es würde mich zerstören.

Das alles tue ich übrigens, damit mich besagter Typ durch mein Studium durchboxt, weil ich zu feige bin, die Erwartungen meiner Eltern zu enttäuschen. Ich bin sogar so verzweifelt, dass ich dafür in Kauf nehme, mich von Hunters Eltern einen Abend lang vorführen und für unwürdig erklären zu lassen. Zu wissen, dass man in weniger als einer halben Stunde in die Mangel von hoch ambitionierten, stinkreichen

High-Performance-Eltern genommen wird, ist, ehrlich gesagt, ziemlich bedrohlich.

Wo in meinem Leben bin ich falsch abgebogen und habe mich so dermaßen in die Scheiße geritten?

Ich atme aus, stecke mir die klimpernden, orientalisch anmutenden Ohrringe aus Falschgold an, die ich mir heute ebenfalls gekauft habe, weil ich augenblicklich in sie verliebt war. Vor meinem geistigen Auge sehe ich schon die pikierten Blicke von Hunters Eltern.

Macht nichts. Die Ohrringe stehen mir trotzdem. Und deswegen trage ich sie. Klar, Hunter und ich spielen seinen Eltern heute was vor. Und ohnehin kann ich davon ausgehen, dass sie mich nicht mögen werden. Das heißt aber nicht, dass ich mich heute Abend nicht schön fühlen darf. Deshalb ziehe ich etwas an, in dem ich mich wohlfühle. Und das mir gefällt.

Okay, das hat Lily mir auf der Rückfahrt in Dauerschleife vorgebetet. Ist mir schon klar, dass das ihr Psychologie-Pep-Talk war, sie studiert das schließlich.

Trotzdem hat es sich gut angefühlt, den Nachmittag mit ihr zu verbringen. Weil Lily die Gabe hat, mich wieder aufzufangen, wenn ich Gefahr laufe, meine Nerven zu verlieren.

Vor einer halben Stunde ist Lily abgedüst, sie hat ein Date mit Ellis. Es ist ihr erster gemeinsamer Valentinstag, und ich bin mir sicher, dass sich Ellis irgendetwas total Süßes überlegt hat. Weil die beiden zusammen einfach total süß sind.

Um siebzehn Uhr waren Lily und ich vom Shoppen zurück, und die letzten zwei Stunden habe ich damit verbracht, ausgiebig zu duschen und mich zu schminken. Ich habe mir einen weit geschwungenen Lidstrich gemacht. Zusätzlich trage ich knallroten Lippenstift, der auf mein neues Kleid abgestimmt ist, und ein bisschen Rouge. Meine Haare fallen mir in großen Wellen über die Schultern.

Ein leises Seufzen entkommt mir, als ich in meine neuen schwarzen High Heels mit den Pfennigabsätzen schlüpfe. Vorhin bin ich mit ihnen eine Viertelstunde lang den Flur auf und ab gelaufen. Nicht nur, damit ich sie zumindest ein kleines bisschen einlaufe, sondern auch damit ich mich darin überhaupt fortbewegen kann, ohne sofort umzuknicken und mir die Knöchel zu brechen. Zwar haben mich mehrere Mitbewohner auf dem Stockwerk seltsam angesehen, sich aber auf meine Erklärungen hin (»Ich muss laufen lernen«) kichernd oder augenrollend zurückgezogen.

Ich werfe einen letzten Blick in den Spiegel, ehe ich unser Appartement verlasse. Ich mag, was ich sehe. Und obwohl ich weiß, dass es mir egal sein sollte, ob Hunter mein Outfit gefällt, bin ich gespannt, was er sagen wird.

Während ich die Eingangstür abschließe, spüre ich eine sanfte Vibration in meiner Handtasche.

Mum: *Wie geht's dir, mein Engel? Hast du mal Zeit zum Telefonieren?*

Ich stecke das Handy zurück in meine Clutch. Jetzt nicht. Ich will mir über die ganze Sache mit meinen Eltern gerade keine Gedanken machen. Morgen vielleicht.

Nach den ersten paar Treppen, die ich noch ziemlich ungelenk hinunterstakse, habe ich den Dreh raus und schaffe es, die letzten Stufen zu laufen, ohne dass ich aussehe wie ein Flamingo, den man in Gummistiefel gezwungen hat. Ich trage meinen Mantel auf dem Arm, weil ich Angst habe, dass mir vor Aufregung zu warm wird (und weil ich auf der Stelle tot umfallen müsste, wenn ich Hunter mit Schwitzflecken unter dem Arm begrüßen würde).

Ich öffne die Tür, die Februarkälte beißt mir in die nackten Arme und lässt kleine weiße Atemwölkchen vor meinem Mund entstehen.

Hunter steht nur wenige Schritte vom Wohnheim entfernt mit dem Rücken zu mir und hält einen absolut gigantischen Strauß roter Rosen in der Hand. Er schaut über die Dächer von Marchlyn Falls, und als er das Geräusch meiner Pfennigabsätze auf den Steinplatten hört, dreht er sich um.

Er sieht mich – und etwas Seltsames passiert. Zuerst weiten sich seine Augen. Seine Schultern senken sich ein wenig, als würde plötzlich alle Luft aus seinen Lungen entweichen, und einen Wimpernschlag lang mustert er mich von oben bis unten.

Als wir einander in die Augen schauen, wird sein Blick intensiv und eine Gänsehaut überzieht meinen Körper.

Hunter trägt einen schwarzen, schmal geschnittenen Anzug und ein weißes Hemd mit Krawatte. Ich glaube, er hat irgendetwas in seine Haare getan. Wachs oder Gel, ich weiß es nicht, jedenfalls sieht er so unfassbar gut aus, dass mein Herzschlag bei seinem Anblick schmerzhaft durch meine Brust holpert und sich einen Weg bis tief hinein in meinen Bauch sucht.

Ich bin wie gebannt unter seinem durchdringenden Blick und bringe nicht mehr als ein klägliches »Hey« heraus.

»Hey«, sagt er, blinzelt und sieht mich noch immer an.

»Ist das Kleid okay?«, frage ich, weil ich nicht nur sehen möchte, dass Hunter das Kleid mehr als okay findet. Ich will es aus seinem Mund hören. Außerdem fällt mir gerade auch um keinen Preis etwas Besseres ein, womit ich die Stille zwischen uns beenden könnte. Die Frage ist trotzdem bescheuert und ziemlich *desperate* und … Bin ich zwölf, oder was?

Meine Wangen beginnen zu brennen, und ich hoffe, dass man das unter dem Make-up nicht so sieht.

»Elsa …«, sagt Hunter schließlich heiser, und sein Adamsapfel hüpft, als er schwer schluckt.

Er überwindet die letzten Meter zwischen uns, legt seine Hand an meinen Hinterkopf und begrüßt mich mit einem leichten Kuss auf die linke Wange. Sein Parfüm hüllt mich ein, seine Hand liegt warm halb auf meiner Wange, halb auf meinen Haaren, und ich bin so überwältigt von seiner Nähe, von *ihm*, dass ich gar nicht weiß, wohin mit mir. Ich sehe nach unten auf meine Schuhspitzen, als er wieder einen Schritt nach hinten macht.

»Elsa«, wiederholt er. Noch immer ist seine Stimme rau.

»Ja?«

»Schau mich an«, bittet er mich. Und als sich unsere Blicke finden, sagt er: »Du siehst fantastisch aus. Ernsthaft. Ich … wow.«

Er sagt es so ernst, so überzeugt, dass ich gar nicht auf die Idee komme, es könnte nur eine Floskel sein.

»Okay.« Ich muss lächeln, obwohl ich das gar nicht will. Nachdem ich ihm gestern praktisch auf die Nase gebunden habe, dass ich Gefühle für ihn habe, wollte ich mich heute und eigentlich bis zum Ende aller Tage zurückhalten und mir nicht erneut die Blöße eines peinlichen (weil unerwiderten) Gefühlsstriptease geben. »Danke«, sage ich leise.

Hunter atmet geräuschvoll ein, und es raschelt, als er den Rosenstrauß hebt. »Die sind für dich.« Es sind mindestens dreißig Stück, glaube ich, und warum, verdammt noch mal, fühlt es sich gerade so an, als würde mein Magen Purzelbäume schlagen?

»Wow, Hunter, das wäre nicht nötig gewesen.«

»Aber ich wollte es. Heute ist Valentinstag, schon vergessen?«

Nein, ganz sicher habe ich das nicht vergessen.

»Macht das ganze *Das-ist-meine-Freundin*-Ding ein bisschen glaubwürdiger für deine Eltern, was?«, scherze ich, nehme ihm den Strauß aus der Hand und schnuppere daran. Ich liebe den Geruch dieser Rosen. Er erinnert mich an sonnenwarme, saftige Himbeeren.

»Das auch, aber deswegen habe ich sie dir nicht geschenkt«, sagt Hunter und sieht mir erneut in die Augen. »Wollen wir?« Einladend deutet er in Richtung der Parkplätze. »Sonst kommen wir zu spät, und ich glaube, das wäre nicht gut.«

»Definitiv nicht.« Ich lache, gekünstelt, zu hoch, spüre, wie mein Gesicht erneut zu brennen anfängt, und bin froh, dass die Beleuchtung der Fußwege hinter dem Wohnheim so spärlich ist.

Mit einem leisen Geräusch öffnet Hunter den schwarzen Tesla, den ich vor zwei Wochen schon vor seinem Bungalow gesehen habe, die Seitenspiegel fahren sich blinkend aus, und er macht mir die Beifahrertür auf, damit ich einsteigen kann.

»Wow, was ist hier los?«, scherze ich.

»Gewöhn dich dran, das geht jetzt den ganzen Abend so«, sagt er zwinkernd, und ich komme mir ein klein wenig vor wie Cinderella, die in ihrer Kutsche zum Ball gebracht wird.

Ich habe noch nie in einem Elektroauto gesessen und bin total überrascht, wie leise es ist und wie schnell es beschleunigt, als wir losfahren.

»Krasses Teil«, sage ich.

»Hmm«, brummt Hunter, und einige Momente lang sind nur die leisen Fahrgeräusche zu hören, als wir die Straße den Hügel hinab nehmen.

Es fühlt sich seltsam an, mit Hunter in einem Auto zu sitzen. Seinem Auto. Er richtet seinen Blick stoisch nach vorn und lenkt den Wagen sicher und routiniert durch die engen Kopfsteinpflastergassen von Marchlyn Falls.

Gerade komme ich mir tatsächlich so vor, als wäre ich Hunters Freundin, und ich räuspere mich, ehe ich spreche, weil ich Angst habe, dass meine Stimme belegt ist oder zittert oder … keine Ahnung.

Easy, das wird easy. Ich kriege das hin, wiederhole ich im Kopf mein Mantra.

»Du siehst besorgt aus«, sage ich schließlich. Hunter ist, seit wir uns am Wohnheim getroffen haben, auffällig kurz angebunden.

Er wirft mir einen schnellen Blick zu und widmet dann seine Aufmerksamkeit wieder der Straße, aber im Schein der Straßenlampen sehe ich genau, wie die Muskeln auf seinen Wangen hervortreten.

Wir biegen in den Hotelparkplatz ein und Hunter parkt mit nur einer Hand am Lenkrad ein.

Doch dann bleibt er sitzen und schaut auf die Wand des Gebäudes vor uns, obwohl es da rein gar nichts zu entdecken gibt.

»Hunter?«

Statt zu antworten, dreht er sich zu mir. »Pass auf, Elsa. Wir gehen jetzt da rein, und egal was meine Eltern sagen werden: Es spielt keine Rolle. Verstehst du? Sie können kalt und verletzend sein, und ich bin mir sehr sicher, dass sie auch heute Abend keine Ausnahme machen werden.«

»Das macht nichts. Ich bin gewappnet.«

Doch Hunter geht gar nicht auf meine Beruhigungsversuche ein. »Betrachte das hier einfach als eine Art ein Spiel, okay? Eine Show, wenn du so möchtest.«

Mein Herz klopft heftig. Eine Show? Ist es das wirklich?

Dennoch nicke ich. »Verstanden.«

Endlich öffnet Hunter seine Tür und als ich noch dabei bin, auszusteigen, hält er mir seine Hand hin. Ich greife danach, seine Finger schließen sich um meinen Handrücken, und ich glaube, mein Puls hämmert einen Moment lang noch schneller als ohnehin schon.

Als Hunter und ich unter das Hotelvordach treten und er mit dem Rücken zu mir voranläuft, flüstere ich: »Aber wenn es nur eine Show ist, wieso fühlt es sich dann so verdammt echt an?«

Hunter gefriert in der Bewegung, die Tür halb geöffnet, die Türklinke in der Hand, und wird ganz still. Die Geräusche des Restaurants dringen zu uns heraus, aber er rührt sich nicht.

Augenblicklich bereue ich, was ich gesagt habe.

Er atmet aus, hält die Tür für mich auf und sagt: »Nach dir.«

War ja klar, dass er nicht darauf eingeht. Weil es sich für ihn ja nicht so anfühlt, schon vergessen, Intelligenzbestie?

Ich lächle Hunter etwas bemüht an. Ein Mitarbeiter nimmt uns in Empfang und führt uns an den Tisch zu seinen Eltern.

18

Hunter

Was für eine Scheißidee. Was war das nur für eine dämliche Scheißidee, ausgerechnet Elsa zu fragen, heute Abend meine Fake-Freundin zu mimen?

Ich hatte gehofft, dass sie irgendein Kleid anziehen und halbwegs schick aussehen würde, um meinen Eltern nicht so viel Angriffsfläche zu bieten. Aber als ich sie vorhin vor dem Wohnheim in diesen High Heels und dem roten Kleid gesehen habe, hat mein Hirn ausgesetzt. Ich habe nicht mehr wegschauen können. Da war irgendwie nur noch Elsa. Elsa in diesem fucking atemberaubenden Kleid, und ich habe die Luft angehalten und nichts gespürt außer meinem rasenden Herzschlag.

Schon von Weitem sehe ich meine Eltern, als uns der Kellner zu ihnen führt. Auf jedem der Tische steht eine Lampe, was die Beleuchtung etwas schummrig und diskret macht. Man sitzt hier nicht wie auf dem Präsentierteller und wird sofort von allen gesehen, was zweifellos der Grund ist, warum sich meine Eltern für genau dieses Restaurant entschieden haben.

Letzten Herbst, als im gleichen Haus ein Conference Dinner stattgefunden und Lily diesen widerlichen Professor zur

Strecke gebracht hat, waren wir schon mal hier. Ihr erster Kontrollbesuch, nachdem ich mein Studium an der Bloomsbury begonnen hatte. Sie fanden, dass das Essen eine Zumutung war. Aber sie haben es ziemlich genossen, dass ich über meinen Schatten gesprungen bin und sie an dem Abend um Hilfe gebeten habe. Sie haben damals ihre Kontakte bei der BBC aktiviert, damit Lily ihre Geschichte über diesen Dorset erzählen konnte. Es war nur ein Anruf, den meine Mutter getätigt hat, das hat sie vielleicht eine Minute ihrer Lebenszeit gekostet. Trotzdem hat sie es sich nicht nehmen lassen, mir zu sagen, dass eine Hand ja die andere wasche und ich ihnen nun etwas schulden würde. Schuld ist eines der liebsten Druckmittel meiner Eltern.

Leise Unterhaltungen dringen an mein Ohr, das Klirren von Besteck auf Porzellan, irgendwo ertönt ein Ploppen, als eine Weinflasche entkorkt wird, an einem Tisch wird gelacht. Ich habe das Gefühl, meine Sinne sind wacher und geschärfter als sonst. Durch meinen Körper pumpt Adrenalin, als würde ich auf den Startschuss für einen Sprint warten oder auf den Anpfiff bei einem Fußballmatch.

Im gleichen Moment frage ich mich, wieso eigentlich. Weil ich dieses verschissene Dinner nicht nur mit meinen Eltern überstehen muss, sondern weil Elsa dabei ist? Ich habe sie ja sogar gewarnt. Sie weiß, dass es ziemlich sicher ziemlich scheiße wird. Weshalb mache ich mir also Sorgen?

Weil du nicht willst, dass sie verletzt wird. Weil du auf sie achtgeben möchtest, wird mir klar, und eigentlich will ich mir das gar nicht eingestehen.

Ich werfe einen Blick über die Schulter und greife nach Elsas Hand. Es sieht besser und glaubwürdiger aus, wenn wir so ankommen.

Und es wird meine Eltern ärgern.

Sie werden sich heute Abend sowieso nicht von ihrer freundlichen und verträglichen Seite zeigen. Die haben sie zwar, schließlich sind sie ständig auf irgendwelchen Society-Events unterwegs und sehr geschätzte und beliebte Gäste. Doch privat setzen sie diese nur äußerst dosiert ein und nie ohne Grund oder Hintergedanken.

Sie werden Elsa aus Prinzip nicht mögen, weil sie noch immer der fixen Idee nachhängen, dass Melissa und ich wieder zusammenkommen, uns verloben und heiraten werden. Immerhin bin ich vierundzwanzig, und es sieht gut aus, sich früh zu binden, jetzt, da meine Schwester eine Duchess wird. Außerdem hoffen sie insgeheim, dass Melissa mich von meinen unzähligen Skandalen abhalten würde und ich etwas zur Ruhe käme, oder wie auch immer sie das formuliert haben.

Während wir durch die Tischreihen laufen, muss ich einen bitteren Lacher unterdrücken. Sie haben ja keine Ahnung. Sie kennen Melissa überhaupt nicht. Nur ihre Society-Fassade. Aber sie selbst sind ja genauso, nicht wahr? Alles Fassade, alles fake. Dahinter lauern Abgründe.

»Hunter.« Mein Vater steht auf, als er mich und Elsa auf ihren Tisch zukommen sieht.

Mama sitzt mit dem Rücken zu mir, wendet sich um und erhebt sich nun ebenfalls. Sie trägt ihre blonden Haare zu einem strengen Dutt hochfrisiert, dezente Perlenohrringe, eine goldene Halskette und eine wollweiße Tweedjacke, wahrscheinlich von Saint Laurent oder so. Klassisch und old-school, genau das, was sie heute vermitteln wollen.

Ein Blick in das Gesicht von ihr und Dad genügt, und ich weiß schon jetzt, dass es nicht schön wird.

Ich konzentriere mich auf meine Mutter, die mich erst mit

Küsschen rechts und links begrüßt und anschließend mit freundlich lächelnder Miene hinter mich späht. Dennoch entdecke ich in ihren Augen eine gewisse Distanz, einen kühlen, abschätzigen Ausdruck, und ich hoffe sehr, dass Elsa ihn nicht wahrnimmt.

Garantiert haben sie recherchiert. Oder sagen wir, recherchieren lassen. Sie haben Bilder von Elsa gesehen, sie kennen sicherlich auch schon ihren Nachnamen, ohne dass ich ihn jemals erwähnt hätte.

»Darf ich euch meine Freundin Elsa Jones vorstellen? Elsa, das sind meine Mutter Linda und mein Vater Daniel.«

»Freut mich sehr, Sie kennenzulernen.« Elsa hält ihren Rosenstrauß in der Linken und schüttelt meinen Eltern die Hände.

»Wir hatten ja bereits das Vergnügen. Letzten Herbst, wenn ich mich recht erinnere.«

»Richtig, ja.« Elsa lacht. »Das war …« Sie trug damals eine Trainingsanzugshose und ein fleckiges T-Shirt unter ihrem Mantel, und *garantiert* ist das genau das, woran sich meine Mutter jetzt erinnert. Höchstwahrscheinlich ist das der Grund, warum Elsa den Satz nicht zu Ende führt.

Beginnt ja wunderbar, denke ich, doch meine Mutter besitzt die Gnade und wechselt das Thema. »Was für wunderschöne Rosen! Hunter war schon immer ein Mann mit sehr klassischem Geschmack.«

Ich sehe meine Mutter an und erkenne sofort den gehässigen Ausdruck in ihren Augen. Nur einen Wimpernschlag lang blitzt er durch ihr Lächeln hindurch und ich denke mir: *Ernsthaft? Fängst du jetzt schon an, Elsa ein schlechtes Gefühl zu geben?* Wir haben noch nicht mal Platz genommen.

Als ich ihr den Stuhl herausziehe, damit sie sich setzen

kann, wirft mir meine Mutter einen unterkühlten Blick zu, und ich habe keinen Zweifel daran, was er zu bedeuten hat.

»Würden Sie die Rosen in eine Vase stellen?«, fragt sie eine Servicekraft und nach wenigen Sekunden nimmt Elsa jemand die Blumen aus der Hand.

Ich setze mich ebenfalls, denn ein Sommelier steht neben dem Tisch und begrüßt uns. »Darf ich Ihnen eine Empfehlung für Ihren Aperitif geben?«, fragt er mit leiser, angenehmer Stimme.

»Was nehmen wir als Aperitif?« Mama wirft Elsa einen prüfenden, beinahe schon schadenfrohen Blick zu, weil sie erwartet, dass Elsa sich jetzt mit dem nächsten Gestammel bloßstellt und sie ihr Urteil über meine neue Freundin dann endgültig fällen könnte. Selbst mein Dad zieht die Augenbrauen erwartungsvoll hoch. Als hätten sie sich abgesprochen. Meine Eltern streiten ständig, aber was Elsa angeht, scheinen sie am gleichen Strang zu ziehen.

»Champagner vielleicht?«, wendet sich Elsa ganz selbstverständlich an den Sommelier und ich atme innerlich auf.

»Ich könnte Ihnen den Frederic Savart L'Accomplie 2022 empfehlen.«

Dad nickt zustimmend und Mum wendet sich erneut an uns. »Was meint ihr?« Wieder ist dieses Funkeln in ihren Augen.

»Hätten Sie auch den 2019er Le Mont Benoît? Der ist nicht ganz so trocken.«

Ich versuche, mir nichts anmerken zu lassen, aber … hat Elsa das gerade wirklich gesagt?

»Selbstverständlich, Madame. Möchten Sie ebenfalls …« Er schaut in die Runde.

»Gerne. Vier Mal«, bestätigt meine Mutter und wirkt nun etwas zurückhaltender.

Innerlich recke ich die Faust und denke einen Moment lang gar nicht mehr nach, sondern taste unter dem Tisch nach Elsas Knie und drücke zu. Erst versteift sie sich, und ich bereue sofort, meinem Impuls nachgegeben zu haben. Aber dann schleicht sich ein Lächeln in ihre Mundwinkel, was ein seltsames Kribbeln in meinem Magen auslöst.

»Also, Elsa, erzählen Sie mal, Sie trinken gerne Champagner?«, fragt meine Mutter, und erst jetzt fällt mir auf, wie schweigsam mein Vater heute ist.

»Eher selten. Aber ich habe, seit ich in Marchlyn Falls bin, eine Schwäche für walisischen Whiskey entwickelt. Den Penderyn Bourbon mag ich zum Beispiel sehr. Sie haben ihn vielleicht schon einmal probiert?«

Langsam, ganz langsam drehe ich meinen Kopf zu ihr und betrachte Elsa, während sie spricht. Wer ist diese Frau, die neben mir sitzt? Woher kommt diese Selbstsicherheit? Wieso weiß sie so viel über Champagner und Whiskey?

»Gut möglich, aber er scheint keinen bleibenden Eindruck hinterlassen zu haben. Sie beide studieren also zusammen?«, versucht meine Mutter das Thema zu wechseln, vermutlich weil es nicht ihr Plan war, mit Elsa über etwas zu sprechen, von dem sie tatsächlich Ahnung hat. Ich bin in Habachtstellung und rechne jeden Moment damit, in die Unterhaltung zu grätschen und die Aufmerksamkeit von Elsa zu lenken.

Vorerst bleibt Elsa aber eine Antwort erspart, denn der Sommelier kehrt zurück, verteilt die vier Champagnergläser und wir stoßen an.

»Studieren Sie nicht sogar beide Business Administration?«, lässt Mama nicht locker, nachdem wir alle einen Schluck von dem Champagner genommen haben.

»Richtig«, bestätigt Elsa.

»Wieso haben Sie sich ausgerechnet für Marchlyn Falls entschieden, wenn Sie mir die Frage erlauben?«

Schon jetzt ist mir klar, welche Richtung das Gespräch nehmen wird.

»Die Uni hat einen guten Ruf«, erwidert Elsa.

»Nicht so gut wie Cambridge oder Oxford, natürlich«, wirft mein Dad ein und lässt es sich nicht nehmen, mich mit einem vielsagenden Blick zu bedenken.

Ich beantworte den unterschwelligen Vorwurf lediglich mit einem »Hmm«.

»Und der Master macht Ihnen Spaß?«, fragt meine Mutter.

»Sehr. Hunter und ich lernen fast jeden Tag zusammen.« Ich bin ehrlich beeindruckt, wie leicht Elsa die Lügen über die Lippen kommen.

»Das kann ich mir gut vorstellen.« Mama nippt an ihrem Champagner. »Für Hunter sollte das alles ja ein Kinderspiel sein. Sie wissen sicherlich, dass er den Master nun schon ein zweites Mal macht?«

»Wirklich?«, fragt Elsa und sieht mich überrascht an. In ihrem Gesicht flackert etwas auf, und ich glaube, es ist Enttäuschung. Die Tatsache, dass ich wenige Wochen vor den Masterprüfungen die Uni verlassen musste, habe ich bisher weder ihr noch sonst irgendjemandem an der Bloomsbury erzählt. Aus Gründen.

Und dann wird mir klar, was meine Eltern bezwecken wollen.

»Das erste Mal kam es ja dann kurz vor der Prüfungsphase zu diesem bedauerlichen Zwischenfall«, fährt Mum fort.

»Ich glaube nicht, dass das ein passendes Thema für heute Abend ist«, schalte ich mich ein und werfe meiner Mutter einen warnenden Blick zu. Das würden sie nicht wagen, oder? Elsa in meinem Beisein dieses Desaster aus Cambridge zu erzählen, nur um sie zu verunsichern. Oder um mich in ihren Augen schlechtzumachen. Obwohl sie damals eine ganze Armada von Anwälten eingeschaltet haben, damit kein Sterbenswort davon an die Öffentlichkeit gerät.

»Er hat es Ihnen doch sicherlich schon erzählt, oder?«

Ich sehe, dass Elsa von der Hartnäckigkeit meiner Mutter allmählich überfordert ist, und warne leise: »Lass das, Mama.«

»Was meinst du denn, Hunter?«, gibt sie sich unschuldig, und ich spüre, wie sich mein Kiefer verkrampft. Doch noch ehe ich mich entschieden habe, ob ich ihre Spitze übergehen oder ihr eine richtig unverschämte Antwort hinpfeffern sollte, retten uns erneut die Servicekräfte, die neben uns auftauchen.

»Darf ich Ihnen einen Gruß aus der Küche servieren? Das ist Zandermousse auf einem hausgebackenen Brioche. Genießen Sie es«, erklärt eine von ihnen.

Sie ziehen sich zurück, wir falten unsere Stoffservietten auf und breiten sie auf dem Schoß aus.

»Na, macht auch nichts, dass er Ihnen noch nicht von diesen kürzlichen Entwicklungen erzählt hat, Sie sind ja noch nicht so lange zusammen, nicht wahr?« Meine Mutter lächelt verständnisvoll, und ich würde am liebsten mein Champagnerglas gegen die nächste Wand werfen, weil mich die Sticheleien dieser Frau so aggressiv machen.

Die anderen fangen an zu essen, doch ich habe mich nicht mehr im Griff. »Bist du dir dafür nicht zu schade, Mama?«, frage ich und fixiere sie.

Sie lässt ihre Gabel sinken, und ich kann förmlich spüren,

wie die Spannung in der Luft steigt. Als würde sie sich elektrisch aufladen. Und als würde es demnächst eine Überspannung geben, die sich mit einem richtig, richtig lauten Knall entlädt.

»Ich weiß gar nicht, was du hast, mein Schatz«, erwidert meine Mutter arglos.

Dad lehnt sich im Stuhl zurück, einen Arm auf dem Tisch abgelegt, die andere ruht auf seinem Oberschenkel, als würde er das Schauspiel vor sich genießen. Als würde er sagen: *Gut, Linda, mach deinen Job einfach weiter, zeig deinem Sohn, was du von seiner Partnerinnenwahl hältst. Und was du von ihm hältst, denn einmal mehr ist er eine Enttäuschung auf ganzer Linie.* Dabei wirft er mir einen schadenfrohen Blick zu. Ich bilde mir sogar ein, dass sich einer seiner Mundwinkel spöttisch nach oben zieht, und denke mir nur: *Arschloch.*

»Möchtest du nicht probieren, die Mousse schmeckt fantastisch«, unterbricht Elsa neben mir das Blickduell, das ich mir mit meinem Vater liefere.

»Doch«, presse ich hervor und versuche, die brodelnde Wut in mir unter Kontrolle zu bekommen.

Ich beginne zu essen, schmecke nichts, oder doch, ein bisschen Fisch, und höre zu, wie sich Elsa mit meinem Vater über die Konsistenz der Zandermousse unterhält.

Selten habe ich meine Freundinnen auf gemeinsame Dinner mit meinen Eltern mitgenommen. Ehrlicherweise hatte ich nicht so viele feste Partnerinnen, bei denen es angebracht gewesen wäre, sie meinen Eltern vorzustellen. Melissa und ich waren fast fünf Jahre zusammen, unser letztes gemeinsames Schuljahr und während unseres Studiums in Cambridge. Bis eben diese Sache passiert ist.

Die Teller des Amuse-Gueule werden abgetragen und wir bekommen die Speisekarte gereicht.

Und mir wird klar, dass das erst der Anfang ist. Solange meine Eltern glauben, dass Elsa und ich ein Paar sind, werden sie mir das Leben zur Hölle machen. Obwohl sie mich nach Marchlyn Falls abgeschoben haben, wollen sie mich kontrollieren.

Und das macht mich so wütend.

Blind starre ich auf die Karte und merke, wie sich der Druck hinter meiner Brust immer weiter aufbaut.

»Wie wäre es mit der gratinierten Seezunge?«, fragt Elsa leise und ich sehe überrascht zu ihr auf.

»Was?«, frage ich, etwas zu laut, etwas zu gereizt, doch sie geht gar nicht darauf ein, sondern hält meinen Blick fest. So lange, bis sie sicher ist, dass ich meine düsteren Gedanken abgeschüttelt habe und voll bei ihr bin. »Als Hauptgericht. Die gratinierte Seezunge?«, wiederholt sie.

In diesem Moment bin ich ihr so unglaublich dankbar. Ich kann nicht fassen, wie ruhig und souverän Elsa die ganze Zeit über bleibt. Keine Ahnung, was mit der unsicheren und verlegenen Elsa passiert ist, die ich bisher kennengelernt habe, doch die subtilen Seitenhiebe meiner Mutter scheinen völlig an ihr abzuprallen. Oder zumindest tut sie so. Ihr entgeht auch nicht, wie sehr ich die ganze Zeit um meine Beherrschung ringe. Ich weiß nicht, ob sie es absichtlich macht, aber sie schafft es, mich allein durch ihre Stimme und ihre Präsenz zu beruhigen, damit ich nicht weiter abrutsche und diesen Abend innerhalb von Sekunden eskaliere.

Was steckt noch alles in Elsa, von dem ich nichts ahne?

Alleine der Gedanke daran lässt wieder dieses Kribbeln

durch meinen Körper laufen. Wie vorhin, als ich sie am Wohnheim abgeholt habe.

»Ja, die Seezunge, guter Vorschlag«, antworte ich.

»Und welches Dessert möchtest du? Tarte Tartin oder Peruanische Schokomousse?«

Grinsend beuge ich mich zu ihr und sage: »Na, das, was du nicht nimmst, damit du beide probieren kannst.« Ich zwinkere, sehe das Leuchten in ihren Augen, und keine Ahnung, wieso, aber mein Herz macht daraufhin diesen lächerlichen, gigantischen Satz in meiner Brust.

Wir lächeln einander an und das Räuspern meines Vaters unterbricht den Moment zwischen uns. »Seid ihr so weit?«, fragt er gelangweilt.

Langsam verstehe ich das hier alles nicht mehr. Ich meine, Elsa ist nicht die erste Frau, die mir klarmacht, dass sie auf mich steht. Wirklich nicht. Und normalerweise kann ich damit gut umgehen. Ich bin immun gegen Avancen, bleibe charmant, aber kommuniziere klar, dass es nie mehr werden wird. Und das sollte ich auch jetzt, denn Elsa und ich spielen hier doch nur was vor.

Aber wenn es nur eine Show ist, wieso fühlt es sich dann so verdammt echt an?

Ihr Satz geistert mir durch den Kopf und verursacht ein Ziehen in meiner Brust.

Irgendwie schaffen Elsa und ich es, uns mit oberflächlichen Themen durch die Vorspeise zu lavieren. Elsa glänzt mit einem geradezu sagenhaften Wissen über die Zubereitung von irgendwelchen Gerichten, was uns Gesprächsthemen gibt und das unangenehme Schweigen am Tisch in Schach hält. Ich erzähle von dem Bungalow und der atemberaubenden Natur des Snowdonia Nationalparks, und nach dem Hauptgericht hege ich sogar die leise Hoffnung, dass dieser Abend zumindest einigermaßen zivilisiert über die Bühne gehen könnte. Ein Blick auf mein Handy verrät mir, dass wir schon eineinhalb Stunden geschafft haben und uns in maximal einer Stunde wieder verabschieden können. Innerlich atme ich auf.

Doch dann trifft uns das nächste Thema wie eine herabfallende Axt.

»Was möchten Sie nach Ihrem Master denn beruflich machen, Elsa?«, fragt mein Vater, und ich spüre, wie sich Elsa neben mir versteift.

»Das weiß ich noch nicht ganz genau«, gibt sie sich vage, und ich glaube schon, den Triumph auf dem Gesicht meiner Mutter zu erkennen.

Sie muss aber gar nichts sagen, mein Dad übernimmt ganz selbstständig. »Ein bisschen Zeit ist ja noch. Vier Monate bis zu Ihrem Abschluss, wenn mich nicht alles täuscht?«, sagt Dad. Es klingt freundlich, als wolle er plaudern. Aber mir ist klar, dass es ihm nicht darum geht.

»Tja, ich weiß auch noch nicht, was ich in vier Monaten machen werde. Ja und?«, mische ich mich ein.

»Genau das ist ja das Problem, Hunter«, sagt meine Mutter leise und vorwurfsvoll.

»Eigentlich würde ich gerne mein eigenes Bed & Breakfast eröffnen. Irgendwo ... ganz weit weg. In Neuseeland? Oder Kanada vielleicht? Ich wollte nach dem Schulabschluss Work and Travel machen, aber meine Eltern meinten, ich solle lieber sofort mit dem Studium beginnen.«

Erstaunt sehe ich Elsa an. Dieses Mal ist es keine Show, glaube ich, denn ihre Augen leuchten, als sie davon erzählt. Sie verrät uns gerade wirklich ihren heimlichen Traum.

»Für diese Berufswahl wäre ein Master nicht unbedingt notwendig, oder?«, erkundigt sich meine Mutter.

»Ich glaube, das ist Elsas Entscheidung, oder nicht? Außerdem brauchen wir uns jetzt über solche Sachen noch nicht den Kopf zu zerbrechen. Ohne Masterzeugnis macht es überhaupt keinen Sinn, sich zu bewerben«, antworte ich gereizt.

»Ich bitte dich«, tadelt Dad. »Man kann sich mit dem Bachelor-Zeugnis bewerben und einen aktuellen Punkteauszug mitschicken, deine Schwester hat es auch so gemacht.«

»Was war denn Ihre Abschlussnote beim Bachelor, Elsa, waren Sie damit zufrieden?«, fragt Mum.

»Die war okay«, werfe ich ein, obwohl ich es gar nicht weiß, aber ich vermute, dass sie ziemlich schlecht gewesen sein muss.

Elsa schweigt, meine Mutter schmunzelt voller Genugtuung, und gerade fühlt es sich so an, als würden wir sehenden Auges mit hundert Kilometern pro Stunde auf eine Wand zurasen. Ungebremst.

»Wollen Sie sie uns nicht verraten? Nun kommen Sie schon, wir sind doch unter uns.« Meine Mutter zwinkert freundschaftlich.

»Wieso interessiert dich das denn überhaupt?«, versuche ich abzulenken. Ohne Erfolg.

»Ich will es eben wissen, ich möchte die Freundin meines Sohnes besser kennenlernen.«

»Es war ein Third-Class-Honours«, sagt Elsa und schaut meiner Mutter in die Augen. Das ist die Abschlussnote, mit der man gerade so noch bestanden hat. Wirklich nichts, womit man sich rühmen kann.

Meine Eltern machen betroffene Gesichter, und ich rolle mit den Augen. Es war so klar.

»Gut, dass die Zulassungsbeschränkungen an der Bloomsbury nicht so hoch sind, dann ist der Master ja eine richtig tolle Chance für Sie!«

Wow.

»Das ist eine Privatuni, Mama. Man zahlt, und man wird zugelassen, ganz einfach. Das habt ihr doch bei mir genauso gemacht.« Meine Worte klingen scharf und gehässig, und das sollen sie auch. Denn die angeblich wohlmeinenden Kommentare meiner Mutter sind nichts als Anfeindungen, und garantiert merkt das Elsa ebenfalls.

»Was redest du für einen Unsinn«, echauffiert sich meine Mutter. »Du hattest eine fantastische Bachelornote, ehe du während deines Masters beschlossen hast, einfach alles wegzuwerfen, nur damit du mir und deiner Schwester eins auswischen kannst.« Sie klingt verbittert. So, wie sie eben ist. Schon immer war.

»Hör auf mit deinen Blackmail-Spielchen, Mama.«

»Ich wundere mich ja schon, wie ihr zwei überhaupt miteinander lernen könnt«, führt Dad die Unterhaltung fort.

»Wieso? Es klappt ganz wunderbar«, halte ich dagegen.

»Ich kann mir vorstellen, dass der Master eine ganz schöne Herausforderung für Sie ist, Elsa, wenn es beim Bachelor schon so schwierig war?«, fragt meine Mutter.

»Langsam reicht's, Mama.« Ich werfe Elsa einen Seitenblick zu. Sie wird ganz still. »Der Masterabschluss ist für Elsa genauso eine Herausforderung wie für alle anderen Studierenden«, fahre ich hitzig fort.

»Beruhige dich mal, Hunter, und lass deine Freundin für sich selbst sprechen.« Meine Mutter wendet sich wieder an sie. »Entschuldigen Sie, wir haben Sie gar nicht mehr zu Wort kommen lassen.«

Ich bin kurz davor, die Serviette hinzuwerfen und Elsa zu bitten, dass wir gehen. Ich kann nicht fassen, was meine Eltern hier abziehen.

»Ihr Interesse an meiner Abschlussnote irritiert mich etwas, muss ich gestehen«, sagt Elsa ruhig und mit leicht schräg gelegtem Kopf, und innerlich feiere ich ihre besonnene Antwort sehr.

»Irritiert? Hast du das gehört, Daniel? Finden Sie nicht …«

»Das Thema ist hiermit beendet, oder wir gehen«, unterbreche ich.

»Also, hör mal, wir zeigen lediglich ehrliches Interesse an dem beruflichen Werdegang deiner Freundin«, antwortet sie scheinbar völlig arglos.

»Bullshit!«, sage ich laut.

»Schon gut, Hunter«, versucht Elsa mich zu zügeln, aber dafür ist es jetzt zu spät.

»Hört endlich auf, so viel Scheiße zu labern! Ihr wollt Elsa fertigmachen, das ist doch das einzige Ziel dieser Unterhaltung.« Ich mache mir keine Mühe mehr, leise zu sprechen, und von den Nachbartischen sehen einige Leute neugierig zu uns herüber.

»Jetzt reiß dich zusammen«, sagt mein Vater barsch, und seine Augen wandern nach links und rechts, als wolle er prüfen, ob die anderen Gäste noch immer schauen. Und das tun sie.

Dad hat recht. Das Letzte, was Elsa oder ich gebrauchen können, ist, dass wieder irgendjemand das Ganze hier filmt und ein reißerisches TikTok daraus macht.

Meine Linke liegt auf dem Tisch und ich zerknülle die Stoffserviette vor lauter Groll in der Faust. Elsa merkt es, doch sie ist schlau genug und versucht nicht, auf mich einzuwirken.

Weil ich wirklich kurz davor bin, zu explodieren, und keinesfalls möchte, dass Elsa das abkriegt.

Also atme ich tief ein und aus und starre auf mein Wasserglas, sehe die kleinen Blasen, die unaufhörlich nach oben steigen, und kämpfe die Wut in mir erneut nach unten.

»Sollte ich meinen Master nicht schaffen, mache ich eben etwas anderes«, höre ich Elsas Stimme wie aus der Ferne. »Was haben Sie denn studiert, wenn ich fragen darf?«, lenkt sie das Gespräch um, und ich bewundere sie *so sehr* für ihre Geduld.

»Entschuldigt mich einen Moment.« Hastig werfe ich die Serviette auf den Tisch neben den Platzteller und stehe auf.

»Natürlich, aber mach schnell, das Dessert kommt jeden Augenblick, und du wolltest es doch mit deiner *Freundin* teilen.«

Ich gehe schon gar nicht mehr darauf ein, wie Mum das Wort betont hat, und werfe Elsa einen fragenden Blick zu. *Es ist okay, du kannst gehen*, teilt sie mir mit einem stummen Kopfnicken mit, und wie in einem Tunnel suche ich mir den Weg zur Toilette.

Dort angekommen, drehe ich den Wasserhahn voll auf und klatsche mir eiskaltes Wasser ins Gesicht. Aber es hilft nichts, ich fühle mich noch immer so, als würde ich gleich platzen, und mit einem unterdrückten Aufschrei hämmere ich meine Faust gegen die geflieste Wand.

Ich spüre den Schmerz und genieße ihn, aber die Wut und das Gefühl, dass ich meine Eltern einfach nicht mehr ertrage, flauen noch immer nicht ab.

Und dann weiß ich mir nicht mehr anders zu helfen. Ich ziehe die kleine Tüte aus meiner Hosentasche. Das Plastik ist inzwischen schon etwas blind und verknittert, weil ich die Tüte seit so vielen Wochen mit mir herumtrage.

Ich betrachte die drei Pillen darin.

Es würde mir helfen. Ich könnte mir das verschissene Gelaber meiner Eltern anhören und es an mir vorbeifließen lassen. Es würde mir nicht mehr nahegehen, es würde mich nicht mehr aufregen, ich würde es einfach lächelnd ertragen. Ich würde nicken, ich würde es schaffen, Elsa anzusehen und ihr selbstsicher zuzuzwinkern, weil sich, egal was für einen Müll meine Eltern von sich geben, trotzdem alles gut anfühlen würde.

Langsam ziehe ich die verklebte Öffnung des Tütchens auf, es raschelt leise.

Eine. Ich könnte eine nehmen, und zumindest für heute Abend wären meine Probleme gelöst. Der Kater morgen wäre fürchterlich, aber das ist mir jetzt egal.

Und wenn ich mir irgendetwas einfallen lasse, würde es beim nächsten Testen nicht mal rauskommen. Ich wäre nicht der Erste, der seine Ergebnisse faked. Ich müsste nur mal ein oder zwei Leute aus London anrufen. Sie hätten sicherlich Tipps für mich.

Einige Atemzüge lang zögere ich noch, denke mir dann aber: *Scheiß drauf.*

Ich suche mir eine der Pillen aus, die blaue mit dem Smiley, und lege sie mir auf die Zunge. Ich schmecke den leicht süßlich bitteren Geschmack, weil sich die Pille ziemlich schnell auf meiner Zunge aufzulösen beginnt.

Doch dann schießt mir ein Gedanke durch den Kopf, und er fühlt sich an, als würden Hunderte kleiner Nadelspitzen überall auf meine Haut treffen.

Was würde Elsa dazu sagen?

19

Elsa

Als Hunter zurückkommt, scheint er sich etwas beruhigt zu haben. Ich glaube, er hat sich das Gesicht mit kaltem Wasser gewaschen, weil ein paar seiner Haare in der Stirn feucht sind.

Er setzt sich und zwinkert mir zu. Seine Eltern betrachten ihn prüfend, vermutlich schätzen sie ab, wie hoch die Gefahr ist, dass er doch noch ausflippt, aber dann wird das Dessert serviert und die betretene Stille am Tisch unterbrochen.

Die Tarte Tatin, die vor mir steht, sieht fantastisch aus. Der Duft von warmen Äpfeln, Zimt und Blätterteig steigt mir in die Nase. Ich erkenne die feine Karamellschicht über den Äpfeln, sehe, wie das Vanilleeis langsam neben dem Kuchen schmilzt, und an jedem anderen Tag würde ich ein Vermögen zahlen, um dieses Dessert in einem so renommierten Restaurant wie dem Bellevue probieren zu können.

Nur gerade ist mir der Appetit vergangen.

Ich wusste, dass der Abend nicht besonders angenehm werden würde, und ich habe mir die ganze Zeit über immer wieder gesagt: *Es ist eine Show. Spiel einfach mit. Und nimm das, was sie sagen, in Gottes Namen nicht ernst. Du bist nicht Hunters Freundin, es ist egal, was diese Menschen von dir denken.*

Aber irgendwann haben sie es doch geschafft, unter meinen Panzer zu dringen. Ihre Worte haben mich getroffen, und es hat angefangen, richtig, richtig wehzutun.

Weil sie genau das Thema angesprochen haben, das mir echt zu schaffen macht.

Ich habe versucht, es zu überspielen. Gemerkt haben sie es trotzdem, und ich glaube, es hat sie irgendwie befriedigt. Was ehrlicherweise das Schlimmste an der ganzen Sache ist.

Und jetzt steht diese Tarte Tatin vor mir. Ich weiß nicht, ob ich schon jemals so eine geradezu perfekte Tarte Tatin habe probieren können, aber mir ist die Kehle wie zugeschnürt.

Linda und Daniel tauschen sich über ihr Dessert aus und fangen an zu essen, als wäre nichts gewesen. Als hätten sie uns nicht die letzte halbe Stunde eine verbale Ohrfeige nach der anderen verpasst, als hätte Hunter nicht gerade den Tisch verlassen müssen, weil er es nicht mehr ertragen hat.

»Hey, Elsa«, höre ich seine leise Stimme.

Ich reagiere nicht und er beugt sich zu mir. Es ist das zweite Mal, dass er Körperkontakt herstellt, seit wir am Tisch sitzen. Seine Lippen sind ganz nah an meinem Ohr, und sein Atem kitzelt auf meiner Haut, als er flüstert: »In einer halben Stunde sind wir hier raus. Du machst das super.«

Er lehnt sich zurück, sagt irgendetwas zu seinen Eltern, ich höre nicht genau hin, weil ich noch viel zu geflasht bin von Hunters Nähe und diesem kompletten Chaos, das in mir herrscht. Ich bin verletzt von den Bemerkungen seiner Eltern, ich mache mir Sorgen, weil er so plötzlich den Tisch verlassen hat, und mein Puls rast, weil das immer passiert, wenn er mir so nahe kommt.

Eine halbe Stunde, sage ich mir und greife zögerlich nach

meiner Gabel. Aber noch ehe ich sie in die geschichteten gebräunten Apfelscheiben vergraben kann, beugt sich Hunter erneut zu mir.

Plötzlich spüre ich seine Hand an meinem Kopf, er zieht mich ein wenig zu sich und seine Lippen landen an meiner Schläfe. Er gibt mir einen Kuss, als wäre es das Selbstverständlichste der Welt. Sanft, aber auch innig und tröstend berühren seine Lippen meine Haut. Er lässt sich Zeit, und als er mich wieder loslässt, habe ich das Gefühl, dass meine Haut an den Stellen, an denen er mich berührt hat, glüht. Mein ganzer Körper glüht, und ich reiße mich zusammen, um so zu tun, als wäre nichts, als wäre alles ganz normal. Aber nichts ist normal, absolut gar nichts ist normal, weil Hunter mich gerade geküsst hat, und ich denke mir nur die ganze Zeit: *O mein Gott, o mein Gott, o mein Gott.*

Kurz sehe ich zu seinen Eltern, deren Mienen mir noch verkniffener vorkommen, und auch wenn ich weiß, dass Hunter das nur gemacht hat, um ihnen eins reinzuwürgen, rast mein Herz, als wäre ich gerade hundert Meter gesprintet.

Wieso, um Himmels willen, habe ich mir eigentlich vorher über alle möglichen Eventualitäten den Kopf zerbrochen, aber nicht darüber, dass Hunter mir vielleicht irgendeine Art von Zuneigung zeigen wird, weil man das als *Pärchen* eben so macht?

Hunter tut so, als wäre nichts gewesen, nimmt einen großen Löffel von seiner Schokomousse, dabei mag er Schokolade nicht mal, lobt es gut gelaunt und wirft mir dann erneut einen prüfenden Blick zu. Ich habe mir ein kleines Stückchen der Tarte heruntergestochen, schiebe es mir zwischen die Lippen und muss mich richtiggehend zwingen, zu kauen. Ich versuche, mich darauf zu konzentrieren, versuche, etwas zu schmecken, aber es kommt mir vor, als würde ich knusprig gebackenes Papier essen.

»Okay, dann probiere ich eben von dir«, sagt Hunter und schiebt sich ebenfalls ein Stückchen auf seinen Löffel. Er befindet es für gut und fragt seine Eltern irgendetwas über das Hotelzimmer, in dem sie heute übernachten werden.

Ich nehme eine zweite Gabel der Tarte, um den Eindruck zu erwecken, ich würde sie mögen und genießen. Außerdem will ich nicht wieder in das Tischgespräch verwickelt werden. Hunter war vorhin nur fünf Minuten weg, und ich habe zwar versucht, mich mit Fragen über die Studien seiner Eltern über Wasser zu halten, aber es waren verdammt lange fünf Minuten. Es hat ein wenig gedauert, bis die Bedeutung ihrer verletzenden Worte bei mir eingesickert sind. Doch jetzt spüre ich den Schmerz und die Scham, die sie in mir ausgelöst haben, und ich will einfach nur weg.

Unauffällig betrachte ich Hunter von der Seite, während er mit seinen Eltern redet. Seit er auf der Toilette war, ist er anders. Aufgekratzter, fast schon euphorisch kommt er mir vor, als hätte er plötzlich mehr Energie. Das kann ja wohl nicht nur vom kalten Wasser kommen. Oder freut er sich, dass der Abend bald vorüber ist?

Sobald wir vorhin das Restaurant betreten hatten, stand er unter Strom, und die Ablehnung, die er abstrahlte, war beinahe körperlich spürbar. Aber gleichzeitig war da auch etwas Rohes und Verzweifeltes gewesen. Als würde er sich heimlich eben doch nach der Anerkennung seiner Eltern sehnen. Sonst würde es ihn nicht so verletzten, wenn sie ihn als Enttäuschung bezeichnen. Es wäre ihm schlicht egal. Hunter ist zerrissen – ich habe es schon geahnt, als ich ihn vor einigen Monaten kennengelernt habe, doch ich hatte keine Ahnung, wie sehr.

Ich schaffe es, mich durch die Hälfte meiner Tarte zu arbeiten, und probiere höflichkeitshalber einige Löffel der Schokomousse, aber Hunter hält mich unter dem Tisch mit einer Hand an meinem Bein davon ab, mehr zu nehmen.

»Lass mal«, sagt er leise. »Du weißt doch, ich mag Schokolade so gerne.« Er grinst, ich muss jetzt ebenfalls lachen, und zumindest ein kleiner Teil der Lähmung, die mich die letzten Minuten über im Griff hatte, fällt von mir ab.

Erneut beugt sich Hunter zu mir, gibt mir dieses Mal einen Kuss auf die Wange, und jetzt reagiere ich schneller, denn ich hauche an seinem Ohr: »Was machst du da?«

Er lacht, als hätte ich eine lustige kleine Bemerkung gemacht. Mit seiner Rechten hält er meinen Kopf fest und flüstert: »Ich gebe dir Aufmerksamkeit und Nähe. Das macht sie nämlich fuchsteufelswild.« Er streicht mit dem Daumen über meine Wange. Ich bin wie elektrisiert von der Berührung und weiß, ich sollte nicht verletzt sein. Es ist ja klar, dass wir hier eine Show abziehen. Aber zu wissen, dass Hunter mir nur einen Kuss gibt, weil er damit seine Eltern ärgern kann, und nicht, weil er es wirklich *möchte* – es fühlt sich an, als hätte er mir die Faust in den Magen gerammt. Ich lege die Gabel beiseite, da mir ein bisschen übel wird.

»Ich bin ganz schön müde, könnten wir …«, bitte ich ihn und er lässt mich gar nicht ausreden.

»Natürlich.« Er wendet sich seinen Eltern zu, die ihr Dessert noch nicht ganz aufgegessen haben.

»Wir haben morgen eine frühe Vorlesung. Ich denke, wir sollten uns auf den Weg machen.«

Die Brauen von Hunters Dad wandern nach oben, das tun sie die ganze Zeit. Als würde dieser Mann sich in einer Tour über etwas wundern. Besser gesagt, als würde er den Großteil von den Sachen, die Hunter und ich von uns geben, verurteilen. Genauso wie seine Ehefrau.

»Wenn ihr meint«, antwortet seine Mutter verschnupft und legt mit beleidigtem Gesichtsausdruck die Serviette ab.

»Vielen Dank für den ganz wunderbaren Abend«, sagt Hunter. Ich kann nicht ausmachen, ob das eine ernst gemeinte Floskel ist, ob die Abende zwischen ihm und seinen Eltern immer so verlaufen und dieser höfliche Code dazugehört. Oder ob er es zutiefst sarkastisch meint und eine letzte kleine Provokation dalassen möchte. Er zieht den Stuhl hinter mir heraus, damit ich leichter aufstehen kann.

»Linda, Daniel, es hat mich gefreut, Sie kennenzulernen«, spule ich ab und zähle gleichzeitig die Sekunden, bis wir endlich aus ihrer Gegenwart verschwinden können. Ich schüttle beiden die Hände.

»Das kann ich nur so zurückgeben«, sagt Linda. »Der Abend war höchst interessant.«

»Absolut«, beeilt Daniel sich zu sagen.

Alles an dieser Verabschiedung ist fake, alles an diesem Abend ist fake. Außer den Wunden, die die letzten zwei Stunden in mir hinterlassen haben. Ich spüre sie, sie sind echt. Und sie tun verdammt weh.

Als einer der Kellner mir den Rosenstrauß zurückgibt, bin ich kurz versucht, ihn in den Schirmständer neben der Eingangstür zu werfen, Hunter stehen zu lassen und einfach davonzulaufen.

Aber ich habe mich im Griff.

Gleich. Gleich ist es überstanden, denke ich mir und fühle mich innerlich nur noch taub.

20

Elsa

Schweigend gehen wir zu Hunters Auto.

Ich lege die Rosen auf der Rückbank ab und wir steigen ein.

Doch statt den Wagen zu starten, mustert er mich ernst. »Es tut mir leid«, sagt er leise. »Es tut mir so wahnsinnig leid.«

Ich nicke nur, weil ich plötzlich einen Kloß im Hals spüre und Angst habe, jeden Moment loszuheulen. »Kannst du mich einfach nach Hause fahren?«, frage ich mit bebender Stimme.

Hunter atmet ein, als wolle er etwas sagen, lässt es dann aber und streckt eine Hand in meine Richtung.

»Tu das nicht«, flüstere ich, und er hält inne.

Kommentarlos startet er den Wagen und lenkt ihn langsam vom Parkplatz. Wir haben noch keine hundert Meter geschafft, als ich die Kontrolle verliere. Meine Augen brennen; ich kneife sie zusammen, wende den Kopf ab und tue so, als würde ich links aus dem Fenster schauen. Wenn ich keine Geräusche mache, merkt Hunter es vielleicht nicht.

Aus dem Augenwinkel nehme ich wahr, wie er mir einen schnellen Blick zuwirft, dann wieder auf die Straße schaut und nur wenige Sekunden später erneut zu mir sieht. Und als mir schließlich doch ein Schluchzer entkommt, höre ich ein »Okay«.

Er fährt links ran und schaltet das Display aus. Ich weiß gar nicht, wo wir überhaupt sind. Es ist dunkel im Wagen, nur das orangefarbene Licht der Straßenlaternen scheint auf unsere Oberschenkel und Hände.

Erneut schluchze ich und halte den Kopf gesenkt. Es ist alles zu viel. Die fiesen Kommentare von Linda und Daniel. Hunter, der mir Zuneigung gezeigt hat, nur damit er seinen Eltern eins reindrücken kann. Der Moment war so erniedrigend und verletzend.

Ich presse die Lider zusammen, immer mehr Tränen laufen meine Wangen hinab und tropfen auf meinen Schoß.

»Es tut mir so leid«, sagt er erneut. Ich höre ein Klicken, weil Hunter sich abschnallt. Ich spüre, wie er meinen Gurt ebenfalls löst und mich über die breite Mittelkonsole hinweg in seine Arme zieht.

Und ich *weiß*, dass Hunters Nähe Gift für mich ist. Ich darf nicht noch mehr davon haben, denn sie zerreißt mich. Doch gleichzeitig sehne ich mich danach, ich will sie gerade so sehr.

Seine kräftigen Arme schließen sich um mich und er hält mich fest. Mein Körper schüttelt sich von den Weinkrämpfen, ich vergrabe mein Gesicht an seiner Schulter und lasse den Tränen ihren Lauf. Wahrscheinlich versaue ich ihm gerade den Anzug, aber es ist mir egal.

Sanft streichelt Hunter mir über den Rücken.

Ich brauche eine Weile, ehe ich mich einigermaßen beruhigt habe und aus seinen Armen löse. Im Seitenfach kramt Hunter nach einem Taschentuch und reicht es mir. Ich wische mir die schwarzen Make-up-Steifen von den Wangen und schnäuze mich, und er sieht mir dabei betroffen zu. »Wie sehr hasst du mich jetzt?«, fragt er dann.

Ich schiefe und mir entkommt ein kurzer Lacher. »Schwierige Frage. Schon sehr?«

»Ich hätte dich nicht mitnehmen sollen. Ich hätte sagen sollen, dass du krank geworden bist.«

»Aber Hunter, das war unser Deal. Und du hast mich gewarnt. Ich meine ...«

»Es hat dich trotzdem fertiggemacht.«

»Ja, hat es. Aber ... dafür gibt's viele Gründe.«

»Okay, dann erzählst du mir die jetzt.« Hunter legt seinen Ellenbogen an der Tür ab, rutscht ein bisschen tiefer in seinen Sitz und macht es sich augenscheinlich bequem.

»Ganz sicher nicht«, blocke ich ab. »Ich will einfach nur nach Hause, okay?«

»Elsa. Du hast gerade geweint, und das ist die Schuld von mir und meinen Eltern. Wir reden da jetzt drüber.«

Ich atme aus, weil mir klar wird, dass Hunter tatsächlich nicht fahren wird, ehe ich ihm zumindest ein paar Sachen erklärt habe. Ich sehe mich um. Wir stehen am Hafen. Ausgerechnet auf dem Parkplatz, auf dem er auch mit Melissa stand. Sofort schiebe ich den Gedanken von mir.

Um ein wenig Zeit zu schinden, wische ich mir noch einmal über die Wangen. »Deine Eltern sind echt erbarmungslos«, beginne ich. »Und irgendwie ... fast schon bösartig. Sie haben gemerkt, dass mir das Thema Bachelor unangenehm ist, und erst recht nachgebohrt.«

»Ja«, pflichtet mir Hunter bei. »Und es gibt rein gar nichts, was ich zu ihrer Verteidigung sagen könnte. Oder möchte. Weil es einfach überhaupt nicht geht, was sie da abgezogen haben.«

Ich schniefe, nicke, und kurz herrscht Stille, ehe Hunter erneut flüstert: »Es tut mir leid, Elsa.«

»Außerdem ...«, fahre ich fort, »scheint es da einiges in deinem Leben zu geben, wovon ich nichts weiß.«

»M-hm«, macht Hunter, wendet sich aber nicht ab. Ich sehe ihm in die Augen. Sie sind dunkel, ein flüssiges, dunkles Blau, das im Schein der Laternen ganz leicht schimmert. Und mein Herz pocht mir in der Brust, weil ich ihm, obwohl er eine Armlänge von mir entfernt sitzt, vielleicht noch nie näher war. Ich habe das Gefühl, dass sich zwischen uns gerade etwas verschiebt.

»Na los, frag schon«, fordert Hunter, ohne unseren Blickkontakt zu unterbrechen.

»Was sind das für kürzliche Entwicklungen, von denen deine Eltern gesprochen haben?«

Er nickt, doch er wendet den Blick ab und schaut durch die Windschutzscheibe nach draußen. Ich sehe, wie er die Zähne zusammenbeißt, er hat das heute Abend ständig gemacht. »Hunter? Was haben deine Eltern mit *kürzlichen Entwicklungen* und *bedauerlichem Zwischenfall* gemeint?«

Er starrt weiter nach vorn und schürzt dabei nachdenklich die Lippen. »Das ist etwas, das du nicht wissen musst.«

Ein vertrauter Schmerz flammt in mir auf. Natürlich öffnet er sich mir nicht. Natürlich teilt er so etwas Persönliches nicht mit mir. Weil wir uns nicht so nahe sind, wie ich es mir gerade eingebildet habe.

Dennoch gebe ich noch nicht auf. »Deine Eltern wollten aber offenbar, dass ich es weiß.«

»Umso mehr ein Grund, dass du es nicht wissen solltest. Sie wollten vor allem Streit zwischen uns säen«, erwidert er trocken.

»Wenn du ehrlich zu mir wärst, dann könnten sie das überhaupt nicht.«

Er schweigt.

»Hunter, was hast du denn angestellt?«

Er schüttelt den Kopf. »Glaub mir, du musst das nicht wissen.«

Wie eine Stichflamme schießt Wut in mir empor. »Siehst du, das ist es. Genau das!«, fahre ich auf, doch Hunter blickt weiterhin stur zur Windschutzscheibe hinaus, und das macht mich nur noch wütender. »Da ist irgendetwas passiert, und ich glaube, es ist der Grund, warum du überhaupt hier bist. Irgendetwas Massives, das dein Leben ziemlich über den Haufen geworfen hat. Deine Eltern deuten es an und versuchen ganz offensichtlich, mich damit zu verletzen, und nicht mal jetzt erzählst du es mir! Seit Wochen sehen wir uns fast jeden Tag, und ganz ehrlich? Ich weiß nichts über dich! Gar nichts!«

»Niemand in Marchlyn Falls weiß irgendetwas über mich!«, gibt er vehement zurück.

»Und das macht es jetzt besser, oder was? Wer bist du eigentlich, Hunter Corr, hm? Wer zur Hölle bist du?« Er blinzelt, doch er sagt nichts. »Fuck, echt! Ich lerne jeden Tag mit dir, wundere mich, warum du das alles schon weißt und kannst. Dabei bist du von der Uni geflogen und machst deinen Master jetzt zum zweiten Mal. So ist es doch, oder? Hunter? Bist du von der Uni geflogen?«

Wieder antwortet er nicht und ich kann nicht mehr.

»Scheiß doch drauf«, sage ich, öffne die Autotür und steige aus.

Ich höre noch, wie Hunter »Elsa?« ruft, aber sofort knalle ich die Tür zu und beginne zu laufen. Hinter mir schlägt eine weitere Autotür und innerhalb weniger Sekunden hat Hunter zu mir aufgeschlossen.

»Elsa! Bleib stehen!«

Doch diesmal bin ich es, die nicht antwortet, und laufe einfach weiter.

Hunter überholt mich und versperrt mir mit ausgebreiteten Armen den Weg. »Jetzt bleib verdammt noch mal stehen!«

»Wozu denn? Damit du mir wieder zu verstehen gibst, dass dein Leben mich einfach nichts angeht? Damit ich mir noch schäbiger und erbärmlicher vorkomme als ohnehin schon, weil du mich niemals auf Augenhöhe behandeln wirst?«

»Elsa! Nein! Nein, das ist überhaupt nicht …« Verzweifelt fährt er sich mit der Hand durch die Haare, und in meinem Herzen sticht es. Obwohl ich gerade so sauer auf ihn bin und so verletzt, halte ich ihn noch immer für den schönsten Mann auf diesem Planeten. Ich bin so krass verliebt in ihn, dass ich das Gefühl habe, mein Herz zerbricht. Es zerbricht einfach, die Sehnsucht bricht es auseinander, Schmerz quillt daraus hervor und breitet sich hartnäckig und heiß in jeder Zelle meines Körpers aus.

Schon wieder brennt es in meinen Augen, aber jetzt versuche ich noch nicht mal mehr, die Tränen zurückzuhalten. Sie hinterlassen warme, feuchte Spuren, als sie mir die Wangen hinablaufen und ich zu reden beginne: »Weißt du, wie es sich anfühlt, wenn man auf jemanden steht? Monatelang heimlich auf jemanden steht und die Anwesenheit dieser Person im Raum *spürt*, bevor man sie sieht? Kannst du dir das vorstellen? Wahrscheinlich nicht. Stell dir vor, du verbringst Wochen in nächster Nähe dieser Person. Du erklärst dich sogar bereit, eine Fake-Beziehung mit dieser Person vorzuspielen, obwohl du weißt, dass es dich innerlich zerfleischen wird. Du tust es trotzdem, du lässt Beleidigungen über dich ergehen, und plötzlich gibt dir die Person einen Kuss auf die Schläfe und auf die Wange, und es fühlt sich an, als würde dein Herz explodieren vor lauter Gefühlen. Und im gleichen Atemzug flüstert dir die Person ins Ohr: *Ich mache das, weil ich meine Eltern damit ärgern kann*. Nur deshalb! Fuck, Hunter, nur deshalb!« Und ich weiß nicht, was mich reitet, aber ich stoße ihn mit einer Hand vor die Brust.

Er bewegt sich keinen Millimeter, steht nur stumm da, wie ein Fels, fixiert mich mit seinem intensiven Blick, saugt meine Wut in sich auf und lässt meine Beschimpfungen über sich ergehen. Und ich habe das Gefühl, dass er mit jedem Wort, das mir über die Lippen kommt, noch ein wenig größer und düsterer wird und entschlossener. Und das verwirrt mich.

»Fake, fake! Deine Eltern sind fake, du bist fake, unsere Zweckbeziehung ist fake! Alles ist fake!«, schreie ich.

»Das stimmt nicht. Es ist nicht alles fake«, sagt er ganz ruhig, ganz gelassen und das macht mich wahnsinnig. Wie kann er nur so unberührt bleiben? Wieso ist er so souverän, obwohl ich hier gerade komplett ausflippe?

»Ach ja?«, rufe ich mit tränenerstickter Stimme. »Was denn nicht?«

Und dann geht alles ganz schnell. Ich begreife gar nicht, was passiert, als Hunter die Lücke zwischen uns schließt und mich an sich zieht.

Nur noch ein hauchdünner Abstand trennt unsere Gesichter, als er innehält. Ich spüre seine heftigen Atemzüge auf meinem Gesicht, doch er wartet. Er wartet auf mich. Er wartet auf mein Einverständnis. Ich nicke leicht, zumindest glaube ich, dass ich das tue, alles kommt mir so unwirklich vor, und nur einen Wimpernschlag später drückt er seine Lippen auf meine.

Zuerst bin ich wie gelähmt, ich verstehe nicht. Doch mein Körper ist schneller, er begreift, was hier passiert, und er will es so sehr. Hunters Hand liegt auf meinem unteren Rücken und er zieht mich noch enger an sich. Mein Oberkörper wird gegen seinen gedrückt, ich spüre, wie durchtrainiert und kräftig er ist. Mit der anderen Hand hält er meinen Kopf, überall in mir kribbelt es, zieht es.

Dann öffnen sich seine Lippen, und ich tue es ihm gleich, ich denke überhaupt nicht mehr nach, ich lasse mich einfach forttragen.

Hunters Kuss ist gewaltig und voller Schmerz, und ich weiß überhaupt nicht, wo das alles plötzlich herkommt. Ich fühle mich, als würde mich ein dunkler Strudel mitreißen. Seine Zungenspitze berührt meine, sie lädt mich ein, und sofort gebe ich nach. Unsere Zungen streichen übereinander, ich wimmere leise, weil ich das Gefühl habe, dass mein ganzer Körper zu brennen anfängt. Das Ziehen läuft von meiner Brust tief in meinen Bauch und wandert weiter, bis in meinen Schoß, und dort wird es warm, als Hunter seine Hand fest in meinen Haaren vergräbt.

Einen Augenblick lang unterbricht er den Kuss. »Du hast ja keine Ahnung, Elsa«, murmelt er und dirigiert sanft meinen Kopf zur Seite. Er entblößt meinen Hals, einen Moment spüre ich die kalte Winterluft auf meiner ungeschützten Haut, dann bedecken mich seine Lippen. Er haucht Küsse darauf, zuerst sanft, als wolle er herausfinden, wie ich darauf reagiere, und als ich leise stöhne, küsst er mich immer fester und leidenschaftlicher. Er liebkost die empfindlichsten Stellen an meinem Hals, dort, wo mein Puls heftig schlägt, als wüsste er, was für ein Inferno er damit in mir anrichten würde. Meine Knie werden weich, ich weiß nicht mehr, ob sie mich noch tragen werden. Aber das macht nichts, denn Hunter hält mich fest in seinen Armen. Dann finden sich unsere Münder wieder. Spielerisch saugt Hunter meine Unterlippe ein und ich lasse meine Hände unter sein Jackett wandern. Ich möchte ihn endlich auch anfassen und ich spüre nichts als Muskeln und Härte unter den Handflächen.

Unsere Zungen kreisen umeinander, in sündigen, aufreizenden, langsamen Bewegungen, als wäre die Zeit stehen geblieben, als würde sich jede Sekunde ausdehnen und wir sie auskosten, und ich habe das Gefühl, als würde ich mit Hunter verschmelzen. Als gäbe es nichts anderes mehr auf dieser Welt als ihn und mich und die Nähe zwischen uns. Mit der Hand fahre ich seine Brust entlang, lege sie an seine Wange und bin völlig überwältigt von dem Gefühl, ihn anzufassen und zu küssen. Ganz leicht knabbere ich an seiner Unterlippe, genieße es, wie Hunter mich daraufhin fester packt, seine Zunge noch tiefer in meinen Mund eindringt und er mich voll und ganz vereinnahmt. Ich lasse es zu, ich genieße es so sehr, weil ich nicht genug von dieser Seite an ihm bekommen kann. Dieser männlichen, besitzergreifenden, die er so gut vor mir verborgen gehalten hat. Seine Hände wandern an meiner Taille auf und ab, fahren nach vorn, streichen über meine Brüste und jetzt stöhnt er. Ich liebe es, das zu hören. Ich liebe es, zu hören, was es mit ihm macht, mich zu küssen. Meine Nippel richten sich unter seiner Berührung auf. Ich nehme all meinen Mut zusammen und lasse meine Hand nach unten wandern, gleite über seinen Gürtel, spüre unter den Fingerspitzen schon seine Härte, lege meine Hand darauf ab und bin wie elektrisiert von dem Gefühl.

Hunter zieht scharf die Luft ein, löst sich ganz kurz von mir, doch dann finden wir uns wieder und er umfasst mein Gesicht mit beiden Händen. Der Kuss ist jetzt langsamer und zärtlicher. Kontrollierter. Schließlich löst Hunter seine Lippen von meinen.

Ein paar Momente stehen wir beide einfach nur da, die Augen geschlossen, seine Hände an meinen Wangen, und da ist plötzlich eine ungewohnte Verbindung zwischen uns, die es vor dem Kuss noch nicht gab.

»Wow«, sagt Hunter, und ich öffne die Augen. Er betrachtet mich und sagt es wieder. »Wow.«

Und ich kann gar nichts antworten, ich bin überhaupt nicht in der Lage zu sprechen. Ich spüre ein Prickeln in den Lippen von dem heftigen Kuss, ich höre das Hämmern meines Herzens in den Ohren und versuche, meinen Atem zu beruhigen.

»Das hier ist nicht fake«, flüstert Hunter. »Elsa, es fühlt sich echt an. Es ist echt.«

21

Elsa

Sobald wir ins Auto gestiegen sind, startet Hunter es und schaltet die Heizung ein. Erst jetzt merke ich, dass ich am ganzen Körper Gänsehaut habe.

Doch Hunter fährt nicht sofort los, sondern bleibt reglos sitzen, als müsse er sich erst mal sammeln. Ich sehe nicht zu ihm, aber ich spüre ihn, jede Zelle meines Körpers spürt Hunter neben mir. Als wäre da ein siebter Sinn in mir verankert, der nur auf ihn ausgerichtet ist.

So war es schon immer, doch jetzt habe ich den Eindruck, dass seine Ausstrahlung und Präsenz noch stärker ist.

»Was ... war das?«, frage ich, als er schließlich losfährt.

Hunter atmet schwer aus. »Ein ...« Er spricht nicht weiter.

Ein Kuss. Ein mächtiger, ein unglaublicher Kuss. Der beste Kuss meines Lebens. Und weder Hunter noch ich sind scheinbar in der Lage, das irgendwie in Worte zu fassen.

Und deshalb schweigen wir.

Als er um die Kurve lenkt, die zum Unihügel führt, bleibt mein Blick auf seiner rechten Hand hängen. »Was ist das?«, frage ich und deute zu seinen Fingerknöcheln. Sie sind gerötet und etwas abgeschürft, und ich weiß, dass er das vor ein paar Stunden noch nicht hatte.

»Nichts«, sagt er, während wir die kurvige Strecke den Berg hinauf nehmen. Ich kann mir vorstellen, wie es passiert ist, und frage deshalb nicht weiter nach.

»Ich weiß, ich wiederhole mich, aber es tut mir wirklich leid, wie sich meine Eltern dir gegenüber verhalten haben«, beginnt er von Neuem. »Ich will nicht behaupten, dass es mich überrascht hat, trotzdem war es unsäglich. Streich das alles aus deinem Gedächtnis. Kannst du das?«

Ich atme aus, und obwohl ich vor gut zehn Minuten noch fest entschlossen war, Hunter nie wieder meine ehrliche Meinung zu sagen, tue ich es nun doch. Weil der Kuss und das, was Hunter danach zu mir gesagt hat, alles ändert.

»Nein. *Mir* tut es leid. Die Art und Weise, wie deine Eltern mit dir reden, macht mich wütend und traurig. Ganz egal, was in Cambridge passiert ist – du hast nicht verdient, dass sie dich so behandeln.«

»Ich brauche kein Mitleid.« Etwas Hartes schwingt in seiner Stimme mit.

»Das ist kein Mitleid, Hunter! Jeder mit einem Minimum an Empathie würde das denken.«

Er zuckt mit einer Schulter. »Ich habe es jedenfalls sehr gefeiert, als du die Aperitifs bestellt hast. Wieso hast du mir nicht gesagt, dass du dich mit Champagner auskennst?«

»Ach was«, tue ich sein Kompliment ab. »Ich habe die Karte des Restaurants vorher gelesen. Und ja, ich mag gutes Essen, also kenne ich mich auch ein kleines bisschen damit aus.«

»Ein kleines bisschen? Du hast Sachen erzählt, von denen nicht mal ich Ahnung habe, und ich musste in Sternerestaurants essen, seit ich ein Kleinkind war. Elsa, ernsthaft: Scheiß auf den Master, du solltest Restaurantkritikerin werden.«

»Hm«, mache ich. »Damit könnte ich dann sogar bei deinen Eltern Eindruck schinden.«

Ich werfe Hunter einen raschen Blick zu, weil keine Antwort mehr von ihm kommt. Er lacht nicht über meinen Witz, er schmunzelt nur, und ich denke mir sofort: *Fuck, wieso habe ich das jetzt gesagt?*

Ich rede schon so, als wären wir zusammen und als müsse ich seine Eltern auf meine Seite ziehen, dabei war das doch nur ein Kuss. Gott, ist das peinlich.

»Also, ich wollte damit nicht irgendwie andeuten, dass wir … also, dass du und ich …« Ich verziehe das Gesicht.

»Schon gut«, sagt er. Er verhält sich total cool, als würde ihm das, was noch vor wenigen Minuten zwischen uns passiert ist, bereits gar nichts mehr ausmachen. Als wir auf dem Parkplatz angekommen sind, sagt er: »Ich bringe dich noch zur Tür.«

Ich schnalle mich ab und steige aus.

Hunter angelt den Rosenstrauß von der Rückbank. »Hier, willst du die nicht?«

»Oh, klar. Voll vergessen«, lüge ich und Hunter wirft mir einen komischen Blick zu. »Danke.« Etwas umständlich nehme ich ihm die Blumen aus der Hand und versuche, ihn dabei nicht zu berühren. Das merkt er natürlich und die Situation wird immer unangenehmer.

»Ist okay, den restlichen Weg finde ich allein«, versuche ich, irgendwie wieder die Oberhand zu gewinnen.

»Ich begleite dich trotzdem.«

»Brauchst du echt nicht. Deine Eltern sind weg. Wir müssen jetzt nicht mehr so tun, als wäre ich deine Freundin.«

»Tue ich doch gar nicht, ich will dich einfach nur nicht allein durch die Dunkelheit gehen lassen.«

Ich gebe mich geschlagen und gleichzeitig setzen wir uns in Bewegung. Doch schon nach wenigen Schritten habe ich mich nicht mehr im Griff. »Tust du das jetzt gerade nur, weil du deinen Eltern eins auswischen willst?«

Hunter sieht mich verblüfft an. »Nein«, erwidert er nachdrücklich. »Elsa, entspann dich mal.«

Ich presse den Rosenstrauß gegen die Brust, spüre ein oder zwei Dornen durch meinen Ärmel piken, aber das macht mir nichts. »Wirklich, ganz egal was das zwischen uns ist: Sei ehrlich zu mir. Sag mir, woran ich bin.«

Hunter nickt. »Mach dir keine Sorgen. Gerade weiß ich selbst nicht, was ich denken soll oder kann. Aber ich werde immer ehrlich zu dir sein. Versprochen!«

»Und was ist mit der Cambridge-Sache?«

Hunter atmet schwer aus. »Erzähle ich dir. Ernsthaft, ich erzähl dir die ganze Geschichte, wenn du willst. Ich brauch nur noch ein bisschen Zeit, okay?«

»Okay«, gebe ich mich zufrieden und zücke meine Keycard.

Etwas unschlüssig stehen wir beide vor der Tür und betrachten einander im harten Licht der Leuchtstoffröhre, die am Vordach angebracht ist.

Einen kurzen Schreckmoment durchzuckt mich der Gedanke, ob Hunter vielleicht darauf wartet, dass ich ihn mit auf mein Zimmer bitte. Aber das kann nicht sein, gerade eben hatte ich ja sogar das Gefühl, dass er den Kuss schon wieder bereut. Ich bin ganz verwirrt.

»Bye, Elsa«, flüstert Hunter jetzt, beugt sich zu mir und haucht mir einen zarten Kuss auf die Wange. Ich will mehr, ich will einen weiteren Kuss, kann das aber jetzt keinesfalls verlangen.

Ich öffne die schwere Glastür, Hunter wendet sich zum Gehen, und dabei dringt ein leises Rascheln in mein Bewusstsein, als würde etwas auf der Granitplatte vor der Eingangstür landen. Mit einem Rums fällt sie ins Schloss und ich stehe im Treppenhaus. Über die Schulter sehe ich, wie Hunters Schatten auf dem Fußweg in der Dunkelheit verschwindet. Langsam nehme ich die ersten Stufen, weil meine Zehen in den High Heels höllisch wehtun.

Doch dann halte ich inne.

Ich habe mir das gerade nicht eingebildet. Da ist wirklich etwas zu Boden gefallen.

Auf dem Absatz mache ich kehrt und laufe zurück ins Erdgeschoss, öffne die Eingangstür und suche den Boden ab … Da! Eine kleine, verknitterte Plastiktüte. Und ich bin mir ziemlich sicher, dass sie Hunter aus der Tasche gerutscht ist.

Ich klaube sie auf, kann aber nicht genau erkennen, was sich darin befindet. Deshalb halte ich den Beutel ins Licht und taste mit den Fingern darüber. Und mein Puls schießt so schlagartig in die Höhe, dass ich ins Schwanken gerate. Meine Hand krallt sich um das Geländer, während ich das kleine Tütchen zwischen meinen Fingern anstarre.

Es enthält zwei bunte Pillen. Ich habe keine Erfahrung damit, ich habe so etwas noch nie genommen, aber garantiert sind das nicht irgendwelche Vitaminpräparate.

Ich kann eine gelbe und eine rote Tablette ausmachen und erkenne Smileys darauf.

In dem Moment wird mir klar, was ich da in Händen halte.

Das ist irgendeine MDMA-Scheiße.

Hunter nimmt das Zeug. Und aller Wahrscheinlichkeit nach hat er sich so was heute auch eingeschmissen. Es würde sein Verhalten erklären, nachdem er auf dem Klo war.

Plötzlich wird mir kalt, es ist wie ein eisiger Windstoß, der mich erfasst und mir bis in die Knochen fährt. Was war das heute Abend eigentlich? Als er mir im Restaurant Zuneigung gezeigt hat und wir uns später auf dem Parkplatz geküsst haben. War das der echte Hunter? Waren das echte Gefühle? Oder war das nur der Hunter auf einem Drogentrip, der sich von den ganzen chemisch ausgeschütteten Glückshormonen in seinem Körper hat treiben lassen und einfach mit jemandem rumknutschen wollte?

Plötzlich fühle ich mich schäbig. Und benutzt. Wie ein Accessoire des stinkreichen, superschönen Hunter Corr, der mich in sein völlig toxisches, verdrehtes High-Society-Leben reinzieht, solange es ihm nützt.

Meine Faust schließt sich um das Tütchen, und die zwei Pillen drücken sich in meine Handfläche. Als mein Blick auf die Rosen fällt, die ich noch immer im Arm halte, folge ich einem Impuls. Ich mache einen schnellen Schritt unter dem Vordach hervor und stopfe den ganzen Strauß kopfüber in den Abfalleimer.

22

Hunter

Ich bremse ab, als ich die letzte Kurve zu meinem Bungalow nehme, und mir entkommt ein: »Oh, for fuck's sake.«

Meine Eltern stehen dort. Auf dem Parkplatz vorm Haus. Um Mitternacht. Mama kramt in ihrer überdimensionierten Handtasche, Dad lehnt mit dem Rücken gegen die Fahrertür und blinzelt in das Scheinwerferlicht. Noch immer sieht Mama nicht auf. Das macht sie mit voller Absicht. Ignorieren ist eines ihrer Mittel, um in Auseinandersetzungen die vermeintliche Kontrolle zu behalten.

»Wie lange steht ihr schon hier?«, frage ich, als ich die Autotür zuknalle und den Wagen schließe.

»Erst seit ein paar Minuten«, antwortet Dad. »Wenn du jetzt nicht gekommen wärst, wären wir wieder gefahren.«

Wie schade, denke ich, nicke aber und kann nicht fassen, dass sie sich sogar in die Februarkälte stellen und auf mich warten, nur um mir ihre Meinung zum heutigen Abend mitzuteilen. Oder besser gesagt, mir Vorwürfe zu machen.

Kommentarlos schließe ich den Bungalow auf, schalte die Lichter an und ziehe meine Schuhe aus. Meine Eltern sehen sich neugierig um. Ist es ordentlich, hat er sein Leben im Griff oder ist das hier nur noch eine Partyhöhle?

Es ist sauber, ich halte meine Wohnung immer sauber, und die Tatsache, dass sie das nicht wissen, zeigt mir mal wieder, wie wenig sie mich eigentlich kennen.

Ich laufe voraus in das große Wohnzimmer, deute einladend auf das Sofa, bleibe selbst aber hinter dem Küchentresen stehen. »Wollt ihr etwas trinken?« Ich hole mir einen der isotonischen Drinks aus dem Kühlschrank, die ich mir oft nach dem Sport reinziehe, öffne ihn, nehme einen großen Schluck von dem blauen Zeug und warte.

»Ist das dein Ernst?«, fragt Mum jetzt barsch vom Sofa. Bühne frei für den ersten Akt.

»Ist *was* mein Ernst?«, gebe ich gereizt zurück, obwohl ich haargenau weiß, was sie meint.

»Diese … Elsa Jones!«

»Was ist mit ihr?«

»Sie passt überhaupt nicht zu dir«, sagt Mama, und ich wundere mich, dass sie nicht sofort mit irgendwelchen Beleidigungen um die Ecke kommt.

»Wie willst du das denn beurteilen können, Mama?«

»Ich habe mich einige Stunden mit dieser Frau unterhalten.« Mit einem Taschentuch tupft sie sich die Oberlippe ab. Ich kenne diese Verhaltensweisen, sie sind alle Teil ihrer Show. Mum orchestriert ihre Streitgespräche geradezu. »Wie sie schon aussieht! Sie sollte mal weniger essen und etwas mehr Disziplin und Leistungswillen an den Tag legen.«

»What the fuck, Mama!«, fahre ich auf. »Du gibst so einen Müll von dir!«

Statt einer Antwort ernte ich einen ironischen Lacher.

»Deine Mutter hat recht«, mischt sich Dad ein. Er umrundet das Sofa und tut so, als würde er durch die Fensterfront nach draußen schauen. Es ist stockfinster, es gibt dort absolut nichts zu sehen außer seinem eigenen Spiegelbild.

»Hört ihr euch eigentlich selbst zu bei dem, was ihr da redet?«, frage ich, und natürlich reagiert keiner von beiden darauf. Darum geht es nämlich nicht. Meine Eltern haben kein Interesse an einem Austausch. Es interessiert sie nicht, was ich denke oder fühle. Sie wollen mir lediglich ihre Forderungen unter die Nase reiben.

»Du solltest dich von ihr trennen, ehe die ganze Geschichte Gefahr läuft, wieder irgendein PR-Desaster zu werden.« Mama sagt es so nebenher, so nüchtern, als würde sie mir eine Einkaufsliste durchgeben.

»Moment mal. Habt ihr irgendetwas mit diesem TikTok über Elsa zu tun?«

Meine Mutter sieht mich irritiert an. »Welches TikTok?« Und ausnahmsweise nehme ich es ihr ab.

»Eure Beziehung, oder was auch immer es ist, wird sowieso früher oder später gegen die Wand fahren. Sie kann dir in keiner Hinsicht das Wasser reichen, und das wirst auch du merken. Also tu dir selbst den Gefallen und lass das mit dieser Elsa.«

»Einen Scheiß werde ich!«, rufe ich quer durch den Raum und bin kurz davor, die Flasche mit dem Sportdrink gegen die Wand zu feuern. »Elsa kann mir in jeglicher Hinsicht das Wasser reichen. Das Einzige, was sie nicht hat, ist so viel Kohle wie wir!«

»Zügle dich«, ermahnt mich Dad über die Schulter und dreht sich dabei nicht einmal zu mir um. Er redet mit dem Rücken zu mir, und ich komme mir vor wie sein fucking Butler.

»Ich zügle mich, wenn ihr aufhört, so eine Scheiße zu labern! Die Zeiten, in denen ihr mir den Mund verbieten konntet, sind lange vorbei. Und ich hoffe, ihr kapiert das endlich!«

»Und ich hoffe, du kapierst endlich, dass du Verantwortung trägst. Für deinen Familiennamen und für deine Schwester!«, erwidert Dad heftig.

»Come on, wo leben wir? Im achtzehnten Jahrhundert, oder was? Mary wird ihren Duke heiraten, egal was ich mache oder wo ich bin.« Ein Knacken ist zu hören, weil sich meine Hand um die Plastikflasche krampft. »Darum geht es euch doch gar nicht! Euch geht es um Kontrolle. Euch geht es darum, dass ihr es nicht aushaltet, wenn ich nicht nach eurer Pfeife tanze!«

»Sag mal, wann begreifst du es endlich?«, sagt Dad, der sich, die Hände in den Hosentaschen, jetzt wieder vom Fenster zu mir umdreht. »Du bist nicht wie die anderen, Hunter! Du bist ein Corr! Du umgibst dich nicht mit irgendwelchen unfähigen Studentinnen, die lächerliche Backvideos auf Social-Media-Kanälen posten, du umgibst dich verdammt noch mal mit deinesgleichen!«

»Habt ihr sie von euren Leuten auschecken lassen, oder wie?«

»Natürlich haben wir das, was denkst du denn?«, antwortet Dad wie selbstverständlich. »Sie wird ein Klotz an deinem Bein sein, glaub mir. Sie wird dich zurückhalten und herunterziehen! Sie passt in so eine Kleinstadt wie Marchlyn Falls, aber nicht zu unserer Familie!«

»Tja.« Ich hebe beide Arme. »Dann hättet ihr mich vielleicht an einen anderen Ort verbannen sollen.«

»Ja, im Nachhinein war Marchlyn Falls ein Fehler«, gibt Dad zu.

»Wie du redest! Ich bin vierundzwanzig Jahre alt, ich bin kein Kleinkind, mit dem ihr machen könnt, was ihr wollt!«

»Dann verhalte dich auch nicht wie eins«, fordert er laut.

»Keine Sorge. Das tue ich nicht. Ich verhalte mich wie ein Erwachsener. Und wisst ihr, was das heißt? Dass ich ab jetzt meine Entscheidungen allein treffe. Zum Beispiel, dass ich mich garantiert nicht von Elsa trennen werde, nur weil sie eurer Meinung nach eine Kleidergröße zu viel trägt und ihre Abschlussnote zu schlecht ist.« Und es fühlt sich verdammt gut und richtig an, das so auszusprechen.

»Du weißt, dass wir den Geldhahn zudrehen können«, droht Dad.

»Ich kann's nicht mehr hören! Dann macht es halt, verdammte Scheiße! Aber nein, das würdet ihr nicht. Denn dann würde rauskommen, dass Hunter Corr einen normalen Job annimmt, außerhalb des heiligen Familienimperiums, und was wäre das nur für ein Skandal!«

Dad schnaubt. »Du meinst, es geht ums Geld? Ist mir völlig egal, ob du auch allein klarkommst oder nicht! Aber du bist vorbestraft, mein Junge, und nur so glimpflich davongekommen, weil unsere Anwälte dich rausgehauen haben. Ohne sie wärst du geliefert! Und wenn du weiterhin unseren Schutz möchtest, dann tust du, was wir sagen.«

Unverwandt schaue ich meinen Dad an und sage so laut und deutlich, dass ich mir sogar einbilde, die Silben auf meiner Zunge schmecken zu können: »Nein, werde ich nicht.«

»Das werden wir ja noch sehen«, sagt Dad. »Komm, Linda, wir gehen.«

Er läuft in den Flur, Mama folgt ihm, sagt aber im Vorbeigehen: »Mach dir das Leben nicht so schwer.«

Der vertraute Duft ihres Parfüms steigt mir in die Nase. Seit mehr als zwanzig Jahren trägt sie Chanel N° 5, und wie ein Blitz schießt eine Erinnerung in meinen Kopf. Nein, eigentlich ist es eher ein Gefühl, das ich mit meiner Kindheit verknüpfe. Es ist eine unerfüllte Sehnsucht danach, von meiner Mum in den Arm genommen und von ihr gestreichelt zu werden.

Ich wollte die Aufmerksamkeit meiner Eltern, ich wollte ihre Zuneigung, und ich wollte ihnen gefallen. Als Kind hätte ich wirklich alles für ein kleines bisschen ihrer Anerkennung oder ein winziges Lob getan. Selten war das, was ich geleistet und geschafft habe, gut genug, um dieses Lob von ihnen zu bekommen.

Und heute brauche ich es nicht mehr.

Ich höre ihre Schritte und ihre leisen Stimmen im Flur, die Tür fällt ins Schloss und gedämpft dringt das Brummen von Dads Bentley und das Knirschen vom Kies unter den Autoreifen zu mir herein.

Einige lange Momente stehe ich einfach nur da, die halb volle Gatorade-Flasche in den Händen, und starre auf die Marmorplatte des Tresens.

Ich habe schon damit gerechnet, dass sie mir ganz unverblümt ihre Meinung über Elsa mitteilen werden. Meine Eltern haben zu jedem meiner Lebensbereiche eine Meinung, und die lassen sie mich wissen. Ich bin das gewohnt. Ich höre es mir an und lasse es an mir abperlen. Weil Mary und ich das schon immer so gemacht haben. Man bleibt still, man nickt verständig, man denkt sich *Leck mich*, und anschließend richtet sich die Aufmerksamkeit der Eltern für die nächsten Wochen, wenn nicht gar Monate sowieso wieder auf ihr eigenes Leben. Auf die Firma, auf die Charity-Events oder die anstehenden Urlaube.

Doch zum zweiten Mal heute Abend habe ich die Fassung verloren, und irgendwie gibt mir das zu denken. Ich hatte keine Ahnung, wie sehr es mich trifft, wenn sie Elsa so runtermachen. Wie wütend es mich macht.

Weil mir Elsa nicht so egal ist, wie ich bisher dachte. Die Beleidigungen, die Mama und Dad über sie geäußert haben – sie haben sich angefühlt, als hätten sie *mich* beleidigt.

Außerdem bilde ich mir noch immer ein, Elsas Lippen auf meinen spüren zu können, obwohl inzwischen schon mehr als eine Stunde vergangen ist.

Schwer stütze ich mich mit beiden Händen auf den Tresen, lasse den Kopf hängen und schließe die Augen.

Der Kuss war … Er war fantastisch. Als Elsa so aufgewühlt vor mir stand, mir gesagt hat, was sie für mich empfindet, sie einfach nur das ausgesprochen hat, was ich sowieso schon geahnt habe, hat es sich angefühlt, als würde etwas in mir zu glühen beginnen. Mit jedem Wort, das ihr über die Lippen gekommen ist, wurde der Drang, sie an mich zu ziehen und sie zu küssen, stärker.

Ich wollte ihr sagen, dass sie sich keine Sorgen zu machen braucht, dass ihre Gefühle nicht einseitig sind. Weil ich verdammt noch mal seit Wochen nur noch an sie denken kann. Dass ich es liebe, Zeit mit ihr zu verbringen, und dass ich sie am liebsten jeden Tag treffen würde, um mit ihr zu lernen.

Und sobald ich ihre warme, weiche Haut unter meinen Handflächen gespürt und ihr leises Stöhnen gehört habe, als sich unsere Zungen berührten, war es, als wären wir aus dieser Welt katapultiert worden. Mitten hinein in das Auge eines Sturms. Das, was sich zwischen uns entladen hat, war dunkel und kraftvoll und alles bestimmend, und fuck, ich habe schon viele Frauen geküsst, ich habe schon viele Frauen berührt, aber noch niemals hat ein einziger Kuss einen solchen Strudel an Gefühlen in mir ausgelöst.

Nur ist dann sofort im Anschluss etwas mit ihr passiert.

Wir hatten noch keine Minute im Auto gesessen, als sie sich bereits zurückgezogen hat und defensiv geworden ist.

Weil sie dir nicht vertraut, Hunter. Weil sie glaubt, dass du ein Arschloch bist und nur mit ihr spielst.

Und das bin ich doch auch, oder? Wenn ich ernsthaft etwas mit ihr anfange, ziehe ich sie mit in das Haifischbecken, in dem ich lebe. Und dem ist sie nicht gewachsen. Nicht mal im Ansatz. Die ständige Gefahr, von jemandem beobachtet und bloßgestellt zu werden, die Verletzungen, die die Bemerkungen von Wildfremden anrichten – Elsa kennt das doch überhaupt nicht.

Dabei ist das größte Problem ja noch nicht mal die Öffentlichkeit, sondern meine Familie. Vielleicht sogar meine alten Freunde, wenn sie wüssten, was hier abgeht. Meine Eltern werden nicht aufhören, auf mich Einfluss nehmen zu wollen, das ist mir klar. Sollte sich aus der Sache mit Elsa etwas Festeres entwickeln, werden sie alles tun, um uns zu torpedieren. Ich merke, wie sich allein bei dem Gedanken daran, dass Elsa erneut auf meine Eltern treffen könnte, mein Magen verkrampft.

Ich hebe den Kopf und dehne meinen Nacken nach links und rechts, bis es laut knackt. Wir könnten den Kuss hinter uns lassen und so tun, als wäre er nicht passiert. Ich glaube, Elsa war sowieso schon irgendwie verletzt, sie hat mich bei unserer Verabschiedung nicht mal mehr berühren wollen.

Dann reiße ich mich eben zusammen, wenn wir uns die nächsten Male sehen. Wir werden unser kleines Projekt auf jeden Fall nicht canceln, denn ich habe mir geschworen, Elsa durch ihren Master zu boxen. Ich werde zurückhaltender sein, ihr Raum geben, nicht mehr …

FUCK.

Ich will das nicht. Verdammte Scheiße, ich will keinen Abstand zu Elsa halten. Ich will mehr Zeit mit ihr verbringen, ich will sie kennenlernen, ich will ihren Körper wieder spüren, ich will sie wieder küssen.

Ich will Elsa.

Ich ziehe mein Handy aus der Hosentasche, tippe das Display an, meine Finger schweben über den Tasten, doch dann lege ich es wieder auf dem Tresen ab. Unsere nächste Lernsession ist eigentlich erst übermorgen. Ich sollte ihr Zeit geben. Ich sollte sie den Abend verarbeiten lassen und selbst drüber schlafen, bevor ich irgendetwas überstürze.

Trotzdem nehme ich das Handy wieder in die Hand.

Hunter: *Hey, ich würde dich morgen gerne treffen.*

Ich sehe, wie Elsa online geht, und das Zeichen, dass sie die Nachrichten gelesen hat, taucht auf. Aber sie ist sofort wieder offline und antwortet nicht.

Sie antwortet die ganze Nacht nicht.

23

Elsa

Elsa: *Ich hab nachgedacht und mich entschieden, dass ich unser Projekt nicht mehr weitermachen möchte. Du hattest den Abend mit deinen Eltern, ich denke, damit sind wir quitt. Wir sehen uns bei den Prüfungen.*

Zum ungefähr hundertsten Mal lese ich die Message, dann drücke ich auf den kleinen blauen Pfeil und schicke sie ab. Ich sehe, wie Hunter nur wenige Sekunden danach online geht und die Nachricht liest. Mit zittrigen Fingern werfe ich das Handy ans andere Ende des Betts.

Jetzt nicht schwach werden. Jetzt nicht auf eine Diskussion einlassen. Ich habe fünf Stunden gebraucht, um den Mut aufzubringen, ihm diese Message zu schicken.

Ein Klopfen an der Zimmertür lässt mich aufsehen.

»Hey, Elsa! Hast du …«

»Abgeschickt!«, komme ich Lily zuvor. Den ganzen Vormittag lang haben wir meine Situation erörtert. Jetzt ist es sechzehn Uhr, und ich habe den restlichen Tag damit verbracht, auf meinem Bett zu fläzen und mich fürchterlich zu fühlen. Außer einer halben Scheibe Toast, die mir Lily hineingezwungen hat, habe ich noch nicht mal etwas gegessen.

»Und weißt du, was du jetzt brauchst?«, fragt Lily, den Kopf im Türspalt.

»Eine Herztransplantation?«

»Nein, garantiert nicht. Du brauchst Ablenkung! Wir gehen heute auf die Party im Erdgeschoss.«

»Da steigt eine Party?«

»Jaha! Die sind schon seit Mittag am Aufbauen. Heute ist Semsterabschluss!«

»Hm«, mache ich, denn eine ausgelassene Party ist gerade das Allerletzte, wonach mir ist. »Ich glaub, ich bleib lieber hier. Mir ist nicht so nach … Leuten.«

Lily öffnet die Tür ganz und stellt sich mit verschränkten Armen in den Rahmen. »Was willst du sonst machen? Dich in dein Bett verkriechen und den dröhnenden Bässen zuhören, bis du Kopfweh kriegst?«

»Ich könnte einen Spaziergang zu Theo machen und …«

»Den armen Mann um seinen wohlverdienten Feierabend bringen? Vergiss es. Wir gehen heute auf die Party, lernen vielleicht ein paar nette Leute kennen, trinken bisschen was und haben eine gute Zeit.« Freudestrahlend sieht Lily mich an, und der Verdacht beschleicht mich, dass sie wirklich glaubt, was sie da von sich gibt.

»Ich könnte auch einfach hier oben bleiben und etwas kochen? Ich wollte schon lange mal dieses neue Dhal-Rezept ausprobieren.«

»Und dann sitzt du hier rum und heulst in die Soße. Ne-ne-ne-ne. Um zwanzig Uhr geht's los!«

»Hmmm«, mache ich nur.

»Cool«, sagt sie und ist schon wieder zur Tür hinaus.

»Ich habe nicht Ja gesagt«, schicke ich ihr hinterher, was sie geflissentlich überhört.

Ich starre auf das Handy am anderen Ende des Bettes und habe irgendwie Angst, es in die Hand zu nehmen. Was, wenn Hunter geantwortet hat? Was, wenn er *nicht* geantwortet hat?

Lily meinte, Hunter wäre nicht der Typ, der Ecstasy nähme, und ich solle ihn einfach darauf ansprechen. Vielleicht ist das Tütchen ja wirklich nicht von ihm. Ich schaue zu meiner Schreibtischschublade, wo ich die Tüte versteckt habe. Wahrscheinlich sollte ich sie ins Klo werfen. Oder besser in den Restmüll, da werden die Pillen verbrannt.

Aber irgendwie kriege ich das nicht hin.

Weil ich die ganze Sache mit Hunter womöglich nicht so abgeschlossen habe, wie ich mir gerade weiszumachen versuche?

Wenn ich an den Kuss denke, ist da dieses Ziehen in mir, es schmerzt, als würde sich mein Herz ausdehnen und gegen meine Rippen drücken. Ich bin in ihn verknallt, das bin ich ja schon seit Monaten. Doch der Kuss war, als hätte ich einen Fuß in ein anderes Universum gesetzt, aus dem es kein Zurück mehr gibt.

Wenn ich in Hunters Nähe bin und Zeit mit ihm verbringe, fühle ich mich wie ein rohes Ei. Angreifbar und verletzlich, und alles, was Hunter tut, jedes noch so kleine Zögern verunsichert mich. Ich lege alles auf die Waagschale und interpretiere es ständig zu meinem Nachteil. Weil ich tief in mir der Überzeugung bin, dass Hunter sowieso nichts von mir will und es nur eine Frage von Tagen sein wird, bis er das herausfindet. Dass er sich erst mal Drogen einwerfen musste, um mir irgendeine Art von Zuneigung zu zeigen, ist ja wohl der beste Beweis, oder nicht?

Es war richtig, was ich entschieden habe. Es war richtig, unser Projekt zu canceln.

Dennoch fürchte ich mich davor, auf mein Handy zu schauen, als ich es mit der Fingerspitze zu mir zurückziehe.

Ich riskiere einen Blick und bin erleichtert und enttäuscht zugleich. Er hat nicht geschrieben. Ich puste die Luft aus und drehe das Display nach unten.

Heute ist der Tag, an dem ich Hunter endgültig aus meinem Herzen streichen werde, beschließe ich. Und deswegen koche ich jetzt etwas für Lily und mich, esse vernünftig und mache mich dann schick. Ich gehe zur Party! Und werde verdammt noch mal einen lustigen Abend haben! Und zwar garantiert *ohne* Hunter Corr.

24

Hunter

Ein letztes Mal stemme ich beide Hanteln über den Kopf, balanciere sie einige Sekunden lang mit ausgestreckten Armen und lasse sie mit einem leisen Stöhnen langsam und kontrolliert wieder sinken. Als ich sie auf ihre Halterungen lege und mir mit dem Ärmel meines T-Shirts den Schweiß von der Stirn wische, lasse ich probehalber beide Schultern kreisen. Aus den Kopfhörern dröhnt eine meiner vielen Trainingsplaylists mit jeder Menge Beats, die mich die letzten neunzig Minuten über angetrieben haben.

Der Muskelkater morgen wird vom anderen Stern sein, weil ich heute fast doppelt so lang und so hart mit den Gewichten trainiert habe wie sonst.

Aber ich musste mich abreagieren.

Es ist schon später Nachmittag und Elsa hat noch immer nicht geantwortet.

Mehrmals habe ich mir eingebildet, ein Vibrieren an meinem Oberschenkel zu spüren, habe das Handy hervorgezogen, aber jedes Mal war der Startbildschirm leer. Wahrscheinlich habe ich heute schon hundert Mal draufgeschaut.

Und in dem Moment, in dem ich es aus der Hosentasche hole und das Display kontrolliere, kommt tatsächlich eine

Nachricht von Elsa an. Ich schaffe es nicht mehr, cool zu bleiben und zumindest einige Minuten zu warten, sondern habe nur einen Sekundenbruchteil später das Display entsperrt und die Message geöffnet.

Erst denke ich mir, dass sie Witze macht. Sie will unser Projekt abbrechen? Sie braucht doch die Lernhilfe und nicht ich!

Während ich verständnislos auf ihren Text starre, meldet sich ein Stechen in meinem Nacken.

»Hey, Mann.« Finn drischt mir von hinten auf die Schulter. »Gutes Training heute?«

Ein oder zwei Mal die Woche schaffen wir es, in dem Fitnessstudio im Nachbarort gemeinsam zu trainieren, und wir helfen uns gegenseitig bei den Langhanteln. Nur heute bin ich ohne ihn hergekommen. Mir war nicht nach Unterhaltung.

»Kommst du heute Abend auf die Party im Wohnheim?«, fragt Finn, und ich zucke mit den Schultern, weil ich gar nicht richtig zugehört habe.

»Ey, Junge, mach mal deine Musik aus, ich rede mit dir!« Finn steht mit gerunzelter Stirn vor mir und wedelt mit der Hand direkt vor meinen Augen.

»Welches Wohnheim?«, frage ich schnell, hauptsächlich damit er aufhört, so herumzutun.

»Na, das an der University Street. Um acht Uhr geht's los, ich gehe auf jeden Fall hin.«

Finn spricht nicht so wirklich darüber, aber bei ihm und seinem Freund scheint es gerade etwas zu kriseln. Entweder haben sie sich getrennt oder machen eine Art Beziehungspause, jedenfalls habe ich die beiden seit einigen Wochen nicht mehr zusammen gesehen. Außerdem lässt sich Finn momentan keine Party und Veranstaltung im Umkreis von mehreren Dutzend Kilometern entgehen.

»Nee, ich …« Mir kommt ein Gedanke. Elsa wohnt im Wohnheim an der University Street. »Wir sehen uns dort, okay?«

Ich komme erst um einundzwanzig Uhr an. Zum einen ist es uncool, zu früh da zu sein, außerdem möchte ich nicht auffallen. Das gesamte Erdgeschoss scheint zur Party-Area zu gehören. In der geräumigen Gemeinschaftsküche gibt es eine Bar und einen Dancefloor und daneben befindet sich ein weiterer Aufenthaltsraum mit Stühlen und Bierbänken. Es sind bereits jede Menge Leute da, selbst im Flur stehen einige mit Bierflaschen in den Händen. Offenbar ist das Thema des Abends Hawaii, denn die Barleute tragen Baströckchen und Blumenketten, die Wände sind mit Surfboards geschmückt und überall hängen bemalte Papierplakate mit Palmen, Wellen und der Aufschrift *Aloha*.

Es sieht alles ziemlich improvisiert und unprofessionell aus, aber das macht nichts, weil die Stimmung gut ist und die Leute echt Spaß haben. Einige der Bewohner haben wohl auch ihre privaten Zimmer zur Verfügung gestellt und sie beleuchtet und geschmückt, wahrscheinlich sind das die Chill-Areas.

Es ist chaotisch und laut, doch der Party-Vibe geht sofort auf mich über. Ich bleibe erst mal in der Gemeinschaftsküche und behalte die Tür im Blick. Keine Ahnung, ob Elsa überhaupt kommt. Bei dem Lärm hier unten bleibt ihr vermutlich nicht viel anderes übrig. Die Bässe dröhnen garantiert bis in die oberen Stockwerke.

An der Bar besorge ich mir einen Drink, der angeblich ein Gin Tonic sein soll, aber schon nach dem ersten Schluck so hart nach Kopfschmerz schmeckt, dass ich kurz davor bin, ihn wieder wegzukippen. Es ist billiger Supermarkt-Gin mit irgendeiner Limo, echtes Tonic Water haben sie hier wohl nicht.

Ungefähr eine halbe Stunde lang stehe ich in der Ecke hinter einer Gruppe von Mädels aus meinem Studiengang, eine davon heißt Denise, glaube ich, von den anderen konnte ich mir den Namen nicht merken. Sie versuchen, mich anzuquatschen, aber ich tue so, als müsste ich irgendetwas Dringendes auf meinem Handy nachschauen, und das langweilt sie Gott sei Dank.

Der Raum füllt sich zusehends, ebenso wie die Tanzfläche, es wird heiß und stickig, und irgendein Honk lässt ständig die Nebelmaschine laufen, also riecht es durchdringend nach dem künstlichen Nebel. Ich helfe einem der Barleute, einige Fenster zu kippen, damit man noch atmen kann, und überlege, mich wieder zu verziehen, als Elsa den Raum betritt.

Sie sieht … heiß aus. Sie trägt eine weite Jeans und darüber ein schulterfreies weißes Oberteil mit Ballonärmeln. Die Jeans betont ihre Rundungen und ihre schmale Taille, und das luftige Top lässt ihre Brüste erahnen. Ihre Haare hat sie zu einem hohen Pferdeschwanz gebunden und an ihren Ohren baumeln wieder diese riesigen Kreol-Ohrringe. Obwohl ihr Outfit eher unspektakulär und sie gar nicht stark geschminkt ist, finde ich sie so verdammt hot, dass mein Mund ganz trocken wird und mein Herz eigenartige Dinge in meiner Brust macht. Schnell nehme ich einen Schluck von meinem Getränk und ziehe mich etwas mehr hinter die Mädelsgruppe zurück, weil ich noch nicht will, dass sie mich entdeckt.

Elsa ist mit Lily unterwegs, mal wieder. Die beiden lachen und tanzen miteinander und halten ihre Drinks etwas nach oben, damit sie nichts verschütten.

Geradezu übergenau nehme ich jede von Elsas Bewegungen wahr. Den Schwung ihrer Hüften, die sie hin- und herwiegt, den Pferdeschwanz, der dabei jedes Mal gegen ihre sanft gerundeten Schultern wippt, ihre schmalen Hände mit den vielen Ringen an den Fingern, mit denen sie meinen Oberkörper auf und ab gefahren ist, als wir uns geküsst haben. Schnell nehme ich einen weiteren Schluck und wende jetzt doch den Blick ab, weil plötzlich ein heftiges Verlangen unter meiner Haut prickelt.

Aus dem Augenwinkel sehe ich trotzdem, wie Elsa und Lily sich über die dröhnende Musik irgendetwas zurufen und ausgelassen lachen. Cool, wie gut die beiden miteinander klarkommen. Sie kennen sich erst seit ein paar Monaten, aber ich habe den Eindruck, dass sie schon jetzt nicht mehr ohneeinander können. Es ist schön, jemanden zu haben, auf den man sich verlassen kann.

Seit der Sache in Cambridge habe ich das nicht mehr. Absichtlich habe ich mich zurückgezogen. Klar, ich habe Party gemacht, bin ausgegangen und habe mich amüsiert. Ich habe einen Trainingspartner und auch ein paar Frauen, die ich dann und wann treffe, um unverbindlichen Spaß zu haben.

Aber ich habe mich niemandem geöffnet.

Nur Elsa habe ich einen kurzen Blick auf den echten Hunter gewährt.

Hat ja super geklappt. Ganz großartig. Sie denkt jetzt, dass du komplett gestört bist.

Vielleicht bin ich das ja auch?

Weil mich das, was in Cambridge passiert ist, vermutlich mehr verletzt hat, als ich es wahrhaben wollte. Weil meine Freunde, oder sagen wir besser, die Leute, die ich dafür gehalten habe, gar nicht meine echten Freunde waren.

Die Anwälte deiner Eltern hauen dich schon raus.

Ich kann mir das nicht leisten, in die Sache hineingezogen zu werden, okay? Nenn bloß nicht meinen Namen.

Es reicht doch, wenn einer durch die Scheiße muss, lass uns aus dem Spiel!

Ich hätte sie nicht mit reingezogen. Ich hätte die Verantwortung sowieso allein auf mich genommen. Vor allem Melissa hätte ich um jeden Preis geschützt. Und das habe ich auch.

Aber dass das die ersten Sätze waren, mit denen mich meine Freunde damals begrüßt haben, als ich auf Kaution wieder freigekommen war, hat sich mir eingebrannt. Sie haben mich der Polizei zum Fraß vorgeworfen und plötzlich so getan, als hätten sie von nichts gewusst.

Elsa lacht erneut, ich glaube, sie hat eine gute Zeit. Scheinbar lässt es sie echt kalt, dass sie mir vor ein paar Stunden zwischen den Zeilen mitgeteilt hat, sie wolle keinen Kontakt mehr.

Und plötzlich komme ich mir richtig bescheuert vor.

Sie will mich nicht mehr sehen und keine Zeit mit mir verbringen. Das ist okay, und das ist wirklich nicht die erste Abfuhr, die ich von einer Frau bekomme.

Nur ist da etwas in mir, das Elsas Entscheidung nicht akzeptieren kann. Wenn auch nur die Hälfte von dem, was sie mir gestern auf dem Parkplatz an den Kopf geworfen hat, stimmt, nehme ich ihr das alles nämlich nicht ab. Ich möchte die Gründe für ihren Rückzug wissen. Ich *muss* die Gründe dafür wissen, und zwar nicht irgendwann, sondern heute.

Inzwischen haben sich zu Elsa und Lily einige Typen aus unserem Studiengang gesellt. Sie nippen an ihren Getränken, tanzen in einem lockeren Kreis miteinander, und ich habe das Gefühl, dass Elsa einen von ihnen absichtlich antanzt.

Wirft sie sich an ihn ran?

Lily zwinkert ihr zu, und ich weiß: Ja, sie wirft sich an diesen Typen ran.

Obwohl mein Drink widerlich ist, leere ich den Becher in einem Zug.

Die drei Jungs entfernen sich aus dem Kreis mit Lily und Elsa und stehen jetzt in deren Rücken. Der eine Typ, dem Elsa eben ein wenig mehr Aufmerksamkeit geschenkt hat, deutet mit dem Kopf in ihre Richtung. Seine zwei Kumpels lachen, als er beide Hände zu seinen Seiten streckt, ein Zeichen für riesig groß macht und zu Elsas Hintern gestikuliert. Einer der drei lacht erneut, der andere verzieht den Mund, weil er das wohl nicht witzig findet, und ich spüre, wie sich meine Schultern verkrampfen.

Was für ein Wichser.

Der Song ist noch nicht vorbei, als der Typ seinen Kumpels den Drink in die Hand drückt und sich auf den Weg in Richtung Toiletten macht.

Einige Momente ringe ich mit mir, denke mir dann aber *Scheiß drauf* und folge ihm.

Vor den Klos lehne ich mich an die Wand und warte.

»Hey«, sage ich und stelle mich ihm in den Weg, als er das Klo verlässt.

»Hey«, antwortet er, runzelt die Stirn und blickt verunsichert von links nach rechts. Ich kenne den Typen zwar aus unserer Fakultät, habe aber noch nie ein Wort mit ihm gewechselt.

»Du hast doch vorhin mit Elsa Jones getanzt, oder?«

Er schaut mich an und braucht einige Sekunden, ehe er sich erinnert. »Du meinst die Dicke?«

Ich packe ihn am Arm und ziehe ihn zu mir. »Pass mal bisschen auf, was du über sie sagst und wie du dich ihr gegenüber verhältst.«

Unwillig verzieht er das Gesicht. »Ey, was willst du von mir, Alter, die hat das doch noch nicht mal gesehen!«

»Ist mir scheißegal, ob sie das gesehen hat oder nicht, du behältst in Zukunft deine scheißdumme Meinung über sie für dich! Haben wir uns verstanden?«

»Sag mal, spinnst du?« Sein Versuch, sich aus meinem Griff loszumachen, scheitert.

»Haben wir uns verstanden?«, wiederhole ich, starre ihn an, und er braucht noch einen Moment, ehe er nickt.

»Chill, Mann. Dann schnapp sie dir halt, wenn du so auf sie stehst.«

»Halt's Maul«, sage ich bloß, lasse ihn los und er verzieht sich in Richtung Dancefloor.

Frustriert stoße ich die Luft durch die Nase.

Dann schnapp sie dir halt.

Als ob das so einfach wäre.

25

Elsa

»Kommt schon!«, brüllt der Typ – ich glaube, er heißt George – über die Musik hinweg. »Wir brauchen noch ein paar, die mitmachen.«

»Ja, okay, ich bin dabei«, sagt Lily neben mir und ich mache eine unwirsche Geste. »Vielleicht ist es ganz lustig?«, versucht sie es mir schmackhaft zu machen.

»Ja gut, ich auch«, gebe ich mich geschlagen.

»Cool!« George treibt uns vor sich her, bis wir im Nebenraum angekommen sind, wo bereits ein gutes Dutzend Leute stehen, hauptsächlich sind sie aus den Masterstudiengängen. Die Musik ist leiser hier drinnen, sodass man sich besser unterhalten kann. Auf dem Boden verteilt sind Sitzsäcke und kleine Couchtischchen mit Nüssen und anderem Knabberzeug und die Leute chillen, quatschen und knutschen rum.

Ich wende mich Lily zu. »Spielen wir jetzt ernsthaft Pflicht oder Wahrheit? Ich hätte gedacht, aus dem Alter sind wir raus.«

»Eine Party ohne Flaschendrehen ist keine echte Party«, versucht Lily mir weiszumachen. Ausgerechnet die Frau, deren Partybesuche man wahrscheinlich an einer Hand abzählen kann.

Unauffällig sehe ich mich in unserem Spielkreis um. Neben George haben sich drei weitere Jungs breitschlagen lassen, mitzumachen (ich kann mir nicht vorstellen, dass sie freiwillig hier sind). Ich kenne sie nicht, aber dem Alter nach sind es Bacheloranden. Ansonsten stehen nur Mädels rum, die meisten von ihnen habe ich zumindest schon mal gesehen.

Das Spiel beginnt, George dreht die Flasche, und ziemlich viele Runden vergehen, ehe es Lily zum ersten Mal trifft. Es ist erstaunlich spaßig, was auch daran liegen könnte, dass dieser George sich vorbereitet und Fragen und einige zu absolvierende Pflichten vorher auf einem Zettel notiert hat.

Lily wählt Wahrheit und muss von ihrem peinlichsten Erlebnis bei einem Date erzählen. Ein Dude in London hat sie mal, während sie etwas getrunken hat, so sehr zum Lachen gebracht, dass ihr die Cola zur Nase herausgelaufen ist. Ich klopfe ihr mitfühlend auf die Schulter. Für Teenager-Lily war das sicherlich der Weltuntergang.

Wieder vergehen einige Runden, was zur Folge hat, dass der Typ namens Paul jetzt barfuß dasteht und wir eine detaillierte Beschreibung des wildesten Partyerlebnisses einer der Mädels mir gegenüber bekommen. Ich kenne ihren Namen nicht mal, aber sie gehört zu einer Clique aus meinem Studiengang. Im Geiste nenne ich die vier Mädels immer nur *die Grazien*, was absolut nicht fair ist. Zwar habe ich noch nie ein Wort mit ihnen gewechselt, aber ich bin verdammt eingeschüchtert von ihnen. Wenn sie nicht in der Bib lernen und TikTok-Stories darüber posten, sind sie im Gym, lassen sich ihre Nägel machen und daten irgendwelche heißen Typen … oder keine Ahnung, was Frauen wie sie eigentlich die ganze Zeit treiben.

Und ja, ist mir schon klar: Ich bin neidisch auf sie. Weil sie perfekt sind. Jeden Tag perfekt geschminkt, perfekt frisiert und in ihren Klausuren schreiben sie nur Einsen. Außerdem tragen sie natürlich Kleidergröße XS und ziemlich sicher haben sie auch noch *thigh gaps* …

Mir schießt durch den Kopf, dass Hunter bestimmt schon mal etwas mit einer von ihnen hatte. Garantiert sind sie genau nach seinem Geschmack, oder?

Sofort verdränge ich den Gedanken wieder. Ich bin heute Abend hier, um *nicht* an Hunter zu denken.

Und während mein Blick von einer zur anderen der vier Grazien wandert, bleibt der Flaschenhals plötzlich vor mir stehen. Ich starre darauf und augenblicklich wird mir warm. Lily erwidert meinen verunsicherten Blick mit einem Grinsen, was ganz und gar nicht hilft. Meine Handflächen werden feucht.

»Pflicht oder Wahrheit?«, fragt George laut und total übermotiviert. Ich glaube, er hat schon zu viel getrunken.

»Wahrheit«, sage ich, weil niemand Pflicht nimmt, der nicht gerade vorhat, nackt über das winterliche Unigelände zu laufen oder einen halben Liter Rote-Bete-Saft auf ex zu trinken.

Die Antwortrufe sind nicht ganz so begeistert, aber ich merke sehr wohl, dass mich jetzt alle neugierig ansehen. Inzwischen haben sich sogar ein paar Zuschauer zu unserem Kreis gesellt.

»Also.« George zückt seine mittlerweile völlig verknitterte Liste, braucht einen Moment und fragt dann: »Was war der beste Kuss deines Lebens?«

Es wird etwas ruhiger in unserem Kreis, irgendjemand pfeift anzüglich, und ich überlege, ob ich nicht einfach bullshitten und mir irgendetwas ausdenken sollte. Um Zeit zu schinden, verenge ich die Augen und tue so, als müsse ich nachdenken.

Dabei muss ich keine Sekunde nachdenken. Die Antwort ist sofort da. Heiß und glühend überfällt mich die Erinnerung an gestern Nacht, schickt ein ungewohntes Prickeln zu absolut unmöglichen Stellen meines Körpers und lässt mein Herz hämmern.

»Come on, das ist doch jetzt wirklich einfach«, drängelt George.

Lily betrachtet mich ebenso gespannt wie alle anderen. Wobei sie sicherlich ahnt, was jetzt kommt. Sie fragt sich vermutlich nur, ob ich den Arsch in der Hose habe und es ausspreche.

»Der war auf einem Parkplatz. Mit so 'nem durchgeknallten Typen, der irgendetwas eingeworfen hatte«, beginne ich und achte auf die Mienen um mich herum, weil ich mir nicht sicher bin, ob ich den Bogen überspanne. Dabei war es doch genau so, oder? »Weiß nicht, ob's an den Drogen lag, aber der Typ war ein verdammt guter Küsser«, lache ich.

Die anderen lachen auch, vielleicht glauben sie, dass ich übertreibe.

»Hey, und mehr verrätst du nicht?« George hebt die Hände. »Das zählt nicht. Sag uns zumindest, wann das war.«

Es wird noch ein wenig stiller, bilde ich mir ein. Und ich denke mir: *Fuck it.*

»Gestern«, sage ich, ernte dafür ein kollektives *Wow* und *Wohooo*, der Typ neben mir bietet mir High Five an und ich schlage ein. Als mir bewusst wird, dass meine Wangen brennen, greife ich rasch nach der Flasche und drehe sie, damit die Leute endlich aufhören, mich so anzugucken.

Eine der Grazien ist dran. Sie wählt ebenfalls Wahrheit

und erzählt uns etwas über ihren letzten Urlaub, bei dem sie einem Typen vor die Füße gekotzt hat. Fast wird sie mir sympathisch, genau so was hätte mir nämlich auch passieren können. Ich nehme einen weiteren Schluck aus meinem Becher und richte den Blick wieder nach vorn.

Und dann macht mein Herz einen so gigantischen Satz, dass ich Angst habe, dass es mir bis in die Kehle hinaufhüpft.

Da steht Hunter und fixiert mich mit brennendem Blick.

Ich blinzle, atme ein und wende mich Lily zu. So unauffällig wie möglich raune ich: »Schau jetzt nicht hin, aber da ist Hunter.«

»Wo?«, will sie wissen, reckt natürlich den Kopf, und ich möchte ein kleines bisschen sterben.

»Jetzt schau nicht so auffällig!«, zische ich.

»Tue ich doch gar nicht. Außerdem ist er nicht da.«

Ich drehe mich wieder nach vorn, und Lily hat recht. Er ist weg.

Sie zieht die Brauen zusammen und deutet auf den Drink in meiner Hand. »Wie viele hattest du schon?«

»Das ist mein erster!«

»Nach einem Gin Tonic sollte man keine Halluzinationen haben.«

»Habe ich nicht! Der war wirklich da!«

Wir sind so vertieft in unsere Diskussion, dass wir gar nicht mitbekommen, dass der Flaschenhals erneut in unsere Richtung zeigt. Auf mich, um genauer zu sein.

»Elsa, du bist wieder dran«, erklärt George.

»Okay, dann Wahrheit«, wähle ich.

»Meeep, das geht nicht. Man darf nicht zweimal Wahrheit hintereinander nehmen«, sagt George, und ich bilde mir ein, eine gewisse Schadenfreude in seiner Stimme zu hören.

»Come oooon, das denkst du dir doch nur aus!«, beschwere ich mich.

»So sind die Regeln« beharrt er, grinst, und ich weiß, dass jetzt nichts Gutes kommen kann.

Erneut zückt er seine Liste und liest: »Tausche für eine Stunde die Kleidung mit der Person genau dir gegenüber.«

Ich höre einige Lacher, irgendjemand ruft: »Waaaas, wie eklig!« Ich schlucke. O nein, bitte nicht. Mir gegenüber stehen die vier Grazien in ihren Mini-Glitzerkleidchen in Größe vierunddreißig. Dass ich mindestens vier Kleidergrößen mehr trage und ihre Outfits absolut niemals über meine Hüften bekommen werde, scheint George überhaupt nicht zu stören.

Mir wird klar, dass ich ihn noch immer anstarre, weil ich ihn am liebsten an die Wand nageln würde.

»Psst, Elsa«, macht Lily jetzt und stößt mich mit dem Ellenbogen in die Seite.

Ich setze ein Lächeln auf, weil ich keinesfalls erschrocken oder peinlich berührt wirken möchte, höre das überraschte Lachen der Umstehenden, und als ich mich schließlich umdrehe, vergesse ich zu atmen.

Denn da steht wieder Hunter. Genau gegenüber von mir steht plötzlich Hunter im Kreis und lächelt mich verschmitzt an. Er hebt beide Hände, als wolle er sagen: *Keine Ahnung, wie das jetzt hier passiert ist.*

»Hey, Corr, seit wann spielst du mit?«, schnauzt George ihn an.

»Ich vertrete Anne, sie musste ganz dringend wohin.«

»Okay, passt«, gibt sich George nach kurzem Zögern zufrieden. »Ab auf die Toilette zum Umziehen. Schuhe könnt ihr anlassen.«

Lily vergewissert sich mit einem Blick, dass ich okay bin,

ich zucke ratlos mit den Achseln, und schon schiebt mich jemand aus dem Kreis in Richtung der Klos.

Schweigend laufen Hunter und ich nebeneinander her in den Flur und ans andere Ende des Stockwerks, weil dort die Toiletten nicht ganz so überfüllt sind wie vorn.

»Was machst du denn hier?«, will ich wissen.

»Die Party besuchen?« Hunter stößt die Tür zur Männertoilette auf, kontrolliert, ob sich jemand darin befindet, und winkt mich dann herein.

»Du warst noch nie auf einer Party hier im Wohnheim«, stelle ich fest.

»Du etwa?«

Statt einer Antwort presse ich die Lippen aufeinander und Hunter lacht.

»Wie lange bist du schon hier?«, frage ich dann.

»Lange genug, um zu wissen, dass der Gin Tonic absolut untrinkbar ist.« Er nimmt mir den Becher mit den angewärmten Resten meines Drinks aus der Hand und kippt sie ins Waschbecken.

»Hey!«, sage ich aufgebracht.

»Really?« Hunter lupft zweifelnd eine Braue.

»Nein, okay. Hat fürchterlich geschmeckt.«

Er lässt mir den Vortritt bei einer der Toiletten, ich gehe rein, knalle die Tür extra laut zu und schließe nachdrücklich das Schloss.

»Ich kann nicht fassen, dass ich das wirklich tue«, murmle ich, während ich meine Jeans aufknöpfe. Seine Hose und sein T-Shirt landen über dem oberen Rand der Trennwand zwischen uns, und die Vorstellung, dass Hunter gerade in Unterhose auf Armlänge neben mir steht, verursacht mir Herzrasen.

»Frag mal«, antwortet er und greift nach meiner Jeans.

Nachdem ich ihm auch meine Bluse auf die andere Seite gereicht habe, beginne ich, mir seine Klamotten anzuziehen. Eine Ripped-Jeans mit einigen Löchern an den Oberschenkeln, die bei mir natürlich über den Knien hängen, und ein schlichtes schwarzes T-Shirt mit Rundhalsausschnitt. Allein bei dem Gedanken, dass ich mich stattdessen in Annes Paillettenkleidchen hätte zwängen müssen, wird mir ganz flau.

Bevor ich Hunters T-Shirt überziehe, rieche ich daran, atme tief ein und halte eine Sekunde lang inne. Sein Shirt ist noch körperwarm, seine Hose ebenfalls, sein Duft hüllt mich ein, und mein Brustkorb ist erfüllt von einem leisen Summen. Ein vertrautes Gefühl von Sehnsucht breitet sich in mir aus. Ich presse die Augen zusammen und gebe einen stummen Schrei von mir, weil ich das alles nicht fühlen will.

Ich bin mir absolut sicher, dass ich das völlig geräuschlos gemacht habe, als Hunter argwöhnisch fragt: »Was treibst du dort drüben?«

»Nichts«, sage ich schnell. Als ich ein Weilchen kein Kleiderrascheln mehr höre, vergewissere ich mich: »Kommst du klar mit den Klamotten?«

»Sicher«, sagt er, und in der Kabine neben mir wird es wieder still. »Wie kommst du darauf, dass ich etwas eingeworfen hätte«, sagt Hunter unvermittelt.

Ich halte die Luft an und schließe erneut die Augen, bevor ich antworte: »Weil es so war.«

»Das stimmt doch überhaupt nicht.« Er klingt gereizt und öffnet das Schloss seiner Toilettentür.

Ich tue es ihm gleich und trete heraus. »Ich hab jetzt keinen Bock, darüber zu reden, okay?«

Hunter runzelt die Stirn und ist drauf und dran, etwas zu erwidern, aber ich bin schneller.

»Eigentlich habe ich keinen Bock, überhaupt mit dir zu reden.«

Elende Lügnerin. Hunter hier zu sehen, ist doch der erste Lichtblick deines Tages!

Hunter senkt den Blick, ich glaube, er ruft sich selbst zur Ruhe, ehe er nickt. »Okay.«

Dann mustern wir uns gegenseitig in unseren Outfits. Fast gleichzeitig brechen wir in schallendes Gelächter aus. Er hat bei dem Klamottentausch eindeutig verloren. Den Knopf meiner Highwaist-Jeans kriegt er nicht zu, selbst der Reißverschluss steht ein wenig offen und man sieht seine schwarzen Boxershorts. Mein Top sitzt bei ihm so knapp, dass sein halber Bauch frei ist. Kurz bleibe ich daran hängen, erkenne ein paar dunklere Haare, einige Muskeln, die sich bewegen. Ich glaube, er hat einen Sixpack. Dafür spannt meine Bluse an seinen Schultern und seinen muskulösen Oberarmen, und ich muss schlucken.

»Du siehst fürchterlich aus«, sage ich. Was nicht stimmt. Dieser Mann würde selbst in einem Müllsack noch heiß aussehen.

»Du nicht«, kontert Hunter sofort. »Der Boyfriend-Look steht dir.«

Ich bin überfordert von seinem Kompliment, kremple die Hosenbeine ein Stückchen hoch, damit ich beim Gehen nicht drauftrete, und wasche mir erst mal die Hände. Einfach nur, damit ich etwas zu tun habe. Hunter beobachtet mich dabei, bis ich schließlich einknicke, durch den Spiegel Blickkontakt mit ihm herstelle und sage: »Danke, Hunter, echt.«

»Ist doch selbstverständlich«, sagt er nur.

Nein, es ist ganz und gar nicht selbstverständlich, dass er einfach so in das Spiel reingrätscht, um mich vor einer öffentlichen Demütigung zu bewahren, denke ich und schnappe mir meinen Becher vom Waschbeckenrand.

Ich bin schon an der Tür, kann es dann aber doch nicht lassen. »Warum bist du hier?«, frage ich erneut.

Er antwortet nicht sofort. »Hast du wirklich geglaubt, dass ich so schnell aufgebe?«

»Was denn aufgeben? Es gibt nichts, was du aufgeben könntest.«

Er tritt einen Schritt an mich heran und steht jetzt so nah hinter mir, dass ich ein Kribbeln im Nacken spüre.

»O doch, Elsa, es gibt genug«, sagt er rau.

Ich halte die Luft an, stoße die Tür auf und trete, so schnell ich kann, in den Flur, weil ich glaube, in der Nähe dieses Mannes den Verstand zu verlieren.

Wortlos folgt mir Hunter, doch diesmal hält er einen guten Schritt Abstand.

Als wir in den Aufenthaltsraum zurückkehren, ernten wir Jubel, vor allem Hunter kriegt einige Lacher und ein paar dumme Sprüche ab, und ein oder zwei der Anwesenden klatschen. Wir posieren eher unfreiwillig für ein paar Fotos und Insta-Stories, dann reihen wir uns wieder in den Kreis ein. Lily hat inzwischen einen neuen Drink in der Hand und einen völlig schiefen Pferdeschwanz, der ihr wie eine Palme vom Kopf absteht. Ich frage lieber nicht, welche Pflichtaufgabe sich dahinter versteckt hat.

Während die Flasche sich dreht, wandert meine Aufmerksamkeit immer wieder zu Hunter.

Das merkt er natürlich, weil er mich, glaube ich, überhaupt nicht aus den Augen lässt. Er macht ein paar lustige

Gesten mit den Ballonärmeln, zupft daran, flext seine Muskeln und wackelt mit den Augenbrauen. Ich muss lachen, was Hunter ein triumphierendes Grinsen entlockt.

»Charmant ist er ja schon«, stellt Lily neben mir fest.

»Hmm«, brumme ich und bemühe mich, wieder ernst zu werden. Ich glaube, die Bündchen an den kurzen Ärmeln meiner Bluse werden von seinem Bizeps völlig ausgeleiert sein, wenn er das Top auszieht. Bei dem Gedanken lecke ich mir über die Lippen, merke, was ich da gerade getan habe, nehme Lily wortlos ihren Drink aus der Hand und genehmige mir einige tiefe Schlucke.

Augenblicklich muss ich husten, weil er so stark ist.

»Wodka O«, merkt Lily an. »Der Barkeeper meinte es gut mit mir.«

Wir absolvieren zwei weitere Runden, Hunter und ich spielen unser Spiel von *Ich-merke-genau-dass-du-mich-anschaust-obwohl-du-so-tust-als-wäre-ich-Luft*, doch dann hält Hunter meinen Blick fest und macht eine Kopfbewegung in Richtung Tür.

Erst reagiere ich gar nicht, schaue weg, aber Lily stupst mich an. »Hunter will was von dir.«

Wieder sehe ich zu ihm und erkenne, wie er lautlos mit den Lippen ein *Bitte* formt.

»Komm schon«, sagt Lily. »Hab Mitleid mit ihm.«

Ich stöhne, aber nicke ihm zu. In einem Moment, in dem George mit einer neuen Challenge beschäftigt ist, stehlen Hunter und ich uns aus dem Kreis. Lily zwinkert mir verschwörerisch zu, ich rolle mit den Augen, und dann stehen Hunter und ich uns im Flur gegenüber.

26

Elsa

Hier ist einiges los. An den Wänden lehnen Leute, manche sitzen sogar auf dem Boden, obwohl der inzwischen von vielen verschütteten Drinks ziemlich klebrig sein muss.

»Und jetzt?«, frage ich gereizt.

»Reden wir.«

»Dann rede.« Mir ist bewusst, wie arschig ich mich verhalte. Zwar habe ich Herzklopfen, sobald ich in Hunters Nähe bin, aber trotzdem ist immer noch eine riesige Wut in mir. Und eine Art Überlebensinstinkt. *Jetzt nicht einknicken,* rede ich mir ein. *Tu dir das nicht an.*

»Können wir irgendwohin, wo es ruhiger ist?«, bittet er, und ich weiß genau, was er meint.

Ich schnaube. »Das ist jetzt nicht dein Ernst.«

»Wir können uns auch raus in die Kälte stellen, aber es regnet und ist ziemlich windig, und ich glaube nicht, dass wir …«

»Ja, schon gut.« Ich winke ab. »Gehen wir zu mir.«

Während wir die Stufen nach oben nehmen, glimmt ein verhängnisvoller, verbotener Funken Hoffnung in mir auf, weil Hunter sich so sehr um mich bemüht. Jedes Wort, das er an mich richtet, fühlt sich an, als würde mir jemand langsam mit den Fingerspitzen den Arm auf und ab streicheln. Und ich hasse mich selbst dafür, dass ich das so empfinde.

Im zweiten Stock schließe ich die Tür zu Lilys und meiner Doublette auf, betätige den Lichtschalter und betrete den Vorraum.

»Wollen wir uns erst mal …?« Hunter gestikuliert zunächst in meine Richtung und deutet dann mit dem Finger seinen Körper auf und ab.

»Jep.« Ich ziehe mich in unsere Mini-Nasszelle zurück, in der sich eine Dusche, ein Waschbecken und ein Klo auf engstem Raum drängen. Man kann sich kaum umdrehen, ohne sich irgendwo zu stoßen. Flackernd gehen Deckenlicht und Lüftung an.

Als ich die Tür etwas öffne, damit ich ihm sein Klamottenbündel herausreichen kann, erhasche ich einen Blick auf ihn, wie er erst meine Jeans und anschließend mein Top an der Mini-Küchenanrichte glatt streicht und übereinanderlegt. Er merkt nicht sofort, dass ich ihn beobachte.

Ich sehe das Spiel seiner Rückenmuskeln, als er mein Top faltet, bleibe an seinen muskulösen Oberarmen und Schultern hängen, und augenblicklich flutet Hitze meinen Körper wie glühende Lava. Ich halte die Luft an und lasse meinen Blick weiterwandern, und, fuck, dieser Mann hat wirklich einen Sixpack. Mir fällt sein definierter Hintern auf, seine schlanken, aber kräftigen Beine. Wieder bleibe ich an den Tattoos an Flanken und Rücken hängen, doch ich bin nicht nah genug, um sie genauer zu erkennen. Um seinen Hals trägt er eine Kette, so ein Army-Ding, wahrscheinlich ist es aus echtem Silber, weil, hey – vor mir steht Hunter Corr.

Dann dreht er sich zu mir, nur in seinen schwarzen Boxershorts, und ich gebe ein erschrockenes Geräusch von mir.

»Oh«, sagt er, offensichtlich überrascht, und einen Sekundenbruchteil lang wandert sein Blick meinen Körper auf und ab, immerhin stehe ich in Unterwäsche vor ihm. Eigentlich sollte mir das unangenehm sein. Ist es aber nicht. In seinen Augen glimmt Bewunderung und noch etwas anderes, Begierde und … nackter Hunger, wird mir klar, und als er sich unbewusst über die Lippen leckt, dämmert mir, dass es ihm genauso geht wie mir. Mich so zu sehen lässt ihn absolut nicht kalt, und gerade in diesem Moment ist das der schönste und gleichzeitig erschreckendste Gedanke.

Hastig grapsche ich nach meinen sauber gefalteten Klamotten und reiche ihm seine teils auf links gedrehte, völlig ineinander verwurstelte Kleidung.

Diesmal ziehe ich die Badezimmertür zu, schlüpfe in meine Jeans, versuche das ausgeleierte Top wieder richtig hinzuzupfen und nebenbei die letzten Reste von Cyborg-Elsa in mir zusammenzukratzen und *nicht* tief einzuatmen, um den Hauch von Hunters Geruch aus meinem Top in mir aufzunehmen.

Du kannst das, Elsa.

Ich lasse mir eiskaltes Wasser über die Handgelenke laufen, presse sie mir in den Nacken, wische mir etwas verlaufenen Mascara unter den Augen weg und richte meinen Pferdeschwanz.

Hunter steht vor dem Regal an der Tür und betrachtet Lilys und meine Teekollektion, als ich zurück in den Vorraum trete.

Ich öffne den kleinen Kühlschrank. »Willst du auch eine Cola?«

»Gern«, höre ich Hunter und ich schenke uns zwei Gläser ein. Dabei spüre ich seine Blicke wie glühendes Eisen auf mir.

Nur reden. Ihr redet nur, bläue ich mir ein und öffne die Tür zum Flur erneut, die Hunter vor unserem Klamottentausch wohl wieder zugezogen hatte.

Als ich ihm das Glas reiche, sieht Hunter verwirrt zwischen der offen stehenden Tür und mir hin und her. »Sollen wir die nicht schließen?« Er deutet in Richtung Flur.

»Wir lassen die Tür auf.«

»Okay.« Er scheint irritiert. »Sag mal, was glaubst du denn …«, beginnt er, ich stelle das Colaglas etwas vehementer als geplant ab, und er verstummt. Einen Moment ist nur das leise Bitzeln der Kohlensäure in unseren Gläsern zu hören.

»Ich tue es nicht, weil ich Angst habe, dass du … also, dass wir …« Ich schlucke. »Ich tue es, weil es eine unsichtbare Grenze für mich ist, die ich heute Abend nicht überschreiten darf. Ich kann das nicht noch einmal.«

Hunter sieht betroffen aus, doch er nickt. »Verstanden.« Er nimmt einen Schluck. »Wieso willst du das Projekt abbrechen?«

»Weil ich das mit dem Abschluss auch allein hinbekomme. Ich brauche dich nicht mehr fürs Lernen.«

Eindringlich sieht er mich an. »Du *brauchst* mich nicht, oder du *willst* mich nicht?«

Ich beiße mir auf die Lippe und zögere, und schon während ich die Wörter ausspreche, klingen sie falsch. »Ich will nicht mehr mit dir lernen.«

Er schluckt, sein Adamsapfel hüpft, und ich leere hastig mein Glas, weil ich Angst habe, dass meine Synapsen das langsam nicht mehr aushalten.

»Was genau ist denn das Problem? Das gemeinsame Lernen? Oder die Zeit, die wir dabei zusammen verbringen würden?«

»Spielt das denn eine Rolle?«

»Oh ja, das tut es.«

»So ein Bullshit, Hunter!« Es klingt herablassend. Und das soll es auch.

»Was ist eigentlich los mit dir?«, fragt er verärgert, stellt sein Glas auf dem Tresen ab und kommt einen Schritt auf mich zu. Er ist wirklich angepisst.

»Ich sag dir, was los ist.« Ich stelle mein Glas ebenfalls ab, mache einen Bogen um ihn, laufe in mein Zimmer, und er folgt mir bis zum Türstock. Nachdem ich die oberste Schreibtischschublade aufgezogen habe, hole ich das kleine Plastiktütchen hervor und werfe es auf den Tisch.

Er schaut darauf, blinzelt und lässt den Kopf in den Nacken fallen. »Woher hast du das?«, fragt er dann scharf und fixiert mich.

»Es ist dir aus der Tasche gefallen, als du mich gestern verabschiedet hast.«

Er nickt, aber sagt nichts.

»Was ist das?«, will ich wissen.

Hunters Blick irrt über seine Schulter in Richtung Flur. »Ich werde jetzt die Tür schließen.«

Ich sehe ihn an, in meinem Kopf überschlagen sich die Gedanken, aber ich bekomme keine Antwort zustande. Weil ich selbst nicht weiß, was ich gerade will.

»Wenn du möchtest, dass ich dir antworte, schließen wir diese Tür«, wiederholt er.

Ich presse die Lippen aufeinander, zögere noch immer, und allmählich habe ich das Gefühl, dass Hunter kurz davorsteht, die Fassung zu verlieren. »Elsa, wieso vertraust du mir so überhaupt nicht?«

»Vielleicht deswegen«, sage ich und deute mit dem Kopf zu dem Tütchen.

»Mach dir keine Sorgen, ich kann das erklären.« Er klingt gefasst und irgendwie beruhigt mich das. Womöglich werfe ich ihm völlig zu Unrecht Drogenmissbrauch vor.

Ich bedeute ihm mit einem Nicken, dass er die Tür zumachen kann. Ich verstehe, dass er nicht darüber reden will, wenn jeder, der zufällig den Flur entlangläuft, mithören könnte.

Er drückt zuerst die Tür zur Doublette ins Schloss, dann meine Zimmertür.

»Also?«, frage ich mit vor der Brust verschränkten Armen.

»Das ist Ecstasy«, gibt er zu, und mir fällt auf, dass er mich dabei nicht ansieht.

»Dein Ecstasy«, stelle ich klar.

Seine Augen suchen meine. »Ja, es ist *mein* Ecstasy, aber ich nehme das Zeug nicht. Schon lange nicht mehr.«

»Ach ja? Und deswegen trägst du es in der Tasche mit dir spazieren?«

»Das war … anders.«

»Du weichst mir jetzt nicht mehr aus, Hunter!«, sage ich scharf. »Wenn du noch mal mit irgendwelchen Andeutungen oder Halbwahrheiten kommst …«

»Okay«, räumt Hunter ein, noch ehe ich den Satz zu Ende führen kann. Er zieht sich den Bürostuhl unter dem Schreibtisch hervor und setzt sich. »Das könnte jetzt ein bisschen dauern.« Er deutet auf mein Bett. »Vielleicht solltest du dich auch setzen.«

»Nein, ich stehe lieber.« Mit dem Hintern lehne ich mich gegen den warmen Heizkörper am Fenstersims und sehe Hunter abwartend an.

Er atmet schwer aus. »Als ich nach Marchlyn Falls gekommen bin – im Übrigen ungefähr so freiwillig wie du –, kannte ich hier niemanden und bin ziemlich viel ausgegangen. Ins *Cube*, in die Clubs in Conwy und manchmal sogar nach Liverpool, und ... ich war irgendwie lost und ... na ja. Mir ging's nicht so gut. Dass du das Zeug in ungefähr jedem Club dieser Welt kaufen kannst, wenn du die richtigen Connections hast, muss ich dir sicher nicht erzählen, und irgendwann hat mir jemand eben die Tüte mit den Pillen angeboten und ich habe mir gedacht: Scheiß drauf, ich will mich endlich besser fühlen. Ich will mich endlich freier fühlen. Aber weißt du was? Ich habe sie nicht genommen. Wochenlang habe ich sie einfach nur mit mir herumgetragen.«

»Und warum warst du plötzlich wie ausgewechselt, als du während des Dinners mit deinen Eltern von der Toilette kamst?«

Verblüfft sieht Hunter mich an. »Du glaubst, ich hab mir an dem Abend was eingeschmissen?«

»Ja, genau das glaube ich. Danach hast du mich geküsst. Vielleicht hast du das nicht gemacht, um deinen Eltern zu beweisen, dass dir ihre Meinung egal ist. Aber du hast es gemacht, weil du auf Drogen warst, und weil du ein bisschen Spaß haben und dich amüsieren wolltest. Du hättest an dem Abend doch mit jeder Frau rumgeknutscht, die in erreichbarer Nähe gewesen wäre!«

Hunter blinzelt, und ich sehe, wie er wütend wird.

»Ich sag dir mal was.« Schnell steht er auf und bleibt eine halbe Armlänge vor mir stehen. Er ist mir zu nah, mein Herz wummert so heftig, ich spüre die Energie, die von ihm abstrahlt, sehe, wie sich unter seinem T-Shirt alle Muskeln angespannt haben.

»Ja, ich war an diesem Abend kurz davor, eine von den Pillen zu nehmen. Weil ich es nicht mehr ertragen habe. Das

Gerede meiner Eltern, die Art und Weise, wie sie dich behandelt haben. Dass du der ganzen Scheiße ausgesetzt bist, meinetwegen. Aber ich wusste, dass ich keine Szene machen durfte, denn das hätte alles nur noch schlimmer gemacht. Also habe ich die Tüte geöffnet und wollte eine nehmen. Aber dann habe ich mir eine Frage gestellt: Was würde Elsa sagen? Was würde sie dazu sagen, dass du dich in Drogen flüchtest, statt dich mit deinen Problemen auseinanderzusetzen?« Hunters Blick ist brennend, und seine kraftvolle, wütende Präsenz vor mir lässt mein ohnehin schon kleines Zimmer zu einem Schuhkarton zusammenschrumpfen.

»Ich habe sie wieder ausgespuckt. Ich habe sie ausgespuckt, mir den Mund ausgespült und die Pille weggeworfen.« Seine Stimme ist rau. »Nicht nur, weil es für mich gravierende Konsequenzen gehabt hätte, wenn ich etwas genommen hätte. Sondern vor allem, weil ich wusste, dass du es nicht wollen würdest.«

»Das …« Ich muss schlucken. »Das ist …«

»Und weißt du, was das Witzige daran ist? Das war nicht das erste Mal, dass du mich davon abgehalten hast, was zu nehmen. An dem Morgen, als du mich zu dieser Klausur geschleift hast, war ich auch *so* kurz davor. Aber ich habe es nicht getan. Und ich werde es nie wieder tun. Das verspreche ich dir, Elsa«, flüstert er.

Mein Herz schmilzt. Es schmilzt in meinem Brustkorb, erfüllt meinen Körper mit Wärme und Zuneigung und Zärtlichkeit, und alles, was ich jetzt will, ist meine Arme um Hunter schlingen und mich an ihn schmiegen.

Mein Arm zuckt, doch ich halte mich zurück. *Lass es. Das ändert nichts.*

»Du brauchst mir nichts zu versprechen«, stelle ich klar.

»Natürlich nicht. Aber ich will es.«

Mein Brustkorb zieht sich zusammen, weil der Wunsch, es ihm zu glauben, und diese völlig verrückte Hoffnung, dass es für Hunter und mich eine Chance geben könnte, beinahe übermächtig wird.

Ich richte mich ein Stückchen auf. »Tu doch nicht so, als würde ich dir etwas bedeuten«, wehre ich ab und schiebe ihn mit meiner rechten Faust von mir.

Hunter zieht sich sofort auf den Bürostuhl zurück, setzt sich und betrachtet mich mit undurchdringlicher Miene. »Wieso fällt es dir so schwer, das zu glauben?«

Ich schnaube. »Weil ich Augen im Kopf habe? Und eins und eins zusammenzählen kann, obwohl es sicher genügend Menschen gibt, die mir nicht mal das zutrauen?«

»Blödsinn«, sagt er. »Was meinst du überhaupt damit?« Er tut es einfach ab, als wäre es irgendein Hirngespinst von mir. Dabei ist das meine Lebensrealität. Schon immer gewesen.

Bei den nächsten Worten werde ich laut, weil es so erniedrigend ist, es auszusprechen, und weil es wehtut und weil das die einzige Möglichkeit ist, wie ich die Sätze überhaupt über die Lippen bekomme. »Okay, vielleicht gab es den Kuss nicht, weil du auf Drogen warst, aber du kannst ruhig zugeben, dass du eigentlich gar nichts von mir willst! So, wie du dich im Auto nach dem Kuss verhalten hast – recht viel offensichtlicher hättest du *Okay, sorry, das war ein Fehler, mir ist das jetzt hier alles bisschen unangenehm* doch gar nicht ausdrücken können! Vielleicht bist du zu höflich, um es auszusprechen, die Message kam aber trotzdem an!«

»Das stimmt überhaupt nicht! Bist du jetzt Gedankenleserin, oder was?«

»Nein, aber blind bin ich auch nicht!«, fahre ich auf.

»Ja, ich war vorsichtig! Okay, du hast recht! Ich *habe* mir Gedanken gemacht, als ich dich nach Hause gefahren habe, aber du kennst die Hintergründe nicht, warum ich so vorsichtig, bin. Ich lebe in einem Haifischbecken! Das TikTok, das über dich gemacht wurde? Kein Zufall, das hatte etwas mit mir zu tun. Meine Schwester wird dieses Jahr einen Duke heiraten, ich bin damit auf dem Radar der britischen Presse. Und wer auch immer mit mir eine engere Beziehung pflegt, wird das ebenfalls sein, verstehst du? Meine Eltern werden dich torpedieren. Es ist … Elsa. Wenn wir etwas miteinander haben, wird ein gigantischer Haufen Scheiße auf dich zurollen. Du hast echt keine Ahnung!«

Mein Herz hämmert, und ich muss mich räuspern, weil ich Angst habe, dass meine Stimme jetzt versagt. »Wieso, du hattest garantiert Dutzende Affären, seit du hier bist, auf die ist auch kein Haufen Scheiße zugerollt.«

Er betrachtet mich, Sekunde um Sekunde verstreicht. »Affären, ja«, sagt er schließlich mit rauer Stimme. »Aber das mit dir und mir – das wäre keine Affäre, Elsa.«

27

Elsa

Die Worte stehen zwischen uns im Raum und sind wie ein Brandbeschleuniger, der den Feuersturm in meiner Brust zur Explosion bringt.

»Weißt du, was du da gerade sagst?«, platzt es aus mir hervor. »Du kannst so was nicht zu mir sagen! Du kannst das nicht mehr machen! Mir mein Herz rausreißen und darauf herumtrampeln, weil dir gerade danach ist, und dann bist du auf einmal wieder unnahbar und verschweigst mir alles, was in deinem Leben wichtig ist. Das geht nicht, Hunter!« Ich rede einfach nur vor mich hin, weil da diese Hoffnung ist und gleichzeitig diese unglaubliche Angst, und das muss endlich aufhören.

»In Ordnung.« Hunter erhebt sich erneut vom Stuhl und kommt langsam auf mich zu. »Das habe ich verstanden. Okay? Und ich will auch, dass das aufhört. Ab jetzt verschweige ich dir nichts mehr. Nichts, was irgendwie wichtig ist, versprochen!«

»Wirklich?«

»Ja.«

In meinen Augen brennt es, ich blinzle manisch, merke, wie der Kloß in meinem Hals immer dicker und schmerzhafter wird und mein Kinn zu zittern beginnt.

Hunter flucht unterdrückt, zieht mich mit einem Arm an sich und drückt mich an seine Brust. Er hält mich, und ich glaube, er gibt mir sogar einen Kuss auf die Haare.

Ein oder zwei Tränen schaffen es unter meinen geschlossenen Lidern hervor, doch dann fängt mich Hunters Nähe auf, sie löscht das Feuer in meiner Brust, lindert den Schmerz, der in mir wütet, und beruhigt die Unsicherheit, die mich an meinem Verstand zweifeln lässt.

»Es tut mir so leid«, flüstert er in meine Haare, legt seine Wange auf meinem Scheitel ab und wiegt mich hin und her. »Es tut mir so leid, dass ich so kompliziert bin. Dass alles so kompliziert ist.«

Ich schniefe. »Wieso streiten wir eigentlich immer?«, murmle ich an seiner Schulter. Ich liebe das Gefühl, meinen Kopf an seine Brust zu betten, und denke: *Ich will hier nie wieder weg.*

»Weil du mich in den Wahnsinn treibst, Elsa.«

Ich muss lachen, löse mich von ihm und schaue ihm ins Gesicht, während er langsam mit beiden Händen meine Arme nach oben fährt. An meinem Hals kommen sie zum Ruhen und seine Daumen streicheln sachte über meine Wangen. »Mehr als irgendjemand sonst auf dieser Welt.«

Obwohl ich mir vorhin noch geschworen habe, es keinesfalls zu tun, muss ich ihn jetzt anfassen. Ich lege meine Hände auf seine Oberarme, und das Gefühl seiner festen Muskeln unter meinen Handflächen schickt eine Welle der Hitze durch meinen Körper. Ein wenig auf den Zehenspitzen, nähere ich mich seinem Gesicht, schaue auf seinen Mund und hole zitternd Luft. »Was machen wir hier?«, flüstere ich.

Seine Atemzüge streichen über mein Schlüsselbein und verursachen mir eine Gänsehaut. Hunter steht vor mir wie eine

Wand. Groß und stabil, und er bewegt sich keinen Millimeter in meine Richtung. »Wir machen, was immer du willst«, gibt er leise zurück. Er wartet, unendlich geduldig, doch ich bin so überfordert von seinem Eingeständnis, von dieser Möglichkeit, die plötzlich zwischen uns steht, von der ich noch nicht einmal zu träumen gewagt hatte, dass ich mich nicht rühren kann.

»Ich will das hier, Elsa«, wiederholt Hunter. »Ich will all das hier und dich, und zwar zu deinen Bedingungen.« Er beugt sich zu mir, bis seine Lippen an meinem Ohrläppchen sind. »Du bestimmst, okay?«, flüstert er mir ins Ohr. »Du hast die Kontrolle.« Und es sind nur Worte, die er da von sich gibt, mehr nicht, aber sie geben mir ein ungewohntes Gefühl der Sicherheit und Macht über ihn. Es ist ein berauschendes Gefühl.

»Fass mich an, Hunter«, fordere ich, und keinen Wimpernschlag später liegt eine Hand an meinem Hintern, seine Finger graben sich in mein Fleisch, und er zieht mich an sich. Meine Mitte presst gegen seine Hüften, und schon jetzt spüre ich seine gewaltige Erektion.

Meiner Kehle entringt sich ein leises Stöhnen, doch Hunter rührt sich nicht, noch immer sind seine Lippen an meinem Ohr. »Ist das zu viel, Elsa?«, raunt er und fährt mit seinen Fingerspitzen meinen Kiefer entlang. Es fühlt sich an, als würde er eine glühende Spur auf meiner Haut hinterlassen.

»Ich glaube nicht«, sage ich. Das Atmen fällt mir schwer.

Seine Hand bleibt auf meiner Wange liegen, umschließt sie zärtlich, und jetzt wendet er seinen Kopf, sodass seine Stirn meine berührt. »Und das? Ist das zu viel?«, flüstert er. Unsere Münder schweben übereinander, und ich schließe die Augen, weil ich ihn endlich, endlich küssen möchte. Ich will seine

Lippen auf meinen spüren, ich will ihn schmecken. Die Sehnsucht nach ihm macht mich verrückt, und ich weiß nicht, ob ich schon jemals so ein heftiges körperliches Verlangen für jemanden empfunden habe.

»Elsa«, sagt er heiser, seine Nasenflügel blähen sich, und ich spüre unter meinen Handflächen, dass sein ganzer Körper zum Bersten angespannt ist.

Und dann überwinde ich den letzten, winzigen Abstand zwischen uns und presse meine Lippen auf seine.

Er stöhnt, als wäre es eine Erlösung, und sofort öffnet er meine Lippen mit seinen, sofort treffen unsere Zungen aufeinander, roh, ungezügelt und hungrig. Er zieht meinen Körper eng an seinen und mit einem leisen Rums presst er mich gegen das Fenster in meinem Rücken.

Plötzlich ist da eine Kraft, der er jetzt freien Lauf lässt, und ich will mehr, so viel mehr von ihm. Ich sauge an seiner Unterlippe, ihm entfährt ein Knurren, und seine Finger stehlen sich unter den Saum meiner Bluse und streicheln über meine nackte Haut. Wie er mich anfasst, sanft, aber fest – er weiß genau, was er tut, schießt es mir durch den Kopf, und zum ersten Mal dämmert mir, was wir hier im Begriff sind zu tun. Ich bin so erfüllt von der Lust und dem Verlangen, das durch meine Adern pulsiert, dass ich alle meine Vorbehalte und alle meine Vorsätze von mir schiebe und den Kuss mit einem leisen Seufzen vertiefe.

Seine Hand bleibt auf meiner Brust liegen, er massiert sie, und meine Brustwarzen werden hart. Ich packe meine Bluse am Saum, und Hunter hilft mir, sie über den Kopf zu streifen. Nur Augenblicke später sind seine Hände wieder auf mir, und es raubt mir den Atem, wie er eine Brust umschließt, mit den Daumen meine Brustwarzen neckt und gleichzeitig an meiner

Unterlippe knabbert. Hitze und Erregung schießen in meinen Unterleib und ballen sich dort zu einem fast schmerzhaften Ziehen zusammen.

Er löst seine Lippen von meinen und atmet schwer. »Willst du das wirklich?«, fragt er.

»So sehr«, sage ich. »Du hast keine Ahnung, wie sehr.«

»Doch, das habe ich.« Mit einer ruckartigen Bewegung zieht er die Vorhänge in meinem Rücken zu. Sofort ist er wieder bei mir, seine Zähne liegen auf meiner Haut, er beißt zu, und der kurze Schmerz hallt als lustvolles Pochen in meinem Schoß wider und lässt mich erschauern. Mit einem Lecken besänftigt Hunter ihn wieder und löst währenddessen geschickt mit einer Hand die Häkchen meines BHs.

Erneut finden seine Lippen meine, er küsst mich, während er die Träger meines BHs über die Schultern streift. Als der BH zu Boden fällt, fährt Hunters Hand zwischen meinen Schulterblättern auf und ab, dann über meine Seiten, als müsse er mich entdecken und begreifen, als wäre ich eine Illusion, derer er sich versichern will. Jede seiner Berührungen hinterlässt eine Spur puren Verlangens nach mehr in mir.

»Gott, du fühlst dich so gut an, Elsa«, stöhnt er zwischen zwei Küssen. »Deine Haut ist so weich, wirklich, ich weiß gar nicht …« Doch ich ersticke seine Worte mit meinen Lippen und meiner Zunge und lege beide Händen auf seinen Hosenbund. Ich will den Kopf öffnen, aber Hunters Hand umfasst meine, er unterbricht unseren Kuss und macht einen kleinen Schritt zurück.

Meine Brüste, die bisher gegen seinen Brustkorb gedrückt waren, fühlen sich frei an, ich spüre die kühle Luft auf meiner Haut. Hunter betrachtet mich, wie ich vor ihm stehe, nur noch mit meiner Jeans bekleidet, und gerade als ich merke, wie mir die Röte den Hals hinaufkriecht, weil ich Angst habe, dass er mich nicht schön finden könnte, dass meine Brüste zu groß oder nicht fest genug oder mein Bauch zu weich sein könnte, stößt er die Luft aus und sagt: »Gott, Elsa, du siehst noch so viel ... du siehst noch so viel heißer aus, als ich es mir vorgestellt habe.«

Ich höre die Bewunderung in seiner Stimme, erkenne auf seinen Zügen unverhüllte Lust, und ich weiß nicht, ob mich schon jemals ein Mann mit solcher Begierde betrachtet hat wie Hunter. Meine Zweifel sind wie weggeblasen, diesmal lasse ich mich nicht mehr aufhalten, ich fasse nach seinem T-Shirt und ziehe es ihm mit seiner Hilfe über den Kopf.

Mein Herz rast, als ich mit den Fingerspitzen seine Brust streichle und seinen Körper entdecke. Ich fahre seine Tattoos entlang, viele davon sind grafische und abstrakte Symbole, und lasse meine Finger über seine Rippen, seine Taille und seine Bauchmuskeln wandern. Die Hitze zwischen meinen Beinen wird schmerzhaft, und ich hake einen Finger in seinem Hosenbund ein. »Zieh sie aus«, verlange ich atemlos, doch er lächelt nur, macht ein beruhigendes Geräusch, fasst mich an beiden Hüften und dreht mich rasch um, sodass er plötzlich in meinem Rücken steht. Das Gefühl seiner harten Brust, von Haut auf Haut, lässt ein Glühen durch meinen Körper rasen. Von hinten legt er seine Hände auf meinen Bauch und lässt sie nach oben gleiten, umfasst meine Brüste und knetet sie sanft, während er mir ins Ohr raunt: »Wir haben Zeit, meinst du nicht?«

Ich japse nach Luft, als er eine Brustwarze zwischen die Finger nimmt und dreht, und genieße den leisen Schmerz so sehr, dass ich wimmere. Jegliche Kraft weicht aus meinem Körper, weil ich so angefüllt bin von Tausenden verschiedener Empfindungen und einem heißen, dunklen Verlangen. Ich lasse den Kopf nach hinten sinken und lehne mich schwer gegen ihn. Knopf für Knopf öffnet Hunter jetzt meine Jeans und fährt mit den Fingern unter den Bund meines Slips. Langsam gleitet er tiefer und immer tiefer, und ich halte die Luft an, weil ich es nicht mehr aushalte. Als er endlich zwischen meinen Beinen angekommen ist, bin ich schon so feucht, dass mein Höschen bestimmt ganz nass ist. Das merkt auch Hunter, denn wir stöhnen fast gleichzeitig auf. Seine Finger spreizen mich etwas, und flatternd schließe ich die Lider, als er vorsichtig über meine Klit fährt. Meine Beine fühlen sich wie Gummi an.

»Gefällt dir das?«, fragt er, kreist bedacht weiter, und statt einer Antwort dränge ich begierig mein Becken gegen seine Hand, weil ich mehr von ihm spüren möchte.

Doch dann macht Hunter »Schschschsch ...«, tritt einen Schritt zurück, hält mich mit einer Hand an der Hüfte fest und löst mein Haargummi. Meine Haare ergießen sich über meinen Rücken, und ich glaube, Hunter entfährt ein fast tonloses *Wow*. »Vorsicht«, raunt er an meinem Ohr. »Halt dich gut fest.« Noch bevor ich verstehe, was er eigentlich meint, entkommt mir ein erschrockener Laut, denn plötzlich spüre ich seinen Arm unter den Kniekehlen, und er hebt mich hoch, als würde ich nichts wiegen. Mühelos trägt er mich zu dem schmalen Bett, legt mich darauf ab, streift sich die Schuhe von den Füßen und gleitet mit einer geschmeidigen Bewegung auf mich.

Sofort spüre ich den Druck, den seine Hüfte auf meine ausübt.

»Was machst du nur mit mir, Elsa?«, fragt er. Ich genieße die Reibung auf meinen empfindlichsten Stellen so sehr, dass mir ein Keuchen entkommt. »Kannst du mir das sagen? Was machst du nur?«, murmelt er, während er sich auf beide Arme abstützt und auf mich hinabblickt, mit einer Intensität, die mein Herz schmerzhaft gegen meine Rippen schlagen lässt.

Seine Kette baumelt leise klimpernd, als sich seine Lippen um meinen Nippel schließen. Seine Zunge kreist um meine Brustspitze, bis sie ganz hart und bereit für ihn ist, und als er sie zwischen seine Zähne nimmt und mich sachte beißt, schießt eine Welle der Lust durch mich hindurch. Seufzend atme ich ein, und er widmet sich der anderen Brust, leckt sie, saugt an ihr, beißt zu, und ich habe das Gefühl, unter seiner Zunge zu schmelzen.

Hastig helfe ich ihm, meine Jeans und meine Schuhe abzustreifen, erkenne dabei den feuchten Streifen auf meinem Slip, und irgendwie ist mir das jetzt doch peinlich. Ich will mich rasch aufsetzen und meinen Schritt verbergen, aber Hunter ist schneller. Er greift genau dorthin, wölbt seine warme, große Hand über mein Höschen und packt zu, besitzergreifend und wie selbstverständlich. Wieder will ein Stöhnen aus mir herausbrechen, aber ich beiße mir auf die Unterlippe und versuche, mich zu zügeln. Hunter drängt mich nach unten, beugt sich zu mir, fährt meine Schenkel auf und ab und flüstert: »Wehe, du nimmst dich zurück.« Mein Blut kocht.

»Deine Hose«, verlange ich, und diesmal zieht er sie rasch aus. Als er wieder zu mir aufs Bett kommt, warte ich gar nicht, dass er irgendetwas macht, sondern lege meine Hand in seinen Nacken und ziehe ihn zu mir herab. Ich küsse ihn heftig, beiße in seine Unterlippe und taste gleichzeitig nach seiner Erektion, die durch seine Shorts hindurch heiß und pochend in meiner Hand liegt. Leicht beginne ich, auf dem Stoff auf und ab zu reiben, Hunter hilft mir mit Bewegungen seiner Hüfte. Doch wieder unterbricht er mich, und sein lustverhangener Blick wandert meinen Körper entlang. Beinahe in Zeitlupentempo streift er mir den Slip über die Schenkel, während er mich küsst und an meinem Hals knabbert.

Bewundernd lässt Hunter seine Hand meinen gesamten Körper entlangfahren. Von meinen Schienbeinen über Oberschenkel, Bauch und Brüste. Seine Hände sind überall auf mir, und ich genieße es so sehr, dass ich die Augen schließe und mich völlig seinen Berührungen hingebe.

»Weißt du eigentlich, wie atemberaubend du aussiehst?«, höre ich ihn.

Ich muss lachen und öffne die Augen. »Das sagst du mir?«, erwidere ich, und seine Hand bleibt an der Innenseite meiner Schenkel liegen. Ganz kurz verschränken sich unsere Blicke. Wortlos bittet Hunter um Erlaubnis, und ich gewähre sie ihm. Sachte drückt er meine Knie auseinander, fährt mit den Fingerkuppen meine Schenkel auf und ab und betrachtet mich, diesen Teil meines Körpers. Genau dort, zwischen meinen Beinen, als wäre es die faszinierendste Sache der Welt.

Ich will meine Knie wieder zusammendrücken, doch Hunter hält mich davon ab. »Oh nein, das wirst du nicht«, raunt er, fährt mit zwei Fingern über meine Mitte, verteilt meine Nässe und gleitet ein oder zwei Mal mit dem Daumen über meine empfindlichste Stelle. Ich schließe die Augen, denn das Gefühl der Erregung überrollt mich völlig.

Er versenkt einen Finger in mir, schnell und tief, und ich bäume mich unter seiner Hand vor Lust auf. Weil es genau das ist, was ich jetzt brauche.

28

Hunter

Ein leiser Schrei kommt über Elsas Lippen, als ich in sie gleite. Sie ist so warm und weich und eng, alles an ihr fühlt sich so himmlisch an, dass ich mir vorkomme, als wäre ich auf einem Trip, obwohl ich praktisch nüchtern bin.

Ich hatte das hier nicht vor. Fuck, nicht mal im Traum hätte ich mir vorstellen können, dass dieser Abend so verlaufen würde.

Ich habe lediglich mit Elsa reden wollen, und mir war klar, dass es in einer hitzigen Diskussion enden würde. Bei Elsa und mir passiert das meistens.

Aber dann ist die ganze Sache komplett aus dem Ruder gelaufen. Und jetzt liegt diese atemberaubende Frau völlig nackt neben mir und alles kommt mir so surreal vor.

Ich bewege einen Finger in ihr, sehe, wie sie reagiert, wie sie sich unter meinen Berührungen windet, und kann nicht fassen, wie schön, wie verdammt perfekt Elsa ist. Ihre milchweiße Haut, ihre üppigen Kurven, in denen ich am liebsten meine Zähne vergraben würde, ihr Kirschmund, ihre harten, rosafarbenen Nippel, ihre roten Haare, die Kopf und Oberkörper einrahmen. Elsa sieht aus wie ein verdammtes Gemälde, und ich glaube, sie ist sich dessen nicht mal bewusst.

Ihre Atmung wird schwerer, als ich mit einem zweiten Finger in sie eindringe und gleichzeitig ihre Klitoris mit dem Daumen streichle. Mit geschlossenen Augen greift sie nach mir, nimmt meinen Schwanz und reibt langsam auf und ab. Ich presse mich in ihre Hand und knurre, weil es so eine Erlösung ist, ihre Berührungen zu spüren. Ich bin hart, mehr als bereit, mich in ihr zu versenken, aber ich weiß, dass ich nichts erwarten und schon gar nichts überstürzen sollte. Also lasse ich sie gewähren und genieße jede Liebkosung, die sie mir schenkt. Als ihre Finger unter den Bund meiner Shorts gleiten und sich ihre Hand um meinen heißen, pochenden Schwanz schließt, habe ich mich jedoch nicht mehr im Griff.

Ich nehme einen dritten Finger hinzu, ficke sie mit meiner Hand, verstärke den Druck meines Daumens auf ihrer Klit und liebe es, wie sie auf mich reagiert. Sie hat Vertrauen, gibt sich mir hin und geht in unserer Begierde füreinander auf. Das ist eine ganz neue Seite an Elsa und sie raubt mir damit völlig den Verstand.

Die Bewegungen meiner Finger verursachen leise, schmatzende Geräusche, jedes Mal, wenn ich mit meiner Hand in sie eindringe. Elsa stöhnt lauter und ungehaltener, und obwohl das hier noch nicht mal richtiger Sex ist, macht es mich so sehr an, dass ich Angst habe, jeden Moment in meine Shorts zu kommen. Ich versuche, mich zu konzentrieren, und spanne jeden Muskel meines Unterkörpers an, um die Kontrolle zu behalten.

Elsa muss meine Zurückhaltung gespürt haben, denn sie hält nun inne, öffnet die Augen und betrachtet mich mit hungrigem Blick. Sie lässt meinen Schwanz los und fährt mit der flachen Hand meine Brust hinauf. »Hast du …?«, beginnt sie.

»Ja«, sage ich sofort. »In meinem Portemonnaie, in meiner … Wo ist meine Hose?«

Hinter dem Fußende des Bettes finde ich sie, zerre meinen Geldbeutel und das einzelne Kondom dort drin heraus, reiße es mit den Zähnen auf und rolle es mir mit einer lockeren Faust über.

Als ich zum Bett zurückkomme, treffen unsere Blicke aufeinander. Plötzlich bin ich mir nicht sicher, ob ihr nicht vielleicht doch alles zu schnell geht. Also lege ich mich neben sie, streiche ihr über die Wange und frage: »Alles okay?«

»O ja«, sagt sie erwartungsvoll und ich muss lächeln. Sofort erwidert sie es. »Bei dir?«, will sie wissen.

»Was glaubst du denn«, knurre ich, drücke sie zurück zwischen die Kissen und platziere mich zwischen ihren Beinen.

Mit der Hand fahre ich über ihre Mitte, vergewissere mich, dass sie bereit für mich ist, und ja, das ist sie, sie ist so nass und weich, und ich stütze mich mit einem Arm neben ihrem Kopf ab.

Elsa ist jetzt ganz da, ganz bei mir, wir sehen einander tief in die Augen, und ein ungewohntes Herzklopfen erfüllt plötzlich meinen Körper. Es ist mächtig und einnehmend und überlagert sogar das mir so wohlbekannte erwartungsvolle Kribbeln und den beinahe unkontrollierbaren Drang, endlich in ihr zu sein.

Ohne den Blickkontakt mit ihr zu unterbrechen, dringe ich ein winziges Stückchen in sie ein. In diesem Augenblick fühlt es sich an, als würde irgendetwas in mir explodieren, als würde mein Verstand aussetzen. Elsa stöhnt, ich stöhne, und das Gefühl, in ihr zu sein, setzt so viele Emotionen in mir frei, dass ich einen Moment lang völlig überfordert bin. Ich habe den Eindruck, dass alle meine Nervenenden gleichzeitig vibrieren, es ist fast zu viel. Ich atme, ich fühle so viel, so stark, dass ich leise zu fluchen beginne. Sofort wölbt Elsa sich mir entgegen, weil sie mehr will, doch ich halte inne.

Ich spüre, wie mein Schwanz zuckt, und ziehe meine Brauen zusammen, weil ich mich so sehr zusammenreißen muss.

Elsa wimmert, ihre Hand fährt an meine Seite, sie will mich an sich ziehen, und das gibt mir wieder ein Stückchen der Kontrolle zurück.

Das ist es, Elsa. Das will ich. Ich will dich in den Wahnsinn treiben, ich will, dass es sich für dich genauso anfühlt wie für mich.

»Schschsch«, mache ich und betrachte sie, sehe diese umwerfend schöne, nackte, hungrige Frau unter mir. Meine Brust zieht sich zusammen, und ich merke, wie ich mich Stück für Stück an Elsa verliere.

Sie packt meinen Hintern, will mich gewaltsam näher zu sich holen, damit ich tiefer in sie eindringen kann. Doch ich widersetze mich, bewege die Hüfte zurück, dann ein kleines Stückchen weiter vor als beim letzten Mal, und ich muss mich dabei so verdammt konzentrieren, um mich im Zaum zu halten, dass mir der Schweiß ausbricht.

Elsa stemmt ihre Fersen in die Matratze, nimmt mich dadurch ein weiteres Stückchen in sich auf und mir entkommt ein leises »Fuck«. Ich wende mein Gesicht zur Decke und versuche mich zu sammeln. »Wenn ich dich ansehe, dann verliere ich die Kontrolle«, presse ich hervor.

»Bitte, Hunter«, fleht sie. »*Ich will,* dass du die Kontrolle verlierst.« Sie wiegt hier Hüften hin und her, mit einem gierigen, sehnsuchtsvollen Blick. Und ich kann jetzt gar nicht mehr anders, als sie anzusehen. Meine Hand fährt zu ihren großen, runden Brüsten, wandert weiter zu ihrem Mund, zu ihren glänzenden Lippen, die sie leicht geöffnet hat. Begierig nimmt sie meinen Finger in sich auf, leckt ihre eigene Feuchtigkeit davon ab, saugt daran, und ich presse die Lider aufeinander, weil ich Angst habe zu kommen, einfach nur indem ich ihr dabei zuschaue.

»O mein Gott Elsa«, keuche ich.

»Halte dich nicht mehr zurück, Hunter. Bitte«, fleht sie.

Unsere Blicke verschmelzen. »Ich glaube nicht, dass du …«

»O doch«, sagt sie nur und beginnt ganz leicht, mit ihren Hüften zu kreisen. »O doch, Hunter, ich will genau das.«

Und damit bringt sie mich über meine Grenze. Mit einem lauten Stöhnen dringe ich bis zum Anschlag in sie ein, ein kräftiger, beinahe schon gewaltvoller Stoß.

Sie schreit auf, ihre Fingerspitzen krallen sich in meinen Rücken, ich glaube, sie hinterlässt Spuren, und ich liebe diesen Schmerz, denn er entfesselt etwas in mir, eine dunkle, hemmungslose Energie, die durch meine Adern brennt.

Ich ziehe mich zurück, nur um ebenso kraftvoll erneut in sie zu stoßen. Tief in ihr drinnen verharre ich und stöhne laut und ungezügelt, weil ich nicht fassen kann, wie sich der Sex mit Elsa anfühlt. Er ist so überwältigend und berauschend, dass es beinahe schon wehtut. Er ist Perfektion und pures Chaos in einem.

»Wieso fühlt sich das so gut an?«, raune ich, doch Elsa schafft es nicht mehr, zu antworten. Eine Hand an meiner Seite, die andere an meinem Kopf hält sie sich an mir fest, als wäre ich eine Insel, die sie vor dem Ertrinken rettet. Sie sieht mir in die Augen, und mein Herz hämmert schmerzhaft und schnell, während ich jetzt beginne, mit einem regelmäßigen Rhythmus in sie zu stoßen.

Es fühlt sich so perfekt an, so verdammt perfekt. Elsas

Griff in meine Haare wird fester und sie zieht mich zu sich herunter. Ich tue, was sie von mir verlangt, lege meinen Mund auf ihren und erwidere ihre wilden und ungestümen Küsse, während ich meinen Schwanz tief in ihr versenke, und ich spüre, dass es genau das ist, was sie braucht. Sie gibt laute, unkontrollierte Geräusche von sich, als ich einen Punkt in ihr berühre, der sie offenbar noch mehr anheizt.

Bei meinen nächsten Stößen verändert sich ihre Atmung, sie wird schneller und unregelmäßiger, und ich beginne mit meinen Hüften zu kreisen, um die Reibung für sie zu erhöhen, weil ich so sehr will, dass sie kommt. Sie stöhnt an meinem Mund, doch ich höre nicht auf.

Nur wenige Augenblicke später läuft ein Zittern durch ihren Körper. Ihre Hände krallen sich in meine Schultern, sie gibt einen Ton von sich, er ist fast ein Schrei, dann zieht sie sich um meinen Schwanz zusammen und zuckt unkontrolliert und heftig. Ihr Orgasmus dauert an, ich halte sie fest, halte ihren Kopf in meiner Hand, versuche, ihren Höhepunkt mit sanften Bewegungen meiner Hüfte in die Länge zu ziehen, denn ich liebe jede einzelne Sekunde davon.

»O Gott, Hunter«, keucht sie. »O mein Gott.«

Und *ja*, ich will *ja* schreien, aber ich tue es nicht, sondern lasse jetzt endgültig los, ramme meinen Schwanz hemmungslos in sie und brauche nur noch wenige Stöße, ehe ich selbst zu einem Höhepunkt komme, der so heftig ist, dass ich das Gefühl habe, zu explodieren und meinen Körper dabei zu verlassen.

Nach Luft ringend schaue ich auf sie herab, versuche, wieder zu mir zu kommen, und kann gleichzeitig nicht glauben, was hier gerade zwischen uns passiert ist.

Vorsichtig ziehe ich mich aus ihr zurück, lasse mich neben

sie auf das Bett sinken, und es dauert geraume Zeit, ehe wir beide wieder zu Atem kommen.

Meine Stirn liegt an ihrer Schläfe, einige ihrer Haare kitzeln meine Nase, und noch immer bin ich überwältigt von dieser völlig zügellosen Begierde, die sich zwischen uns entladen hat.

»Elsa, das … Damit habe ich nicht …«, stammle ich, aber ihr Kopfschütteln bringt mich zum Schweigen.

»Ich auch nicht«, flüstert sie und dreht ihr Gesicht zu meinem.

Mit dem Daumen fahre ich ihre Lippen nach, die jetzt leicht gerötet und geschwollen sind, lehne mich näher zu ihr und küsse sie. Ganz zärtlich und innig, weil ich dieses Gefühl, dieses schmerzhafte Drängen, das in meiner Brust immer stärker und einnehmender wird, nicht anders zum Ausdruck bringen kann.

»Das war unglaublich«, gebe ich zu, als sich unsere Lippen voneinander gelöst haben. »Dieser Sex war unglaublich, ich hatte ja keine Ahnung …«

»Ich auch nicht«, sagt sie wieder, und jetzt müssen wir beide lachen. Ich ziehe sie an meine Brust, atme tief den Duft ihrer Haut ein, und wie von selbst schlingen sich unsere Beine umeinander. Ich halte Elsa, und es dauert nicht lange, bis ihre Atemzüge tiefer und regelmäßiger werden.

Sie schläft in meinen Armen ein. Und dieses Summen in meinem Herzen wird so mächtig und stark, dass ich das Gefühl habe, es füllt jede einzelne Zelle meines Körpers, bis ich überquelle vor Zuneigung zu dieser Frau.

29

Elsa

Ich erwache, weil mir heiß ist. Irgendetwas Schweres liegt auf mir und ich schwitze.

Ich brauche einige Augenblicke, ehe ich mich orientieren kann. Ein Arm ist um meinen Bauch geschlungen, und mein Puls überschlägt sich, weil plötzlich alles von gestern Nacht wieder da ist.

Hunter liegt neben mir, halb auf dem Bauch, ein angewinkeltes Bein über meinem, sein Gesicht in ein kleines Kissen vergraben, und seine regelmäßigen, tiefen Atemzüge dringen an mein Ohr.

Ich bin wie erstarrt, traue nicht, mich zu bewegen, traue mich nicht mal mehr zu atmen. Um sein Handgelenk trägt Hunter ein Lederarmband, ich sehe die feinen blonden Haare auf seinem Unterarm, folge den Tattoos auf seinem Rücken bis unter die Bettdecke und allein bei dem Anblick seines Körpers schießt Verlangen durch mich hindurch.

Was um Himmels willen ist gestern Nacht zwischen uns passiert?

Es ist präsent, ich spüre sogar, dass ich ein wenig wund bin, trotzdem erscheint es mir völlig surreal.

Ich muss nach dem Sex erschöpft eingeschlafen sein.

Dunkel kann ich mich erinnern, dass ich einmal halb aufgewacht bin, als Hunter im Bad verschwunden ist, anschließend das Licht gelöscht, mir einen Kuss auf die Wange gegeben und eine Decke über uns ausgebreitet hat. Mit einem Lächeln auf den Lippen und einem warmen Gefühl im Bauch bin ich wieder weggedämmert.

Mein Blick wandert durch den Raum. Ich habe keine Ahnung, wie spät es ist, die lichtundurchlässigen Vorhänge sind zugezogen, aber an den Rändern sickert Helligkeit vorbei. Mein Handy liegt auf dem Schreibtisch, und obwohl ich heillos überfordert bin von der Tatsache, dass Hunter Corr neben mir … nein, *auf* mir liegt und schläft, muss ich jetzt trotzdem aufstehen, die Uhrzeit checken und ziemlich dringend wohin.

So vorsichtig ich kann, umgreife ich Hunters Handgelenk und versuche, seinen Arm von mir zu heben. Ich habe es noch nicht mal geschafft, ihn ganz von mir zu lösen, als Hunter abrupt alle Muskeln anspannt und mich eng an sich zieht.

Mir entkommt ein überraschter Laut, und er schlägt die Augen auf. Ein Grinsen zieht seine Mundwinkel nach oben, als er »Hey, Prinzessin« sagt.

»Hey«, erwidere ich unsicher.

In dem Moment hören wir ein durchdringendes Vibrieren vom Schreibtisch. Hunters Handy klingelt, so lang anhaltend, dass er sich seufzend erhebt.

Er trägt wieder seine Boxershorts, ganz im Gegensatz zu mir, die ich noch immer splitterfasernackt bin. Schnell greife ich meinen Slip, ziehe ihn über und schlinge mir die Bettdecke um den Körper.

Hunter atmet tief aus, als er einen Blick auf das Display wirft, und scheint einige Momente lang zu überlegen, ob er überhaupt rangehen soll. »Hallo?«, nimmt er ab, und eine männliche Stimme dringt bis zu mir ans Bett. Allerdings verstehe ich nicht, was sie sagt.

»Was? Ihr seid hier?« Hunter greift sich mit der flachen Hand an die Stirn. »Wo?«

Ich glaube das Wort *Bellevue* zu hören, bin mir aber nicht sicher.

»Okay, bin in einer halben Stunde da. Bye.« Hunter legt auf, lässt den Kopf in den Nacken sinken, sieht einige Momente lang zur Decke und wendet sich dann mir zu. »Meine Freunde sind in Marchlyn Falls.«

»Welche Freunde?«

»Die aus Cambridge.«

Ich glaube leichte Sorge aus seiner Stimme herauszuhören. Kurz brauche ich, ehe ich meine Gedanken so geordnet habe, dass ich antworten kann.

»Oh. Cool!«, sage ich, erkenne aber an Hunters Miene, dass er mir meine Begeisterung nicht abnimmt.

Er verzieht das Gesicht. »Hm.« Sein Blick wird eindringlich. »Ich befürchte, Melissa ist auch dabei.«

»Oh. Ja, cool«, wiederhole ich, weil mein Herz gerade so schnell schlägt, dass mein Hirn irgendwie nicht mehr funktioniert.

Hunter setzt sich zu mir aufs Bett, streicht mir eine Strähne von den Schultern und sagt: »Mach dir keine Sorgen. Die sind bestimmt morgen wieder weg, weil sie sich so langweilen. Ich muss nur jetzt dringend …«

»Klar«, sage ich sofort. »Geh zu deinen Leuten.«

»Erst mal nach Hause, umziehen, duschen, Zähne putzen und so …«

»Klar«, sage ich wieder und denke mir: *Wie peinlich kann man eigentlich sein?*

Hunter zieht mich an sich und gibt mir einen dicken Kuss auf die Wange, und das macht meine Überforderung weniger schlimm, finde ich.

Ich beobachte ihn dabei, wie er in seine Hosen steigt. »Wie hoch schätzt du die Wahrscheinlichkeit, dass meine Jacke noch an der Garderobe im Erdgeschoss hängt? Ich habe sie gestern voll vergessen«, sagt er.

Ich verziehe nur das Gesicht.

»Okay. Dann bin ich wenigstens wach, wenn ich am Bungalow ankomme.« Er lacht. Es sind zwanzig Minuten strammer Fußmarsch bis dorthin. Er wird sich den Arsch abfrieren.

»Ich könnte dir einen von meinen Pullis …«

»Schon okay«, lehnt er mit einem Augenzwinkern ab, und ich habe wieder Angst, dass ich rot anlaufe. Als ob er mit einem meiner Mädchenpullis am helllichten Tag durch den Ort laufen würde.

Ich hocke wie eine Statue auf meinem Bett, als Hunter sich auf den Bürostuhl setzt und die Schuhe bindet. Dann steht er auf, kommt zu mir, legt beide Hände an meine Wange und küsst mich auf den Mund.

Einfach so.

Mein Herz wummert heftig. Es gibt so viele Dinge, Tausende Dinge, die ich ihn fragen und zu ihm sagen möchte, aber ich glaube, dafür ist jetzt keine Zeit.

»Ich weiß nicht, was meine Freunde planen, aber sehen wir uns heute?«

»Ja, wenn du möchtest?«

Er hat sich aufgerichtet und sieht auf mich herab. »Natürlich möchte ich, Elsa. Ich weiß nur nicht, was meine Freunde so vorhaben. Sie sind manchmal echt unberechenbar.« Er runzelt die Stirn. »Eigentlich immer.« Prompt muss ich lachen.

Von der anderen Seite der Tür klingt das Blubbern eines Wasserkochers zu uns.

»Kein Problem, melde dich einfach«, sage ich leichthin und ringe mir ein Lächeln ab. Natürlich ist das ein Problem. Ein riesengigantisches Problem, denn nicht nur Hunters High-Society-Freunde sind da, sondern auch seine *Ex-Freundin.* Bei der Erkenntnis schießt Eifersucht durch mich hindurch wie eine Stichflamme.

»Okay, mach ich. Versprochen«, sagt er, schenkt mir ein kleines Lächeln und schlüpft beinahe lautlos durch die Tür.

»Holy Shit!«, klingt es erschrocken aus dem Vorraum, ich höre Hunter irgendetwas Unverständliches murmeln. Während ich schnell irgendein T-Shirt und eine Pyjamahose überwerfe, schließt sich die Tür zum Flur, und ich spähe hinaus in den Vorraum.

Dort steht Lily, eine dampfende Teetasse in Händen, und sie starrt mir ungläubig entgegen.

»Sag mir, dass ich gerade nicht gesehen habe, was ich gerade gesehen habe.«

Meine Wangen brennen. »Doch, du hast es gesehen.«

»Er hat hier übernachtet?«, ruft sie überrascht.

Ich nicke.

»Hat er ... habt ihr ...«

»Ja. Haben wir.«

»*O mein Gott*«, ruft Lily, wirft die Hände in die Luft und verschüttet dabei die Hälfte ihres frisch aufgebrühten Früchtetees. Mit einem lauten *Platsch* trifft die Flüssigkeit auf den Boden. Lily achtet gar nicht darauf, sondern starrt mich an. So lange, bis ich es nicht mehr aushalte und mir die Hände vors Gesicht schlage.

»Schau mich nicht so an!«, sage ich in meine Handflächen.

»Wie bitte? *Schau mich nicht so an?* Und ob ich dich anschaue! Elsa! Wie? Was? Wieso? Und überhaupt: *Wie war es?*«, fragt sie und kommt auf mich zu.

Ich lasse die Hände sinken. »Ich glaube, also …«, stammle ich.

»Elsa?«, fragt Lily jetzt besorgt.

»Ich glaube, Lily, es war der beste Sex meines Lebens. Es war unfassbar.«

Lily reagiert zunächst gar nicht, sondern mustert mich nur weiterhin mit großen Augen. Dann stellt sie hastig ihre Tasse ab, gibt eine ohrenbetäubendes »YESSSSS!« von sich und schließt mich in die Arme. Sie lacht, und keine Ahnung, aber ich lache jetzt auch, weil ich dieses leichte flatternde Gefühl im Brustkorb habe, sobald ich an Hunter und letzte Nacht denke.

»So. Wir gehen frühstücken ins *Black Cat*, es ist fast elf Uhr, und ich habe einen Kater. Und dann will ich alles wissen, hörst du? *Alles!*«

30

Elsa

Hunter: *Fehlanzeige. Sie sind schlimmer als eine Horde Flöhe, ich kann sie keinen Moment allein lassen.*
Elsa: *Glaub ich dir.*
Hunter: *Darf ich heute Nacht zu dir kommen? Aber nur zur Warnung: Es könnte echt spät werden, die sind in Feierlaune und ziemlich ausdauernd.*
Elsa: *Hey, kein Problem. Wir können uns auch morgen sehen.*

Nein, können wir nicht. Weil das Gedankenkarussell, das sich seit der Sekunde, in der Hunter mein Zimmer verlassen hat, dreht, mich heute schon mehrmals an den Rande eines Nervenzusammenbruchs gebracht hat.

Ich hatte mit diesem Mann spektakulären, absolut unbegreiflich guten Sex und er verbringt den Tag darauf mit seiner Ex-Freundin.

Ich meine, was zur Hölle?

Selbst Menschen mit einem etwas ausgeprägteren Selbstbewusstsein als ich wären in dieser Situation … verunsichert?

Tippend laufe ich den Fußweg des Unihügels hinab. Ich treffe gleich Lily, Ellis und Theo zum Burger-Essen bei den Foodtrucks. Es ist halb sechs Uhr abends, bereits ziemlich dunkel, und ich muss aufpassen, dass ich nicht hinfalle, weil ich wie eine Abhängige auf die drei Punkte auf meinem Display starre und warte, was Hunter antworten wird.

Doch seine Nachricht dauert, also lasse ich das Handy in meiner Jackentasche verschwinden.

Ich sollte mich ablenken und mir nicht ständig vorstellen, was Hunter jetzt wohl gerade macht. Ich habe Melissa in der Freundesliste seines Insta-Accounts ausfindig gemacht, mich aber nicht getraut, ihre Stories anzusehen. Dann war ich mehrmals kurz davor, Frida im *Black Cat* anzurufen und sie zu fragen, ob sie zufällig etwas von Hunter und seinen Leuten mitbekommen hat. Im letzten Moment habe ich mich davon abgehalten. Ich bin ja nicht seine betrogene Liebhaberin oder so.

Hoffe ich.

Seufzend erreiche ich das Fußende des Hügels und folge dann einem Impuls, als ich stehen bleibe, mein Handy schon wieder hervorziehe, Hunters neue Nachricht vom Display wische und stattdessen die Nummer von zu Hause wähle.

Es klingelt einige Male, ehe Mum abhebt.

»Hallo«, sage ich fröhlich. Zum ersten Mal seit zwei Monaten melde ich mich freiwillig bei ihnen.

»Hallo, Liebes! Was für eine Überraschung!« Gott sei Dank ist Mum drangegangen und nicht Dad, mit dem ein Gespräch unendlich viel unangenehmer gewesen wäre.

»Dachte, ich melde mich mal wieder«, beginne ich und bin guter Dinge, dass das Telefonat zumindest okay laufen wird.

»Das ist schön. Wie geht's dir? Wie läuft's mit dem Lernen?«

Sofort verziehe ich das Gesicht. Ist das wirklich die zweite Frage, die sie mir stellt?

Manchmal habe ich das Gefühl, es ist wie ein Automatismus bei meinen Eltern. Immer fragen sie nach der Uni und dem Lernen, früher haben sie nach der Schule gefragt – seit jeher schien sie das am meisten interessiert zu haben.

Und nicht zum ersten Mal beschleicht mich der Verdacht, dass sie womöglich gar nicht wissen, über was sie sonst mit mir reden könnten. Sie nehmen wenig Anteil an meinen Interessen außerhalb der Uni und finden es vielleicht sogar unangemessen, dass ich überhaupt Hobbys habe, solange meine Noten so katastrophal sind.

»Es läuft sehr gut«, antworte ich nach kurzem Schweigen. »Ich bin jetzt in einer Lerngruppe und wir treffen uns jeden zweiten Tag.« Anders als sonst muss ich meinen Eltern heute nicht irgendeinen Humbug darüber auftischen, wie hart und viel ich angeblich gelernt habe. »Und das Masterarbeitsthema wurde vom Prof abgenommen.«

»Das ist ja wunderbar! Dein Vater wird sich sehr freuen, das zu hören.«

Und irgendwie tut dieser Satz weh. Würde er sich auch freuen, von mir zu hören, wenn ich keine Lernerfolge zu berichten hätte?

Ich glaube kaum.

»Und wie geht es euch?«

»Ach, wie immer«, sagt Mum schnell. »Dad hat viel zu tun und mal wieder Ärger mit den Kollegen, und ich mache momentan ein Paar Zusatzschichten bei *Marks & Spencer*.«

Erst als ich mein Bachelorstudium begonnen habe, hat Mum wieder angefangen zu arbeiten. Vorher war sie Hausfrau. Ich fand das schon immer etwas seltsam, weil die Mütter aller meiner Freundinnen gearbeitet haben, zumindest in Teilzeit. Mum wollte aber für Dad und mich da sein, hat sie gesagt. Jetzt steht sie in einem Warenhaus an der Kasse, und heimlich hege ich den Verdacht, dass sie seit einigen Monaten sogar noch mehr arbeitet, um das Geld zu kompensieren, das sie für meine Studiengebühren aus ihrem Rentenfonds genommen haben.

»Ach ja?«, frage ich nach.

»Ja, ich arbeite jetzt auch manchmal die Sonntagsschichten. Das passt zwar Dad nicht so gut, aber irgendjemand muss es ja machen, und meine Kolleginnen haben alle noch kleine Kinder.«

Nett von Mum. Aber danach habe ich nicht gefragt. Ich wollte wissen, wie es ihnen geht, nicht, wie es auf der Arbeit läuft. Doch das spreche ich nicht aus. Weil ich befürchte, dass Mum mich überhaupt nicht verstünde, wenn ich nachhaken würde.

»Das ist echt freundlich von dir«, sage ich halbherzig und habe plötzlich überhaupt keine Lust mehr, das Telefonat weiterzuführen. »Da kommen meine Freunde, ich muss aufhören, Mum!«

»Dann viel Spaß, und ähm ... melde dich bald mal wieder, ja?« Und jetzt regt sich doch etwas in mir, denn Mum scheint sich ehrlich zu wünschen, öfter mal mit mir zu sprechen.

»Das mache ich. Nächste Woche wieder, okay?«

»Das wäre wunderbar!«

»Bye, Mum.«

Meine Mutter verabschiedet sich, ich lege auf, sehe noch ein oder zwei Schritte lang auf mein Display und versuche, die Enttäuschung in meiner Brust nicht zuzulassen. Die Gespräche mit meinen Eltern laufen immer so. Fast drei Minuten Gesprächszeit, ohne dass wir irgendetwas Persönliches ausgetauscht hätten.

Mein Daumen schwebt über der Messenger-App, weil ich

weiß, dass da noch Hunters unbeantwortete Nachricht auf mich wartet.

Doch dann beiße ich die Zähne aufeinander und stecke das Handy weg. *Eine Stunde*, rede ich mir ein. *Eine Stunde lang schaust du jetzt nicht auf dein Handy, sondern triffst dich mit deinen Freunden, hast eine gute Zeit und zerbrichst dir NICHT den Kopf darüber, was er wohl gerade macht.*

Ich ziehe den Reißverschluss meiner Jackentasche zu und beschleunige die Schritte, denn aus der Ferne sehe ich, dass Lily und Ellis bereits vor Theos Cart stehen.

»Hi«, begrüße ich die anderen von hinten.

»Heeey«, macht Lily und umarmt mich.

Zwei Stunden lang haben wir heute im *Black Cat* gesessen, am hintersten Tisch, damit niemand mithören kann, und ich musste ihr alles erzählen. Natürlich habe ich einige Details ausgelassen, aber allein noch einmal die Geschehnisse von letzter Nacht zu rekapitulieren war ein bisschen so, als hätte ich sie erneut erlebt. Seitdem rauscht durch meinen Körper wieder so viel Adrenalin, dass ich konstantes Herzrasen habe.

Ich habe Lily beschworen, mit niemandem darüber zu sprechen außer Ellis, dem sie es sowieso nicht lange verheimlichen könnte, weil er ziemlich feine Antennen hat.

Er mustert mich eine Spur länger, als er es sonst tun würde, nachdem er mich kurz, aber fest umarmt hat. Als würde er mich plötzlich mit ganz neuen Augen sehen.

Gerade frage ich mich, was jetzt in Ellis' Kopf vorgeht, als sich Theo zu mir umdreht. Er hat das Vorhängeschloss seines kleinen Verkaufswagens geprüft und lässt nun den Schlüssel in seiner Jackentasche verschwinden. Heute trägt er eine silberne Daunenjacke, weit ausgestellte Jeans und Plateauschuhe (die er vermutlich sogar den ganzen Tag im

Coffee Cart getragen hat, der Mann ist echt eisern). Unter seiner Jacke blitzt ein Strickpulli hervor, den er sicher in irgendeinem Secondhand-Laden erstanden hat, weil er aussieht, als wäre er original aus den 80er-Jahren. Theo würde perfekt nach Hackney oder Camden passen, und nicht zum ersten Mal frage ich mich, was ihn hierher in das kleine Marchlyn Falls verschlagen hat. Eigentlich ist er gar kein Waliser.

Theo schließt mich in die Arme, gibt mir rechts und links ein Küsschen, hält mich dann an den Schultern und mustert mich eingehend. »Du siehst anders aus«, stellt er fest.

»Gestern waren Lily und ich auf der Party im Wohnheim. Ich sehe in erster Linie verkatert aus«, verteidige ich mich.

Lily schaut nur mit einem vielsagenden Schmunzeln zwischen Theo und mir hin und her, was ihm natürlich sofort auffällt. »Was geht hier vor?«, will er mit dramatischer Miene wissen. »Was habe ich verpasst?«

»Ich will jetzt erst mal einen Burger essen, okay?« Ich setze mich in Bewegung in Richtung des Foodtrucks, wo es Wraps, Burger und die besten Süßkartoffelpommes in ganz Wales gibt.

Die Schlange ist nicht besonders lang, weil Mitte Februar nur die Hartgesottenen draußen ihren Burger essen, Heizpilz hin oder her.

Als wir unsere Tabletts mit dem verführerisch duftenden Essen in Händen halten, setzen wir uns unter eines dieser wärmenden Dinger.

Eigentlich habe ich gar keinen Hunger. Das war schon heute früh im *Black Cat* so. Ich habe mir ein halbes Sandwich reingezwungen und anschließend heimlich unter dem Tisch Robert the Bruce mit den Thunfischresten gefüttert, bis mir Frida einen strengen Blick zugeworfen und mit einer recht eindeutigen Geste mitgeteilt hat, dass der Kater ohnehin zu wohlgenährt sei.

Damit es nicht so auffällt, dass ich nichts esse, greife ich erst mal zu meinen Pommes und tunke sie in den Curryketchup, der in einem kleinen Papierbecher auf meinem Tablett steht.

Bisher habe ich allen Fragen von Theo ausweichen können, allmählich werde ich aber mürbe. Zum einen, weil er eine Fragetechnik besitzt, die dem Scotland Yard würdig wäre, und er einfach nicht lockerlässt. Und zum anderen würde ich liebend gerne über die ganze Sache mit Hunter sprechen. Offen gestanden möchte ich den ganzen Tag nur noch mit allen über Hunter sprechen und stöhne innerlich, weil ich mich fühle wie ein verliebter Teenie.

»O Gott, awkward hoch tauseeeeend«, höre ich Theo sagen und sehe gleichzeitig, wie Lily alarmiert die Brauen hochzieht. »Da sind Hunter und seine Freunde.«

Die eine Pommes, die ich gerade essen wollte, fällt mir aus den Fingern, weil ein Gefühl durch meinen Körper jagt, als hätte mir jemand einen Stromschlag versetzt.

Ich werfe Lily einen Hilfe suchenden Blick zu, schaffe es aber nicht, mich umzudrehen.

»Er ist mit drei Jungs und einem Mädel da«, erklärt Lily.

»M-hm, das sind wohl seine Freunde aus Cambridge«, ergänze ich.

Und seine Ex-Freundin. Melissa.

O Gott, ich kann jetzt nicht Melissa treffen, das geht auf gar keinen Fall.

Was, um Himmels willen, soll ich tun? Zu ihm hinübergehen? Einfach hier sitzen bleiben und so tun, als hätte ich ihn nicht gesehen? Mein Puls hämmert mir so heftig und schnell in den Ohren, dass ich glaube, gleich zu hyperventilieren.

»Entspann dich«, sagt Ellis mit seiner ruhigen, tiefen Stimme. »Er ist nach uns gekommen, also liegt es an ihm, bei uns am Tisch vorbeizuschauen oder auch nicht.«

Theo verengt die Augen. »Moment mal, wieso ist das hier jetzt so ein Thema? Ich bekomme langsam den Eindruck, dass … *Holy Shit, Elsa! Ihr habt nicht …*«

»Das ist nicht der richtige Zeitpunkt!«, schneide ich ihm das Wort ab.

»Holy Shit!«, ruft Theo erneut, starrt mich an, und jetzt drehe ich mich, so unauffällig ich kann, eben doch um.

Hunter trägt eine dicke schwarze Jacke, sicher irgendein supertrendiges koreanisches Label oder so, darunter einen Hoodie und eine lockere Jeans. Augenblicklich kribbelt ein Gefühl mein Rückgrat hoch und ballt sich in meiner Brust, das sich verdammt nach Sehnsucht anfühlt.

Seine Freunde und er lachen, Melissa legt ihm die Hand auf den Unterarm, und etwas in mir verhärtet sich. Sie erzählt ihm sicherlich nur irgendetwas über die Speisekarte, die auf einer Kreidetafel an der Seite des Foodtrucks angebracht ist. Oder flirten die zwei?

Wie ein Laserstrahl frisst sich Eifersucht durch meinen Bauch und hinterlässt eine völlig irrationale, sengende Wut. Oder ist es Angst? Ich weiß es nicht, jedenfalls greife ich, ohne weiter darüber nachzudenken, nach meiner Tasche. »Ich will hier weg.« Mit zusammengekniffenen Augen schätze ich die Schritte, die ich brauche, ehe ich hinter den Autos auf dem angrenzenden Parkplatz verschwinden kann, und wie hoch die Wahrscheinlichkeit dabei ist, dass Hunter auf mich aufmerksam wird.

Doch Theo hält mich an der Jacke fest. »Was auch immer zwischen euch passiert ist, *du erzählst es mir ja nicht*«, sagt er in dem für ihn so typisch dramatischen Tonfall. »Du läufst jetzt auf keinen Fall vor ihm davon.«

Und es kommt noch schlimmer, denn während ich mit Theo rangle, weil er sich weigert, mich loszulassen, wird Melissa auf uns aufmerksam. Genau in dem Moment, in dem ich erneut zu ihnen schaue. Unsere Blicke kollidieren, ich halte die Luft an, und als sie uns winkt, tue ich das Unsouveränste, was ich überhaupt machen könnte: Ich drehe mich wieder um und tue so, als wäre ich plötzlich vollends damit beschäftigt, meinen Burger zu essen. Hundertprozentig hat mich Hunter auch gesehen, und eigentlich können die jetzt gar nicht mehr anders, als zu uns …

»Okay, sie kommen«, stellt Lily mit etwas zu hoher Stimme fest, und Ellis wirft ihr einen verwunderten Blick zu.

Mein Herz hämmert inzwischen so wild, dass ich befürchte, gleich von der Bank zu kippen, was bei meinem Hang zu peinlichen Situationen ziemlich sicher auch die nächsten ein oder zwei Minuten passieren wird.

Melissa bahnt sich einen Weg zwischen den Tischen zu uns, direkt hinter ihr folgt Hunter.

Einen Wimpernschlag lang halte ich es aus, Melissa entgegenzusehen, dann bleibt meine gesamte Aufmerksamkeit an Hunter hängen. Er beachtet die anderen gar nicht, er sieht nur mich an, und als wir uns in die Augen schauen, habe ich das Gefühl, dass ein Vibrieren durch meinen Körper läuft.

»Hey«, sagt er zu mir, was ein Prickeln überall auf meiner Haut verursacht.

Ich schlucke und krächze ein »Hi«, und ausgerechnet Melissa bewahrt uns davor, dass die Situation jetzt komisch wird.

»Hi, Theo!«, sagt sie, als wären die beiden seit Jahren befreundet. Einen Moment bin ich verwirrt.

»Melissa, richtig?«, fragt Theo sofort nach, und ich schicke ein Stoßgebet zum Himmel, dass ich hier nicht irgendetwas Grundlegendes verpasst habe. Wenn Theo und Melissa Freunde wären, wäre ich, glaube ich, tatsächlich von der Bank gekippt.

»Genau, du hast es dir gemerkt!« Sie lächelt und sieht dabei so unfassbar schön aus, dass mir schlagartig übel wird. Wieso hat Hunter noch mal mit ihr Schluss gemacht? Diese Frau ist die Perfektion auf zwei Beinen.

Und versucht ganz offenbar, Hunter zurückzugewinnen.

Da kann ich doch nur noch verlieren, oder?

»Hast du schon Feierabend? Ich habe gehofft, dass meine Freunde und ich heute noch einen deiner legendären Winterkaffees bekommen könnten.«

»Den hättest du auch nicht gekriegt, als ich noch geöffnet hatte, den gab es nämlich nur in diesem TikTok, erinnerst du dich?« Er zwinkert Melissa zu, und mir wird ein bisschen kalt dabei.

»Ach richtig«, sie lacht. Sie macht das mit voller Absicht. Sie erwähnt den Winterkaffee vor mir, weil sie ahnt, dass ich hinter dem BakeTok-Account stehe, oder?

Und jetzt sieht sie mich an. »Hallo, Elsa!«, begrüßt sie mich, lächelt freundlich, doch irgendwie bilde ich mir ein, dass da etwas Feindseliges hinter ihrem Strahlelächeln lauert. Wie viel weiß sie? Denkt sie, Hunter und ich sind zusammen, oder war ihr von vorneherein klar, dass das nur eine Fake-Beziehung war?

»Hunter hat mir schon *so viel* von dir erzählt«, plappert sie weiter, und ich habe das Gefühl, dass sich mein Magen verknotet. »Das sind Matthew, David und Noah«, stellt sie die Jungs hinter sich vor. »Wir haben alle zusammen mit Hunter in Cambridge studiert.«

»Hi«, sagen Lily und Ellis beinahe gleichzeitig und heben grüßend die Hand.

»Hellou«, kommt es von Theo, der alle drei Jungs recht offensichtlich abcheckt.

»Wollten wir uns nicht bei den Burgern anstellen? Die Schlange wird immer länger«, meldet sich jetzt Hunter. Ich habe nicht den leisesten Schimmer, was in ihm vorgeht, denn seine Miene ist undurchdringlich.

Unter dem Tisch spüre ich eine Hand auf meinem Knie. Lily drückt ermutigend zu, weil mir meine Überforderung wohl ziemlich deutlich ins Gesicht geschrieben steht.

»Ja, ich sterbe vor Hunger«, sagt einer der Typen und geht zurück zum Foodtruck.

»Kommst du, Hunter?«, fragt jetzt Melissa, doch Hunter zögert. Etwas arbeitet in ihm. Ich habe keine Ahnung, was er vorhat, und werde noch nervöser.

»Gleich«, sagt er, kommt um den Tisch herum und quetscht sich neben mich auf die Sitzbank.

Er ignoriert die neugierigen Blicke von Lily, Ellis und Theo, beugt sich zu mir und legt seinen Arm um meinen Nacken. Überrascht drehe ich mich zu ihm, dann flüstert er »Hi« an meinen Lippen und gibt mir einen Kuss.

Es ist kein langer, aber ein nachdrücklicher Kuss. Er möchte mir damit etwas sagen, das ist mir klar, doch ich bin so überfordert von der Tatsache, dass Hunter mich in der Öffentlichkeit küsst, dass ich überhaupt nicht weiß, was ich jetzt tun soll.

Hunter übergeht meine Starre und deutet mit dem Kopf

in Richtung seiner Leute. »Sorry dafür«, sagt er und verzieht einen Mundwinkel. »Du hast meine Nachrichten nicht mehr gelesen, sonst hättest du gewusst, dass wir hierherkommen.«

»Ja, ich …«

»Whoooaa, Hunter, kommst du mal?«, ruft einer seiner Kumpels, und Hunter seufzt.

»Ich muss.« Während er aufsteht, sieht er mir fest in die Augen und das lässt ein warmes Gefühl in meinem Bauch entstehen. »Aber wir sehen uns nachher, ja?«

»Klar, wenn du Zeit hast?«

»Ich schreib dir. Vergiss nicht, auf dein Handy zu schauen.« Er zwinkert mir zu und winkt den anderen am Tisch zum Abschied.

»I keep coming back, this must be serious«, singt Theo, während Hunter sich entfernt.

Lily lacht, und ich werfe ein Stück verkohlte Pommes nach ihm.

»Elsa, Babe, der meint das ernst«, stellt Theo voller Überzeugung fest.

»Ey, zip it«, wehre ich ab und mache eine Reißverschlussgeste vor meinen Lippen.

Weil ich mir nicht so viele Hoffnungen machen darf. Weil ich die Möglichkeit, dass das zwischen Hunter und mir etwas werden könnte, unter keinen Umständen denken darf.

Wenn ich mich jetzt voll darauf einlasse und Hunter es sich dann doch anders überlegt, würde es mich komplett zerstören.

Tief in mir glaube ich nämlich, dass er das wird. Denn das wäre alles zu gut, um wahr zu sein, oder nicht?

Als Hunter längst wieder bei den anderen ist und mit ihnen die Karte studiert, schaut Melissa zu uns. Besser gesagt, zu mir. Und der Ausdruck auf ihrem Gesicht zündet blitzartig einige kleine Explosionen in meinem Magen. Er ist kalt und drohend.

Ich glaube, er ist eine Kriegserklärung.

31

Hunter

Ich sehe Noah und Matthew zu, wie sie im *Sainsburys* den Einkaufswagen wild und planlos mit Alkohol, Chips und Snacks vollladen. Melissa hat sich hinten auf den Wagen gestellt und lässt sich herumfahren. Sie war und ist die heimliche Queen unserer Clique.

Jahrelang war genau das meine Definition von Glück: Irgendeine spontane Aktion mit meinen Leuten zu starten, nicht drüber nachzudenken, was morgen sein wird, und einfach zu feiern. Alles vergessen, die Beats in den Clubs in uns aufnehmen, trinken, lachen und tanzen, bis wir schweißgebadet und gefüllt mit Adrenalin und Dopamin das Grinsen nicht mehr aus unseren Gesichtern bekommen.

Genau so etwas könnte das heute werden.

Nur irgendwie fühle ich es nicht mehr. Seit meine Freunde ihren Spontanbesuch angekündigt haben, warte ich auf die gewohnte Leichtigkeit und das Gefühl, los- und mich auf ein paar spaßige Tage einlassen zu können.

Aber es kommt nicht.

Matthew bremst den Einkaufswagen vor dem Regal mit dem Wein. Er ist besonders vorsichtig mit Melissa und passt auf sie auf. Eigentlich steht er seit Jahren auf sie. Das war durchaus problematisch, als Melissa und ich noch zusammen waren. Manchmal war ich eifersüchtig auf Matthew, wenn sie ihm für meinen Geschmack zu viel Aufmerksamkeit geschenkt hat. Wenn Matthew der Meinung war, ich würde mich Melissa gegenüber nicht ganz korrekt verhalten, hat er mich sogar angegangen.

Und jetzt sehe ich die beiden miteinander, und es macht mir überhaupt nichts mehr aus. Im Gegenteil, ich freue mich, dass die zwei womöglich zusammenkommen könnten, wenn Melissa mal versteht, dass Matthew ein guter Kerl sein kann.

Die vier fahren lachend mit dem Einkaufswagen vor mir her, haben Spaß, machen Blödsinn – und ich will eigentlich nur bei Elsa sein.

Die Nacht mit ihr war absolut unglaublich. Dieses Vertrauen, das wir einander schenken konnten, und dieser Hunger aufeinander, den wir endlich nicht mehr zügeln mussten.

Ganz ehrlich, ich weiß nicht, ob ich so etwas schon einmal erlebt habe. Es war wie ein Erdbeben, das mich in meinen Grundfesten erschüttert hat. Denn es hat sich nicht nur körperlich so angefühlt, als wären wir das perfekte Match.

Schon vor dieser Nacht wusste ich, dass ich Elsa und mir eine Chance geben wollte.

Doch erst jetzt weiß ich, *wie sehr* ich es will. Wie heftig und tief meine Gefühle für sie sind. Es kommt mir vor, als wäre etwas in mir aufgebrochen. Elsa hat etwas in mir freigesetzt, und ich weiß, dass es jetzt kein Zurück mehr gibt.

Planlos werfen Matthew und David die teuersten Schokoladen, die sie finden können, in den Einkaufswagen. David hält fragend eine XXL-Packung Aeros in meine Richtung, ich zucke gleichgültig mit den Schultern, und er legt sie trotzdem zu unseren Einkäufen. Früher habe ich im Suff Aeros vergöttert.

Ich verstehe schon, was meine Freunde hier machen. Sie wollen mir die Hand reichen, sie wollen, dass unsere Freundschaft wieder das wird, was sie vor der Sache in Cambridge einmal war.

Monatelang habe ich mir genau das gewünscht. Meine Leute hier bei mir, Party, Alkohol, Drogen, ausflippen, whatever. Ich habe mein Leben in Marchlyn Falls gehasst. Ich habe mich gefühlt, als würde ich in einem Vakuum leben, einer Art luftleerem Raum.

Inzwischen hat sich das geändert. Vielleicht finde ich mein Leben in Marchlyn Falls noch immer nicht besonders cool. Aber mir ist klar geworden, dass ich das Leben, aus dem ich komme, ebenfalls nicht mehr möchte. Es kann auch ganz okay sein, mal nicht ständig Pläne zu machen für den nächsten Wochenendtrip nach Saint Tropez, die nächste Clubnacht, das nächste Event – Hauptsache, nicht bei sich sein, Hauptsache, beschäftigt sein, Hauptsache, dem Hier und Jetzt entfliehen.

Plötzlich war das Hier und Jetzt genau da, wo ich sein wollte.

Und das liegt an Elsa.

»Ey, Hunter, steh da nicht so blöd rum, hilf uns lieber mit den Sixpacks.«

Ich glaube, sie genießen Marchlyn Falls. Hier kennt sie niemand, sie müssen auf nichts achten, und irgendwelche Leute von der Presse verirren sich auch nicht in den hintersten Winkel von Wales und machen Snapshots von unseren Eskapaden, wie es in London vor den Clubs und Restaurants oft der Fall ist.

Behauptet haben sie natürlich etwas ganz anderes. *Arschlangweilig*, hat David vorhin gemeint, als wir nach dem Burgeressen durch die Straßen gelaufen sind und außer in den beiden Pubs an der Promenade absolut gar nichts los war. *Dann schmeißen wir halt unsere eigene Party in unseren Bungalows* – das war Melissas Vorschlag gewesen. Das ist nämlich die andere Sache: Sie haben sich in den beiden Häusern direkt neben mir einquartiert. Und zwar nicht nur für eine Nacht, sondern für geschlagene fünf Tage.

Ich habe nur verkniffen gelächelt und mir gedacht: *Fuck, das wird eine lange Nacht, das werden lange Tage, und wie schaffe ich es in der Zeit, Elsa zu sehen?*

»Jetzt beweg deinen Hintern mal hier rüber«, ruft David von der Kasse, weil ich vor dem Regal mit den Energydrinks stehen geblieben bin und mit leerem Blick auf die Dosen der Marke starre, die mir Elsa damals gekauft hat.

Bei unseren Bungalows angekommen, bestehen sie darauf, die Party bei mir steigen zu lassen, was klar war, weil sie dann anschließend nicht aufräumen müssen und ich das garantiert als Allererstes am nächsten Morgen tun werde. Unordnung und Schmutz kann ich nicht ab.

Sobald wir die Einkäufe auf meinen Küchentresen gehäuft haben, beginnen wir mit Shots. Noah dreht die Musik in seinen Bluetooth-Boxen auf maximale Lautstärke, wir grölen mit und tanzen, aber es dauert nicht lange, eine halbe Stunde vielleicht, bis mir auffällt, dass Melissa sich zurückgezogen hat. Nur in Jeans und Tanktop steht sie in der Kälte auf der Terrasse und schaut in die Dunkelheit.

Seit unserer Aussprache letzte Woche habe ich kein Wort unter vier Augen mit ihr gewechselt. Im Grunde war unser Gespräch gar keine echte Aussprache. Zwar hat sich Melissa bei mir entschuldigt und gesagt, wie sehr sie unter der

Situation leidet und welche Vorwürfe sie sich noch immer macht, was mehr ist, als ich von ihr erwartet habe. Und das rechne ich ihr hoch an. Doch sie scheint nicht verstanden zu haben, dass mit dieser Entschuldigung nicht wieder alles gut ist und wir einfach da weitermachen können, wo wir aufgehört haben.

Sie wartet dort draußen auf mich, das ist mir klar, und ich gebe mir einen Ruck und geselle mich zu ihr.

Schon als ich neben sie trete, bemerke ich die Gänsehaut auf ihren Armen, also ziehe ich meinen Hoodie aus und reiche ihn ihr. Erst beäugt sie ihn skeptisch, nimmt ihn mir dann aber aus der Hand und zieht ihn über. Sie ertrinkt fast darin, weil sie so zierlich und schmal ist.

»Elsa also«, stellt sie nach einigen Momenten des Schweigens fest. Ich wusste, dass sie es ansprechen wird. Die Jungs haben unseren Kuss vorhin bei den Foodtrucks zwar ebenfalls gesehen, aber es ist Männercode, dass wir über so etwas nicht sprechen, außer ich erwähne es explizit.

»Hast du endlich wieder jemanden, auf den du aufpassen kannst, hm?«, fragt sie leise.

»Quatsch«, sage ich sofort, dennoch trifft mich ihr Kommentar. Bin ich so?

»So wie du das bei mir auch immer gemacht hast«, fährt Melissa mit trauriger Stimme fort.

»Das macht man in einer Beziehung eben. Man passt aufeinander auf«, kann ich es mir nicht verkneifen, aber Melissa geht gar nicht darauf ein.

»Seid ihr wirklich zusammen oder einfach nur *friends with benefits*?«

»Hör auf zu fragen, du wirst nicht mehr über Elsa erfahren«, antworte ich leise, aber deutlich.

»Dann sag *du* deinen Eltern, dass sie aufhören sollen, mir ständig vorzuschlagen, auf irgendwelche Events zu gehen, bei denen du auch aufkreuzen könntest.«

»Das tun sie?«

»Die Charity-Gala nächstes Wochenende im Crimson Club zum Beispiel.«

Ich hatte den Termin schon wieder verdrängt, aber es stimmt. Ich werde dort sein, weil ich einer der Paten des *Children Learn*-Projekts bin. Eine Stiftung, die sich um Nachhilfelehrerinnen und -lehrer für Kinder von Geflüchteten und aus sozial benachteiligten Familien bemüht. David, Noah und Matthew werden ebenfalls dort sein, weil wir alle mehrere Patenschaften übernommen haben.

»Tut mir echt leid.« Und das stimmt auch. »Aber du weißt genauso gut wie ich, dass sie niemals auf das hören, was ich ihnen sage. Ignorier sie.«

»Das geht nicht so einfach.« Das ist Bullshit. Melissa ist eine Meisterin des Ignorierens. Das ist etwas, das wir von klein auf gelernt haben: immer eine unberührte Miene aufsetzen, die Blicke von anderen ignorieren, Fotografen ignorieren, Zeitungsberichte ignorieren …

»Lass es einfach, Melissa«, warne ich sie. Es bringt nichts, sie noch zu schonen und freundlich zu sein. »Das zwischen uns ist vorbei, und es wird sich auch nichts mehr daran ändern. Und irgendwann werden meine Eltern das akzeptieren. Das Problem ist, dass du es selbst nicht akzeptierst.«

»Weil ich nicht fassen kann, dass du einfach alles weggeworfen hast, was wir hatten, weil ich *einen Fehler* gemacht habe? *Einen einzigen Fehler?* Niemand hat von dir erwartet, dass du dich für mich aufopferst.«

»Nein? Hast du das nicht?«, frage ich scharf.

»Natürlich nicht! Ich wusste, dass es ein Risiko war, so viel Kokain mit in den Club zu nehmen. Du hättest es nicht nehmen und in deine Jackentasche stecken sollen, als die Polizei kam!«

»Du hast es gesehen und hast mich nicht davon abgehalten.«

»Immer und immer die gleichen Unterhaltungen.« Melissa wird laut. »Ich hatte Angst, Hunter! Verstehst du das nicht?«

»Doch, das verstehe ich«, antworte ich und lasse mich nicht aus der Ruhe bringen. »Und es war okay, dass du Angst hattest. Aber es war nicht okay, dass du dich genau wie alle anderen geweigert hast, eine Aussage zu machen, dass wir alle dieses Kokain konsumieren wollten. Dass es nicht nur meins war.« Ich will sie damit nicht mehr angreifen. Das alles ist längst vorbei.

Melissa hält plötzlich den Kopf gesenkt und ein Schniefen dringt zu mir. Ihre Schultern zucken, und sie gibt ein leises Schluchzen von sich, was mich ehrlich gesagt ziemlich überfordert. Soll ich sie in den Arm nehmen? Sie trösten? Was kann ich tun?

Einen Augenblick ringe ich mit mir, doch dann gebe ich mir einen Ruck und schließe sie in die Arme. Geduldig streiche ich ihr über den Rücken, während sie sich an mich klammert und in mein T-Shirt weint.

Einen kurzen Moment beschleicht mich das Gefühl, dass ihre Tränen gar nicht echt sind, aber ich verwerfe den Gedanken sofort wieder, weil ich ihr das nicht zutraue. Eng umschlungen stehen wir im Halbdunkel, und irgendwie fühle ich mich immer unwohler in dieser Situation. Melissa presst sich an mich, vergräbt ihr Gesicht an meiner Brust und ich spüre ihren *gesamten* Körper an meinem. Gerade werde ich mir immer sicherer, dass sie gar nicht unbedingt von mir getröstet werden möchte, sondern ...

Ich löse mich von ihr. »Komm, wir gehen rein, es wird echt kalt hier draußen.«

»Ja, sorry.« Sie lacht unter Tränen, weil sie sich in meinen Pulli kuschelt und ich nur im T-Shirt hier rumstehe, wischt sich mit dem Bund über die Wangen, nickt.

»Leute, ich glaub, ich muss noch mal los«, sage ich, sobald ich die Glastür zur Terrasse zugeschoben habe. Ich ignoriere Melissas verletzten Blick und auch die Tatsache, dass sie zum Küchentresen geht und aus der Flasche einen großem Schluck puren Wodka nimmt.

Meine Schultern verspannen sich.

Matthew, der inzwischen meine Playstation entdeckt hat, zieht sich die VR-Brille vom Kopf. »Come on, Mann! Wir haben uns monatelang nicht gesehen, und jetzt willst du dich verpissen?«

Ich habe mit nichts anderem gerechnet. »Sorry, ich hab noch eine Verabredung.«

»Aaah, mit der kleinen Rothaarigen, ja?« Matthew macht eine kurvige Bewegung mit den Händen und ich werfe ihm einen vernichtenden Blick zu. »Wusste gar nicht, dass du auf so was stehst«, kann er sich nicht verkneifen.

»Halt's Maul«, sage ich bloß.

»*Bros before hoes*«, meldet sich David vom Sofa aus, öffnet eine Pistazie, krümelt dabei den Teppich voll und wirft sie sich in den Mund. »Außerdem, lass uns in deiner Bude lieber nicht allein.« Während er kaut, wackelt er vielsagend mit den Augenbrauen. Es wäre nicht das erste Mal, dass einer unserer wilden Nächte irgendeine Wohnungseinrichtung zum Opfer fällt und wir anschließend Tausende Pfund für eine Sanierung blechen müssen.

»Mach keinen Scheiß und bleib hier«, sagt jetzt auch Noah

vom Tresen und wirft Melissa einen kurzen Blick zu. Die steht nur mit ihrer Flasche Wodka in der Hand im Türrahmen und verfolgt die ganze Szene mit glasigen Augen.

Und dann spreche ich endlich aus, was mir seit Stunden auf der Zunge liegt. »Jetzt tut nicht so, als wären wir beste Freunde! Das waren wir vielleicht mal, aber ich hatte den Eindruck, dass es euch über lange Zeit ziemlich gut gepasst hat, dass ich hier im Exil gelandet bin und wir keinen Kontakt hatten.«

»Wow.« Achtlos lässt Matthew die VR-Brille aufs Sofa fallen und hebt empört die Hände.

»Was laberst du für einen Müll?«, will Noah feindselig wissen und kommt um den Tresen herum. Er war schon immer der mit der kürzesten Zündschnur.

»Ich labere keinen Müll! Du warst derjenige, der mir vor genau einem Jahr gesagt hat, ich solle mal halblang machen und dich in die ganze Sache nicht mit reinziehen, oder nicht?«

Er hat es sogar wortwörtlich so gesagt.

»Junge, das heißt doch nicht, dass wir keinen Kontakt haben wollten. Das heißt nur, dass du vorsichtig sein solltest, wen du bei der ganzen Geschichte mit dranhängst.«

Und jetzt ist sie doch wieder da. Die Wut und die Enttäuschung, die sich wie kleine Blitze in meinem Brustkorb entladen.

»Ich dachte, wir wären Freunde und helfen einander, wenn wir mal in der Scheiße stecken!«

Das habe ich wirklich gedacht. Ich habe damals, als ich in der Polizeistation saß, ernsthaft damit gerechnet, dass zumindest Noah und Matthew und auf jeden Fall Melissa auftauchen würden. Und dass sie gestehen, dass die fast zwanzig Gramm Kokain, die in meiner Jackentasche gefunden wurden, von uns allen waren.

Ich war mal wieder total verblendet, habe zu viel die Musketiere oder *Captain America* geschaut, und nicht verstanden, dass wir jahrelang Spaß miteinander haben können, aber dass ich, wenn es darauf ankommt, auf mich gestellt bin.

Das war bitter. Und eigentlich finde ich es heute noch bitter.

»Alter, was stimmt nicht mit dir! *Du* wurdest mit dem scheiß Kokain aufgegriffen, nicht wir!« Matthew baut sich mit verschränkten Armen vor mir auf.

»Willst du mich verarschen?«, brülle ich ihn an. »Natürlich wurde ich damit aufgegriffen, es war in Melissas Handtasche! Glaubst du ernsthaft, ich lasse meine Freundin ins offene Messer laufen? Ihr alle habt das scheiß Koks genommen, wegen dem ich jetzt vorbestraft bin!«

Vom Türrahmen klingt ein Schluchzer zu uns, Melissa schlägt sich die Hand vor den Mund und verschwindet, ich glaube, in eines der Badezimmer.

»Du doch genauso«, sagt Noah leise. »Du hast es genauso genommen. Du hattest einfach nur das Pech, erwischt zu werden. Es hätte jeden von uns treffen können.«

Nein, hätte es nicht. Euch hätte es garantiert nicht getroffen, weil ihr wahrscheinlich sogar eure eigene Freundin verraten hättet, nur damit ihr keinen Ärger kriegt.

Ich beiße die Zähne zusammen und atme tief ein und aus, um wieder runterzukommen.

»Vielleicht hätte es auch einfach geholfen, wenn ihr eine Aussage gemacht hättet, statt zu schweigen«, versuche ich es ruhiger. Weil es gut ist, dass wir endlich mal darüber reden und die eine Sache, die seit beinahe einem Jahr unausgesprochen zwischen uns steht, zu klären. »Ihr habt alle geschwiegen, ihr habt alle eure Aussage verweigert. Und die

Folge daraus war, dass mir die Staatsanwaltschaft vorwerfen konnte, ich würde mit dem Scheiß dealen!«

»Deine Eltern sind Multimillionäre, wieso solltest du dealen? Das ist absurd«, entgegnet Noah.

»Das war denen doch scheißegal! Die haben sich gefreut, endlich eines der Rich Kids dranzukriegen. Die Staatsanwältin hat irgendwas von Ennui der Privilegierten, oder was weiß ich, gelabert.«

Und natürlich wurde ich verurteilt. Jeder, der mit zwanzig Gramm Kokain in der Tasche aufgegriffen wird, kommt nicht mehr ungeschoren davon. Ich habe eine Bewährungsstrafe von zwei Jahren und hundert Sozialstunden bekommen, die ich den Sommer über abgeleistet habe. Alle paar Wochen muss ich meine Bewährungshelferin Reese treffen und regelmäßige Drogentests machen.

Ich bin vierundzwanzig Jahre alt, und mein Leben ist gerade ungefähr so frei wie das eines Zwölfjährigen in einem Internat.

»Es hätte überhaupt nichts gebracht, auszusagen«, widerspricht mir Noah. »Außer, dass wir ebenfalls am Arsch gewesen wären.«

»Natürlich hätte es was gebracht«, sage ich leise, reibe mir mit der Hand übers Gesicht und sage dann lauter: »Ist jetzt auch scheißegal.«

Plötzlich steht Noah neben mir. »Es tut mir leid, Mann«, sagt er. »Aber du kennst doch unsere Eltern. Die hätten uns nach Grönland verschifft, wenn wir damit irgendetwas zu tun gehabt hätten. Du weißt, wie sie alle sind.«

Ja, ich weiß es nur zu gut.

»Lass einfach stecken«, winke ich ab. »Ist jetzt bisschen spät für eine Entschuldigung.«

Wochenlang, eigentlich monatelang habe ich auf so etwas gewartet. Eine Message, einen Call, einen Besuch, als ich in London den ganzen Sommer über in einem Krankenhaus in Hounslow Böden geschrubbt habe. Eine Entschuldigung. Irgendwas.

Aber es kam nichts. Sie haben mich geghostet.

Und jetzt merke ich, dass es mir sogar ein bisschen egal geworden ist, was sie von mir denken und ob wir miteinander abhängen oder nicht. Vielleicht können wir noch gemeinsam Party machen und auf irgendwelche Events gehen, aber garantiert werde ich mich auf keinen von ihnen mehr verlassen. Und vertrauen sowieso nicht.

»Hau jetzt nicht ab, Mann«, sagt Noah leiser. »Gib uns 'ne Chance, okay? Wir wissen, dass das nicht cool war, was wir abgezogen haben, egal was wir jetzt labern. Aber es ist verdammt schwer, sich seine eigene Schuld einzugestehen, okay?«

Ich glaube wirklich, Reue in Noahs Augen zu lesen.

»Bleib hier«, bittet er mich und ich atme tief aus. »Wir helfen dir sogar beim Aufräumen.« Er schneidet eine Grimasse, weil er es abgrundtief hasst, nach Partys wieder Ordnung zu machen, und ich muss lachen, weil er so bescheuert aussieht, und denke mir: *Okay, fuck it. Gib ihnen eine Chance. Zumindest noch heute Abend.*

Ich brumme etwas Zustimmendes, die anderen jubeln und ich zücke mein Handy.

Hunter: *Sorry, ich schaffe es heute nicht mehr, hier wegzukommen. Die sind echt anhänglich.*

Elsa antwortet sofort.

Elsa: *Kein Problem. Aber wir sehen uns morgen zum Lernen?*
Hunter: *Na klar. Elf Uhr* Black Cat 😘

32

Elsa

Mit Fridas hübschem Keramikmörser zerkleinere ich die Graham-Cracker, drücke bei meinem Handy den Aufnahme-Button und lasse die Keksbrösel in die Metallschüssel rieseln. Ich mag das Geräusch, es ist leise und verheißungsvoll, und ich werde es später bei der Überarbeitung des Videos hervorheben, glaube ich.

Trotzdem bin ich noch nicht ganz zufrieden und nehme den Clip erneut auf. Nur zur Sicherheit, denn manchmal übersehe ich Sachen auf dem kleinen Handybildschirm und ärgere mich beim Schneiden dann, dass ich keine Alternativen aufgenommen habe.

Zufällig wandert mein Blick nach links zur Tür, und ich erschrecke so sehr, dass mir die Schüssel aus der Hand fällt und ihr Inhalt auf dem Küchentresen landet.

Die Arme vor der Brust verschränkt und den Kopf etwas schräg gelegt, lehnt Hunter im Türrahmen.

»O Gott, seit wann bist du hier?«

Er zuckt lässig mit der Schulter. Doch seine Augen liegen auf mir, und einige Momente lang kann ich meinen Blick nicht mehr losreißen, weil der Ausdruck darin eine heiße Welle durch mich hindurchrasen lässt. Seit unserer gemeinsamen Nacht sind fast achtundvierzig Stunden vergangen, aber noch immer ist mein Körper vollgepumpt mit all den Endorphinen und Oxytocin, oder wie das alles heißt.

Mit zitternden Fingern wische ich die verschütteten Keksbrösel wieder in die Schüssel.

»Ein Weilchen«, sagt er lächelnd, und ich versuche mich krampfhaft zu erinnern, ob ich in den letzten Minuten irgendetwas Komisches getan habe. »Du warst ziemlich versunken in deine ...«, er macht eine deutende Bewegung mit dem Zeigefinger, »Kekssache da.«

Ich tippe auf mein Handydisplay. »Wir haben um elf ausgemacht. Es ist jetzt erst neun Uhr fünfzehn.«

»Ja, aber ich wollte dich schon vorher sehen.« Er macht einen Schritt in den Raum hinein. »Ich hab mir nämlich gedacht, dass ich dich hier finde.« Sein Blick schweift zu den Backutensilien, die ich für den No-Bake-Cheesecake mit Kirschtopping vorbereitet habe.

»Woher weißt du überhaupt, dass ich hier meine TikToks drehe?«

Er deutet auf die bunten marokkanischen Fließen hinter dem Küchentresen. Es sind die gleichen wie auf der Gästetoilette. »War nicht so schwer zu erraten, wenn man eins und eins zusammenzählt. Ich dachte mir, ich helfe dir ein bisschen.«

Er hat sich ernsthaft meine Backvideos angesehen.

»Du willst mir beim Backen helfen?«, vergewissere ich mich.

»Beim Backen und Aufnehmen, ja.«

»Aber ... du hast doch deine Freunde ...«

»M-hm«, macht er und bleibt nur eine Handbreit vor mir stehen. »Die kommen allein klar.« Seine Stimme hat jetzt einen anderen Tonfall, er ist rauer und erwartungsvoller. Ich schaue zu ihm auf und nehme die Bartstoppeln auf seinem Kinn wahr, den Geruch seines Deos, erkenne, wie durcheinander seine Haare von dem Wind draußen sind, und ein so völlig irrationales Glücksgefühl durchzuckt mich, dass ich mir einbilde, mit einem Mal von innen heraus zu leuchten.

»Tut mir leid, dass ich gestern keine Zeit für dich hatte.« Forschend betrachtet mich Hunter.

»Schon okay.«

»Es ist alles ein bisschen kompliziert mit mir und meinen Freunden, weißt du? Es ist … wir hatten lange keinen Kontakt.«

»Dafür seid ihr gestern aber gut klargekommen.«

Hunter wiegt den Kopf hin und her. »Ich erzähl dir das alles mal in Ruhe, okay?«

Ich nicke nur, er sieht mir fest in die Augen, während er seine Hand hebt, sie über meine Wange gleiten lässt und sie dann in meinen Nacken legt. Am liebsten würde ich mich gegen seine Handfläche schmiegen, weil ich seine Berührungen so sehr vermisst habe.

In Zeitlupe, so als würde er jeden Moment zwischen uns zelebrieren, zieht Hunter mich näher zu sich, und ein Kribbeln erfasst meinen Körper. Er neigt seinen Kopf, und seine Lippen berühren meine. Sein Kuss ist ganz sanft und innig, und plötzlich fühlt es sich an, als wäre mein Herz zu groß für meinen Brustkorb, als würde es nicht mehr genügend Platz hinter meinen Rippen haben, weil Hunters Kuss es auf ein Vielfaches anwachsen lässt.

Ich schmecke einen Hauch Kaffee auf seinen Lippen, rieche die frische Seeluft in seinen Haaren, und als ich meine

Hände an seine Hüften lege, um ihn näher zu mir zu ziehen, vertieft Hunter den Kuss sofort.

Unsere Zungen berühren sich, und augenblicklich macht sich Verlangen in mir breit. Heiß und dunkel zieht es sich bis tief in meinen Schoß. Ich verstehe gar nicht, was mit mir los ist. Sobald Hunter mich berührt und mir nahe ist, scheine ich jegliche Kontrolle zu verlieren.

Doch er unterbricht den Kuss, und einige Atemzüge lang stehen wir da und versuchen, zu uns zu kommen.

»Wieso ist das jedes Mal so?«, fragt er. »Wieso fühlt es sich jedes Mal so krass an, wenn wir uns küssen?«

»Ich weiß es nicht«, flüstere ich an seinen Lippen und gleichzeitig überrollt mich eine Welle aus Empfindungen. Aufregung, Glück, Zuneigung. Alles wirbelt durcheinander, weil Hunter das gesagt hat. Geht es ihm genauso wie mir?!

Wir schauen uns in die Augen, ein Erkennen liegt darin, und das Ziehen in meinem Herzen wird beinahe unerträglich stark. Ich wende mich ab, weil ich sonst befürchte, ihn sofort wieder küssen zu wollen.

»Also«, sage ich. »Ich wollte das Video heute Abend schneiden. Und muss jetzt noch einiges …«

»Gib mir was zu tun«, verlangt er.

»Ernsthaft?«

»Klar!«

Ich blinzle, denke mir dann aber: *Okay.*

»Du könntest noch mal neue Keksbrösel machen, während ich die Kirschsoße für das Topping anrühre.« Ich drücke ihm Kekspackung und Mörser in die Hand, wende mich ab, um die Kirschsoße anzudicken, beobachte Hunter jedoch aus dem Augenwinkel. Ein wenig ungelenk zieht er einige Kekse heraus, fängt an zu mörsern, und ich sehe auf den ersten Blick, dass dieser Mann wahrscheinlich in seinem Leben noch nie etwas gekocht oder gebacken hat.

Er merkt natürlich, dass ich ihn beobachte, und lässt den Stößel sinken.

»Du machst das gut!«

Er zieht eine zweifelnde Grimasse. »Ich stelle mich fürchterlich an, oder?«, will er wissen.

Ich muss schmunzeln. »Ein bisschen vielleicht?«

Hunter lacht. »Dann zeig's mir!«

»Okay, schau mal«, ich nehme ihm den Stößel aus der Hand. »Wenn du aus dem Handgelenk so drehende Bewegungen machst und nicht einfach auf die Kekse einschlägst …« Doch dann verliere ich den Faden, weil Hunter plötzlich ganz dicht hinter mir steht.

»Mach weiter«, raunt er in mein Ohr, ich spüre seinen Atem an meinem Hals und seine Körperwärme in meinem Rücken. Er legt seine Hand auf meine, während ich mit dem Mörser die Kekse zerdrücke und …

Ich muss schlucken.

»Wie war es gestern so?«, frage ich, ohne vorher nachzudenken. Zwar war das nicht meine Absicht, aber es wirkt, denn sofort tritt Hunter einen Schritt zurück.

Was ich eigentlich wissen will, mich jedoch nicht zu fragen traue: *Wie war es mit Melissa und dir?*

Und Hunter weiß das.

Ich werfe ihm einen schnellen Blick über die Schulter zu, während ich jetzt die Butter aus dem Papier falte und in Würfel schneide, um sie für die Kuchenbrösel zu zerlassen.

»Es war okay.« Der nichtssagendste Satz ever.

»Nur *okay*?«, hake ich nach.

Er grinst, tritt neben mich und stützt sich mit den Händen

am Küchentresen ab. »Ich glaube, Melissa versteht langsam, dass das mit ihr und mir vorbei ist, wenn es das ist, was du fragen wolltest.« Jetzt wendet er sich mir direkt zu. »Und ich wäre wirklich lieber bei dir gewesen.«

»Hat sie irgendwie versucht …« Ich kriege den Satz nicht mal zu Ende.

»Es ist egal, was sie versucht. Ich lasse mich nicht darauf ein und es hat keine Bedeutung mehr, okay?« Hunter schaut mir tief in die Augen und für den Moment gebe ich mich mit dieser Antwort zufrieden.

»Ich nehme jetzt einen Take auf, und wir müssen still sein, weil die Geräusche echt wichtig sind«, erkläre ich.

»Kein Problem.« Hunter macht eine Geste, als würde er seinen Mund zuschließen, und hält sich im Hintergrund.

Ich lasse die Butterwürfel in eines von Fridas hübschen kleinen Messingtöpfchen fallen. Wie immer nehme ich den Take zwei Mal auf. Dann schalte ich den Herd an. Nach wenigen Minuten ist die Butter geschmolzen und ich lasse sie auf die Keksbrösel laufen. Auch das zeichne ich auf, bemerke aber zu spät, dass eine Ecke der Butterverpackung ins Bild ragt. Hunter ist schneller als ich, bewegt sich lautlos um mich herum und zieht das Papier nach hinten. Er bietet mir an, das Handy zu halten, während ich rühre, weil wir so eine bessere Einstellung hinbekommen. Er ist wirklich eine Hilfe.

»Du hast eine Nachricht bekommen«, sagt er, als wir die Aufnahme fertig haben und ich die Brösel in die Kuchenform gedrückt habe. Ich werfe einen schnellen Blick darauf.

Mum: *Viel Erfolg beim Lernen heute, Schatz* 🌸

Brummend wische ich die Message nach rechts.

»Das ist ihnen wohl wichtig«, stellt Hunter fest.

»Es gibt kaum etwas, das ihnen wichtiger ist«, gebe ich zurück. »Sie haben sogar ihren Rentenfonds angezapft, damit ich hier an der Bloomsbury meinen Master machen kann.«

»Wow.«

»Womit auch die Frage geklärt wäre, wieso ich mich auf dieses Wahnsinnsprojekt mit dir überhaupt eingelassen habe.«

Mit verschränkten Armen baut sich Hunter vor mir auf. »Wie bezeichnest du es? Als Wahnsinnsprojekt?« In gespielter Missbilligung runzelt er die Stirn.

»Alles, was mit täglichen Lerneinheiten zu tun hat, ist in meinen Augen Wahnsinn.«

Hunter wiegt zweifelnd den Kopf hin und her.

»Okay verstehe schon, was du mir hier mitteilen willst«, räume ich ein. »Aber freiwillig einen Abend mit deinen Eltern zu verbringen ist sogar rein objektiv Wahnsinn.«

Hunter lacht. »Eins zu null für dich.« Schnell wird er wieder ernst. »Apropos Eltern«, sagt er. Ich schaue ihn entsetzt an. »Nein, ich frage dich nicht, ob du auf ein weiteres Dinner mit ihnen gehst«, sagt er lächelnd. »Aber ... hast du für nächstes Wochenende schon Pläne?«

»Uhm ... nein? Oh, halt. Mit meiner Masterarbeit anfangen, natürlich«, beeile ich mich zu sagen, doch Hunter geht auf meinen kleinen Witz gar nicht ein, sondern beißt sich einen Moment auf die Lippen, während er mich fixiert. Ist er nervös?

»Hättest du Lust, mich auf ein Charity Event zu begleiten?«, übcrrumpelt er mich völlig.

»Bitte was?«

»Ich bin Pate des *Children Learn*-Projekts und am Wochenende ist eine große Spendengala und … ich dachte, du würdest mich vielleicht begleiten wollen.«

Wow. Ich … wow.

»Aber das war nicht Teil unseres Deals. Wir hatten gesagt, ich begleite dich auf dieses Dinner und …«, wende ich ein, doch Hunter lässt mich gar nicht ausreden.

»Ich frage dich nicht, weil es Teil irgendeines Deals ist. Ich frage dich, weil ich möchte, dass du mitkommst.«

Mein Herz macht einen Satz. *Ich möchte, dass du mitkommst.*

Als mir die Bedeutung seiner Worte bewusst wird, muss ich mich anstrengen, mein Lächeln aus den Mundwinkeln zu verbannen. Ich glaube, ich mache einen ziemlich schlechten Job dabei. »Ja, gerne«, sage ich, obwohl mich gleichzeitig eine Riesenangst befällt. Ich? Auf einer Spendengala?

»Die Sache ist die«, fährt er fort, atmet schwer aus und zu meiner Freude gesellt sich ein mulmiges Gefühl, doch ich versuche, mir nichts anmerken zu lassen. »Auf solche Events geht man nicht aus Spaß. Man achtet genau darauf, wer da ist, man wird gesehen, man pflegt Kontakte. Es ist fast wie ein Job. Also wenn du mitkommst, dann wirst du gesehen.« Er schaut mir tief in die Augen. »Dann gehörst du eben zu mir und …«

Ich merke schon, wie er vermeidet, es auszusprechen. Also, dass wir eine Affäre haben oder zusammen sind oder Friends with Benefits oder was auch immer. Er kann uns noch kein Label geben. Ich könnte es ja selbst nicht, trotzdem geht in meinem Hirn augenblicklich ein Film los.

Weil er halt nicht so verliebt in dich ist und vorsichtig sein möchte, weil ihr doch nur eine Nacht Spaß hattet, weil …

Hastig wende ich mich ab, da ich Angst habe, dass Hunter die Enttäuschung in meinem Gesicht erkennen könnte. Was absurd ist, denn es gibt keinen Grund, enttäuscht zu sein. Ich meine, hat er nicht gerade gesagt, er hätte lieber Zeit mit mir verbracht als mit seinen Freunden und dass das zwischen Melissa und ihm absolut vorbei ist?

Was, bitte, kann ich mehr wollen?

»Was geht in dir vor?«, will er wissen.

Tja, *keine Ahnung!*

»Ich weiß nicht. Vielleicht ist es doch keine so gute Idee, mitzukommen.«

»Wieso?«, fragt Hunter und beobachtet mich dabei, wie ich so tue, als würde ich die Konsistenz der Kirschsoße testen. Dabei ist das Letzte, was in meinem Hirn gerade Platz hat, die Kirschsoße.

Ich zucke mit den Achseln. »Du hast es ja selbst gesagt. Dann gehöre ich zu dir. Ich glaube, dir ist das nicht so recht.«

»Ich würde dich nicht fragen, wenn ich es nicht wollen würde.«

»Ja, aber …«

»Nichts aber. Elsa. Schau mich an.« Er nimmt mir den Löffel aus der Hand und legt ihn zurück in die Schüssel.

»Hm?«

»Ich *möchte*, dass du mit mir auf den Charity-Ball gehst. Ich habe das nur gesagt, damit du weißt, dass dort alles sehr öffentlich sein wird. Das kann manchmal etwas viel sein, wenn man es noch nicht kennt, okay?«

Ich nicke, weil es eigentlich total süß von ihm ist, dass er so weit denkt und mich vorwarnt. Er zieht mich an sich, und weil ich so gar nicht damit gerechnet habe, stoße ich dabei die Schüssel mit der Kirschsoße um. Bestimmt die Hälfte des Inhalts schwappt auf die Arbeitsfläche, mir entkommt ein »Uah«, und als ich schon nach dem Teigschaber greifen und hastig die Soße retten möchte, hält Hunter mein Handgelenk fest.

»Lass mal«, raunt er, taucht seinen Finger in die Soßenpfütze, leckt ihn ab und tut so, als würde er sich ganz genau auf den Geschmack konzentrieren. »Hmm, süß«, sagt er, und im nächsten Moment verschließt er meine Lippen mit seinem Mund, öffnet ihn mit seiner Zunge. Ich schmecke Hunter und Kirsche und noch mehr Hunter, und ich muss lachen und gleichzeitig stöhnen und denke mir: *Egal. Scheißegal, was und wo, für dich gehe ich überallhin.*

33

Hunter

»O Gott! Ich hasse es so sehr!« Elsa vergräbt ihren Kopf in den verschränkten Armen und stöhnt in Richtung der Tischplatte. Dann richtet sie sich wieder auf. »Ich meine, wem macht so was Spaß? WEM?«

»Okay, also, kaum jemand schreibt seine Masterarbeit gerne«, räume ich ein. »Aber es gehört halt dazu. Und es ist machbar.«

»Ach ja? Ohne dass ich vorher an Langeweile sterbe oder mein Hirn sich verknotet? Ich glaube nicht.« Anklagend deutet Elsa auf den Screen ihres Notebooks, wo wir den ersten Artikel geöffnet haben, den sie für ihre Masterarbeit durcharbeiten und aus dem sie zitieren muss. Den ersten von fünf. Eigentlich hätte Elsa das selbstständig machen und ich lediglich über ihre schriftliche Zusammenfassung schauen sollen. Sie hat nach einer halben Seite des ersten Artikels aufgegeben und alle ihre Quellen in eine KI gefüttert. Die hat dann allerdings völlig irrelevante Inhalte rausgezogen und das Wichtigste ausgelassen, also arbeiten wir jetzt gemeinsam den Theorieteil ihrer Masterarbeit nach. Sowieso hätten wir die KI nicht benutzen dürfen, aber das erkennt man hoffentlich nicht mehr, sobald wir die vier Seiten einmal durchgegangen sind.

Elsa starrt erneut auf das Display, und ihre Lippen bewegen sich lautlos, als sie den nächsten Absatz liest. Schon nach der zweiten Zeile runzelt sie die Stirn, und ich kann ihren Widerwillen geradezu körperlich spüren.

Ich weiß nicht, ob ich jemals einen Menschen getroffen habe, der sein Studium so sehr hasst wie Elsa. Wiederholt muss ich mir auf die Zunge beißen, damit ich den Screen nicht einfach zuklappe und ihr sage, sie solle sich von den Prüfungen abmelden und sich das Ganze nicht mehr antun. Egal, wie sehr ihre Eltern es sich wünschen, es gibt keinen Grund, weshalb Elsa sich derart quälen sollte. Sie hat bereits einen Studienabschluss (und ich frage mich wirklich, wie sie den geschafft hat, ohne völlig durchzudrehen). Sie wird niemals in einem Job landen, bei dem sie einen Master gebrauchen könnte.

Es ist komplett sinnlos, was wir hier tun.

Vielleicht will sie sich beweisen, dass sie das hier schafft. Egal, wie schwierig es für sie ist und wie oft ihr gesagt wurde, sie solle es lassen.

Auf jeden Fall glaubt sie, ihren Eltern diesen Masterabschluss schuldig zu sein, nachdem sie so viel Geld in die Ausbildung ihrer Tochter investiert haben. Was ich unfair finde, denn ich bin mir sehr sicher, dass sie niemals nach diesem Geld gefragt hat.

Elsa sollte ihr Ding machen. Sie ist zweiundzwanzig, sie könnte sich einen Job suchen und arbeiten. Sie könnte diesen ganzen Wahnsinn schon heute beenden und wäre innerhalb weniger Monate finanziell unabhängig.

Aber anscheinend steckt tief in ihr der Wunsch, die Erwartungen ihrer Eltern zu erfüllen. Egal, wie unglücklich sie dabei wird.

Und bei dir ist es anders, oder wie?

Angestrengt atme ich aus und lese halbherzig mit, was die KI geschwurbelt hat. Ich könnte die Arbeit für Elsa schreiben. Meine eigene Masterarbeit habe ich quasi schon in Cambridge geschrieben, ich reiche sie hier an der Bloomsbury einfach erneut ein und werde damit garantiert bestehen. Durch die Prüfungen komme ich allein mit dem Stoff, den ich mit Elsa alle zwei Tage durchgehe. Ich hätte wirklich die Zeit, ihr die Arbeit zu schreiben.

Doch ich weiß, dass es Elsa nicht recht wäre.

»Du könntest deinen Eltern das Geld einfach zurückzahlen«, sage ich in die konzentrierte Stille hinein.

Überrascht wendet sich Elsa mir zu. Sie hatte ganz in Gedanken ihre Unterlippe zwischen Daumen und Zeigefinger hin- und hergerollt und lässt die Hand nun sinken. Mein Blick bleibt dennoch einige Herzschläge lang wie festgesaugt an ihren Lippen und ein leichtes Prickeln läuft mein Rückgrat hinab.

»Wie bitte?«

»Wenn du dein Studium abbrichst und dir einen Job suchst, könntest du ihnen das Geld zurückzahlen, dann hätten sie kein Druckmittel mehr.«

Bezeichnenderweise versteht sie sofort, was ich meine. Weil sie über ein ähnliches Szenario wahrscheinlich selbst schon unzählige Male nachgedacht hat.

»Das Geld werde ich ihnen so oder so zurückzahlen.«

»Dann lass das hier doch einfach.«

Sie blinzelt, gibt einen kurzen höhnischen Lacher von sich und widmet sich erneut dem Artikel. »Das ist keine Option.«

»Und warum nicht?«

Sie beginnt zu sprechen, ohne mich dabei anzusehen.

»Weißt du, wie es ist, ständig alle Erwartungen zu enttäuschen?«

Ein bitteres Gefühl ballt sich tief in meiner Magengrube. »Ziemlich gut sogar.«

»Und? Fällt dir das leicht?«

»Inzwischen habe ich eine Tugend daraus gemacht.«

Elsa lacht. »Es sind noch zwei Monate. Vielleicht drei, bis ich meine Masterarbeit fertig habe. Irgendwie muss ich das hinbekommen. Und dann muss ich mir nie wieder irgendwelche Sachen ins Hirn prügeln, die mich überhaupt nicht interessieren.«

Eigentlich müsstest du es jetzt schon nicht.

»Außerdem würden sie es mir den Rest meines Lebens vorhalten, glaube ich«, schiebt sie leise hinterher und wischt mit dem Zeigefinger etwas Staub von ihrer Tastatur.

Ganz unvermittelt flammt Wut in mir auf, weil ich das Gefühl so gut kenne.

»Alright, machen wir weiter.« Ich ziehe das Notebook zu mir und beginne zu lesen.

Irgendwie schaffen wir es, den Theorieteil innerhalb von drei Stunden auf ein halbwegs sinnvolles Niveau zu heben. Matthew und David rufen mehrmals an, aber ich gehe nicht ran. Sicher langweilen sie sich oder wollen irgendeinen Unsinn anstellen, doch heute fühle ich mich nicht mehr schlecht, sie und Melissa ein Weilchen allein zu lassen.

Nach unserem Gespräch auf der Terrasse meinte Melissa, sie hätte Kopfschmerzen, und ist schon vor Mitternacht in ihren Bungalow rüber, den sie sich mit Matthew teilt. Die Jungs und ich haben dann noch bis drei Uhr morgens getrunken und gezockt.

Elsa packt schnell ihre Sachen zusammen und erzählt mir, dass sie jetzt in die Bib gehen und dort an ihrer Abschlusspräsentation, die sie nächste Woche in unserem Marketingseminar halten muss, feilen wird – ich glaube ihr kein Wort. Sie sich selbst vermutlich auch nicht, aber wir wahren beide den Schein, als wir uns vor der Eingangstür des *Black Cat* voneinander verabschieden.

Ich bin erst wenige Schritte die Straße hinabgelaufen, als hinter mir ein Pfiff erklingt. Erst fühle ich mich gar nicht angesprochen. Als ich den Pfiff allerdings erneut höre, diesmal ziemlich laut, drehe ich mich doch um.

Frida steht am Hintereingang vom *Black Cat* neben den Mülltonnen. Auf dem Deckel einer der Tonnen sitzt ihr weißer Kater. Sie winkt mich zu sich und langsam quere ich die Straße.

»Hunter«, sagt sie zur Begrüßung kühl, und schon jetzt weiß ich, dass bei dieser Unterhaltung nichts Gutes herauskommen kann. »Du machst jetzt hier nicht einen auf Prinz, oder?«, fragt sie feindselig.

»Wie bitte?«

»Auf Prinz und Cinderella oder so. Es gibt dir einen Kick, dass du sie in deine Welt nimmst und sie so völlig auf dich angewiesen ist, weil sie keine Ahnung hat, wie das alles funktioniert, und …«

»Frida, was redest du da?«, unterbreche ich sie.

»Hast du es ihr gesagt?«, fragt sie scharf.

»Was gesagt?«, blaffe ich, obwohl ich genau weiß, was sie meint.

»Dass du vorbestraft bist? Dass du wegen Besitz einer nicht unerheblichen Menge von Kokain vorbestraft bist?«

»Fuck, geht's vielleicht noch ein bisschen lauter?« Hastig

sehe ich mich um. Auf der gegenüberliegenden Straßenseite schlendern ein paar Touristen, aber sie scheinen außer Hörweite.

Frida fixiert mich. »Ist mir egal, ob das jemand hört.«

Ich schließe die Augen. Schon seit letztem Herbst kennt sie meine problematische Vergangenheit. Vor ihrem Leben in Marchlyn Falls war sie nämlich Rechtsanwaltsgehilfin. Und zwar in einer der Londoner Großkanzleien, die auch meine Eltern vertreten. Und keine Ahnung, wie es dazu kam, jedenfalls hat sie wohl noch Freundinnen in der Kanzlei, und die haben ihr irgendwie gesteckt, dass jetzt ein vorbestrafter Schnösel aus Kensington nach Marchlyn Falls gezogen ist. Eigentlich hätte ich ein Riesending draus machen und mich bei der Kanzlei beschweren sollen, dass so sensible Informationen ihren Weg zu irgendwelchen wildfremden Menschen finden, aber mir war alles egal letzten Herbst. *Dann weiß diese Cafébesitzerin eben, dass ich vorbestraft bin, ist halt so*, habe ich mir damals gedacht.

Gerade im Moment bereue ich diese Entscheidung.

»Nein, ich habe es Elsa noch nicht gesagt.«

»Dann holst du das nach. Und zwar heute!«

»What the fuck, Frida? Ganz sicher werde ich ihr heute nichts sagen! Das geht dich alles außerdem überhaupt nichts an!«

»Wenn ich sehe, dass sich Elsa mit so einem zwielichtigen Typen wie dir einlässt, dann geht es mich sehr wohl etwas an.«

Ein ungläubiger Lacher entringt sich meiner Kehle. »Sag mal, kommst du dir nicht bisschen lächerlich vor?«

Frida schnaubt. »Und kommst du dir nicht bisschen schäbig vor, ihr die Wahrheit zu verschweigen?«

»Das war eine einmalige Sache, ein einmaliger Fehler, es spielt überhaupt keine Rolle für Elsa und mich, was letztes Jahr passiert ist.«

»Ach ja? Bist du dir sicher?«

Nein bin ich nicht. Keineswegs. Denn je mehr ich Elsa in mein Leben lasse, desto mehr Berührungspunkte wird sie mit meiner Vergangenheit und all den Menschen haben, die bis zu meinem Umzug nach Marchlyn Falls mein Leben beeinflusst haben.

Im Grunde ist es ja bereits passiert, als Melissa und die Jungs hier aufgetaucht sind.

»Das ist unfair«, sagt Frida. Sie spricht leiser, und ein diffuses Schuldgefühl kriecht meinen Nacken empor. Vielleicht hat Frida recht. Aber gerade ist sowieso schon alles so kompliziert zwischen Elsa und mir, dass ich ihr das nicht auch noch zumuten kann.

»Sie sollte es wissen, bevor ihr … was weiß ich. Zusammenkommt. Das ist eine Frage des Respekts, Hunter.«

Mein Kiefer verhärtet sich. »Das ist mir klar«, gebe ich kalt zurück. »Es ist trotzdem meine Sache.«

»Nicht, wenn jemand Schaden dabei nimmt.«

»Sag mal, spinnst du? Elsa nimmt hier keinen Schaden …«

»Doch, das wird sie, und das weißt du so gut wie ich«, unterbricht mich Frida. »Du hast deinen Spaß in Marchlyn Falls, lenkst dich ab, verfolgst dein kleines Lernprojekt mit ihr und kehrst dann sowieso wieder in dein High-Society-Leben zurück und umgibst dich mit deinesgleichen. Und Elsa bleibt auf der Strecke.«

»Du redest Müll.«

»Elsa mag dich wirklich«, fährt Frida unbeirrt fort. »Sie ist eine von den Guten.«

Als ob ich das nicht selbst wüsste. Ich bin kurz davor, *Leck mich* zu sagen und sie einfach stehen zu lassen, wende mich schon ab, halte im letzten Moment aber doch inne.

»Und woher willst du wissen, dass ich Elsa nicht mindestens genauso mag?«, gebe ich stattdessen zurück, obwohl es mir eigentlich widerstrebt, mich Frida gegenüber zu rechtfertigen.

Frida deutet ein Kopfschütteln an. »Sag ihr die ganze Wahrheit, Hunter. Sonst tue ich es.«

34

Elsa

»Bist du so weit?«, fragt Hunter. Prüfend liegt sein Blick auf mir, und schon jetzt finde ich alles, was hier passiert, völlig surreal.

Wir sitzen in einer Limousine. Ein schwarzer Mercedes Benz mit getönten Scheiben und Fahrer. Noch nie habe ich in einem Wagen mit Fahrer gesessen (abgesehen von dem ein oder anderen Taxi oder Uber, nur sehen die Fahrer da für gewöhnlich nicht aus wie Bodyguards, tragen Anzug und sprechen einen mit *Madam* an). Eben hat der Wagen in der Kiesauffahrt zum *Crimson Club* angehalten, einem der angesagtesten und teuersten Members Clubs in London. Selbst mir, dem Provinzmädchen aus Brighton, war der Name ein Begriff. Dort wird heute Abend die Charity-Gala stattfinden.

Hunter trägt einen tiefschwarzen Smoking mit allem Drum und Dran. Fliege, Satinrevers, goldene Manschettenknöpfe. Er ist frisch rasiert, hat sich die Haare aus der Stirn gekämmt und ein wenig mit Wachs in Form gebracht und sieht heute geradezu überirdisch schön aus.

Durch die verdunkelten Scheiben werfe ich einen Blick nach draußen. Vor uns erstreckt sich eine weitläufige Gebäudeanlage, weißer Stein, herrschaftlich große Fenster, es sieht aus wie eine Schlossanlage aus dem neunzehnten Jahrhundert. Die wenigen Stufen der breiten Aufgangstreppe sind mit einem roten Teppich ausgelegt. Dezente Absperrungen halten die Treppe frei. Dahinter sammeln sich einige Leute, deren Outfits nicht darauf hindeuten, dass sie ebenfalls an der Gala teilnehmen.

Hunter lehnt sich nach vorn, um einen besseren Blick aus dem Fenster zu haben. »Das sind Journalisten«, erklärt er. »Ignorier die, falls sie dich ansprechen oder etwas fragen, okay?«

»Einfach lächeln und die Treppe hochlaufen«, wiederhole ich das, was Hunter mir die gesamte Fahrt durch London eingebläut hat. Drinnen sind wohl nur bis zum Beginn des Dinners Leute von der Presse anwesend, danach ist es eine geschlossene Gesellschaft und ich kann mich etwas freier bewegen.

»Kriege ich hin«, behaupte ich. Mein Magen rebelliert trotzdem, als Hunter sich an den Fahrer wendet und ihm Bescheid gibt, dass wir aussteigen können. Der Fahrer öffnet die Tür und die kalte Abendluft schlägt mir entgegen. Ich bedanke mich bei dem Mann, was er nur mit einem kaum merklichen Nicken quittiert, und merke, wie die Journalisten sofort zu uns sehen. Einige zücken ihre Kameras. *Was passiert denn hier eigentlich gerade?*

Sobald ich stehe, nimmt Hunter meine Hand. Er hat jetzt diesen undurchdringlichen Ausdruck im Gesicht, höflich, freundlich, aber nicht zu nahbar. Trotzdem habe ich den Eindruck, dass er sich versteift. Würde er nicht meine Hand halten und mir mit dem Daumen den Handrücken auf und ab streicheln, hätte ich gesagt, er wappnet sich für einen Angriff. Vor uns läuft in aller Ruhe ein Pärchen die Treppen nach oben und lässt sich von den Journalisten ablichten.

»Hunt!«, ruft jemand zu unserer Linken, und jetzt sehe ich erst, dass Hunters Freunde etwas abseits des Eingangsbereichs stehen und warten. Ich befürchte, auf uns.

»Ihr habt ja ewig gebraucht, wo kommt ihr her?«, fragt einer von ihnen, als wir uns nähern. Er ist ebenso blond wie Hunter, aber größer und muskulöser und mir fällt seine ausgeprägte Kieferpartie auf. Er erinnert mich an einen Rugbyspieler. Ich glaube, das ist Matthew.

»Camden«, antworte ich, weil Hunter mich dort eben bei meiner Unterkunft für heute Abend abgeholt hat. Ich habe darauf bestanden, nicht in der Villa seiner Eltern zu übernachten, sondern habe mir ein Zimmer in einem drittklassigen Hotel gemietet.

Alle schauen mich an, ganz besonders Melissa, und ich frage mich, ob es nicht besser wäre, einfach die Klappe zu halten. Keine Ahnung, wie Hunters Freunde drauf sind und was sie cool finden und was total daneben. Lächeln und nicht reden wäre bestimmt eine risikofreiere Alternative, diesen Abend zu überstehen.

Nur wäre ich dann nicht ich. Und schließlich sind das Hunters Freunde. Ich möchte sie kennenlernen, und sie mich doch ebenfalls, oder?

»Hi, Elsa«, begrüßt mich Melissa und wirft mir einen eigenartig langen Blick zu. »Toll, dass du mitgekommen bist!«

»Hi!« Ich lächle, winke mit einer Hand und frage mich im gleichen Moment, ob das jetzt nicht ultrapeinlich war. Hoffentlich sieht man unter meinem Make-up nicht, wie sehr meine Wangen brennen.

Hunter schlägt bei seinen Kumpels ein, gibt Melissa Küsschen rechts und links und ergreift dann sofort wieder meine Hand.

»Du siehst fantastisch aus«, sagt Melissa und schenkt mir ein anerkennendes Augenzwinkern.

Ich bin schon einen Tag früher als Hunter nach London gefahren, weil ich mir ein passendes Kleid für die Gala kaufen wollte. Eines, in dem ich mich wohlfühle. Und es hat zwar mehr als einen halben Tag, schmerzende Füße und eine gefährlich überstrapazierte Kreditkarte gebraucht, aber ich habe eines gefunden. Es ist ein bodenlanges schwarzes Chiffon-Kleid mit Trägern, das ein schönes Dekolleté macht und hinten am Rücken gerade so tief ausgeschnitten ist, dass ich noch einen BH tragen kann. Ich halte eine passende Clutch mit schwarzem Seidenbezug in der Hand, habe knallroten Lippenstift und ein wenig Rouge aufgetragen und die Wimpern dramatisch getuscht. Meine Haare habe ich zu einer eleganten Frisur hochgesteckt, für die ich fünf Stunden lang Youtube-Tutorials gucken musste. Selbst Gertie, die Rezeptionistin in meinem Hotel, hat begeistert die Hand vor den Mund geschlagen, als sie mich gesehen hat.

Hunter hat lässig an der Limousine gelehnt und war in sein Handy vertieft, während er auf mich gewartet hat. Als ich durch die quietschende Eingangstür auf ihn zugekommen bin, habe ich genau gemerkt, wie er erst geblinzelt und geschluckt hat, und ich glaube, er war ein oder zwei Momente sprachlos, was meinem Selbstbewusstsein einen ziemlichen Boost gegeben hat.

Davon ist jetzt nicht mehr viel übrig.

Denn seine Freunde mustern mich unverhohlen und auch etwas abschätzig, zumindest bilde ich mir das ein, und das fühlt sich ungefähr so gut an, wie eine Präsentation vor einem voll besetzten Vorlesungssaal zu halten. Ich hasse alles daran.

Außerdem mag ich für meine Verhältnisse hübsch und

gestylt aussehen, bin aber Universen von Melissa entfernt. Mit ihren geglätteten dunkelblonden Haaren, dem perfekt sitzenden Make-up und der Modelfigur in ihrem weißen Designerkleidchen, das unter dem klassischen Trenchcoat-Mantel hervorblitzt, sieht sie mal wieder aus wie ein Supermodel.

Einer der drei Jungs sagt »Los, bringen wir es hinter uns«, und wir bewegen uns in Richtung der Treppen.

Hunter fasst meine Hand fester und raunt: »Alles okay?«

»Klar«, lüge ich und versuche den Kloß in meinem Hals herunterzuschlucken.

Plötzlich hakt Melissa sich bei mir unter. »Lass sie mit mir laufen«, sagt sie an Hunter gewandt. »Ist besser so.«

Ich verstehe nicht, was sie meint, aber Hunter wirft mir einen schnellen Blick zu und nickt dann, ehe er meine Hand loslässt und hinter Melissa und mich zurückfällt. Melissas Parfüm steigt mir in die Nase, als sie mich am Arm hält. Es ist ein schwerer, süßlicher Duft, der teuer riecht, und wie ein Stich ins Herz trifft mich der Gedanke, dass das der Duft sein muss, den Hunter jahrelang geliebt hat. Er ist ganz anders als die Parfüms, die ich für gewöhnlich trage. Meine sind leichter und blumiger und so viel weniger raffiniert als dieser.

»Wenn wir zwei zusammen reingehen, bist du nur eine Freundin von uns. Wenn du an seiner Hand mitläufst, bist du *seine* Freundin. Falls die Presse gerade nichts Besseres zu berichten hat, könnte das echt unangenehm für euch werden«, erklärt Melissa mir leise, setzt ein Lächeln auf, das ziemlich einstudiert wirkt, und nimmt mit mir am Arm die erste Stufe. Die Jungs lassen uns den Vortritt, und ich versuche, die vielen Leute um uns herum zu ignorieren, obwohl ich ihre Blicke auf mir spüre.

Ich lächle und konzentriere mich auf die gläserne Drehtür,

durch die wir gleich müssen. Aus dem Augenwinkel nehme ich Blitzlichter wahr, weil hinter uns wohl irgendjemand angekommen ist, der oder die bedeutend wichtiger ist als wir, und innerlich atme ich auf.

»Seit Hunters Schwester mit einem Duke verlobt ist, bekommt er etwas mehr Interesse von den Journos«, schiebt Melissa leise hinterher, bevor wir uns einzeln durch die Drehtür in die Lobby des Clubs bewegen. Als ich durch sie hindurchgetreten bin, klappt mir einen winzigen Moment lang der Kiefer nach unten. Ich weiß nicht, ob ich jemals eine coolere Location gesehen habe.

»Schön, oder?«, fragt Melissa. »Ich war schon mal hier, einige meiner Freundinnen sind Mitglieder und haben mich hin und wieder mitgenommen.«

Über uns erstreckt sich ein Kuppeldach, das mich an ein schnörkeliges viktorianisches Palmenhaus erinnert und dank der geschickten Beleuchtung wirkt, als hätte man fünf Filter darüber gelegt. Es läuft leise Musik, irgendetwas mit einem pulsierenden, aber unaufdringlichen Beat, der perfekt in diese hippe Umgebung passt. Rechts von uns stehen einige braune Ledersofas, jede Menge Grünpflanzen und Palmen dazwischen und am Ende der Lobby befindet sich eine Art Kaffeebar mit Tischen und Stühlen. Ich kann mir gut vorstellen, dass das hier tagsüber ein Co-Working-Space ist. Dahinter erstreckt sich eine breite Glasfront mit Schiebetüren auf eine Terrasse mit Garten. Industrielampen und rohe Backsteinwände komplettieren das Bild. Alles hier drinnen sieht nicht nur hochwertig und sündhaft teuer aus, sondern auch richtig hip.

Erst jetzt bemerke ich, dass Hunter und seine drei Freunde direkt am Eingang von zwei Frauen in ein Gespräch verwickelt wurden.

»Die Schirmherrinnen der Gala«, verrät mir Melissa und lässt meinen Arm wieder los, bleibt aber direkt vor mir stehen. Forschend sieht sie mich an, was einen unangenehmen Druck in meiner Magengrube entstehen lässt. »Elsa, ich glaube, wir hatten einen etwas holprigen Start«, sagt sie jetzt. »Damals im Supermarkt hatte ich eine Ahnung, wer du bist, wusste aber nicht, wie ich es ansprechen sollte.« Sie sieht ehrlich zerknirscht aus.

»Du hast dieses TikTok gesehen, oder?«, rate ich.

»Ja.« Schmerzhaft verzieht sie das Gesicht. »Das war echt unfair. Jedenfalls freue ich mich, dass Hunter und du … also, dass ihr so gut miteinander auskommt.« Erleichterung flutet meinen Körper, als sie das sagt und dabei lächelt. Trotzdem beschleichen mich Zweifel. Die Blicke, die sie Hunter und mir in Marchlyn Falls zugeworfen hat, sahen nämlich nicht so aus, als hätte sie mit ihm abgeschlossen. Egal, was Hunter anschließend behauptet hat.

»Ist das nicht unangenehm für dich? Ich meine, ihr wart so lange zusammen …«

Sie lacht und macht eine wegwerfende Handbewegung, dabei bleibt mein Blick an ihren makellos manikürten Fingernägeln hängen. »Das ist alles Vergangenheit. Wir sind nur noch befreundet, mehr nicht. Und das ist auch gut so«, sagt sie und zwinkert schon wieder. Vielleicht ist das ja ihr Ding.

Während Hunter und die anderen mit den beiden Schirmherrinnen sprechen, sieht er sich suchend in der Lobby um, bis er mich gefunden hat. Erst als ich ihn mit einem leichten Nicken anlächle, wendet er sich wieder seinem Gegenüber zu, und ein warmes Gefühl breitet sich in meinem Bauch aus.

Melissa ist der stumme Austausch nicht entgangen. »Er

hatte die letzten Monate über echt eine schwere Zeit«, erzählt sie.

»Ja, den Eindruck habe ich auch.«

»Kein Wunder bei dem, was ihm passiert ist.«

»Ja?« Neugierig wende ich mich ihr zu, weil ich hoffe, aus ihrer Miene irgendetwas herauslesen zu können. Zweifellos spricht sie über diese eine Sache, die auch seine Eltern erwähnt haben, von der Hunter mir aber partout nichts verraten möchte. Zumindest noch nicht, wie er gesagt hat. Natürlich habe ich ihn gegoogelt, bin sogar die ersten paar Trefferseiten durchgegangen. Außer einer Handvoll wilder Schnappschüsse von vor drei Jahren und unzähligen Fotostrecken und Berichten über seine Schwester in diversen Klatschblogs und -magazinen konnte ich nichts finden.

»Oh, aber er hat es dir bestimmt erzählt, oder?«, fragt sie arglos und jetzt kommt mir ihr Tonfall doch etwas seltsam vor.

»Er hat mir einiges erzählt«, antworte ich vage und versuche dabei, selbstsicher zu wirken.

»Dann ist ja gut. Ich finde es superwichtig, dass du das weißt.« Ihre Worte lassen ein Brennen hinter meinem Brustbein entstehen, das mir bis in die Kehle kriecht.

»Absolut«, bringe ich gerade noch hervor und bekomme langsam echt Angst, dass Melissa mich durchschaut, als plötzlich Hunter wieder vor uns steht.

Prüfend sieht er zwischen ihr und mir hin und her, als ahne er, dass unser Gespräch in eine seltsame Richtung abgedriftet ist. Er nimmt meine Hand. »Schlechte Neuigkeiten«, sagt er, ohne die Miene zu verziehen, und stellt sich näher vor mich, als würde er mich vor etwas abschirmen wollen. Dann sieht er mir in die Augen. »Meine Eltern sind da.«

»Linda und Daniel sind da? Wie schön! Wo sind sie?«, will Melissa sofort wissen.

»Im Festsaal.« Hunter deutet hinter sich. »Madalen hat es mir verraten.«

»Ich muss ihnen kurz Hallo sagen. Wir sehen uns später«, sagt Melissa. Schon wieder zwinkert sie und läuft in die Richtung, in die Hunter gezeigt hat. Ihr Abgang fühlt sich gerade verdammt nach Flucht an.

»Wirklich alles gut bei dir?«, fragt er. »Worüber habt ihr geredet?«

»Über dich natürlich«, sage ich und ziehe eine Braue hoch. »Wollen wir deinen Eltern auch *kurz Hallo sagen*?«

Hunter atmet tief aus. »Jap, und wir sollten versuchen, unsere Unterhaltung auf fünf Sätze zu beschränken, ja?«

»Sehr gut, so ähnlich hätte mein Vorschlag auch geklungen.«

In Hunters Augen tritt ein Funkeln, als er grinst und mir seinen Arm anbietet. Ich lege die Hand auf seinen Unterarm, mein Blick bleibt daran hängen, und jetzt werden mir die Knie doch ein bisschen weich. Weil meine Anwesenheit auf dieser VIP-Gala zwar komplett absurd und vielleicht das Aufregendste ist, was ich in meinem Leben jemals erlebt habe – aber die Tatsache, dass ich das alles an Hunters Seite tue, mein Herz auf die Größe eines Ballons anschwellen lässt.

35

Hunter

»Hast du sie echt mitgebracht«, stellt Noah fest, als er neben mir an der kleinen Bar steht und wir auf unsere Drinks warten. Elsa sitzt mit dem Rücken zu uns und schaut nach vorn, wo Madalen die Summen der Spenden, die anonym an allen Tischen gesammelt wurden, auf ein Whiteboard schreibt.

»Natürlich«, erwidere ich, einen Hauch provokativ, weil ich es nicht fassen kann, dass sogar meine Freunde etwas an Elsa auszusetzen haben, nachdem die Begrüßung meiner Eltern, wie zu erwarten, sehr unterkühlt ausgefallen ist.

»Seid ihr jetzt zusammen, oder was?« Er klingt herablassend.

»Und wenn es so wäre?« Ich wende mich ihm zu und betrachte ihn mit gerunzelter Stirn. *Komm, Junge, hab den Mumm und sag's mir ins Gesicht.*

Aber den hat er nicht.

»Come on«, sagt er nur. Das kann alles oder nichts heißen.

Ich reagiere nicht, sondern mustere ihn mit unbewegter Miene.

»Ernsthaft? Sie ist deine feste Freundin?«, will er wissen.

»Hast du ein Problem damit?«, entgegne ich, ohne ihn aus den Augen zu lassen.

Noah schnaubt. »Ganz und gar nicht, Mann.«

Er schnappt sich seinen Drink vom Tresen. Die Eiswürfel darin klirren leise gegen das Glas. Dann geht er einfach.

Irgendwie bin ich froh, dass er seine Missbilligung nur angedeutet und mir nicht ins Gesicht gesagt hat, denn das Ganze hätte in einem Streit geendet, und das weiß Noah. Andererseits finde ich dieses unausgesprochene Missfallen, das alle meine Freunde, Melissa und meine Eltern Elsa gegenüber an den Tag legen, unsäglich. Und anmaßend.

Als wären sie etwas Besseres.

Und wieso genau überrascht dich das? Das ist der Modus, in dem alle um dich herum seit Jahren funktionieren.

Nur ist es mir bisher nicht aufgefallen. Oder besser gesagt, es hat mich nicht gestört. Weil ich selbst vielleicht genauso gewesen bin?

Bis jetzt sind unsere Tischgespräche ganz okay verlaufen. Die Jungs haben Elsa ein oder zwei Fragen gestellt, und Elsa hat meistens gelächelt, hin und wieder etwas zu den Gesprächen beigetragen und sich ansonsten zurückgehalten.

Sie macht das gut. Trotzdem merke ich, dass sie sich nicht wohlfühlt. Wahrscheinlich war es ein Fehler, sie mitzunehmen.

Aber das ist dein Leben, Hunter. Welche Zukunft habt ihr, wenn sie mit solchen Events nicht zurechtkommt?

Ich setze mich ebenfalls zurück an unseren Tisch, ignoriere Noah genauso wie er mich und lege Elsa meine Hand auf den Oberschenkel.

Das haben wir den ganzen Abend über so gemacht. Immer wieder haben wir uns berührt. Kein einziges Mal davon war es zufällig. Ich habe ihre Hand genommen, während Madalen vorn ihre Rede über die Patenschaften gehalten hat, Elsa hat beim Essen ihr Knie gegen meines gedrückt, und als sie mit ihrem Fuß sachte mein Schienbein auf und ab gefahren ist, habe ich grinsen müssen.

Es fühlt sich gut an, sie dabeizuhaben.

Weil es sich gut anfühlt, in Elsas Gegenwart zu sein.

»Nächste Woche fliegen wir nach Tropez, Hunt«, erklärt Matthew. »Kommt ihr mit?«

Immerhin hat er den Anstand besessen, nicht zu fragen: *Kommst du mit?*

»Prüfungen. Sorry«, sage ich.

»Du hast doch die meisten schon in Cambridge abgelegt.« Matthew runzelt die Brauen.

»Ja, aber ich nicht«, meldet sich jetzt Elsa und schaut Matthew direkt an und ich hätte ihr am liebsten ein High Five gegeben. »Ich hab Montag meine erste Präsentation.«

»Für alle anderen Kursteilnehmer gilt ebenfalls Anwesenheitspflicht«, ergänze ich. Und das stimmt sogar.

»Lame«, sagt Matthew.

»Finde ich auch«, bestätigt Elsa und grinst. »Wie lange fliegt ihr nach Saint Tropez?«

Matthew hebt die Achseln, sein Blick zuckt zu Melissa. »'ne Woche?«

»Seid ihr auf einem Boot?«, will Elsa wissen.

Matthew beugt sich nach vorn und zwinkert mir zu. »Deine Kleine kennt sich aus.«

»War nicht so schwer zu erraten. Ich komme von der Küste. Ich hab 'nen Segelschein, seit ich zehn bin.«

»Wow«, sagt Melissa, und selbst mir ist nicht ganz klar, ob das jetzt Anerkennung oder purer Sarkasmus war.

»Und wieso waren wir noch nie segeln?«, wende ich mich an Elsa.

»Macht im Winter an der Irischen See nur so mittelviel Spaß«, erklärt sie ziemlich selbstverständlich. »Nach dem Eisbaden hatte ich eigentlich genug von kaltem Wasser.«

»Eisbaden.« Matthew spricht es aus wie ein seltenes Fremdwort. »Das macht ihr also in den dunklen walisischen Wintern.«

»Ja. Die meiste Zeit frieren wir, und hin und wieder saufen wir. Als Mädchen von der Südküste musste ich das auch erst lernen.« Elsa bläst die Backen auf. »Die ersten Monate in Wales waren anstrengend.« Sie zieht eine Grimasse, Melissa sieht sie nur verstört an und aus mir platzt ein lautes Lachen hervor.

Ja, Elsa ist anders. Ja, das Leben in Marchlyn Falls ist verdammt anders als das in London. Aber Elsa macht das Beste draus, und ich feiere es so sehr, wie sie Matthews nicht ganz zufällig platzierte Fragen kontert.

»Ihr entschuldigt mich.« Sie schiebt ihren Stuhl nach hinten, legt ihre Serviette neben sich ab und schlendert ohne Eile Richtung Toilette.

»Noch jemand 'nen Drink?«, frage ich und leere meinen ersten Gin Tonic. Als keiner reagiert, stehe ich ebenfalls auf, stelle das Glas aber nur am Tresen ab und laufe weiter in den Flur, wo sich die Aufzüge und die Toiletten befinden.

Die Hände in den Hosentaschen vergraben, lehne ich mich zwischen die Aufzüge und warte. Es dauert nicht lange, bis Elsa aus der Damentoilette kommt.

»Das hat Spaß gemacht gerade«, begrüße ich sie.

»Du meinst, deinen Freunden noch mehr Grund zu geben, mich komisch zu finden?«

»Eigentlich meinte ich nur, wie du Matthews Urlaubsfrage beantwortet hast. Aber offenbar siehst du dich so?«

»Sehen mich nicht alle hier so?« Sie klingt resigniert, und auch wenn ich das nachvollziehen kann, will ich es nicht einfach so stehen lassen.

»Garantiert nicht.« Ich nehme ihre Hand. »Komm mal mit.«

Ich drücke den Aufzugknopf, und die Türen springen sofort auf.

Ich wähle den ersten Stock, denn wenn ich mich richtig erinnere, gibt es dort Waschräume für Gäste, in die sich aber kaum jemals einer verirrt.

Als sich die Aufzugtüren schließen, herrscht angespannte Stille zwischen uns.

»Was machen wir?«

»Siehst du gleich.«

Das leise Summen des Aufzugs verstummt und die Türen gehen auf. Wir laufen noch ein paar Meter, dann öffne ich die Tür zur Damentoilette, die, genau wie ich es erwartet hatte, leer ist.

Sie ist geräumig und hell und die Wände sind mit hellem Marmor verkleidet. An der Wand neben den Waschbecken befindet sich ein deckenhoher Spiegel und rechts und links davon einige goldene, schnörkelige Lampen. Hier auf diesem Stockwerk sehen die Waschräume noch oldschool aus und nicht so modern und hip wie im Erdgeschoss.

Wortlos ziehe ich Elsa vor den großen Spiegel. Einen Arm besitzergreifend um ihren Oberkörper gelegt, stehe ich dicht hinter ihr. Wir betrachten unser Spiegelbild. Beide tragen wir Schwarz, ohne dass wir uns abgesprochen hätten. Die Farbe bringt Elsas elfenbeinfarbene Haut und ihre roten Haare richtig zur Geltung und mit dem cadillacroten Lippenstift, den sie heute aufgetragen hat, sieht sie aus wie ein verdammter Hollywoodstar. Als ich sie vorhin aus diesem schäbigen Hotel in Camden habe kommen sehen, hat es mir den Atem verschlagen.

Wir sehen gut aus zusammen. Wir sehen aus wie ein Paar.

Und ich glaube, das realisiert auch Elsa, denn in ihre Augen tritt ein seltsamer Schimmer.

Ich muss schlucken. »Siehst du das, Elsa?«, flüstere ich an ihrem Ohr, als sich unsere Blicke im Spiegel treffen.

»Ja«, haucht sie.

Ich lehne meine Stirn gegen ihren Kopf, atme den Duft ihrer Haare und ihrer Haut ein und muss mich zusammennehmen, um nicht sofort vor sie zu treten und sie zu küssen.

»Wir sehen gut aus zusammen, Elsa. Wir passen zusammen. Und es ist scheißegal, was die da draußen dazu sagen.« Und noch während ich das ausspreche, beginnt mein Herz schmerzhaft und schnell in meinem Brustkorb zu pochen, weil mir die Bedeutung der Worte klar wird. »Wir passen zusammen«, wiederhole ich, knabbere ganz sanft an ihrem Ohrläppchen und merke, wie Elsa sich gegen mich lehnt und stöhnt.

Doch dann spannt sich ihr Körper wieder an und blinzelnd öffnet sie die Augen. »Weißt du, was das Problem ist?«, sagt sie jetzt. »Ich verstehe nicht, was du an mir findest. Ich glaube, keiner tut das. Deine Eltern nicht und ziemlich sicher deine Freunde ebenfalls nicht.«

Ich lache leise. »Wohingegen *deine* Freunde der Meinung sind, dass ich nicht gut genug für dich bin. Und das lassen sie mich auch wissen.«

»Wirklich?«

Elsa will sich in meinen Armen umdrehen, aber ich halte sie fest und bestätige nur: »M-hm.«

Langsam fahre ich mit meiner Hand ihre Taille und ihre Hüften entlang. Ich sehe im Spiegel, wie sich ihr Blick unter meinen sanften Berührungen verschleiert, doch sie reißt sich zusammen und jetzt hält sie meine Hand fest, dreht sich zu mir und schaut mir in die Augen.

»Gab es eigentlich schon mal schlechtere Voraussetzung für eine …« Sie kommt ins Stocken.

»Beziehung«, ergänze ich. »Sprich es ruhig aus. Denn darum geht es hier doch eigentlich, oder?«

Sie blinzelt. »Ich versteh's nicht. Weil, ganz ehrlich, wenn ich neben Frauen wie Melisssa oder so gut wie jeder anderen Frau stehe, die heute anwesend ist, denke ich mir: Das kann gar nicht sein. Hunter kann nicht ausgerechnet etwas von *dir* wollen, wenn er alle diese anderen Frauen haben könnte.«

»Das Problem ist doch, wie du dich selbst siehst, und nicht, wie ich dich sehe.« Ich lege beide Hände an ihre Hüften, drehe sie erneut zum Spiegel und unsere Blicke treffen sich. »Weißt du, was ich sehe? Ich sehe eine Frau mit einem riesigen Herzen. Ich weiß genau, dass du deine Freundin Lily die ersten Wochen an der Bloomsbury durchgefüttert hast, weil sie nicht mal genügend Geld hatte, um sich Essen zu kaufen – und da kanntest du sie noch nicht mal richtig. Du hattest Schiss vor der Verabredung mit meinen Eltern, aber du hast den Abend durchgezogen wie ein Champion. Weil in dir so viel mehr Mut und Stärke ist, als du dir selbst zugestehst. Du bist verdammt loyal und stehst zu deinem Wort, du gehst sogar eisbaden, weil du es deiner Freundin versprochen hast, obwohl du es hasst. Du kannst manchmal ziemlich witzig sein, und obwohl du versuchst, es ständig zu überspielen, fühlst du ganz viel. Und das macht dich erst zu dem, was du bist. Du bist nicht so abgestumpft wie alle anderen hier, du bist nicht nur Fassade, du bist echt. Und außerdem bist du die Frau mit den heißesten Kurven auf diesem ganzen fucking Planeten und die Frau, mit der ich den absolut atemberaubendsten Sex meines Lebens habe, Elsa«, sage ich und verstärke meinen Griff um ihre Hüften.

Elsas Blick wird weicher, ich sehe, wie gerührt sie ist.

»Glaubst du mir jetzt, wenn ich sage, ich möchte mit dir zusammen sein und mit niemandem sonst?«

»Zumindest für den Moment«, gibt sie zu.

»Okay, mehr brauche ich gerade nicht.« Ich senke meine Lippen zu ihrem Hals und drücke einen sanften Kuss auf ihre Haut. »Und falls du mir morgen nicht mehr glaubst, erzähle ich dir das Gleiche noch einmal. Und übermorgen auch.« Noch ein Kuss. »Und am Tag darauf ebenfalls.«

Ich hinterlasse eine Spur von Küssen an ihrem Hals, bis ich fast bei ihrer Schulter angekommen bin. Ganz leicht beiße ich zu und lecke beschwichtigend darüber, während ich Elsa fest gegen mich gepresst halte.

Sie seufzt leise. »Das ist gefährlich, es kann jederzeit jemand …«

»Hier im ersten Stock ist nicht viel los«, raune ich. »Außerdem stehe ich manchmal ein bisschen auf Nervenkitzel.«

Schnell raffe ich mit einer Hand ihr Kleid und lege sie auf ihrem Oberschenkel ab. Langsam, ohne Eile, bewege ich meine Finger nach oben.

»Du nicht?«, will ich wissen.

Statt etwas zu erwidern, stöhnt Elsa erneut leise, ihre Lider schließen sich, ich spüre, wie sie sich gegen mich sinken lässt, und das genügt mir als Antwort.

Meine Fingerkuppen tasten über das Spitzenband ihrer halterlosen Strümpfe und mir entfährt ebenfalls ein Stöhnen.

Als meine Hand die verheißungsvoll warme, weiche Haut ihres Schenkels erreicht, schießt Verlangen durch meinen Körper wie ein elektrischer Stoß.

Elsa dreht ihren Kopf zu mir und wir sehen einander in die Augen. Ich küsse sie, tief und ohne Zurückhaltung, während meine Finger sich unaufhaltsam ihrer Mitte nähern.

Ich spüre ihr Höschen, es ist irgendetwas Schmales mit Spitze, und, Himmel, sie ist feucht, so nass, dass ihr Slip ganz durchtränkt ist. »O Gott, Elsa, sag mir nicht, dass du …«

»Eine Berührung von dir, Hunter«, flüstert sie. »Eine Berührung, und es passiert einfach.«

Mit einer kleinen Bewegung schiebe ich ihren String zur Seite und fahre über ihre Klit, spreize ihre Pussy ein wenig, die so nass ist, so bereit, dass all mein Blut augenblicklich in meinen Schwanz schießt.

»Du bist so heiß, Elsa«, flüstere ich, mache langsame, rhythmische Kreise mit den Fingern, und ich weiß gar nicht, ob sie es absichtlich macht, aber ihre Hüften bewegen sich mit. Sie lässt ihren Kopf nach hinten gegen meine Schulter sinken, schließt die Lider, und ich küsse sie auf Wange und Schläfe, doch ich merke, dass es mir nicht reicht.

Sanft drehe ich ihren Kopf wieder zu mir und küsse sie erneut. Ich sauge ihre Unterlippe zwischen meine Zähne, knabbere daran, ehe ich den Kuss mit der Zunge vertiefe, ohne die gemächlichen Kreise über ihre Klit zu unterbrechen.

Sie erschaudert unter meinen Berührungen, ich spüre, wie ihre Atmung schwerer wird und unregelmäßiger, und es ist genau das, was ich möchte. Oh, ich will es so sehr.

»Schau dich an, Elsa«, raune ich atemlos. »Schau *uns* an. Ich möchte, dass du zuschaust, wie du kommst.«

36

Elsa

Er presst seine Wange gegen meine und zwingt mich, uns beide im Spiegel zu betrachten. Seine sanften, neckenden Bewegungen zwischen meinen Beinen sind jetzt wieder federleicht und er heizt mich damit so sehr an, dass ich befürchte, jeden Moment zu kommen.

Die Finger seiner Linken fahren über meinen Mund, während er versteckt hinter dem schwarzen Chiffon-Stoff meines Kleides mit zwei Fingern in mich eindringt und beginnt, mich zu penetrieren.

»Hunter«, stöhne ich, lehne mich schwerer gegen ihn, will meine Lider wieder schließen, doch er hält mich unerbittlich fest.

»Schau uns an«, sagt er erneut und ich höre die leisen schmatzenden Geräusche, die seine Finger in meiner nassen Pussy verursachen, als er in mich stößt.

Sein Zeigefinger fährt meine Lippe entlang, einen Moment lang ist es mir unangenehm, doch dann lasse ich es zu und beginne, an seinem Finger zu saugen. Hunter gibt ein Knurren von sich. Ich spüre seine Erektion an meinem Rücken, er drängt sich näher an mich, und ich höre, wie sich nicht nur meiner, sondern auch sein Atem beschleunigt.

Was tun wir hier nur? Was tun wir hier?

Doch der Gedanke ist sofort wieder verflogen, denn Hunter entzieht mir seine Linke und fährt damit an meiner Seite entlang. Er schließt sie um meine Brust und knetet sie, und ich weiß nicht mehr, wohin mit mir selbst, weil sich seine Berührungen so gut anfühlen. Alle seine Berührungen, egal was er tut.

»Wir gehören zusammen, verstehst du?«, haucht er an meinem Ohr, knabbert und leckt sanft daran, und so viele Gefühle rauschen durch meinen Körper, die Lust in mir wird so intensiv, dass ich nicht mehr kann. Ich spüre, dass mein Höhepunkt kurz bevorsteht, meine Atmung wird heftig und rau, eine Welle baut sich tief in meinem Schoß auf. Hunter spürt es ebenfalls, denn er hält meinen Kopf fest und fordert: »Schau mich an.«

Und seinen Befehl zu hören, seine raue Handfläche an meiner Wange zu spüren und das sanfte Necken seiner Finger, die jetzt wieder über meine Klit streicheln, sind der letzte Rest, der mich über die Grenze trägt.

Ich komme, und mein Orgasmus rast wie ein heißer Lichtstrahl durch meinen Körper, während ich Hunter im Spiegel in die Augen sehe. Ich zucke heftig und unkontrolliert am ganzen Körper. Jetzt schlingt sich Hunters Arm eng um meine Taille und hält mich.

»Fuck, Elsa«, stöhnt er, und ich muss die Augen schließen, weil ich diese Gefühle nicht mehr aushalte. Endlich erlaubt er es mir, dass ich mich schwer gegen ihn lehne und meinen Kopf gegen seine Schulter sinken lasse. »Fuck, war das heiß.« Ich bringe nicht mehr zustande als ein Wimmern, als er sein Gesicht in meiner Frisur vergräbt, die völlig durcheinandergeraten ist.

Er atmet tief ein und aus, während ich versuche, wieder zu mir zu finden. Und plötzlich ist da dieses Ziehen in meiner Herzgegend. Ein schmerzhaftes, wunderbares Ziehen. Es ist das schönste Gefühl der Welt und gleichzeitig das einschüchterndste.

Du liebst ihn, schießt es mir durch den Kopf, während sich sein Arm lockert und er mich vorsichtig loslässt.

Zuneigung flutet meinen Körper, als er fragt: »Alles okay?«

»Ja.« Ich lache ungläubig auf. »Ja, warum auch nicht. Ich …«

»Ich liebe es, dir dabei zuzusehen, wie du kommst«, flüstert er und gibt mir erneut einen tiefen, langen Kuss, ehe er sich zum Waschbecken wendet.

»Warum hast du das gemacht?«, will ich wissen und trete neben ihn.

»Was ist das für eine Frage?«

»Na, eine Frage eben.« Ich streiche mein Kleid glatt, spüre die Feuchte zwischen meinen Beinen und ziehe mich einen Moment auf eine der Toiletten zurück.

Hunter wartet mit einer Antwort, bis ich wieder neben ihm stehe. »Ich habe es gemacht, einfach weil ich will. Und weil ich möchte, dass du verstehst, dass du nicht irgendein …« Er stockt.

»Los, sag's schon.«

»… irgendein Zeitvertreib für mich bist«, führt er den Satz zu Ende und streicht mir mit dem Daumen über die Wange. »Du bist mehr. Wir sind mehr, okay?«

»Okay«, flüstere ich, stelle mich auf die Zehenspitzen und drücke ihm einen Kuss auf die Lippen.

Er muss lächeln. »Besser, wir gehen getrennt raus«, sagt er, während er sich die Reste meines knallroten Lippenstifts vom Gesicht reibt. »Wirklich alles okay bei dir?«, fragt er, als ihm auffällt, wie ich ihn mustere, während er sich die Fliege richtet.

»Was? Ja klar.« Bei mir ist nicht nur *alles okay*. Ich bin gerade so hypt und angefüllt mit Glückshormonen, dass ich das Gefühl habe, mein Herz hüpft mir gleich aus der Brust.

Er gibt mir einen leichten, sanften Abschiedskuss. »Wir sehen uns gleich«, flüstert er.

Ich wische ihm erneut über die Lippen, damit er keine verräterischen roten Spuren mehr trägt, und dann ist er durch die Tür verschwunden.

Ich stelle mich vor den Waschtisch, stütze mich mit beiden Händen darauf ab, spüre noch einen pulsierenden Nachhall in meinem Unterleib und schüttle den Kopf, weil ich nicht glauben kann, was hier passiert.

In aller Ruhe wasche ich mir die Hände, ziehe den Lippenstift nach, richte meine Frisur und entferne den etwas verschmierten Kajal unter den Augen. Nachdem ich einen letzten Kontrollblick in den großen Spiegel geworfen und mein Kleid gerade gezupft habe, trete ich in den Flur und mache mich auf den Weg zum Aufzug.

Als ich um die Ecke biege, bleibe ich erstaunt stehen.

Melissa lehnt zwischen den beiden Aufzugtüren. »Hey«, sagt sie und klingt nicht im Geringsten überrascht.

»Hast du mich gesucht?«, will ich wissen.

»Möglicherweise.« Die Freundlichkeit, die sie mir an diesem Abend bisher gezeigt hat, ist wie weggeblasen.

»Oh.« War sie schon da, als Hunter die Toilette verlassen hat? Hat sie womöglich mitbekommen, was zwischen uns …

»Ich weiß, Hunter übt eine gewisse Faszination aus«, beginnt sie kühl. »Aber: Lass die Finger von ihm. Ernsthaft.«

Ihre Worte treffen mich wie ein gleißender Stromschlag. »Ähm, sorry, aber: Ich glaube, das geht dich einfach nichts an.«

»Irgendwie schon.«

»Ach ja?«

»Hunter und dir zuzusehen, wie ihr euch *annähert* …«, bei diesem Wort macht sie Anführungszeichen in der Luft, »ist, als würde man in Zeitlupe einen Autounfall mitverfolgen.«

Ihr harter Blick trifft mich, mein Puls schießt nach oben, und ich brauche einen Moment, ehe ich in der Lage bin, zu antworten. »Sag mal, geht's noch?«

Melissa reagiert nicht, sieht mich nur weiter herausfordernd an, und schlagartig wird mir klar, was sie möchte: Streit.

»Du kennst ihn nicht«, fährt sie fort und klingt dabei so selbstgerecht und herablassend, dass sich mein Magen schmerzhaft zusammenzieht.

Sie ist wie ausgewechselt, und langsam dämmert mir, was Hunter vorhin meinte. *Du bist nicht nur Fassade, du bist echt.*

»Und du wirst ihn auch nie wirklich kennenlernen. Dafür seid ihr viel zu unterschiedlich«, fährt Melissa fort.

Unter meinen Achseln beginnt es zu stechen. »Und du kennst mich nicht. Also steht es dir nicht zu, über ihn oder mich oder unsere Beziehung zu urteilen.«

»*Beziehung?*« Spöttisch zieht sie die Brauen hoch. »Ich bitte dich. Das zwischen euch ist doch keine Beziehung. Du lenkst ihn ein wenig von seiner Langeweile in diesem elenden Nest ab, mehr nicht.«

Arroganz trieft aus ihrer Stimme und ihre Worte tun weh. Und ich weiß, es ist klein von mir, aber ich möchte ihr jetzt auch wehtun.

»Du bist eifersüchtig, hm?«

»Das muss ich gar nicht sein«, erwidert sie. »Weißt du,

Hunter vertraut dir ja nicht mal genug, um dir sein kleines, schmutziges Geheimnis anzuvertrauen.«

Mein Herz pocht immer heftiger. »Woher willst du denn wissen, dass ich es nicht kenne?«, gebe ich herausfordernd zurück und kralle die Hände um meine Clutch, damit Melissa nicht sehen kann, wie sehr sie zittern.

Sie stößt sich von der Wand ab und kommt langsam näher. Ihre Pfennigabsätze hallen laut von den Marmorwänden wider. »Weil du sonst niemals, wirklich niemals mit ihm zusammen wärst.«

Dieses Mal bin ich diejenige, die jetzt abfällig schnaubt. »Du kannst deine komischen Andeutungen echt stecken lassen«, sage ich, umrunde sie und drücke auf den Aufzugknopf.

Ich will hier nur noch weg.

Sie lacht amüsiert auf. »Ach, du stehst auf so was, oder wie?«

»Auf was?«, versetze ich schnell und verfluche im gleichen Moment, dass Melissa es jetzt doch geschafft hat, dass ich die Kontrolle verliere.

»Auf Kriminelle.«

»Kriminelle?«, wiederhole ich verblüfft.

»Hunter wäre letztes Jahr beinahe ins Gefängnis gekommen. Er ist zwei Jahre auf Bewährung draußen, er ist vorbestraft. Er muss sich sogar alle paar Wochen bei den Behörden melden, damit er auf freiem Fuß bleibt.«

Melissas Worte fühlen sich an, als würde sich eine Eisschicht über meine inneren Organe legen. »Was … was hat er getan?«

Mit einem leisen *Pling* kommt der Aufzug an, die Türen öffnen sich und Melissa stolziert in aller Ruhe an mir vorbei. Wie gebannt sehe ich ihr dabei zu und beiße mir so fest in die Wange, dass ich Blut schmecke.

Ein zufriedenes kleines Lächeln zieht Melissas Mundwinkel nach oben, als sie sich zu mir umdreht. »Es steht mir leider nicht zu, dir das zu sagen.«

Die Aufzugtüren beginnen sich zu schließen, aber ich knalle meine flache Hand dagegen und halte sie auf. Allmählich brodelt Wut in mir. »Dann hättest du gar nicht erst davon anfangen sollen«, warne ich mit brüchiger Stimme.

»Als ob ich dir etwas schuldig wäre, Süße.« Melissas Blick bohrt sich herausfordernd in meinen.

»Bist du nicht. Aber gerade habe ich den Eindruck, du schlägst einfach nur um dich, weil du es nicht ertragen kannst, dass Hunter und ich uns kennenlernen und du keine Rolle mehr in seinem Leben spielst.«

Irgendwie schafft sie es, noch immer zu lächeln, obwohl mir das Lächeln inzwischen wie festgefroren vorkommt. »Lass dir eins gesagt sein: Hunter und du, ihr lebt in verschiedenen Welten. Das ist ihm klar, deswegen hat er dir seine Vergangenheit nicht anvertraut. Weil er weiß, dass du nur eine kurze Affäre bist, mehr nicht. Du wirst niemals seinen Ansprüchen genügen und ihm niemals das Wasser reichen können. Und auch wenn du es vielleicht noch nicht einsiehst und er auch nicht – alle anderen wissen es bereits. Seine Freunde, seine Familie, selbst irgendwelche Fremden haben das vor Wochen schon auf TikTok gepostet. Du kannst auf irgendwelchen Toiletten die Beine für ihn breitmachen, so viel zu willst, aber das reicht nicht. *Du* reichst ihm nicht, und Hunter wird das herausfinden. Und er wird dir dein kleines, unschuldiges Herz herausreißen, Elsa, denn das macht Hunter immer. Also, tu dir selbst den Gefallen und lass dir einen ehrlichen Rat geben.« Sie fixiert mich. »Nimm die Beine in die Hand und lauf.«

37

Elsa

Ich fühle mich wie in Trance. Ich spüre meinen Körper nicht mehr, während ich statt des Aufzugs die Treppen nach unten stöckle.

Hunter ist noch nicht sonderlich weit gekommen, er steht vor dem Festsaal und ist mit irgendeinem Herrn mittleren Alters ins Gespräch vertieft. Eher zufällig wandert sein Blick zu mir, und sofort merkt er, dass irgendetwas nicht stimmt.

Er entschuldigt sich bei seinem Gegenüber und kommt mit besorgter Miene auf mich zu. »Alles in Ordnung?«

Ich deute ein Kopfschütteln an. »Nein, ist es nicht.«

Er steht jetzt so nahe vor mir, dass ich den Kopf in den Nacken legen müsste, um zu ihm aufzusehen. Ich tue es nicht.

»Was ist passiert?«, will er wissen.

Ich räuspere mich. »Können wir reden?«

»Jetzt sofort?«

Ich nicke.

»Gut, ähm … dort hinten.«

Er lotst mich in Richtung Lobby und anschließend hinaus auf eine Terrasse. Hier stehen einige bunt bemalte Steinskulpturen zwischen Buchsbäumen und anderen Pflanzen in großen Töpfen. Hunter ist wohl klar, dass wir keine Zuhörer gebrauchen können, denn er führt mich einen schmalen Pflasterweg entlang, bis wir am Ende des Skulpturengartens angekommen sind, der dort in eine weitläufige Gartenanlage übergeht.

»Elsa, was ist los?«, fragt er erneut und betrachtet mich forschend.

Jetzt zwinge ich mich, ihm in die Augen zu sehen. Mein Herz rast, und ich brauche einige Momente, ehe ich in der Lage bin, die Worte auszusprechen. »Du bist vorbestraft?«

Zuerst ist Hunters Miene völlig unbewegt. Dann schließt er die Augen und atmet tief aus. »Von wem hast du das?«

»Ist doch scheißegal, von wem ich das habe! Hunter, what the fuck! Du bist vorbestraft und sagst mir nichts davon?«

Er reibt sich mit der Hand über den Hinterkopf, und ich habe es selten erlebt, aber er ringt tatsächlich nach Worten. »Es ist nicht ... wichtig.«

»Was zu Hölle, Hunter!«, schreie ich und ziemlich sicher haben das die wenigen Gäste, die hier draußen sind, gehört. Ich rechne es Hunter hoch an, dass er sich nicht erschrocken umsieht, sondern sich voll und ganz auf mich konzentriert. »Natürlich ist das wichtig! Denkst du nicht, ich möchte das wissen, bevor ich mit jemandem ...« Ich mache eine vage Bewegung mit der Hand.

»Siehst du, genau deswegen habe ich es dir bisher nicht gesagt!« Er klingt auf einmal verärgert. »Weil du dann nicht mehr mich siehst, sondern nur noch meine Vorstrafe. Weil ich in deinen Augen dann plötzlich jemand ganz anderes bin!«

»Ja, natürlich bist du das«, erwidere ich und merke, dass das gerade ganz anders herausgekommen ist, als ich es eigentlich beabsichtigt hatte.

»Ganz toll, Elsa«, sagt Hunter leise und enttäuscht, aber ich nehme meine Worte trotzdem nicht zurück.

»Was hast du gemacht?«, frage ich stattdessen.

»Besitz von Kokain«, gibt er zu.

»Und dafür kriegt man 'ne Vorstrafe?«

»Es war eine … nicht unerhebliche Menge an Kokain.«

»Bist du ein Dealer, oder was?« Und einen Augenblick lang fürchte ich mich sogar vor seiner Antwort.

»Elsa!« Er sieht mich eindringlich an. »Bisschen leiser vielleicht? Und nein, ich bin natürlich kein Dealer.«

»Und was machst du dann mit einer *nicht unerheblichen Menge* von dem Zeug?«

»Konsumieren?«

»Bist du abhängig?«

»Fuck, nein! Aber …«

»Was aber?«

»Wir waren in 'nem Club, jemand hatte das Päckchen dabei, und es gab eine Razzia, was komplett untypisch für einen so angesagten Club ist, wirklich niemand hat damit gerechnet und … ich habe das Päckchen von jemandem genommen und versteckt. Die haben an dem Abend nicht mal alle kontrolliert. Aber ausgerechnet mich haben sie rausgezogen.«

Ich nicke und versuche, das alles irgendwie zu verarbeiten. Drogenbesitz. Die haben Koks bei ihm gefunden. Und es war nicht seins.

»Weißt du, es geht mir ja nicht mal darum, dass du Drogen nimmst, also … halt, nein. Ich finde es scheiße. Ich finde es richtig scheiße, dass du Drogen nimmst. Drogen sind scheiße!«

Hunter wirft die Hände in die Luft. »Aber ich nehme jetzt keine Drogen mehr! Ich muss ja sogar regelmäßig zu 'nem Drogentest.«

»Wie auch immer. Das spielt jetzt keine Rolle. Es geht

mir darum, dass wir uns seit Wochen jeden Tag sehen, dass du mir versprochen hast, ehrlich zu mir zu sein, und du verschweigst mir so einen Hammer!«

»Und ich habe dir gesagt, dass ich dir alles erzähle, es war nur noch nicht der richtige Zeitpunkt«, verteidigt sich Hunter.

»Ach ja? Wann wäre denn der richtige Zeitpunkt gewesen? In einem Jahr?«, fahre ich auf und Hunter weicht von mir zurück, als hätte ich ihn geschlagen.

Er runzelt die Stirn, scheint einen Moment nachzudenken. »Ich weiß nicht, aber … wir haben noch nicht explizit darüber gesprochen, dass wir zusammen sind, oder? Täusche ich mich? Weil wenn wir offen darüber gesprochen hätten, dann hätte ich es dir gesagt. Ich hätte es dir erzählt.«

Hunters Worte fühlen sich an wie Stromschläge. Viele kleine, schmerzhafte Stromschläge, die mich überall an meinem Körper treffen. »Haben wir nicht? Und was war das gerade auf der Toilette? Also doch nur Zeitvertreib?«

Hunter schweigt.

»Scheiße, echt. Ich bin so dumm.« Ich raffe mein Kleid und beginne zu laufen. Wie naiv kann man eigentlich sein? Ich habe mir wirklich eingebildet, Hunter und ich wären zusammen.

Seine Schritte dröhnen hinter mir. »Elsa, warte! Es tut mir leid. So habe ich das nicht gemeint«, sagt er hastig. »Ich … ich hatte einfach Angst.«

Ich bleibe stehen, schaue nach unten auf meine Pumps, doch ich drehe mich nicht zu ihm. »Ich hatte Angst, dass du dann nichts mehr mit mir zu tun haben willst und …« Er atmet aus. »Schau uns an. Wir streiten! Genau deswegen!«

»Nein, wir streiten, weil du nicht ehrlich zu mir warst«,

erwidere ich leise und enttäuscht. »Ich möchte jetzt nach Hause.«

»Okay, uhm … denkst du nicht, wir sollten das erst mal klären?«

»Ich fühle mich hier nicht so wohl«, sage ich und zücke mein Handy. »Ich rufe mir ein Uber.«

»Ich komme mit. Wir nehmen die Limousine. Wir können auf der Fahrt weitersprechen.«

»Nein, Hunter. Ich möchte jetzt nicht. Ich möchte allein sein. Ich muss nachdenken.«

Er greift nach meiner Hand und betrachtet mich besorgt. »Worüber?«

»Was glaubst du denn?«, fahre ich ihn an.

»Allein nachdenken ist scheiße. Denke mit mir zusammen. Sag mir, was in dir vorgeht«, beharrt Hunter und ich sehe Angst in seinen Augen aufflackern. Panik sogar.

Ich atme aus. »Morgen, in Ordnung? Lass uns morgen sprechen. Ich muss jetzt einfach bisschen für mich sein, okay?«

Hunter nickt unglücklich.

Da fällt mir etwas ein. Es gibt noch eine Sache, die ich wissen möchte. Nein, die ich wissen *muss*.

»Wer war dieser Jemand, für den du das Kokain an dich genommen hast?«

Hunters Augen weiten sich. »Was?«

Natürlich hat er die Frage verstanden. In meiner Magengrube breitet sich ein flaues Gefühl aus.

»Für wen hast du es an dich genommen?«, wiederhole ich.

Die Sehnen an Hunters Hals sind straff gespannt, weil es so sehr in ihm arbeitet. Er wendet den Kopf ab und nimmt das Ende des Skulpturengartens in den Blick, doch er antwortet nicht.

»Willst du wirklich so weitermachen und mir *wieder* nichts erzählen?«, frage ich leise.

Er sieht mich an. »Melissa.«

Ich blinzle, und es dauert, ehe die Bedeutung seiner Worte richtig in mein Herz sickert. Und es ist, als würde sich von dort aus Gift in meinem Körper verteilen, mit jedem meiner rasenden Herzschläge, bis in meine Fingerspitzen.

»Wow«, höre ich mich mit belegter Stimme sagen. »War das der Grund, warum du es mir nicht gesagt hast? Weil du lieber Melissas Geheimnis schützt, als ehrlich zu mir zu sein? Wow, Hunter, echt!«

»Das ist nicht der Grund, warum ... Elsa?«

Ich habe mich bereits weggedreht und laufe los. Er versucht, mich an der Schulter zurückzuhalten.

»Lass mich los«, sage ich scharf, und er tut es sofort. »Lass mich einfach«, bitte ich ihn, ehe die Sicht vor meinen Augen verschwimmt, weil ich meine Tränen nicht mehr zurückhalten kann.

38

Hunter

Ich hab's verkackt. Ich hab's einfach so krass verkackt. Es war ja klar, dass meine Freunde nicht dichthalten würden. Und dass sie sich nicht aus meiner Beziehung oder … was auch immer mit Elsa heraushalten würden. Wieso habe ich sie überhaupt mit auf diese Gala genommen?

Ich hebe das Glas an die Lippen, lege den Kopf in den Nacken und stürze den Drink herunter. Keine Ahnung, was es ist. Ich glaube, Wodka. An meinem Gaumen nehme ich einen Hauch von Zimt wahr.

Noah war der Erste, der bemerkt hat, dass es eine Auseinandersetzung zwischen Elsa und mir gegeben hat. Er hat mir ein paar längere Blicke zugeworfen, als ich vorhin zurück in den Festsaal gekommen bin, hat mir auf die Schulter geklopft und mir dann ein Schnapsglas mit einer klaren Flüssigkeit und Goldflakes darin hingestellt. Ich habe es wortlos heruntergekippt. Und anschließend drei weitere.

Jetzt ist es dreiundzwanzig Uhr, und eigentlich sollte ich nach Hause fahren, weil ich schon ziemlich betrunken bin. Aber der Gedanke, dort eventuell ein Gespräch mit meinen Eltern führen zu müssen, sobald ich in deren Villa auftauche, und mich rechtfertigen zu müssen, dass ich Elsa auf die Gala eingeladen habe, ist so abschreckend, dass ich lieber bleibe und Noah die Treppe nach unten in den *Supper Club*, den Clubraum vom *Crimson*, folge.

Vielleicht fürchte ich mich auch ein klein wenig vor den Gedanken, die mich garantiert überfallen werden, sobald ich allein bin. Elsas Worte sind noch präsent. Die Enttäuschung in ihren Augen und ihr Schluchzen, als sie vor mir davongelaufen ist, haben sich in mein Hirn gefressen.

Ich war nicht sofort ehrlich zu ihr, und ich habe Angst, dass sie mir das nicht verzeiht. Andererseits – hat sie nicht auch ein wenig überreagiert?

»Hey«, Noah taucht neben mir an der Club-Bar auf und stößt mich mit der Schulter an. »Hör mal auf, so viel zu grübeln.«

»Ich hab mich mit Elsa gestritten«, schreie ich ihm über den Beat zu und wundere mich, wie schwer meine Zunge schon ist.

»Hab ich mir gedacht.«

»Sie hat die Sache mit dem Kokain erfahren.«

Noah nickt. »Tut mir leid, Mann. Wieso hast du es ihr nicht schon vorher erzählt?«

Ich lache bitter und sage leiser mehr zu mir selbst: »Wollte sie dann auch wissen.«

Mit dem Rücken lehne ich mich gegen die Bar, nippe an meinem Moscow Mule, den mir der Barmann gerade hingestellt hat, und lasse den Blick durch den Clubraum schweifen. Der *Supper Club* kann es locker mit den teuersten Clubs in London aufnehmen, weil er so edel ausgestattet ist. Überall stehen Serpentine-Sofas. Kleine, edle Kronleuchter und eine riesige Discokugel hängen von der Decke und tauchen den gesamten Raum in bunte Sprenkel. Eine Bühne für Livemusik füllt einen Teil des Raums aus. Heute ist nur ein DJ da und legt einen ziemlich guten Mix aus 90s Techno Beats und Dance auf. Bestimmt dreißig oder vierzig der Galagäste sind noch hier und mischen sich unter die normalen Clubmitglieder, die ein bisschen feiern wollen.

»Wir reden morgen«, verrate ich Noah.

»Na also!« Er hält mir sein Glas hin und wir stoßen an. »Komm mit auf die Tanzfläche, wir feiern jetzt bisschen, okay? Trübsal blasen hilft nicht.«

Ich zögere.

»Ihr klärt das morgen schon. Und wenn nicht, dann ist sie sowieso nichts für dich, oder?«

Ich werfe ihm einen aufgebrachten Blick zu und bin mir nicht sicher, ob er so darauf besteht, weil er mir wirklich helfen will, oder weil er einfach keinen Bock darauf hat, dass ich der Partypooper bin.

»Jetzt stell dich nicht so an und mach nicht ständig einen auf beleidigt. Du kommst jetzt mit tanzen, Ende der Ansage.« Er zieht mich mit sich, ich wehre mich erst nur halbherzig, gebe dann aber meinen Widerstand auf.

Die anderen strecken jubelnd die Hände in die Luft, als wir zu ihnen kommen. David stößt mit seinem Glas gegen meins, zwinkert mir zu, und ich grinse kopfschüttelnd, denn das ist unser Zeichen, dass wir den Drink exen. »Come on«, brüllt David, als ich zögere, aber dann trinke ich das Glas komplett leer, und in meinem Kopf und meinem Herzen wird allmählich alles ein bisschen leichter und stumpfer. Mir bleibt keine Zeit, mich genauer umzusehen, denn der Song wechselt und ein ziemlich heftiges Stroboskoplicht setzt ein. Zusammen mit den bunten Spiegelungen der Discokugel wirkt es nicht mehr so, als würden wir tanzen, sondern unkontrolliert zucken. Ich lache, weil sich das hier irgendwie so schwerelos und geil anfühlt und mein Kopf nur noch von meinen Bewegungen und der Musik erfüllt ist.

Nach einer Weile ziehen wir uns an einen Tisch zurück, scheinbar ist das unserer, denn dort stehen mehrere Flaschen Wodka, Gin und Champagner, von denen sich alle bedienen. Ich mixe mir einen Wodka Bull und kehre mit dem Glas in den Händen auf die Tanzfläche zurück und meine Fresse, Noah hatte recht, es tut gut, loszulassen und nichts mehr zu fühlen außer dem Beat, der durch meinen Körper dröhnt. Melissa tanzt erst mit Matthew, dann mit mir. Eigentlich will ich das gar nicht, aber dann denke ich mir: *Fuck it, hab halt bisschen Spaß, so wie früher, verlier dich ein bisschen, fühlt sich doch alles besser an als die Angst, die Sache mit Elsa verkackt zu haben, oder?*

Ich leere mein Glas erneut, stelle es beiseite und lege meine Hände auf Melissas schmale Hüften, als sie mich antanzt. Doch ich spüre nichts, während ich das mache. Melissa drängt sich enger zu mir, gibt mir einen Kuss auf die Wange, tanzt dann zu Matthew weiter. Sofort schließen sich seine Hände um ihren Rücken, sie stellt sich auf die Zehenspitzen und küsst ihn. Nicht nur ein bisschen, sie steckt ihm verdammt noch mal die Zunge in den Hals. *Alter, was macht diese Frau*, denke ich, und mir wird klar, dass die zwei das nicht zum ersten Mal tun. Ihre Bewegungen sind eingespielt.

Noah wirft mir einen prüfenden Blick zu und ich zucke nur mit den Schultern. Mir macht es nichts aus, dass Melissa mit Matthew rumknutscht.

Trotzdem bedeutet mir Noah mit dem Kopf, dass wir zurück zu unserem Tisch gehen. Ich folge ihm und lasse mich in den Polstersessel fallen. Schweiß steht mir auf Stirn und Rücken und lässt mein Hemd auf der Haut kleben. Keine Ahnung, wo ich meine Smokingjacke gelassen habe, vermutlich noch oben im Saal.

Irgendjemand hat ein paar Lines auf dem Tisch neben uns platziert und ein Hundert-Pfund-Schein liegt daneben, als wäre das hier ein Selbstbedienungsbüfett. Noah schnappt ihn sich, zieht eine Line, kneift sich in die Nase, schnieft und bietet mir den Schein an. Ich schüttle den Kopf, greife stattdessen zu meinem Glas und nehme einen großen Schluck.

Alles um mich herum dreht sich inzwischen.

Fuck, bist du besoffen, hol dir mal ein Wasser.

Aber noch ehe ich es schaffe, aus dem Sessel aufzustehen, taucht Melissa vor mir auf und setzt sich rittlings auf meinen Schoß.

Sofort hebe ich abwehrend die Hände. »Was machst du?«, brülle ich ihr über die Musik hinweg zu, doch sie rutscht ein wenig hin und her, macht es sich auf meinem Schoß bequem, legt eine Hand auf meiner Brust ab und beugt sich zu mir. Ihre langen Haare kitzeln meinen Hals. »Einfach bisschen Spaß haben?«

»Dann geh zu Matthew!«

»Hey, entspann dich mal. Ich fall schon nicht über dich her«, sagt sie, lacht, bewegt ihren Hintern erneut hin und her, reibt sich an mir, und in meiner Hose passiert einfach gar nichts. Sie lehnt sich noch ein Stückchen weiter nach vorn.

»Erzähl mir nicht, dass du das nicht heiß findest!«, brüllt sie mir ins Ohr, und ich glaube, sie hat auch eine oder zwei Lines gezogen, denn so offensiv hat sie mich seit unserer Trennung noch nie angegraben. »Früher bist du total durchgedreht, wenn ich mich auf dich gesetzt habe.«

Ich lege genervt den Kopf in den Nacken und sie gibt mir einen Kuss auf die Wange.

»Heeey!«, versuche ich sie zu stoppen und von mir wegzudrücken, doch sie schiebt die Unterlippe vor und tut so, als würde sie schmollen. Ich umfasse ihr Gesicht mit beiden Händen.

»Lass das, Melissa«, sage ich erneut und schaue ihr dabei beschwörend in die Augen, obwohl ich Probleme habe, meinen Blick zu fokussieren. »Geh zu Matthew. Das mit uns ist echt vorbei.«

Ich will sie von mir herunterheben, weil sich ein unangenehmes Kribbeln in meinem Nacken meldet. Als würde uns jemand beobachten. Ich recke den Hals, um besser an Melissa vorbeischauen zu können. Wahrscheinlich starrt Matthew uns an. Doch ich erkenne nichts, das Stroboskoplicht und mein Alkoholpegel tun ihr Übriges und ich lehne mich wieder zurück.

Melissa windet sich auf mir und ist mir schon wieder so nahe, dass sich unsere Nasen beinahe berühren. »Ein Kuss, Hunter. Ein kleiner Abschiedskuss, den bist du mir schuldig.«

Ihre Lippen schweben über meinen, und das unangenehme Kribbeln ist jetzt überall in meinem Körper.

Ich fasse sie an den Hüften, hebe sie von mir herunter und komme dann selbst schwankend zum Stehen.

Das hier geht gar nicht, wird mir klar. Es geht überhaupt nicht. Und ich will es auch nicht.

Doch da ist es bereits zu spät.

39

Elsa

Ich glaube, das war unfair von mir.

Seit einer halben Stunde liege ich in Kleid und Schuhen auf meinem Bett und starre auf die Wasserflecken an der Decke des Hotelzimmers.

Und ich fühle mich elend.

Ich hätte ihm zuhören sollen. Ich hätte nicht einfach eingeschnappt sein und weglaufen sollen. Zumindest hätte ich mich mit ihm auf der Heimfahrt unterhalten sollen.

Je länger ich darüber nachdenke, desto bescheuerter finde ich meine Reaktion. Aber ich war so vor den Kopf gestoßen gewesen, dass Hunter mir eine so grundlegende Sache verschwiegen hat. Ich meine: vorbestraft? Scheiße! So was muss er mir sagen! Das möchte man doch wissen, bevor man sich auf eine Beziehung einlässt, oder nicht?

Wir haben noch nicht explizit darüber gesprochen, dass wir zusammen sind, oder?

Seine Worte sind so präsent, als läge er neben mir und hätte sie mir in diesem Moment ins Ohr geflüstert.

Die kleine dumme Elsa hat mal wieder zu viel interpretiert. Hat sich eingebildet, dass Hunter und sie jetzt fest zusammen wären. Genauso, wie sie sich einbildet, ihren Master schon irgendwie zu schaffen. Damit ihre Eltern endlich mal einen Grund haben, stolz auf sie zu sein.

Fast schlimmer finde ich aber, dass Hunter seine Ex-Freundin schützt. Hätte ich ihn nicht darauf angesprochen, hätte er mir auch heute Abend nicht erzählt, dass es Melissas Kokain war.

Er ist noch immer loyal ihr gegenüber. Und das tut weh. Das tut so verdammt, verdammt weh. Vielleicht hat er doch nicht so abgeschlossen mit ihr, wie er es mir weiszumachen versucht?

Vielleicht … in meinem Kopf jagt eine Horrorvision die nächste. Die zwei werden wieder zusammenkommen. Ich war nur die Lückenbüßerin. Melissa hatte recht, ich werde nie gut genug für Hunter sein, und …

Ächzend stehe ich von meinem Bett auf, gehe zu dem niedrigen Tischchen in Eichenfurnier und gieße etwas Sprudelwasser in ein Glas. Ich schnappe mir die Fernbedienung, schalte den Fernseher ein und zappe ein bisschen, während ich langsame Schlucke trinke.

Es laufen ein paar Krimis und *Harry Potter*.

Mein Blick fällt auf das Handy, das direkt neben der Wasserflasche auf dem Glastisch liegt. Meine Finger zucken, weil ich danach greifen und Hunter schreiben möchte. Ich gebe ein frustriertes Geräusch von mir, laufe zum Bett und setze mich auf meine Hände, damit ich nicht versucht bin, es mir zu holen.

Und dann tue ich es doch.

Ich kann nicht wieder schweigen und alles verdrängen. Dafür ist mir Hunter zu wichtig. Er wollte das, was zwischen uns steht, klären. Und das werden wir.

Elsa: *Bist du noch im Club?*

Die Nachricht kommt an, aber Hunter liest sie nicht. Schnell bestelle ich mir ein Uber.

Elsa: *Ich komme zu dir. Lass uns noch mal reden. Tut mir leid, dass ich vorhin so reagiert habe.*

Er liest sie wieder nicht, aber das ist mir egal. In fünf Minuten ist mein Fahrer da. Vielleicht ist Hunter noch im *Crimson*. Einen Versuch ist es wert.

Um kurz vor Mitternacht betrete ich den Club. Es steht nur ein einzelner Concierge an der Eingangstür, der mich sofort wiedererkennt und durchlässt.

Hoffentlich redet Hunter mit mir und ist nicht beleidigt. Hoffentlich ist er überhaupt noch hier. Meine Nachrichten hat er nicht gelesen, und er ist nicht rangegangen, als ich ihn angerufen habe. Aber ich weiß, dass seine Freunde unten im *Supper Club* feiern wollten, deshalb glaube ich, dass Hunter ebenfalls da ist.

Bis auf ein paar wenige verstreute Galagäste ist der Festsaal leer. Auf den Tischen befindet sich ein Wust aus benutzten Desserttellern, abgebrannten Kerzen, zerknüllten Servietten und halb vollen Gläsern, die von dem Eventpersonal nach und nach abgetragen werden. Aus den Lautsprechern tönt leise Jazzmusik.

Ich folge dem kleinen goldenen Schild neben den Aufzügen und nehme die Treppe in das Untergeschoss, und sobald ich eine schwere gläserne Schallschutztür passiert habe, empfangen mich dröhnende Bässe.

Normalerweise gehe ich nicht in Clubs. Ich war bestimmt schon ein Jahr lang in keinem mehr. Höchstens in dem ein oder anderen Pub. Ich habe also kaum Vergleichsmöglichkeiten, aber das, was ich sehe, als ich den *Supper Club* betrete, beeindruckt mich zutiefst.

Viele kleine Kronleuchter und eine riesige Discokugel hängen von der hohen Stuckdecke und sprenkeln den gesamten Raum und die Gäste mit bunten Reflexionen. Überall stehen stylische Sofas, garantiert kostet jedes einzelne mehr als meine Jahresmiete im Wohnheim. Die Wände sind teils verspiegelt und gesäumt von Tischen und Sesseln auf niedrigen Podesten, es gibt eine Bühne, auf der ein DJ auflegt, und an der gegenüberliegenden Seite des Clubraums ist eine Bar.

Mein Herz pocht schnell und mischt sich mit dem Vibrieren der Bässe, als ich meinen Blick suchend über die Anwesenden gleiten lasse. Gerade gab es eine Sequenz mit Stroboskoplicht und ich konnte überhaupt nichts erkennen. Der Beat wechselt, und ich entdecke David und Matthew auf der Tanzfläche. Ganz bestimmt ist Hunter ebenfalls hier. Langsam laufe ich in den Raum hinein.

Doch dann kann ich keinen Schritt mehr weiter.

Weil Hunter da ist. Breitbeinig sitzt er auf einem Polstersessel. Und Melissa auf ihm.

Meine Herzschläge donnern wie ein Presslufthammer durch meinen Körper. An dem Tisch neben Hunter und Melissa zieht Noah gerade eine Line und mir wird übel. Mir wird kotzübel.

Melissa windet sich auf Hunters Schoß, beugt sich zu ihm nach vorn, und … ich glaube, sie küssen sich.

Sie küssen sich wirklich.

Jetzt hält Hunter Melissas Kopf zwischen den Händen fest,

und ein siedend heißer Strahl schießt durch meinen Körper, denn ich will das alles gar nicht sehen. Aber ich muss weiter zuschauen, es ist wie ein Zwang.

Mit einem Ruck steht Hunter auf und schiebt Melissa von sich. Ein unwilliger Zug liegt um seinen Mund. Er sieht sich um, als würde er etwas suchen. Sein Blick trifft mich. Wir starren einander an, über die Köpfe der Tanzenden hinweg. Die Beats wummern durch meinen Brustkorb, eine Gruppe vor mir jubelt zu einem Song, doch in mir wird es ohrenbetäubend still.

Hunter sagt was, er bewegt die Lippen, aber natürlich verstehe ich ihn nicht.

In meinen Ohren liegt ein hohes, beinahe unerträgliches Summen, und als Hunter Melissa zur Seite schiebt und sich durch die Tanzenden auf mich zubewegt, habe ich wieder die Kontrolle über meinen Körper.

Ich drehe mich weg und laufe, remple andere Gäste an, die beschweren sich, aber das ist mir egal. Blindlings renne ich weiter, stoße die Lärmschutztür auf und haste die Treppe nach oben.

In der Lobby hat Hunter mich eingeholt. »Elsa!«, ruft er, noch einige Schritte hinter mir, aber ich bleibe nicht stehen. »Fuck, Elsa, glaub mir, das war ganz …«

Abrupt stoppe ich. »Ich will nichts hören!«

»Ich weiß, wie das ausgesehen haben muss, aber Melissa hat sich echt …« Er atmet aus.

Erst jetzt merke ich, dass Hunter total betrunken ist, er torkelt sogar etwas.

»Ist mir scheißegal, wie das aussah«, antworte ich scharf. »Du kannst machen, was du willst!«

Ich lasse ihn stehen, höre ein leises Fluchen hinter mir und bin schon durch die Drehtür nach draußen. Ich winke das Black Cab her, das gerade zufällig einen Gast abgeliefert hat, und steige wie betäubt ein.

Erst, als ich in meinem Hotelzimmer bin und die Tür hinter mir ins Schloss fällt, spüre ich den Schmerz.

Und dann beginne ich zu weinen.

40

Elsa

»Wichtig ist, dass die Kunden im Marketing-Funnel eben an der richtigen Stelle … ähm … abgegriffen werden. Also, ich meine, überzeugt werden, die Produkte zu kaufen.«

Ich räuspere mich, klicke weiter und allmählich kommt Unruhe im Kursraum auf.

Kein Wunder, bei meinem Gestammel. Ich weiß nicht, ob ich schon jemals einen so schlechten Vortrag gehalten habe. Es ist nicht mal so, dass ich etwas auswendig gelernt hätte, das ich vielleicht nicht ganz verstehe, und deshalb ins Straucheln komme.

Ich weiß gar nichts. Ich habe vier Slides dabei, auf denen ich irgendetwas aus Wikipedia herauskopiert habe, und das lese ich vor.

Mein Blick schweift zur Uhr. Elf Uhr vier. Ich habe erst vier der vorgeschriebenen zehn Minuten geschafft und weiß nicht mehr, was ich noch sagen kann.

Alle starren mich an, verwundert, mitleidig, ein paar auch echt befremdet, und ich will hier einfach nur weg.

Dabei geht es heute um meine Abschlussnote.

Also, zumindest indirekt.

Wenn ich in diesem Kurs durchfalle, fehlen mir die Credits für meinen Masterabschluss und wenn ich nicht genug Punkte habe, werde ich für meine Masterarbeit gar nicht erst zugelassen.

Gestern bin ich aus London zurückgefahren und habe im Zug versucht, an der Präsentation zu arbeiten. Natürlich konnte ich mich nicht konzentrieren. Wie auch, ich habe in der Nacht zuvor kein Auge zugemacht.

»Produkte, bei denen das gut funktioniert hat, sind zum Beispiel, ähm, Pepsi. Äh, Coca-Cola.«

Dass ich mich endlose Minuten lang vor meinen Mitstudierenden lächerlich mache, ist aber gerade nicht das Schlimmste. Denn Hunter sitzt ebenfalls im Raum. Und er bekommt jede Sekunde meines peinlichen Auftritts mit. Live und in Farbe.

Vorhin, als er zur Tür hereingekommen ist, hat mein Herz so schnell geschlagen, dass ich Angst hatte, mir würde schwarz vor Augen.

Natürlich habe ich so getan, als hätte ich ihn nicht bemerkt. Und jetzt sitzt er mit undurchdringlicher Miene in der letzten Reihe und starrt mich an. Dafür muss ich nicht mal zu ihm schauen, denn ich spüre seine Blicke wie glühendes Eisen auf mir.

»Ms Jones, entschuldigen Sie, dass ich Sie unterbreche. Würden Sie uns den Funnel ganz kurz erneut erklären?«, fragt der Dozent nun.

Ich weiß, was er tut. Er versucht, ein klein wenig meines Wissens abzufragen, weil er nach Möglichkeiten sucht, mich trotz dieses Desasters von einem Vortrag nicht durchfallen zu lassen.

Aber es ist sinnlos. Weil ich nicht in der Lage bin zu denken, geschweige denn irgendetwas von dem spärlichen

Wissen anzuzapfen, das möglicherweise irgendwo in meinen Hirnwindungen vergraben liegt.

»Ja, also, es gibt die … Awareness und die … Conversion. Und …« Ich räuspere mich, weil mein Kopf komplett leer ist. Ich weiß nicht mehr, welche Stufe nach Conversion kam, ich weiß gar nichts mehr.

Ich höre, wie Hunter in der letzten Reihe seinen Stuhl rückt, er quietscht laut über den Boden, und meine Wangen beginnen zu brennen.

Der Dozent atmet tief ein und aus. »Danke, Ms. Jones. Vielen Dank für Ihren Vortrag. Ihre zehn Minuten sind jetzt auch gleich um. Es geht weiter mit …«

Ich nicke, höre ihm aber gar nicht mehr zu, sondern stöpsle mein Notebook ab, klappe es zu und setze mich auf einen freien Platz an der Seite. Mein ganzer Auftritt war so erniedrigend, dass ich einfach nur im Erdboden versinken möchte.

Bestimmt ist mein Kopf knallrot, aber immerhin schauen mittlerweile alle anderen wieder nach vorn zu der Kommilitonin, die jetzt präsentiert.

Alle, bis auf einen.

Hunter sitzt schräg hinter mir, und ich bemühe mich nach Kräften, ihn weiterhin zu ignorieren. Nach ein paar Minuten knicke ich ein. Ein winziges Stückchen drehe ich mich in seine Richtung und sofort treffen sich unsere Blicke.

Meine Brust fühlt sich an, als wäre ich nach mehreren Metern freien Falls auf einem harten Betonboden aufgeprallt. Die ganze Luft entweicht aus meinen Lungen. Ich gebe ein Wimmern von mir, wende mich hastig ab und starre auf die Notebookhülle vor mir.

Wieso sieht er mich so an? Welches Recht hat er, mich mit diesem … Ausdruck in den Augen anzusehen?

Keine zwei Stunden nachdem er mich geküsst hat, nachdem ich einen Orgasmus hatte und er mir gesagt hat, dass wir zusammengehören, küsst er seine Ex-Freundin.

Ich hasse ihn.

Ich sollte ihn hassen.

Ich sollte es wirklich.

Aber ich kann es nicht.

Die Sehnsucht nach ihm, die mich die letzten zwei Tage wie ein Schatten begleitet hat, wird beinahe unerträglich. Denn jetzt, in seiner unmittelbaren Nähe, ist sie roher, dringender, schmerzhafter. Sobald Hunter den Raum betreten hatte, war sie da und hat ihre spitzen, scharfen Zähne in mein Herz geschlagen. Es tut so weh, dass ich am liebsten laut aufschluchzen würde, einfach nur um den Schmerz ein bisschen erträglicher zu machen.

Aber ich bleibe still und blinzle, damit ich die Tränen zurückhalten kann.

Das merkt auch Hunter, denn aus dem Augenwinkel erkenne ich, wie er sich nach vorn beugt, die Hände auf der Tischplatte verschränkt und sich in meine Richtung lehnt. Als wolle er zu mir kommen und mich in den Arm nehmen.

Ich verrücke meinen Stuhl so, dass er aus meinem Sichtfeld verschwindet, und konzentriere mich darauf, so ruhig wie möglich zu atmen.

Die restliche Stunde bewege ich mich keinen Millimeter mehr und lasse die Worte der beiden Kommilitoninnen an mir vorbeiziehen, die heute ebenfalls präsentieren.

»Ms Jones«, hält mich Mr. Chelms, der Dozent, zurück, als ich nach dem Seminar den Raum verlassen will. Ich bleibe stehen, obwohl das Letzte, was ich jetzt möchte, ein Gespräch mit dem Dozenten ist. Das Einzige, was ich will, ist, mich in meinem Bett zu verkriechen, die Decke über den Kopf zu ziehen und diese Welt zu vergessen.

»Ihre Präsentation war nicht ganz ausgereift«, beginnt er.

»Ich weiß. Es tut mir leid, Mr. Chelms.«

»So muss ich Sie durchfallen lassen.«

Ich nicke. *Erzähl mir was Neues, Junge.*

Hunter hat den Raum inzwischen verlassen, und obwohl das völlig verrückt ist, regt sich Enttäuschung in mir.

»Ich verstehe, dass Präsentationen nicht das Steckenpferd von jedermann sind. Wenn das also das Problem heute war, würde ich auch eine sehr gut ausgearbeitete schriftliche Abhandlung Ihres Themas annehmen und benoten, und ...«

»Bis wann bräuchten sie die denn?«

»Bis nächste Woche.«

Schnell kalkuliere ich im Kopf. Nächste Woche habe ich drei weitere Klausuren. Keine Ahnung, wie ich eine schriftliche Abhandlung über das Thema verfassen soll. Ich müsste mich erst mal einarbeiten, also, so richtig.

Der Druck in meinem Magen wird immer stärker, wird flatterig, panisch und auf meiner Zunge liegt ein schaler Geschmack.

Gerade fühlt es sich an, als würde mein Leben auseinanderfallen. Als säße ich in einem baufälligen Haus, das nun endgültig zusammenbricht und mich unter seinen tonnenschweren Betonbrocken vergräbt.

»Danke für das Angebot. Ich, äh ... ich gebe Ihnen Bescheid, ob ich es schaffe.«

»Ich würde Ihnen sehr raten, mein Angebot anzunehmen. Die Punkte werden Ihnen sonst fehlen.«

Wie ein Zombie nicke ich, und während ich den Kursraum verlasse, breitet sich in mir ein Gefühl von Ausweglosigkeit aus. Es ist sinnlos, was ich hier mache. Egal, wie sehr ich noch versuche, mich hineinzuhängen – ich werde diesen Master niemals schaffen.

Stöhnend atme ich aus, reibe mir über das Gesicht, und als ich die Augen öffne, stolpere ich um ein Haar über meine eigenen Füße.

An der gegenüberliegenden Wand steht Hunter. Einige rasende Herzschläge lang sehen wir einander an, dann gehorcht mir mein Körper wieder, ich wende mich ab und laufe mit schnellen Schritten los.

»Elsa! Ich muss mit dir reden!«

»Es gibt nichts zu reden«, weise ich ihn ab, obwohl mein Herz bei dem bittenden Unterton in seiner Stimme einen verräterischen Satz macht.

»Natürlich gibt es etwas zu reden.« Hunter klingt sauer. *Er* ist jetzt sauer? »Hast du mich blockiert? Auf deinem Handy? Ich habe nämlich versucht, dich anzurufen und dir Nachrichten zu schreiben. Seit zwei Tagen tue ich nichts anderes«, erklärt er, doch ich laufe stur weiter, stoße das zweiflügelige Hauptportal des Unigebäudes auf und haste im Freien die wenigen Treppen nach unten.

»Wieso fragst du, wenn du es sowieso schon weißt?«

»Elsa, jetzt bleib mal stehen.« Er beschleunigt seine Schritte.

»Lass mich in Ruhe«, sage ich, kämpfe erneut mit den Tränen und biege den schmalen Fußweg scharf nach rechts ab. Das ist zwar überhaupt nicht meine Richtung, aber egal.

»Ich weiß, wie das ausgesehen haben muss vorgestern im *Crimson*. Aber zwischen Melissa und mir ist nichts gelaufen, das schwöre ich …«

»Erspar's uns, bitte«, sage ich mit brüchiger Stimme.

»Nein, ich erspare es uns nicht! Weil ich uns nicht aufgebe. Elsa!«

»Uns?«, wiederhole ich und bleibe jetzt doch stehen. Ich deute zwischen ihm und mir hin und her. »Es gibt kein *uns*. Und ich glaube, es gab auch nie eins. Hast du das nicht sogar selbst gesagt, vor zwei Tagen?«

»Ja, das ... nein! So habe ich das nicht gemeint. Jetzt hör mir doch mal bitte zu! Melissa hat wirklich versucht, wieder bei mir zu landen, und ...«

»Ich weiß. Sie hat nämlich mit mir geredet. Sie hat mir die ein oder andere Sache über dich erzählt.«

Hunter atmet tief durch. Doch noch ehe er irgendetwas antworten kann, rede ich weiter.

»Sie hat mir Dinge über dich erzählt. Über deine Familie, über dein Leben. Und weißt du, erst dachte ich mir: Sie will einfach nur einen Keil zwischen uns treiben. Sie ist eifersüchtig. Aber inzwischen ist mir klar geworden, dass sie recht hatte. Ich passe nicht zu dir und ich passe nicht in deine Welt. Vielleicht können wir uns ein paar Wochen lang was vormachen, aber dann? Kommt der Reality-Check.«

»Nein! Wir haben es doch in der Hand, ob wir zulassen, dass sich irgendjemand in unser Leben oder unsere Beziehungen einmischt!«

»Wir haben es in der Hand? Hunter, mal ganz im Ernst. Wir haben überhaupt nichts in der Hand. Du machst hier gerade einen auf entspannt und *Oh-ich-habe-das-High-Society-Leben-satt*. Aber du wirst dorthin zurückkehren, das wissen wir beide. Weil du es vielleicht nicht merkst, aber es steckt in dir, genauso wie es in Noah oder Melissa oder deinen Eltern steckt.«

»Was laberst du denn da?« Hunters Blick wird hart, ich

kann ihm förmlich dabei zusehen, wie sich der Ärger in ihm zusammenbraut.

»Dieses Selbstverständnis, sich einfach zu nehmen, was man möchte oder worauf man halt gerade Lust hat – es kriecht dir aus jeder Pore, Hunter! Du machst etwas, einfach weil du es kannst. Weil es dir gerade Spaß macht. Deine Ex gibt dir einen Lapdance, und du denkst dir: Why not. Scheiß auf die Konsequenzen, scheiß drauf, ob ich andere Menschen damit verletze.« Ich weiß, es ist unfair, was ich gerade sage, trotzdem drängen die Worte aus mir heraus. »Wenn es dir wirklich ernst mit mir gewesen wäre, hättest du mir außerdem vertraut und von deiner Vergangenheit erzählt. Aber das hast du nicht, weil du tief in dir drinnen wahrscheinlich nie vorhattest, dass das mit uns etwas wird, oder? War's nicht so?«

»Nein, war es nicht!«

»Und weißt du was? Ich habe dir auch nie vertraut. Vermutlich, weil ich schon immer wusste, wie du bist.«

»Ach ja? Wie bin ich denn?«, fragt er scharf.

»Genau so, wie sie dich alle haben wollen. Du tust so, als hättest du keinen Bock auf das, was deine Eltern oder deine Freunde von dir erwarten. Aber eigentlich ist dein Leben, so wie es ist, doch viel zu angenehm und komfortabel, um es wirklich zu verlassen.«

Ich denke gar nicht mehr nach, ich rede einfach nur. Und noch während ich die Worte ausspreche, bekomme ich das Gefühl, dass ich viel mehr über mich selbst rede als über Hunter.

Wieder drehe ich mich um und beginne zu laufen. Diesmal folgt mir Hunter nicht.

Bereits jetzt, nur wenige Augenblicke später, schäme ich

mich für meine Worte. Es war verletzend und unfair, was ich gerade gesagt habe.

Genau so, wie sie dich alle haben wollen, hallt es durch meinen Kopf.

Wieso, zur Hölle, habe ich ihm das vorgeworfen?

Nicht Hunter ist so, sondern *ich* bin es. Ich bin es, die sich ständig verbiegt und verleugnet, nur um akzeptiert zu werden. Seit Jahren versuche ich verzweifelt, den Ansprüchen und Wünschen meiner Eltern und aller anderen um mich herum zu genügen. Ich halte an diesem Masterabschluss fest, obwohl ich ihn nicht schaffen werde, egal wie sehr ich mich damit die nächsten Tage und Wochen noch quäle. Ich traue mich nicht, mich in meinen TikToks zu zeigen, weil ich zu viel Angst habe, dass ich irgendwie kritisiert werden könnte. Dabei würde es mir, glaube ich, viel mehr Spaß machen, wenn ich mal mit Gesicht auftauchen würde. Immer und immer wieder scheue ich mich davor, meinen eigenen Willen durchzusetzen. Klar habe ich mich die letzten Monate auf das ein oder andere Streitgespräch mit meinen Eltern eingelassen. Aber ich habe nie Konsequenzen gezogen. Und weil ich es nicht tue, geht es mir beschissen.

Das geht nicht mehr. Ich kann das so nicht mehr machen. Ich kann so nicht mehr leben.

Der Schweiß rinnt meine Schläfen hinab, als ich den Unihügel in die Stadt hinunter renne. Meine Oberschenkel und meine Lunge brennen, doch ich laufe weiter, bis ich an der Promenade angekommen bin, wo die Wellen unaufhörlich gegen den Strand donnern.

Ich haste die Treppe nach unten, stolpere über den Sand, bis meine Schuhspitzen vom Wasser umspült werden.

Und dann schreie ich. Ich brülle gegen das Rauschen

an, ich brülle das Meer an, ich werfe all die Wut und den Schmerz, der in meiner Brust wütet, hinaus in die Wellen.

Die wenigen Spaziergänger, die an diesem Vormittag unterwegs sind, sehen mich irritiert an, aber das macht nichts. Ich schreie weiter, spüre, wie mir Tränen in die Augen schießen und über die Wangen laufen, und ich schreie noch ein bisschen mehr, bis meine Stimme heiser wird.

Meine Kehle schmerzt, aber trotzdem fühle ich mich besser.

Freier. Leichter.

Und endlich weiß ich, was ich zu tun habe.

Ich ziehe mein Handy aus der Gesäßtasche und tippe auf die erste Nummer im Kurzwahlmenü. Es klingelt nur ein Mal. »Lily? Ich brauche deine Hilfe. Ich muss mich von meinen Klausuren abmelden. Ich werde mich exmatrikulieren. Jetzt sofort.«

41

Elsa

»Kannst du mir mal Papa geben?«, frage ich, kaue auf meiner Unterlippe, merke, dass Lily mich gebannt beobachtet, und drehe mich ein wenig nach links zum Meer.

»Ja, Schatz, Moment.« Es dauert kurz, bis sie das Telefon weitergereicht hat.

»Ja? Elsa?«, höre ich Dads Stimme. Ich habe seit Weihnachten kein einziges Wort mit ihm gesprochen.

»Hallo, Papa«, sage ich und die Nerven in meinem Magen ziehen sich zusammen.

»Elsa, welch seltene Freude.« Es sind die ersten Worte, die er seit Monaten mit mir spricht. Und sie klingen bereits vorwurfsvoll.

Ich atme tief ein und aus und Lily nickt mir bekräftigend zu.

»Papa, ich habe mich gerade exmatrikuliert. Ich werde meinen Masterabschluss nicht machen.«

Einen Moment herrscht Schweigen.

»Wie bitte?« Doch noch ehe ich antworten kann, redet er weiter: »Das kommt überhaupt nicht infrage, du bist mitten in der Prüfungsphase!«

»Ich werde mir einen Job suchen und euch das Geld für meine Studiengebühren selbstverständlich zurückzahlen.«

»Du machst das wieder rückgängig!«

»Das ist nicht mehr möglich«, erwidere ich, so ruhig ich kann.

»Natürlich ist das …«

»Papa!«, unterbreche ich ihn. »Nein! Ich habe mich entschieden. Ich breche mein Studium ab. Es geht einfach nicht mehr.«

Wieder herrscht Schweigen am anderen Ende der Leitung. Dann höre ich ein Schnauben.

»Mach, was du willst«, sagt er schließlich barsch. »Aber du weißt, wie sehr du uns gerade enttäuschst.«

Seine Worte verursachen einen Stich in meinem Herzen, einen gewaltigen Stich. Mir wird heiß, und eigentlich möchte ich jetzt sagen: *Es tut mir leid, Papa. Entschuldige. Ich werde es noch einmal versuchen. Ich möchte euch nicht enttäuschen.*

Aber das darf ich nicht. Ich habe es mir geschworen. Ohnehin kommt mir mein Dad zuvor, denn er legt auf. Überrascht nehme ich das Handy vom Ohr. Ich glaube, Lily hat mitbekommen, dass er das Gespräch einfach beendet hat, denn sie schaut betroffen zu dem Display.

»Hat er ernsthaft aufgelegt?«

Ich presse die Lippen aufeinander und nicke.

»Okay. Scheiß drauf, du hast das echt gut gemacht«, sagt sie und greift nach meinen verschwitzten Händen. »Du hast das Richtige gemacht. Niemand kann dich zwingen, diesen Master fertig zu machen!«

»Fühlt sich trotzdem scheiße an, meine Eltern so zu enttäuschen«, erwidere ich und trinke einen Schluck von meinem kalten Kaffee.

Nachdem Lily und ich mit meiner Exmatrikulationsbescheinigung in Händen das Gebäude des Studienmanagements verlassen haben, hat sie darauf bestanden, mit mir einen Kaffee trinken zu gehen. Zwei geschlagene Stunden hat sie auf mich eingeredet, bis ich mir ein Herz gefasst und meine Eltern angerufen habe.

Wir sitzen bei den Foodtrucks, einige Möwen kreisen über uns und lauern auf das ein oder andere Bröckchen, das von den Burgern und Pommes abfallen könnte. Das Rauschen der Wellen dringt leise zu uns. Ich schließe die Augen, atme tief den Geruch des Meeres ein, den der Westwind heute zu uns trägt, und genieße die warmen Sonnenstrahlen der Märzsonne auf dem Gesicht.

Und zum ersten Mal, seit ich meine Entscheidung getroffen habe, spüre ich einen Hauch von Erleichterung.

Ich öffne die Augen.

Ja, ich fühle mich leicht. Befreit. So befreit wie vielleicht seit Jahren nicht mehr.

»Ich glaube, es war richtig«, flüstere ich.

»Natürlich war es das«, bestätigt Lily sofort, steht auf, umrundet den Tisch und umarmt mich von hinten. »Wenn ich eine Sache weiß, dann, dass du alles richtig gemacht hast, Elsa.«

Theo schlendert zu uns. Es ist später Nachmittag, in einer Stunde schließt er seinen Coffee-Cart und im Moment ist es ruhig hier unten am Hafen.

»Und? Was machst du jetzt?«, fragt er, denn natürlich hat er die Hälfte meiner Diskussionen mit Lily mitbekommen und weiß, was Sache ist.

»Mir ’nen Job suchen. Und eine Wohnung, ich muss bis Ende des Monats aus dem Wohnheim ausgezogen sein. Ich muss meinen Eltern die Kohle zurückzahlen und …« Ich atme aus. »Ich glaube, ich muss weg aus Marchlyn Falls. Ich will Hunter nicht …«

»Schon klar«, unterbricht mich Lily. »Ich würde meinem Ex auch nicht ständig über den Weg laufen wollen.«

Meinem Ex. Dabei ist er das streng genommen nicht mal. Ich reibe mir über die Stirn und versuche mir nicht anmerken zu lassen, wir schwer mein Herz wird, sobald das Gespräch auf ihn kommt.

»Ich finde, du solltest jetzt erst mal das tun, worauf du Bock hast«, sagt Theo.

Ich lache und es klingt ziemlich bitter. »Nein, ich muss jetzt endlich mal vernünftig sein und Geld verdienen. Du kannst Gift drauf nehmen, dass mein Dad gerade den Geldhahn zudreht. Ich habe noch knapp zweitausend Pfund auf meinem Konto, und das war's dann.«

Lily runzelt die Stirn. »Seit Monaten versuchst du, vernünftig zu sein, und quälst dich. Ich finde, Theo hat recht«, sagt sie und jetzt heben sich ihre Mundwinkel zu einem Lächeln. »Weißt du, was das Gute daran ist, wenn du alle, die Erwartungen an dich hatten, schon enttäuscht hast?«

Ich sehe sie zweifelnd an.

»Du hast nichts mehr zu verlieren! Du bist jetzt frei! Du kannst tun und lassen, was du willst!« Sie breitet die Arme weit aus, als hätte sie gerade die Wiedergeburt des Heilands verkündet.

»Natürlich hab ich was zu verlieren«, kontere ich.

Theo setzt sich auf die Bank mir gegenüber, lehnt sich mit beiden Ellenbogen über die Tischplatte, sieht mir fest in die Augen und fragt: »Worauf hast du Bock, Elsa?«

Ich runzle die Stirn. »Theo, das …«

»Worauf hast du Bock?«, wiederholt er. »Was wolltest du

schon immer mal machen, aber hast dich bisher nicht getraut?«

Ich schürze widerwillig die Lippen, doch ich brauche nur wenige Sekunden, bis ich eine Antwort habe. Und ich bekomme Herzklopfen.

Denn es gibt etwas, das ich schon immer tun wollte. Nur hat mir dazu der Mut gefehlt.

Sollte ich es jetzt wagen?

42

Hunter

Seit ihrer Präsentation habe ich Elsa nicht mehr gesehen.

Sie ist zu keiner einzigen unserer Abschlussklausuren erschienen. Meine Nummer hat sie blockiert und auch nichts mehr auf ihren TikTok-Accounts gepostet. Sie ist wie vom Erdboden verschluckt. Seit sechs Wochen.

Ich ziehe einen Stapel T-Shirts aus meinem Schrank und lasse ihn achtlos in einen der drei großen Hartschalenkoffer fallen, die aufgeklappt auf dem Bett liegen.

Es ist Ende April, und ich habe beschlossen, nach London zurückzukehren. Ob ich zur Zeugnisverleihung im Sommer noch einmal hierherfahren werde, weiß ich nicht.

Inzwischen bin ich mir sicher, dass Elsa nicht mehr in Marchlyn Falls ist. Zumindest hat das Frida angedeutet, nachdem ich tagelang im *Black Cat* abgehangen habe, ihren weißen Kater auf dem Schoß, und sie Stunde um Stunde einfach nur schweigend angesehen habe.

Sehr wohl hat sie meine stumme Frage verstanden, aber sie war erstaunlich ausdauernd.

Nun ja. Ich war ausdauernder.

Natürlich habe ich es bei Lily und Ellis versucht. Beide haben sich geweigert, mir irgendetwas zu verraten. Ich habe sogar den Typen aus dem Coffee Cart unten am Hafen ausgequetscht, aber der hat mir nur einen vernichtenden Blick zugeworfen und irgendwas von *selbst schuld* gefaselt.

Und obwohl das ziemlich erbärmlich ist, bin ich sogar mehrmals zu ihrem Wohnheim gefahren, habe mich in der Dunkelheit in den Garten gestellt und zu ihrem Zimmerfenster geschaut, ob Licht brennt. Es blieb dunkel. Jeden Abend.

Ich ziehe die Hoodies von den Kleiderbügeln und stopfe sie zu den T-Shirts. An dem weinroten mit dem Cambridge-Logo bleibe ich hängen und reibe mit dem Daumen über die breite Stickerei auf der Brust.

Den Hoodie hatte ich an, als Elsa, Lily und ich zum ersten Mal an unserer gemeinsamen Präsentation gearbeitet haben.

Als mir klar wurde, dass Elsa mich irgendwie mag.

Ich habe Monate gebraucht, ehe ich gecheckt habe, dass es mir genauso geht.

Und dann habe ich mich so krass in sie verliebt. Ich glaube, ich war noch nie in jemanden so verliebt wie in Elsa.

Ich bin es noch immer. Dabei habe ich echt versucht, Abstand zu der ganzen Sache zu gewinnen.

Nach unserem letzten Streit vor dem Unigebäude war ich richtig angepisst und dachte: *Mir doch egal. Ich hab keinen Bock auf dieses Drama. Wir lassen das einfach.*

Insgeheim habe ich aber gehofft, sie zwei Tage später bei meiner Präsentation zu sehen und mit ihr reden zu können.

Sie ist nicht gekommen. Sie ist überhaupt nicht mehr gekommen.

Ich kann gar nicht sagen, wie oft ich versucht habe, die letzten Gespräche mit ihr im Kopf zu rekapitulieren und mir zu überlegen, wo zur Hölle wir falsch abgebogen sind, um so aneinanderzugeraten. Und ich habe den Tag verflucht, an dem ich mir eingebildet habe, sie auf die Gala in den *Crimson Club* einladen zu müssen.

Ich habe versucht, mich aufs Lernen zu konzentrieren, und meine restlichen Klausuren geschrieben. Aus Tagen wurden Wochen, ich habe meine Masterarbeit überarbeitet und eingereicht, ich habe meine Klausurergebnisse bekommen, und der wütende Schmerz und die Enttäuschung in meiner Brust sind einer seltsamen Taubheit gewichen.

Ich habe versucht, mich daran zu erinnern, wie es war, als ich mich von Melissa getrennt und meine Freunde mich fallen gelassen hatten. Das hat mich damals monatelang beschäftigt.

Aber trotzdem hat es sich anders angefühlt.

Seit Elsa weg ist, kommt es mir vor, als würde ein Teil von mir fehlen.

Noch immer träume ich nachts von ihr, noch immer bilde ich mir ein, irgendwo in Marchlyn Falls ihre roten Haare aufblitzen zu sehen. Auf der Straße oder an der Uni. Mein Herz stolpert jedes Mal, aber natürlich ist sie es nicht.

Mein Verstand weiß es.

Nur mein Herz scheint das nicht zu kapieren.

Ich habe nicht mal Lust auf Dates oder einfach mal feiern zu gehen, obwohl die Leute hier nach den Klausuren komplett eskaliert sind.

Die Vibration meines Handys reißt mich aus meinen Gedanken. Ich lege die Jeans, die ich gerade gefaltet habe, in einen der Koffer und schaue zu meinem Handy auf dem Nachttisch: Es ist eine Nummer aus Amerika.

»Heeeey«, begrüßt mich Noah, als ich drangehe. Er klingt euphorisch. »Was geht? Hast du deinen Master endlich in der Tasche, du Langweiler?«

Ich lache. »So gut wie. Wie läuft's bei deinem neuen Job in New York?«

»Alter, es ist crazy hier, aber auch unfassbar geil. Es macht richtig Bock, mit den ganzen Leuten zusammenzuarbeiten.«

»Freut mich, Mann.«

»Pass mal auf. Deswegen ruf ich auch an. Hast du dich schon irgendwo beworben?«

Ich atme aus. »Na ja, nicht wirklich. Meine Eltern wollen natürlich, dass ich in ihre Company einsteige, aber ich hab echt keine Lust auf meine Alten, und …«

»Lass das mit den Bewerbungen. Ich hab was Besseres für dich«, unterbricht mich Noah. »In unserer Beratung gibt's 'ne offene Stelle für Absolventen. Ist so ein Programm für zukünftige Führungskräfte. Du würdest direkt den Partnern zuarbeiten und wärst halt echt *on track* für eine Managementposition. Hunter, ohne Scheiß, du wärst perfekt für die Stelle.«

Ich zögere. »Ist das dein Ernst?«

Während unseres Bachelorstudiums haben Noah und ich viel darüber geredet, was wir nach dem Abschluss machen wollten. Wir haben ganze Abende damit verbracht, Geschäftsideen zu entwickeln und sie wieder zu verwerfen. Auf keinen Fall hatten wir vor, in den Läden unserer Eltern anzufangen.

»Klar ist das mein Ernst! Ich hab schon deinen Namen genannt und bisschen was über dich erzählt, die eine aus der HR hat sofort deine Nummer verlangt. Aber ich wollte erst mal mit dir reden. Die besorgen dir sogar eine Wohnung und 'ne Greencard und so.«

»Okay …« Ich bin total überrumpelt. Weil das alles ziemlich geil klingt.

»Und? Lust auf New York?«

Ob ich Lust auf New York habe? Natürlich habe ich Lust auf New York!

»Das ist eine Riesenchance«, fährt Noah fort. »Wird Zeit, dass du endlich rauskommst aus diesem Nest und mal wieder ein bisschen lebst!«

Ich werde still, lasse die Worte auf mich wirken und fahre mit dem Daumen mein Kinn entlang, während ich nachdenke.

Noah hat recht.

Es wird Zeit, dass ich die letzten Monate hinter mir lasse und endlich wieder lebe. Und das werde ich auch.

43

Elsa

Leise knirschen die Kiesel unter meinen Schuhsohlen, als ich von der Hütte, in der ich schlafe, zu den Baracken laufe. Es ist kühl für einen Tag im Mai; heute sollen es nur knapp zehn Grad werden, stand in der Wetter-App, und ich reibe mir über die Arme, weil mein Sweatshirt ein wenig zu dünn ist.

Das ist etwas, das ich erst die letzten Wochen über gelernt habe. Auf das Wetter zu achten und sich den Gegebenheiten der Natur anzupassen. Überhaupt gab es sehr viel, was ich die letzten Wochen in Te Puke auf der Nordinsel gelernt habe. Das Wichtigste: aufhören, ständig nachzudenken, und einfach mal machen.

Vor mir am Horizont, hinter den Baumwipfeln und Hügeln, mischt sich ein purpurfarbener Streifen in das Dunkel der Nacht, der erste Bote des anbrechenden Tages.

Inzwischen macht es mir nichts mehr aus, um vier Uhr morgens aufzustehen. Meistens wache ich sogar von allein auf – zumindest, wenn ich am Abend zuvor nicht zu lange mit den Jungs am Lagerfeuer gesessen habe.

Ich öffne die Tür zur Küche, denke mir zum bestimmt hundertsten Mal, dass ich die Scharniere ölen muss, und drücke auf den Lichtschalter. Es dauert etwas, bis die altersschwache Neonröhre nicht mehr flackert und ihr kaltes Licht auf die metallene Arbeitsfläche und die vielen Töpfe und Pfannen wirft, die dort sauber aufgereiht stehen.

Das hier ist mein Reich. Ich bin die Köchin für das Team aus Erntehelfern, die bis in den Juli hinein die reifen Kiwifrüchte aus den Plantagen auf einer kleinen Bio-Kiwi-Farm in Neuseeland ernten. Fünf Angestellte hat die Farm das ganze Jahr über, und jetzt, zur Haupterntezeit, werden sie von Dutzenden weiteren Saisonkräften unterstützt. Sie kommen heute an, hat mir Toby, der Vorarbeiter, der das Team an Angestellten und Erntehelfern leitet, erzählt. Ab sofort werde ich also richtig große Mengen kochen müssen. Ich bin verantwortlich für die Verpflegung aller Mitarbeiterinnen und Mitarbeiter, für Frühstück, Mittag- und Abendessen. Selten habe ich freie Zeit, ich bin von halb fünf Uhr morgens bis mindestens sieben Uhr abends beschäftigt. Ich behalte die Vorräte im Auge, koche, serviere das Essen, putze anschließend die Küche und wasche ab. Manchmal hilft mir einer der Jungs, meistens aber mache ich alles allein. Wenn ich abends um acht oder neun Uhr ins Bett falle, bin ich völlig erledigt.

Und ich liebe es. Ich liebe alles daran.

Denn ich tue genau das, was ich möchte. Als Theo mich gefragt hat, was ich machen will, also, was ich *wirklich* machen will, wusste ich binnen Sekunden eine Antwort. Ich habe die letzten zweitausend Pfund auf meinem Konto zusammengekratzt, mir einen One-Way-Flug gebucht und bin nach Auckland ans andere Ende der Welt geflogen. Dann habe ich mir einen Job gesucht. Und zwar einen, auf den ich Lust hatte. Eigentlich wäre ich nicht wählerisch gewesen, ich hätte so gut wie jede Arbeit gemacht, solange ich nicht mehr an einem Schreibtisch sitzen und irgendwelche Managementtheorien in mein Hirn hätte prügeln müssen. Dass ich über die Ausschreibung für eine Köchin gestolpert bin, war ein Glücksfall. Meine Eltern habe ich für die Reise nach Neuseeland nicht um Erlaubnis gefragt. Ich habe es ihnen lediglich mitgeteilt.

Als Erstes schalte ich die riesige Kaffeemaschine an, fülle Wasser in den Kanister und schütte zwei Beutel des gemahlenen Kaffees in den Filter. Um fünf Uhr stehen Toby und die anderen auf, und wenn es dann noch keinen Kaffee gibt, bekommen sie schlechte Laune.

Ich balanciere die Stapel an Tassen in den Speisesaal, stelle den Zuckerstreuer, kleine Löffel und eine Vollmilch daneben und wische ein paar Krümel von der Plastiktischdecke. Als der Kaffee ganz durchgelaufen ist, gönne ich mir einen Moment Ruhe, schlüpfe in meine Daunenweste, setze mich auf die kleine Bank draußen vor dem Essensraum und trinke meine erste Tasse Kaffee.

Von hier aus hat man einen schönen Blick hinüber zum Haupthaus, wo die Farmerfamilie, die Merricks, wohnen. Das Gebäude ist mit weißem Holz verkleidet, zweistöckig und schon mehr als hundert Jahre alt. Es ist im Kolonialstil erbaut und im Erdgeschoss gibt es eine breite Veranda wie in diesen Südstaaten-Historienschinken. Merlot, der Esel, steht reglos auf seiner Weide daneben. Ich glaube, er schläft im Stehen.

Mein Blick schweift über die Hügel und hinein in die Ebene, in der sich eine Kiwiplantage an die nächste reiht. Einige davon gehören den Merricks.

Das erste Tageslicht lässt die Konturen meiner Umgebung allmählich schärfer werden, und ich schließe die Augen und lausche den Vögeln, die in den alten Bäumen neben den Unterkünften zwitschernd den Tag begrüßen.

Ich bin erschöpft, merke ich. Noch nie in meinem Leben habe ich so hart und so viele Stunden täglich gearbeitet. Meinen freien Tag pro Woche verbringe ich selten mit irgendwelchen Ausflügen, sondern verschlafe ihn meistens in meinem Bett oder der Hängematte.

Mein Leben hier in Te Puke ist anstrengend, dennoch fühle ich mich wohler als zu Hause. Ich schaue kaum noch auf mein Handy, außer wenn ich mit Lily einen Videocall mache. Letzte Woche ist sie sogar mal ins *Black Cat* gegangen und ich habe mit Frida sprechen können. Sie hat Robert the Bruce in die Kamera gehalten, der fand das überhaupt nicht witzig und hat sich sofort wieder aus ihren Händen gewunden. Frida hat ganz viel gelächelt und gewunken, und ich glaube, sie hat sich sogar Tränen aus den Augen gewischt.

Seit ich auf der Farm bin, habe ich erst drei Backvideos auf meinem Kanal gepostet, alle innerhalb der letzten beiden Wochen, und ich habe nicht mal nachgesehen, wie viele sie angeschaut haben. Weil mir das alles egal geworden ist. Vielleicht schließe ich mein Profil sogar.

Toby schlüpft aus der Tür bei den Unterkünften und kommt ohne Eile und mit schweren Schritten zu mir herüber, verschwindet einen Moment im Haus und kehrt mit einer dampfenden Kaffeetasse in Händen zurück.

Jeden Morgen sitzen wir einträchtig schweigend auf dieser Bank, trinken gemeinsam unseren Kaffee und sehen der Nacht dabei zu, wie sie in den Tag übergeht. Es war Zufall, dass wir uns an den ersten Tagen, nachdem ich bei den Merricks angefangen habe, um diese Uhrzeit über den Weg gelaufen sind. Seitdem ist es unser eigenes kleines Ritual geworden.

Ächzend lässt Toby sich neben mich fallen. Die Holzbank wackelt unter seinem Gewicht. Toby ist ein vollbärtiger Hüne, bestimmt ein Meter neunzig groß, muskulös und braun gebrannt, und obwohl ich ihn auf Mitte vierzig schätze, graben sich tiefe Falten in seine Augenwinkel. Ich könnte mir gut vorstellen, dass er irgendwelche selbst gestochenen Tattoos auf Brust und Rücken hat. Vielleicht ist er mal zur See gefahren. Bisher habe ich mich noch nicht getraut, ihn zu fragen. Aber ich glaube, er hat schon viel von dieser Welt gesehen.

Ich bin froh, dass er gekommen ist. Denn die Momente, in denen ich zur Ruhe komme und nichts zu tun habe, sind die gefährlichsten.

Sobald mein Geist nicht beschäftigt ist, denke ich an Hunter. Selbst nach zwei Monaten. Ich lebe am anderen Ende der Welt, ich mache einen Job, den ich liebe, ich bin von Menschen umgeben, die manchmal vielleicht etwas rau sind, die ich aber trotzdem sehr gerne mag.

Doch alles, woran ich denken kann, ist Hunter.

Alles, was ich sehe, wenn ich die Augen schließe, ist Hunter.

Er ist da, wenn ich einschlafe, er ist da, wenn ich aufwache.

Er ist da, wenn ich nachts stundenlang mit Herzklopfen wach liege.

Und es tut noch immer genauso weh wie an dem Tag, an dem ich ihm gesagt habe, dass ich nichts mehr mit ihm zu tun haben möchte.

»Gut geschlafen?«, fragt Toby in die Stille hinein. Ich zucke mit den Schultern. Fast jeden Morgen fragt Toby mich die gleiche Frage und fast jeden Morgen beantworte ich sie mit der gleichen Reaktion. Die ersten Wochen auf der Farm habe ich kaum geschlafen. Ich habe Stunden damit verbracht, Hunters TikTok- und Insta-Kanal zu stalken, habe wach gelegen, ihn gegoogelt, geweint und mich Tausende Male gefragt, ob es ein Fehler war, ihn abzuweisen. Ob ich überreagiert habe, weil ich Angst hatte, dass alles, was Melissa mir im *Crimson* gesagt hat, wahr wäre und ich Hunter einfach niemals genügen würde. Ich kann gar nicht mehr sagen, wie oft ich kurz davor war, ihn aus meiner Blockierten-Liste zu entfernen und ihm zu schreiben.

»Ich fahre gleich los und hole die neuen Erntehelfer in Tauranga ab. Brauchst du was aus der Stadt?«

Ich schüttle den Kopf. »Nimmst du mich das nächste Mal mit?«

»Wenn du an deinem freien Tag zur Abwechslung nicht schläfst, sondern aus deiner Hütte gekrochen kommst, klar.«

Ich muss lachen. »Rührei oder Omelett?«, will ich wissen.

»Porridge natürlich«, erwidert er grinsend. Er behauptet, das sei das Geheimrezept dafür, dass er so groß und kräftig geworden ist. Er schwört darauf und schiebt seine Vorliebe für Haferbrei auf seine schottischen Vorfahren.

Seufzend erhebe ich mich, trinke meine Tasse leer und mache mich auf den Weg in die Küche. Das Plätschern der Duschen in den Unterkünften weht zu uns herüber; die anderen sind sicher bald da und wollen ihr Frühstück, bevor es an die Arbeit geht.

Mittags ist Toby mit den Neuen zurück. Sie sind sofort für eine Einweisung auf die Plantagen gefahren, das Mittagessen fällt heute aus, dafür koche ich abends etwas mehr. Ich mache Kartoffelgratin, Erbsen und Chicken Nuggets und muss einige Sachen aus dem Kühlraum holen. Als ich mit einem Sack Kartoffeln über der Schulter und einem ganzen Eimer Crème fraîche in der Hand den Parkplatz quere, fällt mir auf dem Elektrokart, mit dem Toby und die anderen manchmal auf den Plantagen hin und her fahren, etwas auf.

Mit schräg gelegtem Kopf gehe ich näher ran. Auf der Rückbank des Karts, im Schatten des Verdecks, liegt ein weinroter Hoodie. Auf der Brust ist breit das Logo von Cambridge aufgestickt.

Ich spüre einen Stich in der Herzgegend und muss im gleichen Moment über mich selbst lachen. Als ob es diesen Hoodie nur einmal auf der Welt gäbe. Wahrscheinlich haben Tausende von Alumni oder Studenten der Uni Cambridge diesen Pulli.

Trotzdem muss ich den Impuls unterdrücken, den Kartoffelsack abzustellen, damit ich den Pullover in die Hand nehmen und an ihm riechen kann.

Hör auf, dir so einen Unsinn einzubilden, schimpfe ich mit mir und stiefle weiter in die Küche.

Ich bin dennoch den ganzen Nachmittag seltsam nervös.

44

Elsa

»Elsa, Frau meiner Träume«, begrüßt mich Mack mit ausgebreiteten Armen, als er verschwitzt und mit jeder Menge trockenem Laub in den kurzen schwarzen Locken in den Speiseraum kommt. Er ist etwa so groß wie ich, breitschultrig und kompakt und kümmert sich um die wenigen Tiere der Farm. Außerdem scheint er wohl ziemlich findig zu sein, wenn es darum geht, aus den Kiwipflanzen die besten Erträge herauszukitzeln.

Ich stehe hinter dem Büfett, wo ich die großen Edelstahlgefäße zum Warmhalten der Speisen aufgestellt habe, und muss grinsen. »Das sagst du doch nur, weil du hungrig bist«, entgegne ich lachend.

»Mag sein, mein Magen hängt in den Knien und ich habe den Essensduft schon bis in die Plantagen gerochen. Hast du wieder diese Soße …«

»Jup, hab ich.«

»Du bist eine Göttin.«

»Klappe, Mack«, wehre ich seine völlig übertriebenen Komplimente ab. Ich glaube, das ist seine Art zu flirten. Und obwohl es eigentlich ganz süß ist, muss ich aufpassen, den Abstand zu den Männern hier zu wahren. Ich fühle mich nicht bedroht von ihnen und auch wirklich nicht unwohl, aber ich bin eben trotzdem die einzige Frau hier hinten in den Häusern der Angestellten. Ich schlafe sogar in meiner eigenen kleinen Hütte und habe ein eigenes Badezimmer. Und ich weiß, dass ich auf dieser Farm meine Grenzen deutlicher setzen muss als zu Hause an der Uni. Hier ist vieles sehr anders, als ich es gewohnt bin.

Hinter Mack kommen zwei junge Männer in den Raum, die ich noch nicht kenne. Sie sehen müde aus, einer von ihnen knetet sich die Schultern und lässt sie kreisen. Erntehelfer zu sein, ist ein echter Knochenjob. Die meisten machen ihn nur, weil sie komplett abgebrannt sind oder aus dem ein oder anderen Grund keinen besseren Job finden. Das nutzen einige der Farmer aus, denn sie verlangen keine Papiere von ihren Erntehelfern. Merrick scheint da anders zu sein, aber ganz sicher bin ich mir nicht. Jedenfalls sind vor allem die ersten Tage herausfordernd, bis sich der Körper an die Bewegungen gewöhnt. Die meiste Zeit verbringt man mit den Händen über dem Kopf, um die Kiwis von den Plantagenbäumen zu pflücken und in den Stoffkorb zu legen, den man vor dem Bauch trägt. Schon nach wenigen Minuten wird diese Körperhaltung anstrengend, von mehreren Stunden, Tagen oder Wochen ganz zu schweigen. Ich weiß das deshalb so genau, weil ich es selbst mal einen Vormittag lang ausprobiert habe.

»Was ist das?«, fragt der erste Typ ziemlich unfreundlich, und ich runzle die Stirn.

»Kartoffelgratin und Chicken Nuggets mit Erbsengemüse. Und eine dunkle Soße. Davon würde ich aber nicht zu viel nehmen, sonst wird Mack sauer.«

Er kräuselt die Nase. »Ich nehm nur Nuggets.«

Ich nicke, lade ihm eine ordentliche Portion auf den Teller

und frage mich, wie alt der junge Mann vor mir ist. Er benimmt sich, als wäre er vierzehn.

Der zweite Typ sieht zweifelnd auf das Gratin, das zugegebenermaßen keinen Schönheitspreis bekommt, aber trotzdem lecker ist, ich habe es probiert. »Ich bin allergisch gegen Erbsen«, sagt er, und ich muss ein Lachen unterdrücken. Als ob das hier ein Fünf-Sterne-Etablissement wäre. Ich werfe Toby einen schnellen Blick zu, der die beiden angestellt hat. Er ist bereits auf uns aufmerksam geworden und beobachtet die ganze Szene.

»Und ich mag keine Kartoffeln«, moniert der Typ weiter, und ich starre ihn an, weil ich langsam echt genug habe.

»Wenn Elsa das Gratin gemacht hat, schmeckt es trotzdem besser als alles, was du jemals in deinem Leben gegessen hast«, höre ich eine Stimme hinter dem zweiten Typen, und augenblicklich richten sich die Härchen auf meinen Unterarmen auf.

Weil das nicht sein kann.

»Woher willst du das denn wissen?« Der dunkelhaarige Typ dreht sich um, und jetzt erhasche ich einen Blick auf den Mann hinter ihm.

Und dann bleibt mein Herz stehen.

Er hält den Kopf gesenkt, das Gesicht ist von dem Schirm seines Caps verdeckt. Ich sehe nur ein paar blonde Haare darunter hervorlugen, aber ich würde ihn trotzdem unter Tausenden erkennen.

Da steht Hunter.

Als er den Kopf hebt, treffen sich unsere Blicke. »Weil ich es weiß«, sagt er, ohne den Typen dabei anzusehen. Denn er schaut nur mich an, und der Ausdruck in seinen Augen ist so intensiv, dass mir die Schöpfkelle aus der Hand rutscht und mit einem lauten Scheppern auf dem Tisch neben den Essensgefäßen landet.

Einen Moment wird es still im Raum, einen Moment bleibt die Zeit stehen.

Hunter trägt ein schmutziges T-Shirt und eine Jeans, die schon bessere Tage gesehen hat. Er hat einige Kratzer an den Armen, sieht müde aus und seine Nase ist leicht gerötet von der Sonne.

»Krieg ich jetzt was zu essen?«, fragt der Typ vor ihm ungeduldig, und das reißt mich aus meiner Erstarrung.

»Geht's bisschen freundlicher vielleicht?«, sagt Hunter sofort und betrachtet sein Gegenüber herausfordernd.

»Und was geht dich das an?« Der Typ macht eine angriffslustige Bewegung mit dem Kinn.

Plötzlich steht Toby neben uns und blickt finster zwischen Hunter und dem anderen hin und her. »Gibt's hier schon wieder ein Problem?«

Schon wieder?

»Nein, kein Problem«, sagt Hunter sofort. Ich sehe, wie sich sein ganzer Körper anspannt, doch dann hat er sich im Griff und wendet sich mit dem für ihn so typisch undurchdringlichen Gesichtsausdruck an Toby.

Der verengt die Augen. »Okay«, sagt er und es klingt wie eine Drohung. Zwar setzt er sich wieder an seinen Platz, aber er behält uns im Auge, während er mit grimmiger Miene das Essen in sich hineinschaufelt.

Ich lade auch dem zweiten Typen nur Nuggets und Soße auf, und jetzt steht Hunter direkt vor mir. Mein Herz rast, als er leise »Hey, Prinzessin« sagt.

Der Teller in meiner Hand beginnt unkontrolliert zu zittern. Ganz automatisch greift Hunter danach. Seine warmen

Finger berühren dabei meine und irgendetwas explodiert in meinem Brustkorb. So viele widerstreitende Gefühle rasen durch mich hindurch, dass mich eine Gänsehaut erfasst. Sie läuft über meinen Rücken, über meine Schultern, über meine Arme.

»Was machst du hier?«, stoße ich atemlos hervor.

»Was glaubst du, was ich hier mache?«, sagt er und schaut mich mit einer Ernsthaftigkeit an, die meine Knie weich werden lässt.

»Hunter, ich …«

»Ich bin Erntehelfer für diese Saison«, erklärt er, weil er wohl merkt, wie überfordert ich bin.

Noch immer kann ich ihn nur anstarren, und ich glaube, alle anderen merken allmählich, dass zwischen ihm und mir etwas vor sich geht. Ein weiterer Moment verstreicht, dann kräuseln sich Hunters Mundwinkel zu einem Lächeln. »Gibst du mir was von dem Essen, wenn ich deine Kochkünste schon so angepriesen habe?«, fragt er. »Ich hab echt Hunger.«

Nachdem ich Hunter den Teller vollgeladen habe und er sich allein an einen freien Tisch setzt, von dem aus er direkten Blick auf mich hat, tritt Toby wieder zu mir, um sich einen Nachschlag zu holen.

»Ihr kennt euch?«, will er wissen.

»Äh, ja«, stammle ich. Hunter beobachtet uns, während er zu essen beginnt.

»Alles okay bei dir?«, vergewissert sich Toby.

»Ja klar, alles okay«, sage ich.

Das ist eine Lüge. Denn nichts, aber auch gar nichts ist okay.

45

Elsa

Die Hitze des Lagerfeuers wabert vor uns, und ich muss den Holzklotz, auf dem ich sitze, ein wenig aus dem Lichtkreis schieben, weil es mir zu heiß wird. Das leise Knistern der Flammen wird nur hin und wieder von einem Knacken durchbrochen, wenn ein Scheit unter dem Feuer nachgibt oder ein Harztropfen zerplatzt. Der Geruch von Rauch sitzt mir in Kleidern und Haaren, aber da wir fast jeden Abend gemeinsam hier sind, habe ich mich inzwischen daran gewöhnt.

Wir sind nur noch zu fünft am Feuer. Anfangs waren wir mehr als ein Dutzend, die meisten haben sich aber inzwischen in ihre Betten verzogen. Mack und Toby sind noch da, und Hunter ebenfalls. Zunächst hat er mir gegenübergesessen und sich mit Mack unterhalten. Natürlich habe ich versucht, so wenig wie möglich zu ihm zu schauen. Jedes Mal, wenn ich doch schwach geworden bin, hat Hunter es binnen Sekunden wahrgenommen und ist meinem Blick begegnet.

Irgendwann setzt er sich kommentarlos neben mich. Eine Zeit lang sagt keiner etwas und wir schauen dem Flammenspiel zu.

Dann halte ich es nicht mehr aus. »Wie hast du herausgefunden, dass ich hier bin?«

Er wartet einen Moment mit einer Antwort. »Ich war in Brighton.«

»Du warst bei meinen Eltern?« Mein Herz zieht sich zusammen. »Und sie haben dir echt gesagt, wo ich stecke?«

»So traurig es klingt, aber ich habe meinen Familiennamen genannt und dein Dad hat sofort mit mir gesprochen.«

»Jup, klingt nach meinem Dad«, bestätige ich.

»Meine Eltern wären genauso«, erwidert Hunter. Er räuspert sich. »Ich habe ihm gesagt, dass wir einen Streit hatten und ich nicht weiß, wo du jetzt hinverschwunden bist, und so …«

Ich nicke.

»Sprichst du regelmäßig mit ihnen?«, will er wissen. »Ich hatte den Eindruck, dass ihr wenig Kontakt habt.«

»Sie glauben, ich werfe mein Leben weg«, erwidere ich trocken. Mittlerweile habe ich mich entschieden, dem völlig verkorksten Verhältnis zwischen meinen Eltern und mir mit Sarkasmus zu begegnen. Das macht es leichter, mit der Enttäuschung über ihr Unverständnis umzugehen, die noch immer an mir nagt.

Hunter nimmt einen Schluck aus seiner Colaflasche. »Meine Eltern auch.«

»Ach ja?«

»Ich hatte ein Jobangebot in New York«, erzählt er. »Kam über Noah. Es wäre in derselben Company gewesen, in der er auch arbeitet. Irgendeine Beratung.«

»Und?«, frage ich.

Hunter schüttelt nur den Kopf.

»Hattest du keine Lust, oder …« Und jetzt schaffe ich es nicht mehr, den Satz zu beenden. Weil mir der Gedanke, den ich beinahe ausgesprochen hätte, lächerlich vorkommt.

Hunter sieht mir in die Augen. »Sag es ruhig«, fordert er mich auf. »Es stimmt nämlich.«

Ich muss schlucken, und meine Stimme klingt etwas zu hoch, als ich mich doch traue: »Du hast meinetwegen dieses Jobangebot ausgeschlagen?«

Hunter schaut wieder in die Flammen und nickt. Ich ziehe die Knie nach oben und umklammere sie mit beiden Armen, weil mir plötzlich eiskalt geworden ist.

»Können wir irgendwo hingehen, wo wir etwas Ruhe haben und uns nicht alle zuhören?«, fragt er jetzt.

Ich atme schwer aus und lasse meinen Blick über das Areal schweifen, das fast vollständig in der Dunkelheit liegt. Nur an der Unterkunft mit den Schlafräumen und am Haus der Familie brennt eine Außenlampe.

Auf gar keinen Fall werde ich mit Hunter in meine Hütte gehen. Er selbst schläft in einem der Schlafsäle mit sechs anderen, dort können wir auch nicht ungestört reden.

»Vor der Kantine steht eine Bank«, schlage ich vor. »Aber es wird wahrscheinlich etwas kühler sein als hier am Feuer.«

»Hast du genug an?« Hunter mustert meine Fleecejacke und meine löchrige Jeans. Und mein Herz macht einen kurzen, verräterischen Satz in der Brust.

Als wir aufstehen, wirft mir Toby einen prüfenden Blick zu, den ich mit einem knappen Nicken beantworte. Trotzdem betrachtet er Hunter etwas länger als notwendig, und ich muss schmunzeln.

»Also. Wieso hast du es wirklich gemacht?«, will ich wissen, während wir in Richtung Kantine schlendern. »Wieso bist du hier?«

Ich höre, wie Hunter die Luft durch die Nase stößt. »Das habe ich dir doch schon gesagt, oder?«

»Aber …« *Das kann nicht sein,* will ich sagen. *Ich kann nicht der Grund sein, warum du nach Neuseeland geflogen bist.* Doch die Worte wollen mir nicht über die Lippen kommen.

»Du hast mir vorgeworfen, dass mein Leben viel zu angenehm und komfortabel ist, als dass ich es verlassen würde.«

Mein Herz wird gefühlt zehn Kilo schwerer. Er hat sich gemerkt, was ich ihm in unserem Streit an den Kopf geworfen habe. Wort für Wort.

»Das war … Das tut mir leid, Hunter. Das war nur so dahingesagt. Ich war wütend. Und enttäuscht und verzweifelt, ich hatte zwei Nächte nicht geschlafen und gerade diese Präsentation verhauen, und …«

»Elsa«, bringt er mich zum Schweigen. »Nur weil meine Eltern reich sind, heißt es nicht, dass mein Leben angenehm oder schön ist. Du hast sie kennengelernt. Du weißt, wie sie sind.«

»Ja, das weiß ich.«

»Du hast selbst erlebt, wie es ist, wenn man ständig Gefahr läuft, beobachtet oder aufgenommen zu werden. Ja, ich habe manche Probleme vielleicht nicht, die Menschen aus ärmeren Verhältnissen haben. Aber mein Leben war schon lange nicht mehr schön.«

Ich weiß nicht, was ich darauf sagen kann.

»Deshalb: Ja, ich bin deinetwegen hergekommen«, fährt er fort. »Damit ich dir beweisen kann, dass deine Vorwürfe nicht stimmen. Außerdem konnte ich nicht einfach da weitermachen, wo ich vor einem Jahr aufgehört habe, als das mit der Razzia in dem Club war. Denn genau das wäre passiert, sobald ich Marchlyn Falls verlassen hätte. Ich wäre in mein altes Leben zurückgekehrt. Und das wollte ich nicht mehr.«

»Musst du nicht ... Also, musst du nicht regelmäßig deine Bewährungshelferin treffen?«, frage ich.

Er nickt. »Wir haben einen Deal. Das erste Jahr ist rum, ohne dass ich irgendeinen Scheiß gebaut habe. Es reicht, wenn ich mich in vier Monaten wieder bei ihr melde, hat die Staatsanwältin entschieden.«

Wir setzen uns auf die schmale Holzbank. »Wieso bist du einfach weggelaufen und hast meine Nummer blockiert?«, fragt Hunter nach einigen Momenten der Stille. »Wieso durfte ich nicht wissen, wo du bist?«

»Weil ich Abstand brauchte.«

Hunter lacht leise und es klingt irgendwie bitter. »Das ist verdammt viel Abstand, wenn du mich fragst.«

»Stimmt«, gebe ich zu. »Aber das mit Melissa im *Crimson*, das war einfach ... Tut mir leid, aber was sollte ich denn denken?«

»Du hättest nicht einfach irgendetwas annehmen sollen. Du hättest mir zuhören sollen. Und mir vertrauen.«

»Du weißt schon, wie das klingt?«

»Wie denn?«

»Nach einer total lahmen Ausrede.«

Hunter reibt sich mit dem Zeigefinger über die Stirn. »Aber das ist es nicht. Es ist die Wahrheit. Melissa hat versucht, mich zu küssen. Das ist richtig. Ich habe sie nicht sofort von mir geschoben, als sie sich auf mich draufgesetzt hat, das stimmt auch. Aber ich habe mir keinen Lapdance oder sonst was geben lassen, ich war einfach nur total überrumpelt und zu langsam, weil ich verdammt betrunken war an dem Abend. Und sobald ich gemerkt habe, dass sie mich küssen wollte, habe ich sie von mir geschoben. Ich wollte es nicht und ich werde es auch nie wieder wollen.«

»Aber du hast sie geschützt, oder? Warum sonst hast du mir nichts erzählt?«

»Ganz sicher habe ich Melissa nicht geschützt!«, versetzt Hunter heftig. »Ich habe mich geschämt, okay, Elsa? Ich habe mich verdammt noch mal geschämt, dass ich diese fucking Vorstrafe habe! Ich wollte nicht, dass sie dich abschreckt. Noch mehr, als mein Leben, meine Eltern, meine Freunde ... *alle* es sowieso schon tun! Und ja, es war feige von mir. Aber dass ich es dir nicht gesagt habe, liegt garantiert nicht daran, dass ich Melissa schützen wollte. Egal, wie sehr sie sich jetzt bemüht. Sie hat meine Loyalität verspielt. Aus mehr als nur diesem einen Grund.«

Eigentlich ist es total nobel, was Hunter für seine Freundin getan hat. Ich weiß nicht, ob es viele andere Typen gibt, die sich so für ihre Partnerin opfern würden. »Warum denn noch?«, frage ich.

Es raschelt, als Hunter umständlich den Reißverschluss seiner Jacke schließt. Hunter und Reißverschlüsse sind wohl nicht die besten Freunde. Damals, als ich ihn betrunken vor dem *Cube* aufgegabelt habe, hatte er auch damit gestruggelt.

Damals, als alles angefangen hat.

Ich glaube, Hunter schindet Zeit, weil er weiß, dass er mir jetzt antworten muss. Er kann nicht mehr schweigen, wie er es so viele Wochen und Monate in Marchlyn Falls getan hat. »Kannst du dich noch an das TikTok über dich erinnern? Ich bin mir sehr sicher, dass Melissa das war. Irgendjemand anderes hat dich vielleicht aufgenommen und, kein Plan, wie sie da drangekommen ist, aber ich bin mir sicher, dass sie es gepostet hat.«

»Wow.« Ein unangenehmer Druck meldet sich in meinem Brustbein und ich muss meine Hand darauflegen.

»Und weißt du, damals, als ich mit dem Kokain erwischt wurde – *ihrem* Kokain –, ist sie nicht mal zur Polizei gegangen und hat eine Aussage gemacht, dass wir alle dieses Zeug konsumieren wollten. Wenn sie das gemacht hätte, wäre ich jetzt vielleicht nicht vorbestraft.«

»Krass.«

Er sieht mich direkt an. Und selbst in der Dunkelheit erkenne ich einen harten Glanz in seinen Augen. »Ich werde Melissa nie wieder vertrauen. Und ich werde sie nicht mehr schützen. Ganz besonders nicht vor dir. Wenn, dann schütze ich dich vor *ihr*. Nur scheine ich das bisher nicht besonders gut hinbekommen zu haben, fürchte ich.«

Seine Worte lassen ein Glühen in meinem Herzen entstehen. All das hier fühlt sich an wie in einem Traum. So viele Tage, so viele Nächte habe ich ihn vermisst. Ich habe ihn so verdammt vermisst, dass ich den Schmerz fast nicht mehr ausgehalten habe. Und jetzt ist er hier, obwohl ich alles getan habe, damit wir uns nie wieder begegnen. Und sagt solche Sachen zu mir.

Ich blinzle, um das Brennen in meinen Augen in Schach zu halten. »Wir sollten ... schlafen gehen«, versuche ich meine Rührung zu überspielen. »Es ist fast Mitternacht und ich muss um spätestens halb fünf aufstehen.«

»Wieso so früh?«

»Weil ihr um fünf Uhr morgens Kaffee und Frühstück wollt.«

»Wollen wir das?«

»Glaub mir, du willst etwas im Magen haben, bevor du vier Stunden in die Plantagen gehst.« Ich erhebe mich und Hunter springt ebenfalls auf.

»Wo schläfst du eigentlich?«

»In der Hütte dort vorn.«

»Ich begleite dich noch.«

Ich lache. »Den Weg finde ich allein. Ich bin schon ein bisschen länger hier als du.«

»Ich weiß, aber ich begleite dich trotzdem«, beharrt er und ich lasse es zu. Weil ich jede Sekunde in seiner Gegenwart genieße. Und schon jetzt ständig dem Drang widerstehen muss, ihn anzusehen und zu bewundern, ihn anfassen und spüren zu wollen.

Seufzend setze ich mich in Bewegung und Hunter folgt mir. Wir haben den halben Parkplatz überquert, als ich endlich den Mut aufbringe, die Worte, die so viele Wochen in mir schwelen, auszusprechen.

»Hunter?«

»Ja?«

»Ich habe überreagiert«, gebe ich zu. »Ich hätte nicht weglaufen sollen. Es tut mir leid.«

Während wir gehen, mustert er mein Gesicht, doch ich glaube, er kann in der Dunkelheit nicht viel erkennen. Dennoch nickt er.

»Aber das ändert nichts an den Voraussetzungen. An deinem Leben in England. An der Hochzeit deiner Schwester, die noch mehr öffentliche Aufmerksamkeit auf dich und deine Familie ziehen wird. Es ändert nichts an deinen Eltern und deinen Freunden. Selbst wenn du dein Leben nicht mehr so weiterleben möchtest wie bis vor einem Jahr – deine Eltern werden immer deine Eltern bleiben. Und deine Schwester immer die Frau eines Dukes. Du wirst immer irgendwie in diesen Kreisen unterwegs sein, und ich schwöre dir, sie werden nicht aufhören, mich zu kritisieren. Und dich zu kritisieren, wenn du mit mir zusammen wärst.«

Hunter nickt. »Wahrscheinlich nicht«, räumt er ein.

Ich krame den Schlüssel für das Vorhängeschloss an meiner Tür aus der Hosentasche und mache eine ausladende Armbewegung zu der Hütte, als wäre ich ein Nummerngirl. »Darf ich vorstellen, mein bescheidenes Heim.«

»Luxusbude im Vergleich zu meinem Stockbett«, scherzt Hunter, und ich muss lachen.

»Dass du so was mal zu mir sagen würdest, hätte ich mir in meinen wildesten Träumen nicht ausdenken können.«

Jetzt lacht auch Hunter. »Nein, ziemlich sicher nicht«, sagt er, und plötzlich steht er ganz dicht bei mir. Sein Gesicht ist meinem so nah, dass ich den Kopf heben muss, um ihm in die Augen schauen zu können.

Ich rieche ihn, den vertrauten Duft von Hunter, der sich mit seinem Schweiß und dem Rauch unseres Lagerfeuers mischt, und in genau dem Moment finde ich diese Mischung so attraktiv, dass ich die Augen schließen muss, damit mich meine Sehnsucht nicht überwältigt.

Hunter verfolgt jede meiner Regungen. Auch als er langsam meine Hand ergreift. Wie von selbst verflechten sich unsere Finger und ein Schauer läuft durch meinen Körper. Sein Daumen streichelt Halbkreise in meine Handinnenfläche und ich spüre sie wie ein Glimmen auf meiner Haut.

In dem Moment verliere ich die Kontrolle.

Meine freie Hand krallt sich in seinen Pullover, und ich ziehe ihn zu mir, bis ich seine heftigen Atemzüge auf meinem Gesicht spüre. Unsere Lippen schweben übereinander, sind nur noch Millimeter voneinander entfernt.

O Gott, ich will es so sehr. Ich muss ihn jetzt küssen.

Unsere Hüften berühren sich, er übt sanften Druck auf mich aus, und die Begierde in mir wird so stark, dass mir ein verzweifelter, kehliger Laut entkommt, tief aus meiner Brust.

Doch Hunter gibt nicht nach. Er überwindet den letzten Abstand zwischen uns nicht, sondern beißt die Zähne aufeinander, schlägt leise fluchend mit der flachen Hand gegen die Wand neben meinem Kopf und tritt einen Schritt von mir zurück. Ich will ihn festhalten, ich will ihn bei mir haben und greife wieder in seinen Pullover.

Er löst meine Hände daraus. Nicht grob, aber bestimmt. »Das machen wir jetzt nicht, Elsa«, sagt er heiser. »Ich kann das nicht. Wenn ich nicht weiß, dass du mich wirklich willst und uns noch eine Chance gibst, kann ich das nicht mehr.«

Er wartet keine Antwort von mir ab, sondern geht ohne ein weiteres Wort.

Mit hämmerndem Herzen und einer schmerzhaften Leere in der Brust öffne ich die Tür meines Häuschens, schalte das Licht an und lehne mich gegen die Holzlatten.

Gedämpft höre ich, wie sich am anderen Ende des Parkplatzes die große Tür zu den Unterkünften schließt. Ich lege mir die Hand auf die Brust, atme ein und aus, wieder ein und aus, balle sie zu einer Faust und beginne, gegen mein Brustbein zu schlagen. Immer und immer wieder. Ich fühle mich zittrig und schwach und wund, und trotzdem ist da dieses sehnsuchtsvolle Glühen in mir, dieser unbeherrschbare Wunsch, Hunter nahe zu sein, seinen Worten zu glauben und ihm zu vertrauen.

Aber kann ich das wirklich? Kann ich ihm noch einmal vertrauen?

46

Hunter

Ich weiß nicht, womit ich gerechnet habe, als ich Elsa nach so vielen Wochen wiedersah. Erst dieser unfassbar lange Flug, den ich mir noch an dem Abend, an dem ich mit ihren Eltern gesprochen hatte, gebucht habe. Dann die Jobausschreibung auf der Farm, die ich zufällig in Auckland entdeckt und auf die ich mich sofort beworben habe. Der Jetlag aus der Hölle, der mir nach Tagen noch in den Knochen saß – ich habe mich gefühlt, als wäre ich in einem Film gelandet, in dem ich selbst die Hauptrolle spiele, so unwirklich kam mir alles vor.

Als dann jedoch Elsa vor mir stand, als ich in ihre Augen geschaut und ihre zitternde Hand berührt habe, war es nicht mehr unwirklich. Das warme Vibrieren in meiner Brust und die Sehnsucht nach ihr, die mich erfasst hat wie eine Naturgewalt, haben sich verdammt echt angefühlt.

Und ich wusste, dass ich die richtige Entscheidung getroffen hatte.

Seit unserem Beinahe-Kuss am ersten Abend haben wir trotzdem Abstand gehalten. Das ist jetzt eine Woche her. Wir mussten uns nicht mal besonders bemühen, weil ich zehn Stunden täglich auf der Plantage bin und Elsa den ganzen Tag in der Küche beschäftigt ist.

Und ich bin so kaputt von der Arbeit, dass ich gar keine Zeit habe, über irgendetwas nachzudenken. Dieser Job ist ungelogen das Anstrengendste, was ich jemals in meinem Leben gemacht habe.

Jeden Tag das Gleiche: Wir pflücken halb reife Kiwifrüchte. Die Pflanzen schlängeln sich an Eisengerüsten entlang, bilden ein dichtes Dach aus Blättern und Früchten über unseren Köpfen und wir ernten sie vorsichtig von ihren Stängeln. Sobald eine Frucht zu Boden fällt oder auch nur die kleinste Druckstelle hat, müssen wir sie aussortieren. Wir lassen sie auf die Erde fallen, und einer von uns, meistens Mack oder Toby, der die gesamte Ernte beaufsichtigt und leitet, sammelt sie später auf. Die Merricks verarbeiten sie direkt am Hof oder verkaufen sie in ihrem Hofladen oder auf dem Markt von Te Puke. Für den Export sind sie nicht mehr geeignet.

Schritt für Schritt arbeiten wir Erntehelfer uns durch die Plantagen. Sobald wir die schwarzen Bauchkörbe zu zwei Dritteln gefüllt haben, leeren wir sie vorsichtig in die Holzkisten, die Toby mehrmals stündlich mit dem Traktor zurück zum Hof fährt, wo sie weiterverladen werden.

Vier Leute haben inzwischen das Handtuch geworfen. Ganz ehrlich – ich kann sie verstehen. Die Schmerzen im Rücken und vor allem in den Schultern, die ich schon nach der ersten Stunde meines ersten Arbeitstags hatte, sind unsere konstanten Begleiter geworden und manchmal kaum erträglich, obwohl ich echt fit bin und das letzte Jahr über mehrmals die Woche im Training war.

Gerade haben wir eine kurze Verschnaufpause, weil Toby mit dem Traktor erst neue Boxen zum Verladen vom Hof holen muss. Ich lege meinen Korb ab und mache ein paar Dehnübungen, um die Schultern zu lockern, aber dann wird mir langweilig. Also ziehe ich meine Erntehandschuhe aus, weil ich darin schwitze und sie mir ein bisschen zu klein sind, und schleife eine kleinere Holzkiste hinter mir her, um die zu Boden gefallenen Kiwis aufzusammeln. Die anderen schauen mir dabei zu, aber das ist okay. Im Moment habe ich sowieso nichts Besseres zu tun. In der Ferne rattert Tobys Traktor, er wird gleich zurück sein.

In kürzester Zeit habe ich die halbe Kiste voll und will gerade nach einer angeschlagenen Kiwi greifen, als ich einen plötzlichen stechenden Schmerz in meiner rechten Hand spüre.

Ich zucke zurück und sehe, wie dort, neben der kaputten Kiwi, irgendeine Spinne unter ein paar Blättern verschwindet.

Fluchend betrachte ich meinen Handballen, auf dem ich noch nicht viel erkennen kann außer einem kleinen roten Punkt. Aber der brennt wie Feuer.

»Alles okay, Mann?« Mack taucht neben mir auf und sieht erschrocken auf meine Hand. Keine drei Sekunden später steht auch Toby bei uns. Der Mann ist bestimmt eins neunzig groß, hat dunkle zottelige Haare, einen Vollbart und ist so stark wie ein Bulle, und obwohl ich mir nicht schnell in die Hose mache vor Menschen, habe ich echt Respekt vor ihm.

»Was ist passiert?«, schnauzt er mich an. Das ist die andere Sache mit Toby. Noch nie habe ich einen so übellaunigen Menschen kennengelernt. Er scheint eine Schwäche für Elsa zu haben, weil er echt freundlich zu ihr ist, aber allen anderen fährt er ständig über den Mund.

»Nichts, schon okay«, wiegle ich ab.

Er nickt mit dem Kopf in Richtung meiner Hände, die ich jetzt vor mir verschränkt habe. »Was ist da los?«

»Ich glaub, mich hat irgendwas gebissen. Oder gestochen. Keine Ahnung.«

»Zeig«, fordert er sofort. Widerwillig zeige ich ihm den Stich. Er wirft nur einen kurzen Blick darauf. »Wir fahren zu den Unterkünften. Ihr macht weiter, ich bin in einer halben Stunde zurück.«

Ohne auf einen Kommentar von mir zu warten, läuft er voraus, lässt den Traktor an, und ich habe gar keine andere Wahl, als neben ihn auf den kleinen Beifahrersitz zu klettern.

Wir brauchen knapp zehn Minuten, bis wir zurück am Hof sind. Der Motorlärm ist so laut, dass wir während der Fahrt nicht reden. Hätten wir vermutlich eh nicht getan. Einmal wirft Toby einen kurzen Blick auf meine Hand, ignoriert mich aber die restliche Zeit.

»In der Küche gibt es einen Verbandskasten. War es eine Spinne?«, fragt er, nachdem er den Motor ausgestellt hat.

Inzwischen ist meine ganze Hand rot angelaufen und schwillt an, und das Brennen ist so stark, dass ich ganz froh bin, dass Toby mich sofort einkassiert und hierhergebracht hat. Ich wäre nicht mehr in der Lage gewesen, weiterzupflücken.

»Ich glaube, ja. Ich hab sie aber nicht genau gesehen.«

»Hatte sie einen weißen Fleck am Ende des Rückens? Oder einen orangen Streifen längs des ganzen Rückens?«, will Toby barsch wissen.

Ich puste die Luft aus, versuche meine Finger zu bewegen, es klappt nicht mehr wirklich. »Keine Ahnung.«

»Wenn sie einen orangen Streifen hatte, kann es sein, dass du jetzt draufgehst«, erklärt er ungerührt. »Der Biss einer Kapito-Spinne kann tödlich sein.«

»Wie bitte?« Elsa steht in der Tür zur Küche, hält einen

Schneebesen in ihrer Rechten und schaut uns entgeistert entgegen.

»Ähm, keine Ahnung. Ich kann mich an keinen orangen Streifen erinnern. Das ging ziemlich schnell alles, sie war unter einem Blatt, glaube ich.«

Toby sieht mir prüfend ins Gesicht und hält mich an der Schulter fest. »Ist dir schlecht? Hast du Herzrasen? Schweißausbrüche?«

Meine Augen wandern zuerst zu Elsa, die den Raum hastig durchquert, dann konzentriere ich mich wieder auf Toby.

»Bist du taub?«, schnauzt er.

»Nein, ich glaub, mir geht's gut. Die Hand tut nur ziemlich weh.«

»Elsa, hol ihm 'nen Coolpack aus dem Gefrierfach.«

Sie braucht ein oder zwei Sekunden, ehe sie reagiert, und verschwindet dann sofort wieder in der Küche. Das Klappern von Schranktüren dringt zu uns.

»Wir haben gesagt, die Früchte, die am Boden liegen, fasst du nicht an. Und schon gar nicht ohne Handschuhe! Jeder weiß das!«, fährt er mich an. »Dein Job ist, von den *Pflanzen* zu ernten und nicht vom Boden!«

»Wenn wir die Kiwis vom Boden erst später aufsammeln, sind wir viel langsamer und finden die Hälfte nicht mehr«, erwidere ich. »Wir sind schneller, wenn wir es gleich machen.«

»Ist mir scheißegal, ob wir schneller sind! Es gibt Regeln beim Ernten, und das aus gutem Grund. Und du hast dich verdammt noch mal dran zu halten!« Er wird jetzt richtig laut.

»Aber wenn wir hier ein paar Abläufe verbessern, könnten wir …«

»Hast du ein Problem mit unseren Abläufen, oder was?«, fällt er mir gereizt ins Wort, stemmt sich mit einer Hand an der Tischkante und mit der anderen an einer Stuhllehne vor mir ab und schaut mir in die Augen.

Ich benetze meine Lippen. »Na ja. Vier Leute sind schon gegangen, wir wären viel effizienter, wenn wir …«

»Halt's Maul, Hunter!«, brüllt er mir ins Gesicht.

»Hey!«, geht Elsa dazwischen. Sie ist mit einem Coolpack und einem Geschirrtuch zurückkehrt. »Kommt mal bisschen runter hier, okay?«

»Mach du deinen scheiß Job, für den du da bist, und kümmere dich nicht um meine Angelegenheiten«, geht Toby mich weiter an. »Was glaubst du, wie effizient wir jetzt sind, wenn du mindestens einen halben Tag ausfällst? Hm?« Er wendet sich an Elsa. »Du behältst ihn im Auge. Wenn es ihm irgendwie schlechter geht, rufst du mich sofort an. Verstanden?«

»Ja, Chef«, erwidert sie knapp und reicht mir das Coolpack.

»Du machst bis heute Abend Pause, kühlst deine Hand und legst dich ins Bett. Und morgen früh bist du besser wieder einsatzfähig, Junge. Den Tag zieh ich dir vom Lohn ab.«

»Ich kann auch mit links …«

»Schnauze«, unterbricht mich Toby, stößt mit einer Hand die Tür auf, sie knallt gegen die Außenwand und schwingt quietschend wieder zurück. Einige Momente später ertönt das Rattern des Traktors, als er abfährt.

»Wow, der war sauer«, sagt Elsa und setzt sich zu mir.

»Der ist immer sauer.«

»Hmmm.« Elsa wiegt zweifelnd den Kopf hin und her. »Tut es sehr weh?«

»Das Coolpack hilft«, antworte ich vage. Es brennt und pocht wie die Hölle, aber das werde ich ihr ganz sicher nicht sagen.

Elsa nickt, streicht die Schürze über ihren Knien glatt und sieht mich unverwandt an. »Wieso tust du dir das hier an?«

»Was meinst du?«

»Du arbeitest als Erntehelfer. Das ist einer der am schlechtesten bezahlten Jobs überhaupt. Es ist verdammt anstrengend, was ihr da macht, und offenbar auch gefährlich.« Sie deutet auf meine Hand. »Und streite das jetzt nicht ab, ich *sehe*, wie erschöpft du jeden Tag bist. Ihr habt garantiert alle Rücken- oder Schulterschmerzen. Und Toby kann ein echter Kotzbrocken sein. Das … du musst das alles nicht machen.«

Sie hat recht. Ich muss nicht. Aber ich will.

»Ich gebe nicht einfach auf, nur weil es gerade ein bisschen unangenehm ist.«

Weil Elsa mir genau das vorgeworfen hat. Dass ich mein privilegiertes Leben nicht aufgeben könnte. Oder besser gesagt, dass ich nicht dazu *bereit* wäre, es aufzugeben. Aber das bin ich. Und zumindest einen Moment lang glaube ich, dass ein Ausdruck von Rührung über Elsas Gesicht huscht.

»Elsa, ich gehe nicht weg. Ich gehe nirgendwohin. Wir werden die nächsten neun Wochen gemeinsam hier sein. Gewöhn dich besser dran.« Ich beuge mich zu ihr und höre, wie sie scharf einatmet. »So schnell wirst du mich nicht mehr los.«

47

Elsa

»Worauf wartest du eigentlich, Mädchen?«, fragt Toby, als wir, wie jeden Abend, am Lagerfeuer sitzen. Heute ist es wärmer als sonst, und ich trage nur ein T-Shirt, was dazu führt, dass wir den halben Abend damit beschäftigt sind, Mosquito-Attacken abzuwehren. »Er ist für dich quasi um die Welt geflogen, und jedes Mal, wenn du ihn ansiehst, hast du kleine Herzchen in den Augen. Das geht jetzt seit einer Woche so. Hab doch endlich mal Erbarmen mit ihm.«

»Ich dachte, du kannst ihn nicht ausstehen?«

»Stimmt nicht«, brummt Toby.

»Heute Nachmittag warst du ziemlich ätzend zu ihm.« Natürlich ist Toby hier der Vorarbeiter und muss sein Team im Griff haben, aber so, wie er Hunter angeschnauzt hat, war es nicht mehr angemessen.

»Weil er einen dummen Fehler gemacht und sich von einer Spinne hat beißen lassen. Das kann richtig gefährlich werden. Außerdem hat er ein Problem mit Hierarchien.«

Ich leere meine Bierflasche und drehe sie mit dem Hals nach unten, damit die letzten Tropfen herauslaufen können. »Ich glaube eher, dass er bisher zu viel in Hierarchien gelebt hat. Und es deswegen nicht mehr akzeptieren kann.«

»Dann hat er den falschen Job.«

Womit ich Toby uneingeschränkt recht geben muss. Nachdenklich pule ich an dem Label meiner Flasche. »Er ist wegen mir hier.«

»Das ist ziemlich offensichtlich.« Toby lehnt sich in dem Campingstuhl zurück und es knarzt verdächtig. Niemand sonst darf auf dem Stuhl sitzen, wenn er da ist. Der Rest von uns begnügt sich mit Holzstümpfen. »Er ist reich, oder?«

»Seine Schwester heiratet demnächst einen britischen Duke.«

»Holy Shit«, brummt er. »Und warum genau willst du ihn nicht? Der ist doch 'ne gute Partie.«

Ich sehe Toby aufgebracht an. »Als ob es darauf ankommen würde!«

»Na ja, ich frage mich wirklich, was dein Problem ist. Er scheint sich doch echt Mühe zu geben.« Er wedelt mit der Hand etwas vor seinem Gesicht, weil der Wind gedreht hat und den Rauch genau in unsere Richtung treibt. Immerhin löst das unser Mückenproblem.

»Er war nicht ehrlich zu mir.«

Toby nickt, trinkt einen Schluck Bier und nickt erneut. »Und jetzt? Ist er jetzt ehrlich?«

»Ich glaube schon.«

»Dann geh zu ihm. Rede mit ihm. Er ist kein schlechter Kerl. Gib ihm 'ne Chance. Und wenn er dir irgendwie blöd kommt, sag Bescheid. Dann kriegt er Ärger mit mir.«

Bei der Vorstellung, wie Toby sich mit Hunter anlegt, entkommt mir ein leises Lachen. Es fühlt sich gut an, den hünenhaften Toby an meiner Seite zu wissen. Als hätte ich plötzlich einen großen, älteren Bruder bekommen. Vielleicht ist das auch der Grund, warum ich seinem Urteil traue. Besser gesagt, warum ich endlich meinem Bauchgefühl traue, was Hunter betrifft. Denn das sagt mir seit dem ersten Moment, in dem ich hier auf der Farm vor ihm stand, dass ich ihn will. Und dass ich uns noch eine Chance geben möchte.

Den restlichen Abend verbringe ich damit, auf den passenden Moment zu warten, um Hunter anzusprechen. Er sitzt mit ein paar Jungs am Lagerfeuer, sie trinken Bier, und Hunter hat sich mit Mack angefreundet, denn sie lachen und scherzen schon seit Stunden. Immer mal wieder schaut Hunter zu mir, macht aber keine Anstalten, sich mir zu nähern oder ein Gespräch mit mir zu führen, das über Small Talk hinausgeht.

Als die Jungs aufstehen und das Lagerfeuer löschen wollen, kratze ich alles, was ich an Mut in mir finden kann, zusammen und gehe zu ihnen auf die andere Seite des Feuers. »Lasst das mal, ich mache das schon«, halte ich Mack ab, als er Sand auf die Flammen schaufeln möchte. »Hast du noch einen Moment?«, wende ich mich an Hunter, und ich sehe Überraschung in seinem Gesicht aufflackern.

Er hebt die Hände zu einer ratlosen Geste. »Klar.«

Die anderen verziehen sich, Toby klopft mir aufmunternd auf die Schulter und dann sind wir nur noch zu zweit. Ich gehe zu unserem Feuerholzstapel und lege zwei Scheite nach.

»Das wird wohl noch etwas Längeres?«, fragt Hunter. Ziemlich sicher wollte er, dass es scherzhaft klingt, aber ich höre einen unsicheren Unterton in seinen Worten.

»Ich ... ich hoffe nicht«, antworte ich und kann im Schein der Flammen zusehen, wie sich Hunters Miene verhärtet.

Ich atme ein und aus, suche nach den richtigen Worten, aber weiß einfach nicht, wie ich anfangen soll.

»Elsa? Keine Ahnung, was du mir sagen willst, aber – was

auch immer es ist, tu es bitte schnell, okay?« Er klingt besorgt.

»Ja, tut mir leid. Es tut mir leid. Das hier ist echt schwer.«

Hunter schließt die Augen und schluckt. Ich glaube, er rechnet mit dem Schlimmsten.

»Nein, also …«, beginne ich erneut, weiß nicht, wie ich weitermachen kann, und verstumme.

Wieder muss Hunter schlucken. Sein Adamsapfel hüpft und ganz kurz bleibe ich daran hängen. »Was ist los?«

Ich stelle mich vor ihn. Er kann jetzt gar nicht anders, als mir ins Gesicht zu sehen, und ich greife nach seiner Hand und halte sie fest.

»Hunter«, beginne ich. »Hör mir mal zu. Und unterbrich mich bitte nicht, okay? Hör mich erst zu Ende an.«

Er beißt die Zähne zusammen, er kämpft mit sich, doch er nickt knapp und schafft es, meinem Blick standzuhalten, obwohl ich ihm ansehe, dass er jetzt richtig Angst bekommt.

»Okay, also …« Ich atme aus. »Das erste Mal habe ich dich gesehen, als Ellis uns diese Führung vor Semesterbeginn gegeben hat. Ich war … Ich habe dich gesehen, und es hat mir den Boden unter den Füßen weggezogen. Ich war sofort so verliebt in dich, dass ich in deiner Gegenwart nicht mal mehr sprechen konnte, ich …« Zitternd atme ich aus. Der Ausdruck in Hunters Augen wird eindringlich und jetzt greift er nach meiner zweiten Hand. Seine Lippen öffnen sich leicht, während er darauf wartet, dass ich weiterspreche. Das goldene Licht der Flammen flackert über sein Gesicht, fängt sich in seinen Iriden, und in diesem Moment ist er so schön, dass es mir die Kehle zuschnürt. Ich räuspere mich. »Als du mir das mit der Lerngruppe vorgeschlagen hast, wollte ich es auf keinen Fall. Und gleichzeitig wollte ich es so sehr, weil es bedeutete, dass wir Zeit zusammen hatten, und … jeden Moment, jede Sekunde, die wir miteinander verbracht haben, habe ich mich mehr in dich verliebt. Aber wir hatten diesen Deal mit dieser Fake-Beziehung, und ich wusste, dass es nicht echt ist. Aber es hat sich so echt angefühlt! Und obwohl du gesagt hast, dass du Gefühle für mich hast, war da diese Angst. Sie war schon immer da, ich schlage mich mein Leben lang damit herum, aber bei dir … war es, als würde sie immer größer und bestimmender werden.«

»Was für eine Angst?«, fragt er flüsternd.

»Dass ich niemals gut genug für eine echte Beziehung mit dir sein werde und dass ich dich niemals wirklich haben kann.«

Hunter sagt nichts, ich sehe nur, wie er die Lippen aufeinanderpresst. Ist er wütend?

»Deine Eltern, deine Freunde, Melissa – sie alle haben diese Angst befeuert. Und deshalb bin ich davongelaufen. Ich hatte eine scheiß Angst, nicht gut genug zu sein. Ich habe den Kontakt nicht abgebrochen, weil ich dich nicht wollte oder dich verurteile für das, was du getan hast. Sondern weil genau das Gegenteil der Fall ist. Weil ich dich so sehr wollte, dass es mich zerrissen hätte, wenn du nach ein paar Wochen oder Monaten gemerkt hättest, dass es doch nicht für mehr als ein bisschen Spaß reicht. Seit wir nicht mehr miteinander reden, gab es keine Nacht, in der ich nicht von dir geträumt habe, es gab keinen Tag, an dem ich nicht ständig über dich nachgedacht habe.«

Hunters Lippen zucken. Er schweigt, doch ich erkenne einen verräterischen Tränenschimmer in seinen Augen.

Schnell rede ich weiter: »Und dann …« Ich stoße die Luft aus und muss mich sammeln, damit meine Stimme nicht versagt. »Dann bist du plötzlich hier, widersetzt dich dem Willen deiner Familie, machst die schlimmsten Arbeiten, erträgst Tobys Ausbrüche. Ich stoße dich von mir, aber du bleibst. Du kommst wieder, mit einer Geduld, die …« Ich spüre die Tränen und versuche so sehr, weiterzusprechen. »Ich weiß nicht, wie ich dich überhaupt verdient habe, ich …«

»Ich liebe dich, Elsa«, unterbricht mich Hunter und sieht mir dabei fest in die Augen.

Und irgendetwas passiert in meiner Brust. Mein Herz pocht schnell und wummernd, es zieht sich zusammen und gleichzeitig dehnt es sich aus. Ich ringe nach Luft.

Er kommt näher und ich spüre seine Hand an meiner Taille. »Hast du mich gehört?«, flüstert er. »Ich liebe dich und ich will mit dir zusammen sein. Natürlich fliege ich zu dir ans Ende der Welt. Solange ich weiß, dass du meine Gefühle erwiderst, gibt es nichts, was ich nicht für dich tun würde. Ich will dich, egal welchen Preis ich dafür zahlen muss. Es ist mir scheißegal, was meine Eltern sagen, meine Freunde oder Melissa. Sie spielen keine Rolle für mich. Nicht mehr. Ich lebe mein eigenes Leben und bestimme darüber. Du fliegst nach Neuseeland? Ich bin da. Du willst in die Arktis ziehen? Ich folge dir. Ich gehöre dir, Elsa. Schon längst.«

Ich spüre Tränen auf den Wangen. Ein Schluchzen drängt sich aus meiner Kehle und ich bringe nicht mehr zustande als ein Nicken.

Hunter lässt meine Hände los, und nur einen Wimpernschlag später umfasst er mein Gesicht und beugt sich zu mir herunter. Seine Lippen berühren meine, zuerst nur der Hauch eines Kusses, und er entlockt mir ein Wimmern. Sofort küsst er mich erneut, ein wenig länger, ein wenig vollständiger, aber noch lange nicht genug.

Dann verliere ich die Beherrschung. Ich stelle mich auf die Zehenspitzen, schließe meine Arme um seine Rücken und drücke meine Lippen auf seine.

Unser Kuss ist zärtlich und zugleich so ernsthaft, so bedeutungsvoll, dass noch mehr Tränen unter meinen geschlossenen Lidern hervorquellen und ein Zittern durch meinen Brustkorb läuft.

Sofort unterbricht Hunter den Kuss, macht beruhigende Geräusche, während er mit beiden Daumen die Nässe von meinen Wangen wischt und eine Träne wegküsst. »Es ist alles gut. Jetzt ist alles gut, Elsa«, flüstert er.

Aber ich möchte ihm wieder näher sein, dränge mich gegen ihn, spüre seinen Atem an meinem Mund, berühre seine Unterlippe mit meiner Zunge und schmecke das Salz meiner Tränen. Ich sauge daran, und jetzt ist Hunter derjenige, der die Beherrschung verliert. Der Griff um meinen Kopf wird fester und wie von selbst öffnen sich unsere Lippen, unsere Zungen streichen übereinander, in unserem ganz eigenen, perfekten Rhythmus. Seine Zunge gleitet tiefer, ich klammere mich an ihn, weil ich mehr will von ihm und von der Energie, die von ihm ausgeht. Es ist, als würde ich in seinen Armen schmelzen. Hunter stöhnt an meinem Mund, als wäre unser Kuss die Erlösung, auf die er unendlich lange hat warten müssen. Und genauso fühlt es sich für mich an.

Als sich unsere Lippen voneinander lösen, ringen wir beide nach Atem.

»Das …«, fängt Hunter an.

Ich nicke nur. Er braucht es nicht auszusprechen.

»Du und ich, wir sind jetzt zusammen«, sagt Hunter. »Wir gehören zusammen. Und ich möchte nie wieder, dass du daran zweifelst. Nie wieder.«

»Das werde ich nicht mehr. Das verspreche ich dir.«

»Okay«, sagt Hunter, gibt mir erneut einen Kuss und atmet dann mit einem leisen Seufzen aus. »Ich glaube, wir sollten …«

Aber ich lege ihm meinen Zeigefinger auf den Mund. »Komm mit zu mir.«

In seine Augen tritt ein dunkler, gieriger Ausdruck, und ich spüre, wie sich bei dem Anblick Wärme in meinem Unterleib sammelt.

»Bist du dir sicher?«, will er wissen. »Sollten wir nicht …«

»O ja, Hunter. Ich bin mir sicher.«

Rasch löschen wir das Feuer, ehe ich nach seiner Hand greife und ihn hinter mir her in die Dunkelheit ziehe.

48

Elsa

Drei Monate später

»Ey, anderer Song, bitte«, verlangt Lily vom Beifahrersitz. Ihr mittlerweile lilafarbener Dutt wackelt, während sie spricht.

»Nope, die Fahrerin bestimmt«, sagt Sam ungerührt, wippt mit dem Kopf den Takt des Liedes mit und lässt eine Kaugummiblase zerplatzen. Keine Ahnung warum, aber sie scheint sehr gerne Auto zu fahren, denn sie hat sich geradezu darum gerissen, als Erste am Steuer unseres Vans zu sitzen.

»Mir fallen die Ohren ab, wenn ich noch einen Song von dieser seltsamen Band hören muss«, jammert Lily.

»Måneskin ist nicht seltsam, und gewöhn dich schon mal dran, ich fahre noch paar Stunden«, erwidert Sam gehässig.

Hunter beugt sich von hinten zu uns. »Sind die beiden immer so?«, raunt er Ellis zu, der neben mir in der Mittelreihe sitzt.

»Jup«, antwortet er schlicht.

»Und wieso nehmen wir die dann mit auf unseren Roadtrip?«

»Weil es ihre Idee war?« Ellis verzieht entschuldigend die

Mundwinkel, ich muss lachen und von vorn tönt ein: »Oi, das habe ich gehört!«

Es ist Ende August, die Erntesaison längst vorüber, und Ellis, Lily und ihre jüngere Schwester Sam sind zu uns nach Neuseeland geflogen, weil wir gemeinsam das Land erkunden wollen. Sechs Wochen lang werden wir auf der Nord- und der Südinsel unterwegs sein.

Vor einer halben Stunde sind wir auf der Farm der Merricks losgefahren, und unser erstes Ziel ist Cape Reigna, ganz im Norden. Doch noch befinden wir uns in der Nähe von Te Puke und endlose abgeräumte Obstplantagen ziehen an uns vorbei.

Keine Ahnung, was die nächsten Wochen bringen werden und ob es eine gute Idee ist, zu fünft diesen Roadtrip zu machen. Wir haben nichts geplant oder gebucht bis auf unseren Mietvan. Im neuseeländischen Winter ist weniger los; wir wollen uns treiben lassen und schauen, wo es uns hinverschlägt.

»Hunter, du hast echt Farbe gekriegt«, ruft Lily über die Fahrgeräusche und die laute Musik hinweg. »Ich hätte dich vorhin fast nicht wiedererkannt!«

Er hat die Erntesaison bis Juli durchgezogen und sogar noch einmal vier Wochen drangehängt. Nach ihren Anlaufschwierigkeiten haben er und Toby sich erstaunlich gut verstanden, und obwohl man es ihm nicht zutraut, konnte Hunter sich auf der Farm echt nützlich machen. Ich hatte fast den Eindruck, Toby wollte ihn nicht gehen lassen.

»Schau mal unter meinem T-Shirt, da bin ich gar nicht mehr braun«, erwidert er von hinten, zieht am Kragen seines Shirts und entblößt seine käseweiße Brust.

Lily lacht. »Ewww, lass mal stecken.«

Ich muss grinsen, lehne mich auf dem Sitz zurück, schaue nach draußen und genieße das leichte Summen in meinem Brustkorb. So fühlt sich Glück an.

Wobei ich eigentlich schon ein bisschen glücklich war, seit ich meinen Job auf der Farm begonnen habe. Und so richtig glücklich, als ich mich mit Hunter ausgesprochen hatte.

Morgens wache ich nicht mehr mit einem schlechten Gewissen auf, weil ich noch dieses oder jenes lernen muss. Wenn ich meine Augen aufschlage, wünsche ich mir nicht mehr, dass es schnell wieder Abend ist und ich schlafen und alles vergessen kann. Stattdessen werde ich im Morgengrauen neben Hunter wach, kriege einen kurzen Adrenalinkick, weil dieser unfassbare Mann in dem schmalen Bett bei mir liegt, unsere Arme und Beine ineinander verschlungen, und freue mich auf den Tag. Auf meine Arbeit. Auf die Menschen um mich herum. Auf einfach alles.

Und jetzt machen wir diesen Roadtrip. Es ist meine erste echte Urlaubsreise ohne Eltern. Die Musik dröhnt aus den Lautsprechern, Sam grölt mit, Lily stöhnt, und es liegt etwas Verheißungsvolles in der Luft, ein Gefühl von Freiheit. Alles ist offen, alles ist spontan, keine Ahnung, welches Abenteuer hinter der nächsten Kurve auf uns wartet, und ich liebe unsere gemeinsame Reise schon jetzt.

Ich werfe einen Blick über die Schulter zu Hunter, zwinkere ihm zu und er beugt sich zu mir und drückt mir einen flüchtigen Kuss auf den Kopf.

Hunter ist anders als vor einem Jahr. Wir alle sind anders, wird mir klar. Wie viel ein Jahr, ein einziges Jahr in einem Leben doch verändern kann. Ellis hat seinen PhD fast fertig und wird eine Stelle als Postdoc an der Bloomsbury annehmen. Lily hat von ihrer Professorin eine Stelle als Doktorandin angeboten bekommen und wird bald ihre Promotion an der Bloomsbury anfangen.

»Vielleicht mache ich ein Jahr Pause vom Studium«, verkündet Sam ohne Vorwarnung vom Fahrersitz aus, und Lilys Kopf ruckt zu ihr. »Vielleicht heure ich auf einem Kreuzfahrtschiff an. Nein, warte! Auf einer Segelbark! Das mit der Takelage und so. Oh, ich hätte so Bock, auf einem Segelschiff zu arbeiten!«

Lily dreht sich zu uns um, sieht Ellis mit aufgerissenen Augen an und formt mit ihren Lippen ein lautloses: *Hilfe!*

»Ich glaube, auf einem Segelschiff zu arbeiten, ist cool«, werfe ich dazwischen.

Lily schaut entsetzt zu mir, deutet ein Kopfschütteln an, und ich muss lachen.

Lily und ihre kleine Schwester Sam könnten unterschiedlicher nicht sein. Lily ist ein absolutes Superbrain und liebt es, zu lernen und theoretische Probleme zu lösen, wohingegen Sam schon schlechte Laune bekommt, sobald sie ein Lehrbuch aufklappt. Ich kann's verstehen …

Ich lehne mich nach vorn und lege beide Hände und den Kopf an der Rückenlehne des Beifahrersitzes ab. »Weißt du, wenn ich eine Sache gelernt habe, dann, dass man seine Zeit nicht mit irgendetwas verschwenden sollte, von dem man denkt, man *müsse* es machen«, erkläre ich. »Weil andere es tun oder weil es schon immer so gemacht wurde … keine Ahnung. Mach, worauf du Bock hast, Sam.«

Lily brummt etwas Unverständliches, denn sie hätte gerne, dass ihre Schwester zumindest einen ersten Hochschulabschluss in der Tasche hat, aber so, wie ich Sam einschätze, wird das nichts werden. Und insgeheim weiß Lily das, sie will es nur nicht zugeben. Ich glaube, sie braucht noch ein wenig, bis sie sich an den Gedanken gewöhnt hat, dass ihre kleine Schwester keine Studentin, sondern eine Abenteurerin wird.

»Und du, Hunter?«, fragt Sam und sieht ihn über den Rückspiegel an. »Was machst du jetzt dann so?«

Hunter zuckt mit den Schultern. »Also, ich gehe auf jeden Fall nicht zurück nach London. Eigentlich hätte ich noch mal Lust auf Uni.« Die letzten Wochen über haben wir öfter darüber gesprochen, dass Hunter gerne noch einmal studieren möchte. Er interessiert sich für Jura und will Anwalt werden. Ich glaube, die ganze Geschichte mit seiner Vorstrafe und den Bewährungsauflagen hat ihn ziemlich geprägt.

»Ernsthaft? Du würdest einen *zweiten* Bachelor an deinen Master dranhängen? Was stimmt denn nicht mit dir?«, fragt Sam entgeistert.

»So einiges«, erwidert Hunter. »Frag Elsa. Außerdem werden meine Eltern es so richtig scheiße finden, weil sie dann wissen, dass ich ihre Firma nicht weiterführen werde, sondern mein eigenes Ding mache.« Er lächelt. Und ich weiß, wieso. Nicht unbedingt, weil er seinen Eltern eins auswischen möchte. Aber weil er gelernt hat, auf sich selbst und sein Bauchgefühl zu hören. Genau wie ich. Wir haben es zusammen gelernt. Und vielleicht wäre es ohne den anderen gar nicht gegangen.

»An welche Uni willst du? Die Bewerbungsfristen sind längst rum«, wirft Ellis ein.

»Ah, ich hab da so ein paar Connections an einer kleinen Privatuni. In Wales, weißt du?«, erwidert Hunter augenzwinkernd.

»Du glaubst, dass du Rosie aus dem Studienmanagement bestechen kannst?«, zweifelt Ellis.

»Ich *weiß*, dass ich Rosie aus dem Studienmanagement bestechen kann.« Hunter grinst breit.

»Und du kommst mit?«, fragt Ellis mich. »Theo würde Luftsprünge machen. Und Frida und Robert the Bruce. Wobei Robert ja seine ganz eigene Art hat, Zuneigung auszudrücken.«

»Indem er mal nicht kratzt und beißt?«, frage ich.

»Ziemlich genau so, ja.«

»Ich könnte bei Frida im *Black Cat* einsteigen und sie davon überzeugen, eine YouTube-Backshow auf die Beine zu stellen. *Cosy Café Secrets* oder so«, sinniere ich. »Oder endlich mal deine Mum und deine Nan auf ihrer Schaffarm besuchen.«

»Sie werden dich nie wieder weglassen«, prophezeit Ellis, und Lily dreht sich zu mir um. »Yes«, bestätigt sie.

»Und? Lust auf walisische Berge und Schafe, Hunter?«, frage ich ihn.

Er rutscht ganz nah an mich heran, legt seinen Kopf auf meiner Schulter ab und raunt mir ins Ohr: »Ich hab dir doch gesagt, für dich fahre ich überallhin. Egal ob in die walisischen Berge oder in die Arktis.«

»Ich glaube, das bringt mich auf eine Idee«, sage ich grinsend.

Hunter lacht laut auf, gibt mir einen Kuss, flüstert an meinen Lippen: »Was auch immer du willst, Baby.« Das Summen in meiner Brust wird so stark, dass ich die Augen schließe, nach Hunters Kopf greife und ihm einen zweiten, langen Kuss gebe.

Sam ruft von vorne: »Iiih, nehmt euch ein Zimmer!«

In dem Moment schauen wir alle aus den Fenstern, weil jetzt das Meer der Westküste zwischen den Hügeln hervorblitzt, in dem die Sonne als orangeroter Feuerball versinkt. Hunter schlingt von hinten seinen Arm um mich, Sam lässt ihre Fensterscheibe herunter, streckt eine Hand hinaus und schreit dem Fahrtwind und der untergehenden Sonne ein »Wohooo!« entgegen. Die anderen lachen. Ich greife nach Hunters Arm an meinem Hals, halte ihn fest bei mir und spüre seine Wange an meinem Gesicht, als wir gemeinsam auf das Meer schauen.

Und in dem Moment weiß ich: Das ist es. Das ist genau das Leben, das ich leben möchte. Denn es erfüllt mein Herz mit purem Glück.

Triggerwarnung (Achtung Spoiler)

In *Bloomsbury Campus Tough Decisions* kommen Themen zur Sprache, die triggern können. Diese sind: Prüfungsangst, Cybermobbing, Bodyshaming, Leistungsdruck, Drogenkonsum, Blackmailing. Die Liste erhebt keinen Anspruch auf Vollständigkeit. Bitte passt auf euch auf und achtet auf eure Gefühle.

Danksagung

So viel ist passiert, während ich Bloomsbury Campus geschrieben habe – so viel Gutes, aber auch viel Schwieriges und trotzdem gab es einige Menschen, die immer an meiner Seite waren und mich durch alle Hochs und Tiefs begleitet haben. Danke zuallererst an Vanessa und Felix von Copywrite – Danke, dass ihr noch für Bloomsbury Campus gekämpft habt, als ich schon längst aufgegeben hätte. Ich empfinde es als ein wahnsinniges Privileg, mit euch zusammenarbeiten zu dürfen.

Danke auch an mein grandioses Lektorinnenteam Duygu und Steffi, die beide Bände der Bloomsbury Campus Reihe so großartig begleitet haben.

Danke an meine Discord-Crew, und dass wir uns fast täglich gemeinsam durch das Tal der Müdigkeit kämpfen. Danke an Kati, Rebekka, Kuddel, Laura, Franzi, Nati, Julia, Chris und Dominik. Ihr seid echt immer da, egal, was kommt und ich bin so unglaublich dankbar, dass wir so eine wertschätzende, faire und unterstützende Gruppe sind.

Danke an Anya und Laura fürs Lesen und diese wunderbaren Blurbs, die ihr beiden Bänden verpasst habt!

Ich weiß nicht, ob ihr das lest, aber nachdem der Crimson Club auch einen Gastauftritt in Tough Decisions hatte: Danke an das gesamte Lektorinnenteam beim Hörverlag und von Randomhouse Audio. Ihr seid legendär, und es war so großartig und heilsam, mit euch zusammenarbeiten zu dürfen.

Danke, Ana! Danke für alles, fürs Testlesen, fürs feedbacken, Danke, dass du mich pushst, wenn mich mal wieder die Selbstzweifel zerfressen, Danke, dass du immer da und einfach so ein wundervoller Mensch bist. Love ya!

Danke an Can, mein Schatz, meine bessere Hälfte, mein Gewissen, mein Knight in T-Shirt-Armour. Danke für deinen unbezahlbaren Support! Ich liebe dich.

Und danke auch an die vielen Blogger*innen, Leser*innen und Buchhändler*innen, dass ihr die Geschichte von Elsa und Hunter lest, empfehlt und in eure Bücherregale stellt. Ich hoffe, euch hat die Geschichte der beiden Spaß gemacht und ihr habt euch ein paar Stunden nach Marchlyn Falls und in den Crimson Club wegträumen können.

Alles Liebe
Eure Emma